一位天真又放荡的“胸狠”富家女Dcup，

一位保守又闷骚的“扁平”工薪女Acup

N个男性，N种幸福和不幸福的可能……

姐们儿，你真牛

李静超／著

中国广播电视出版社
CHINA RADIO & TELEVISION PUBLISHING HOUSE

目录
Contents

在这个“累感不爱”的时代，我想讲一个接地气儿又不太低俗的故事，给大家点能量。正能量也好负能量也罢，只要是能量，便是极好的。最好看完了能让你会心一笑，笑完之后似乎还能记住点什么。

我的女主角是一位哺育广大适龄男性的豪放型白富美，而我是一个是好好学习天天向上努力卖力加班工作不领证不敢上床的“好”姑娘。我从来没想过会和这样的“土豪”交朋友，她也没想过会和我这种“没劲儿”的女人一起经历那么多爱恨情仇。但是生活就是这么奇怪，把两个完全不同的人，绑在了同一屋檐下，碰撞出了一场命运交响曲……

Chapter 1

初遇

一脚踏三船

列车的邂逅

当极品遇到奇葩

所谓名媛圈

三船变一船

酒桌拼杀记

一脚踏三船

你能想象每天早上你起来洗脸上厕所时，大厅厚地毯上，一个光着身子甚至连个裤头都不套的姑娘在那儿跳绳锻炼吗？姑娘的 D 罩杯白晃晃的足以刺瞎你的眼。我没有看过《3D 肉蒲团》，但是我能从 Dcup 这老娘们儿身上体会到那种动感的效果。呃，需要补充的是，Dcup 本人管自己叫老娘们儿，我也只好随俗。

在看到这样香艳场景的第 10 个早上，我和我的 A 罩杯同时忍不住了，"那个，单靓，你以后锻炼的时候能不能穿内衣……看着挺别扭的。"

"嗯？咱俩都是女的，我有你都有，怕啥！"

"那你这样容易下垂的……"

"对哈，对哈，谢谢亲爱的！"

第 11 天早上，我看到的就是一套价格不菲的近乎透明的内衣，一朵玫瑰花绣在"此处省略两个字"上。我和我的 A 罩杯决定对此视而不见。我也会买比较贵、舒服却不算好看的内衣，我从自己不算丰厚的薪水里拿出最大的比例去麦凯乐买内衣，却在菜市场或者商场打折的时候买外套。我一直觉得自己舒服才是最实惠的，别人怎么看都是浮云。这个时候，Dcup 的单靓就会拿着我内衣的发票喊："哎呀，老李，你对你胸前那两个蚊子咬的小包儿挺好的啊！"我和我的 Acup 同时不爽了一下，再思考自己为什么会和这女人认识，还住到了一起。单靓不喜欢她这个名字，她总觉得有点弱，不给力。她和很多文艺、不文艺的女青年一样，给自己起了个"小字辈"名字：柳小落。我以为这名字还没本名给力。

她的身材最无懈可击的地方就是胸，可以用硕大来形容。她很高，腿很长，脑袋很小，唯一不足的是容易发胖，虽然并不过分，但在她最胖的时候，小小的脑袋会显得身子巨大。我以为整体看起来，她很像保龄球瓶子，但我没敢告诉她，否则她每日跳绳时间还要加强。她不吃肉，也杜绝我在她面前吃肉。她的颜如果不化妆还是挺青春的，挺顺眼的，但化了妆之后就是一个夜店女王的形象，而且乐此不疲地把自己 PS 成满大街一个样的尖脸大眼模式。应该说她算我的房东。我和她曾经住在一个高档小区里，三室一厅的房子，一人一间，但是我每月只需给她 300 块钱房租，却比我之前租的四百多的群租房条件要好很多。美中不足的是要走很长的路才能到外面的公交站点，附近没有菜市场也没有小饭店，只有美容会所和开着各种豪车的邻居。我曾经在日记里这么尖酸刻薄地描述她，除了对她不用上班还过着奢靡生活表示羡慕嫉妒恨之外，也有种轻蔑的意味。

我搬来和 Dcup 住的头半个月，除了"裸身跳绳"外，还发现了一件奇怪的事，就是她的男朋友好像不止一个人……

我好像在小区门口看见一台凌志和一个光头男送她。

我好像在小区里看见一个长发男和她轧马路。

我确定在客厅里见到一个墨镜男和她在那儿纠纠缠缠，难分难舍。

然后几天，我又看见光头男了。

然后几天，我又看见长发男了。

然后我又看见墨镜男好像把眼镜摘了——我还是叫他沃尔沃男吧。

我本着对别人隐私不予好奇的原则，忍着不问。

有一天，Dcup 对我说："李晓达，我男朋友最近要请咱俩吃饭，就在这附近，你给个面子不？"我觉得回绝不好，但是我不禁好奇，要请我吃饭的究竟是光头，长发，还是墨镜（或者说是沃尔沃男）？

然后周一，光头男请我吃饭了。

然后周二，长发男请我吃饭了。

然后周五，沃尔沃男请我吃饭了。

我在混了三顿饭后，仍然镇定地保持沉默。她倒是忍不住了，"姐们儿，你是我见过的最不好奇的人。"我想了想说："他们之间知道对方吗？""必须不知道了，不要怀疑姐的智商好吗。"我继续保持沉默。后来这个老娘们儿说，男人只能把 1/3 之一的精力用在恋爱上，女人则不同，女人多余出 2/3 的精力就会胡思乱想。所以要多交两个男朋友，这样就不会等一个人的电话等到很晚，就可以互相均衡了。我弱弱地说："那么你可以用这 2/3 时间看看书什么的。"她看着我半天说："那我早上清华了。"

那她又是如何安排这三个男朋友井井有条的感情生活呢，顺便提一嘴，Dcup 在澳大利亚读的是管理学。闷骚的我，对单靓这个老娘们儿的生活又好奇又装作无视。她倒是破天荒地信任我，言无不尽。她的生活非常需要一个像我这样不管受了多大惊吓，都能装得很镇定的观众。

她的三个男朋友，只有一个来过我们住的房子，就是那个沃尔沃男。他的地位可见一斑——主胎和备胎是有很大区别的，单靓一周大概有三天以上时间是和他联系的。

沃尔沃男三十来岁，长得不错，举止正常，打扮新潮。普通话说得有点蹩脚，他告诉我他是日本人。我觉得他肯定不爱国，因为他不开日本车。单靓说他俩肯定没未来，因为单靓奶奶的爹当年就是被日本人弄死的，单靓奶奶在北京给她打电话说，嫁谁都可以，就是不能嫁日本人，不然奶奶死了也诈尸。单靓说，沃尔沃男有个朋友，条件不错，想认识个本地女孩做朋友，问我有没有兴趣。爱国的我义正词严地拒绝了。单靓说，他只想找个不会日语的中国女孩练练口语而已，在肯德基见面，还有学费，没什么特殊目的。于是我、沃尔沃男和单靓在软件园肯德基见了那个日本人，挺小的，1990 年生人，特瘦，像个小 GAY，人还算友好。不知不觉间，我就和沃尔沃男还有 90 后日本人混得还算脸熟。

列车上的邂逅

我觉得我的 Dcup 舍友超级极品。

奇怪的是，她从一开始认识我，就对我非常热情，非常信任我，这是出乎我意料之外的。我觉得这老娘们儿血能“做索”（大连话特能“作”），她觉得我这老娘们儿血没劲；我觉得她胸大无脑，她觉得我发育不良；我觉得她欲求不满，她觉得我……冷淡，就是这样的两个完全不同的人，又怎么能凑到一块呢。

时间回溯到几年前，我大四的时候。

当时我对北京城还充满着向往，在那边找了个实习工作，买票时发现坐票和硬卧都没有了，实在不想站一宿去报到，我只好买了软卧。软卧人很少，我的对面坐了个姑娘，穿着粉红色的外套，一双很奇怪的鞋，低着头玩 PSP。我拿出一份报纸看。车刚开，这姑娘的电话就响了。

第一个电话，她用标准的京腔说：“谁让您不让我开车走，买的软卧，咳，明儿一早到，得，您在家歇着得了……”

我想这是个北京姑娘吧。

结果第二个电话来了，这姑娘又变成纯正的大连口音。

“败给我来这一套，你这干什么呢，把我当彪儿啊，你以前从我这拿那么多货……那衣服水洗标……”

她打了几个电话后，我有点糊涂了，她究竟是北京人还是大连银？不知道什么原因，也许是旅途太无聊了，我们搭起话来。不到半个小时，我知道了关于她的两件事：

第一件事，她父母离婚了，爸爸在北京，妈领她回了大连。现在妈嫁到东南亚了，她小时候在北京读了两年，然后在大连一直待到高中。

第二件事，她在澳大利亚留学期间被学校开除了。

我知道相对于美国，澳洲其实很好混，如果被开除，只能说明她太能“作”了。我不知道她就是这性格，还是因为我们很可能再也不会相遇才说了这么多。

她只知道我一件事：我去北京实习三个月，一个月开一千八，转正后会达到三千。

她向我投以担忧的目光，“在北京？一个月三千？够花吗？”本来我觉得还不错的前景瞬间被打击了。我被她的无所顾忌的言论感染了，我俩开始胡扯。

她说：“小妞，你是不是觉得我不靠谱？澳大利亚一堆大贪污犯孩子，他们才真叫不靠谱呢，他们都溜冰，我顶多就抽抽烟，溜冰那东西，碰了就完了。”

“什么是溜冰？”我弱弱地问。

“嗯？哈哈，果然是理工大学毕业的好孩子，就是吸毒。”

不知道怎么又扯到失眠问题。我说我只有自己睡才不会失眠。

她开始笑，“那你老爷们儿以后怎么办？”

我想了想认真地说：“那完事了，再把他踹下去。”

她开始大笑，我不是很习惯这种肆无忌惮的笑。

她说：你挺有意思的。给你留个电话，我现在在大连北京两地跑，开网店，有什么需要帮忙的，给我打电话。我叫善良，你呢？

我没反应过来，“我……我叫邪恶……”

后来才搞清楚，她叫“单靓”。

早上起来洗脸，她看了我半天说，你去报到不化妆啊。然后不由分说给我化妆。我说我自己来好了，她说：“你看你把粉底弄得像刷大白的一样。”

她拿出唇膏来说，“大连刚有‘丝芙兰’，什么什么唇膏，可以丰唇。用上去胀胀的。”

我第一次看见积极把自己唇膏推荐给别人用的人。我被她弄得有点窘迫，但又盛情难却。化好妆后，她满意地对我说，“其实你吧，画完还有点冷艳的意思，哈哈。”我被她表扬得有点窘迫。看着她的素颜，长得挺清秀，可是粘上了化妆品，就有种奇怪的妖媚。她边化妆，边意味深长地说，“姐们儿，你记住，女人要想过得舒服，就得弄好看点。”这句话我倒是现在也记得。

我磨磨蹭蹭收拾东西的时候，她早已经走了，我忽然发现她的 PSP 留在了卧铺上。我和她联系，手机没人接。

直到晚上，我才接到一个电话，“哪位给我打电话？”

我说：“你的 PSP 留在车上了。”

“啊，姐们儿，是你啊，那个什么，我在开车呢，那玩意儿先在你那放着，你留着玩吧，等我有空和你联系哈。”

我们就很久也没有联系，我把那句“有空联系”理解为一句客套。而那个 PSP 我也一直没有动过它。

我记得那句话，“女人要想过得舒服，就得弄好看点。”

在北京过得不是很舒服的时候，我就会想起这句话，然后拼命反抗这句话。长话短说，半年后我回到大连一家小外企工作。

这一天接到一个通知，要来一个德国同事，年轻男人，要给他租个单间，和人合租一户也可，价格在一千左右。我找到一户高档小区的出租帖子，只要八百每月，南向一室，主人经常不在家。非常合适，和对方联系，却是个女人的声音。好像年龄还不大。

我问：“男性，外籍人士，可以吗？”

她说：“行，反正我也常不在家，是帅哥不？”

摊上这样的便宜，我顾不上太多，“行，我下午去看房子、签协议。”

结果我见到了单靓。她居然也认出了我。我见到她第一句话就是“你的 PSP 还在我这”。她看着我愣了几秒，然后乐得眼角皱纹都起来了，拍拍我说“姐们儿你真有意思”。签了协议，交了钱。我反复强调要下次把 PSP 带给她。她也反复说我有意思。结果第三天，她给我打电话，“姐们儿啊，对不起，我奶奶来看我了，她坚决反对我找个外国男的当舍友，那个你把钱拿回去吧，违约金我给你们。”我一听就晕了，人下午就要来大连了，上哪儿马上找一房子。

她继续说，“我朋友那有一房，在 XXX，我和他说好了，也是八百一个月，比这还大，成不？”

当然好了。虽然我还得跑两趟。

还是长话短说，我见到了她奶奶，一个非常像知识分子的老太太，单靓这老娘们儿挺怕她，完全变了副打扮，穿得和学生妹一样，还把黑色指甲都洗掉了。

老太太对沉闷刻板的我印象非常好，她说她决定让单靓继续出国，之前得留在大连学习，让我和她当舍友，陪着她，还说可以不要我房租。单靓当场表示很兴奋，说：“你来吧，你来吧。”我从心里不是很想和这女人住一起。况且不给房租，似乎有种寄人篱下的感觉。

后来老太太说：“你现在房子多钱一个月，在哪住？”

我说：“在 xx 大学附近，四百多，和几个朋友合住。”

老太太说：“你在这住一个月三百吧，还离着近。”

后来单靓和我说，老太太年轻时候是一所挺有名的学校的校长。后来她和我说过最多的亲人就是她奶奶，充满了自豪，而对自己父母的情况则非常含糊。我对她奶奶又怕又敬，当时就答应下来，可我觉得她奶奶和她一点也不像。

一场乱七八糟的生活正式开始了。

当极品遇到奇葩

一天，沃尔沃男和 90 后让我参加一个聚会，参加聚会的有中国人也有日本人，说是为了中日友好。这让我瞬间想起“大东亚共荣圈”，有点反感，但那个 90 后男生的邀请挺诚恳的。他对历史的认知程度让我对他还不算反感，另外也不能让他觉得中国人太小气。但我的主要目的其实是想和单靓去看看那几个“被日本老头包养”的女的。

聚会地点不在我以前知道的所谓红叶大江户等，而是在某住宅区的一个安静的小店，据说这是本市最正宗的日式料理店。来了七八个日本男人，两个中国男人，30 来岁的居多，有两个看起来岁数大点的。女孩大多是中国人。有的打扮得很日式，文雅，会日语，有的则像美发店的洗头小妹，坐在一边发呆，不说话。这些女孩都是这几个日本人的女朋友。我旁边那个女孩长得很漂亮，只是一个劲儿的翻白眼，很傲气，日语说得很好，和一个 30 来岁的日本帅哥窃窃私语。

单靓凑过来告诉我，“那女的叫 LISA，留过洋，那男的是她金主。一月两万。”

我以为像 LISA 这样条件不错的女的，和那日本人完全是你情我愿的情侣关系，听到这里不由得暗自吃了一惊。另一个“洗头小妹”坐在那无聊地玩儿着手机，旁边是个大约 50 来岁的日本猥琐男。

单靓在一边冷嘲热讽：“这号人都领来了，大叔品位越来越差了，也难怪，他都快 60 了，而且那么抠门，从来不给钱，就给买点化妆品。这女的买完第二天就得去退货换钱，这种人只能找个这样的了，年轻的就行。”

单靓在这帮女人面前有点优越感，据称她是少数的“正儿八经”的女朋友，而不是被包养的，而且这帮带女人来的日本男人里，也只有沃尔沃男和“90 后”未婚。

“已婚的男人我不碰，都有家了还出来搞，垃圾！”

单靓这句话让我第一次对她产生了好感。后来我俩去化妆品柜台闲逛，还看到了那个“洗头小妹”和猥琐大叔。不过我俩都没打招呼。小妹选了半天，老头面无表情，最后才同意买了个 300 块钱的套装。

两人一走，服务员就抱怨了：“这日本人真够抠的，昨天那个给买一千多不眨眼呢。”

另一个说：“她啊，明天肯定来退货，晦气。”

因为日本人不给她现金。我忽然觉得挺悲哀的，说不上是生气还是悲哀。

那么光头男和长发男这两个备胎又是干什么的呢，我可以再次无耻蹭饭成功吗？

单靓的男朋友二号长发男也劈腿了。

某天单靓怒气冲冲回来说，长发男劈腿了，她看见他和一女的吃饭。

我说吃饭怎么就劈腿了呢，也许是纯洁的男女关系。

单靓说，问题是她是在和沃尔沃男开房后，早晨在酒店吃饭时看到的，长发男没看见她。

我沉默了半天，说：“那你气个啥？”

单靓说：“可见这长发男连 1/3 的感情都没用上，说不准才用了 1/6，说不准其他两个男的也劈腿，看来我得找六个。”

我觉得她要是把这算术精神用在看书上，真能上清华。

我劝她：“算了吧，六个多累，一天一个，你周六周日还不得休息休息啊。”

她笑着说：“嗐，没啥，其实我没把长发男当回事，长得丑，其实没多少钱，人还枯燥，他还老蹭我饭，没劲。”

那你还和他处个神马劲？

她看出了我的疑虑，神秘地说：“不过，长发男体力好……”

……明白了，长发男定位不是备胎，是炮友。

我想了半天说了一句话："注意安全，你别得病了。"

单靓后来告我，其实她和长发男没到开房那一步。那你俩发展到哪一步了？她想了想，骄傲地说，我哺育过他。还摇了摇一对"凶器"。我觉得这老娘们儿是我见过讲黄笑话最简短精练的人。

少了长发男后，她晚上回来睡觉的次数也多了，现在她只用两个手机卡，两个 QQ 就行了。

劈腿绝对是个体力脑力活。她开始等我下班和她去菜市场买吃的或者去超市买零食。其实她什么家务活都会，做饭洗衣比我都强。她前一阵轰轰烈烈地弄网店，好像还真赚了点钱，这阵子她也懒得弄，天天闲逛。她好像也没什么朋友，见了我就特别高兴。拉着我去挺远的地方乱逛。

菜市场买东西的时候，她忽然就大声问我，"你不去幼儿园接你儿子啊？"我半天反应不过来，我哪来的儿子。看她特开心的样儿，我无语了一会儿，然后说"你慢点走，别闪到肚子里的孩子。"周围人真把她当孕妇了，都让着。她就真腆着肚子，慢慢地走着，"唉，最近爱吃酸的，买点酸水果吧。"

每天上班都要面对紧张的工作，我忽然开始挺喜欢和这么一位室友待在一起了。那个时候还没有《非诚勿扰》这节目，光头还不算流行，这个男朋友三号，长得有点像孟非。他只请我吃过一顿饭，不过我发现，单靓和他一起的时候，感觉不一样。单靓和日本沃尔沃男一起时喜欢撒娇和撒谎，和长发男是假情假意的风骚，和光头男是一种傲气任性的感觉。我觉得很有可能光头男追她挺下本儿的，而单靓心里有点看不上他。所以她到目前为止还没有"哺育"过他。说实在的，我觉得这三个男的，这个光头最靠谱。我一直觉得沃尔沃男是典型的人面兽心，猜不出他想啥，这可能有点国籍歧视的成分。长发男就是赤裸裸的兽，他在我面前讲黄笑话，希望看到我羞涩的表情，但是老娘我只有一个表情，就是没有表情。可这个光头不一样，这光头是个典型的东北爷们儿，虽然也可能是表象，但他是有大脑的。

单靓说："既然你那么看好王浩，我把他给你得了。"

我可没这爱好——光头男原来叫王浩。

单靓有一天回来说："我打算和王浩分了，这人玩不起，想和我结婚。"

那不挺好的吗？

单靓说："我对他没那种特别喜欢的感觉，再说了，我还没玩够呢。"

我终于忍不住说："你就没想过谈一场正儿八经的恋爱吗。"

她看着我说："再怎么正儿八经，最后都腻歪了。"

我真的很想对她说："如果你老想着玩生活的话，其实会被生活玩了。"

但是我忽然觉得，即使像我这样胆小谨慎的不敢去玩生活的人，现在也一样被生活玩得一愣一愣的。所以又有什么资格去教育她呢。

所谓名媛圈

一流名媛低调出国戴博士帽，经商从政搞科研。二流名媛上电视，娱乐圈交际圈满天飞。三流名媛没事在家 PS 自拍照片，照片右下角照例有个新买的名牌包。其实单靓这帮人要说“富二代”吧，和什么孙芸芸之流比还是差好多，顶多算个中产，但也已经很有钱了。她妈上半年给她卡里打8万，她爸下半年给她8万，然后这一年就都不管她了。房子车子家具她都有。现在她爸这边半年只给她打了5万，好像是因为她后妈说她被学校开除了，简直太荒唐，只会乱花钱云云。她爸表示，不能让她这么乱花钱了，要她向自己同父异母的妹妹弟弟学习。

据说她妹妹就是一个“一流名媛”，学习好，长得靓，在哥伦比亚大学读书，老拿奖学金。有这么个妹妹对比着，她干啥家里都觉得她不行。弟弟还小，看不出来，单靓说，将来也是个祸害。单靓说，她在澳洲的时候，室友是个上海人，一个月花了家里 80 万，家里还鼓励她花，后来那个舍友在澳洲飙车的时候撞伤一人，被罚了多少多少万。大抵是洗钱吧。

女人都有点虚荣心，我上学那阵，就专挑能看出 LOGO 的耐克、阿迪买，买点贵衣服都故意不摘牌，现在看太扯了。单靓反倒没什么虚荣心，我看她只要不出去玩，消费观都还蛮正常，也不经常开车。她偷偷告诉我，其实她在攒钱，她要开个咖啡店，家里不支持。我觉得她应该开个夜店，就叫“非常胸狠”。

她说：“你以为开夜店那么简单啊，黑白两道不弄明白行吗，我还不想惹这个麻烦。”

但是她出去玩的时候就不一样了，爱马仕的包——我老管那玩意儿叫爱仕马，gucci 我之前老叫它酷 c，双 c，Dior 就那些玩意儿。而且每次出去玩，和男人一起去还好，和那帮“名媛”出去，她肯定钱包匮竭。所以她爸这次少给她几万，她攒钱开咖啡店的愿望就肯定要延后了。

我说：“你既然缺钱，就少买点奢侈品，反正沃尔沃男、光头男什么的都觉得你挺美的。”

她说：“你以为我想啊？在这个圈子混，你以为我买这些贵衣服贵包是给男人看的吗？根本不是，这些都是出去和那帮老娘们儿装门面用的！”

这么说我不是女人了？

她看出了我的不满，狡猾地笑笑说：“在你面前不用装，不管我穿多少钱的衣服，你都看不上我。”

……

一不小心，我又混进这帮女的内部了。其实有钱的小姑娘不一定就不好，有点得瑟，也不一定品质就坏，不过钱多了，闲大了，思想观再不正点，还是蛮……这帮富家女有的挺精的，不管念书好不好，自己都挺有本事，能挣钱，过得也蛮有品质的，但也有用大连话说血彪的。更多的介于彪与精之间，但都有个共同特点：爱装。不装的富家女大有人在，不过不在单靓这圈。可能她们私下里不装，但是聚一起就装，其实也正常，我去了我也装。

单靓其实只对其中一两个人感觉不错，其他人她也烦。可她没其他朋友，像我这样的女人，天生慢热，和她消费、想法还到不了一起去。她在现实生活中表现得还挺正常的。没有那种让我不舒服的优越感，虽然她挺有钱。当时我的朋友都在学校里，要么就山南海北忙于工作，那一阵儿我也挺孤独的。人孤独的时候，有个人对你挺热情的，什么饭局都带着你，你还能挑三拣四事儿事儿的吗？不过我们之间还是有个界限，就是知道，双方始终都变不成对方这样的人。比如恋爱上，靠谱的人，听说没未来就不谈了。不靠谱的听说有未来就跑了。

那时候还没有微博，只有 QQ 空间，人人网、博客之类的东西。我偶尔看到她那个空间上的几个女的。照片看着都挺好看的，全是自拍，不放过任何一间装修好的卫生间。通常都会“不经意”的展示好包、好车神马的。

单靓说好看的就那么两三个，其他人都一般般，都是 P 的。包包很多是淘宝上的 A 货。甚至有人还花 20 块钱买 LV 正版购物袋，然后装上自己的 A 货。她自己也 P，她最擅长就是把腿 P 瘦，但是经常被人误以为她胸是 P 的。那几个女孩子都喜欢晒自己的日常生活，有的人写的字和配图都很赏心悦目，有的人就挺二的。但是看起来她们留言都很亲密，充斥着“亲爱的”，“你一定要幸福”，“我家的大美妞”之类的话。

单靓提出想带着我去参加那个圈子的“姐们儿团”聚会的时候，我犹豫了一下。不是一路人，玩不到一块儿去，况且我没有包和名牌衣服可以用来“装”。我不知道单靓为啥要把我领进这个圈。

单靓说：“我觉得带你不丢人，你这个人只要不说实话，别人就不知道你的来头，就像我的低调名贵的包一样。”

姐原来是个包。

我说：“好，过一阵我也把朋友们介绍给你。”

她表示挺高兴。她就是这点好，要是对我朋友没兴趣，我也懒得去她那了。

单靓表示愿意借给我一个包，她开车带我去。既然要去参加活动，有必要对她那帮朋友进行充分的前期调查。我这个人就是这样，既然要出来装，就要搞清情况。通过前期网络调查和谈话了解。她的朋友主要分三类。第一类，爱打扮，清新公主型富家女，大多生活悠闲，天天写安妮、宝贝式的文字，看上去挺伤感，其实过得挺滋润的。第二类，有点痞气，有点才气的文艺女青年，钱财来源广泛，文字带有女流氓气息，生活上是不是好姑娘就不知道了。第三类，PS 一族，也有大美女，有模特神马的人工或纯天然美女一族，她们可能不是富家女。这三类人看照片很难分辨，很多人在无数张照片上呈现无数个样子，根本不知道本人长什么样。据我所知，她主要的清新类朋友有个叫艾果的，痞气类才女有个绰号叫坦克的，90 后朋友有个用火星文写了一串名字的姑娘，具体是什么我忘了。

周末聚会是庆祝艾果生日的，大家在南山别墅区，包了个小别墅。单靓在车上和我说，艾果爱热闹，让她们多找几个人，还得是美女。你怎么不早说？我顿时有了下车的心。

单靓瞅了我一眼，“有点自信行不行，其实你这样在那圈里也算说得过去，你以为她们是什么仙女啊？”

进去之后，单靓和她们轮番拥抱，然后介绍我给大家认识。我感觉单靓和她们在一起的时候，说话口气和神态完全不一样，真的挺有范儿的。为什么和我在一块儿的时候就那么二呢？她们都带着打探或者友好的口气叫我美女好，大部分女孩都穿着黑丝，看着像天上人间来的。我穿得挺正式，一点也不休闲，我像天上人间经理。

聚会开始了，也没有什么群魔乱舞，大家吃东西、唱歌。这帮人唱歌好的真多，尤其是那几个长得好看的姑娘。单靓坐着，身边几个长得挺嚣张的也挺扎眼的女的，四个人在那抽烟。

艾果跑过来说：“唉，亲爱的们，别抽了，吃点小点心，我亲自做的啊。”

然后她回眸向我一笑，我在那和另外一个女的聊天。这女的和我是校友，难得。

艾果跑过去问单靓我是谁，什么来头。单靓神秘一笑，说：“我的好姐们儿，来头挺大。”

坦克在网上挺有名的，一个痞女，文字很流氓，长相挺良家，尽管她抽烟，扎好几个耳洞，但看上去还是挺良家的，也不知道只是看上去而已，还是她本质就是良家，装出来的痞气。

艾果不停地照相，抓拍，还和我拍了一张。我想，她肯定会挑一张她照得美美的，我照得特路人的照片发上网，只把她自己 PS 了，然后加上一个“我今天新认识的小美女”之流的题目，醉翁之意不在酒。

她博客上全是这种照片。

这帮人开始谈论包，车，明星。我偶尔发言，当你不了解的时候，沉默是最好的方法。其实我在研究她们的时候，那些基本常识也可以说出几个蒙人了。我模仿她们说话时候的傲气，结果显得我最傲。有几个女的真被我忽悠了，一直围着我转。不过也有几个人比我想象得有大脑多了，她们大多自己做生意，非常能赚。我忽然发现一个女的我在胜利地下商场看见过，她的店布置得很好看，她本人坐在那上网，谁也不搭理。怪不得服务态度这么差，这么有钱的人，出来根本不是为了赚钱。

这时坦克已经喝多了，和一个一米七多的细高个儿开始说脏话。貌似是一个人失恋了，在那大骂男人。艾果安慰她们，还唱了一首《可惜不是你》。本来是挺感人的，只是我起了一身鸡皮疙瘩。 很多人照来照去，没怎么吃也没怎么玩，大家各种摆拍。

待了两个点儿，单靓和我就撤了。单靓说最近没钱了，再待下去又该花钱了。

晚上我看艾果的博客，果然有张和我的合影。她果然只液化了她的脸，把我的脸色显得更加蜡黄！！作为一个无聊的人，我又去看坦克的博客。发现充满了悲观厌世的情绪。我含辛茹苦一直念书，然后一直天天起早贪黑去挣那么点钱，都没那么厌世，你们有钱有胸，用得着吗？

单靓就这点好，她什么也不写，她说怕给自己和家里人惹麻烦。我觉得她爸那边不是一般人，但是她自己对此讳莫如深。参加完聚会，我充满了仇富情绪，看到开车的都想瞪两眼。单靓貌似看出来我的仇富情绪，和我说了个事儿，说她爷爷当年搞实业，被日本人砍下来一只耳朵，还有怎么怎么吃苦的。她仿佛在暗示我，虽然她什么也不干，但是她拥有的这些都是祖上那些人用命换来的。其实也有道理，好吧，我现在的目标就是让我孙子辈儿，过骄奢淫逸的生活。

三船变一船

我和单靓“同居”了两个月后，从小外企辞职了。原因非常简单，给钱不够多，加上工作没啥发展前途。大领导其实不错，大部分同事们处得也还行，只有一个小主管，英文名叫苏菲的，老拿着鸡毛当令箭。她以为她叫苏菲就是玛索啊，其实也可能是加长卫生巾。天天看她够烦的，这回终于可以解脱了。

我换了份工作，上了一个月班儿，还挺适应的。那天我路过旁边市场部，里面走出来一个男的。我和他同时愣住了，光头男王浩！原来我和王浩一个公司！我这一个月天天去他们办公室都没见着他，难道他也是新来的？

王浩看到我很吃惊，他说：“你是公司客户吗？”

他大抵以为我也是个富家女。

我说：“不，我也在这上班。”

“真巧了哈，走，一起去吃饭去，正好我和一朋友，我估计你也认识。”

他领着另外一个长得有点嚣张的男的，带着我去门口一个环境还行的小店吃东西。

王浩说：“给你们介绍一下，这是李晓达，单靓的好朋友，也是我同事。”

那男的做恍然大悟状，“哦，单靓啊，我和她特熟。”

我想起昨天看小说，那作家说，这年头没吃过饭不叫认识，没上过床不叫熟。

王浩继续说：“这是单靓一个朋友孙雅鹿，你认识不，她姐夫，刘斌。”

孙雅鹿是WHO？我做疑惑状。王浩马上解释，就是艾果。艾果我认识，把我照得很丑衬托她那个，原来艾果是艺名。

我们三个人吃饭，很显然，刘斌和王浩很熟，他俩一个劲儿的唠嗑，我偶尔打哈哈。

王浩和我说：“对了，单靓去北京看奶奶，你一个人住要小心啊。”

我愣了两秒，这小子被忽悠了，昨天我还和单靓抽老鳖玩呢，我点点头，嗯嗯。我回到办公室的时候，我旁边的美女异样地看着我，然后小声说：“你以前就认识王浩吗。”

我说：“有一点点认识吧。”

美女“哦”了一声。

我反问，“他是干啥的。”

美女愣了愣，说：“是副总。”

“呃……”

我早该猜出他和大老板是亲戚，大老板也秃头……回家后告诉单靓，王浩是我上司，还有她以后忽悠王浩的时候，要和我沟通好。单靓哈哈狂笑，原来你在那上班啊，我知道了，他是你大老板的外甥。我俩平时互相都不说工作的事儿。可就在这时，我忽然意识到Dcup也算我半个老板娘了。瞬间不想干了。我告诉单靓，我看见艾果她姐夫了。

“哎呀妈呀，你可不知道她姐，过得可惨可惨了。”

“怎么着了，艾果她姐估计也不能差钱了吧。”

“不差钱就幸福吗，就性福吗？”

她连续说了两个幸福，我估计肯定有一个是指“性福”。是这么一回事，艾果的姐姐，从初中就跟着那个刘斌，刘斌从高中就嫌弃她了。据说艾果她姐为了刘斌打了几次胎，估计这辈子生孩子都够呛了，还花了家里不少钱，也是为了讨刘斌欢心。刘斌换了好几个女朋友，每次没人陪的时候，艾果她姐就兴奋地候补上。去年6月，两人终于结婚了。

“这不是浪子回头痴情女的故事吗，皆大欢喜了啊。”

“你知道什么，从结婚那天起，刘斌就没碰过她，照样在外面找，说结婚是为了负责。”

负个鸟责啊。连个鸟都不给。

据说刘斌他妈都看不过去了，让王浩这帮人劝劝他，好歹履行点夫妻义务。我忽然觉得王浩和这男的这么好，估计也不是什么好货色。

单靓说：“其实王浩比刘斌还是强不少的，他不太喜欢的不去招惹，这帮富二代男人的友谊和那帮爱装的老娘们儿一样，都是没别人和他们玩了。”

其实艾果她姐在这帮人当中也算专一痴情了，很可能刘斌是她唯一的男人。早知道这样白天吃饭的时候我就多瞪刘斌几眼，瞪谁谁怀孕！

我上班总共也没碰到过几次王浩，每次碰到他都问我单靓的情况。我觉得他挺稀罕单靓的，一提她脸上就有光彩。虽然我感觉出来，王浩经历也不单纯，私下说话也有点糙，但是挺爷们儿的。但我明显能感觉出来，小单更喜欢沃尔沃男，她说没未来才和沃尔沃混，其实是不得已的说辞。原因有二：一方面因为家庭压力，她不能找个日本人，另一方面，沃尔沃男是个不婚主义者。两人都是想玩才到一块儿去的，说好了，谁也不过问谁生活。但明显她没玩过他。长发男、光头男什么的，都是填补空缺的。再酷的人也会为情所伤。何况她还挺二。

有一天中午忽然王浩来找我，说他想向单靓求婚，给她个惊喜，让我帮个忙，带他去我们住的地方布置一下。

我说：“其实单靓岁数还是有点小，她可能还不是很想结婚吧……”

王浩说：“我觉得她心智已经挺成熟的了，而且一个女孩，虽然说不缺钱花，但是一个人在这边，没人照顾也挺不好的。而且，我30多岁了，我挺想有个家的。”

……

我偷偷把这事儿告诉了单靓。单靓愣了愣说：“看来我真得和他分手了。”

下午快下班的时候，王浩给我发了个短信：晚上出来吃个饭不，请你和单靓，你选个地儿。

我说：那就去吃川菜吧，在哪哪哪，地方离大家都挺近的。

单靓手机关机。只有我一个人到了川菜馆。王浩神情有点落寞，“她和我下午分手了。”

我只好说：“唉，其实可能你们并不是真的很合适。”

这句话是万金油，所有分手都可以用不合适解释。

他倒了杯白酒，“我自己干了，你随便吃菜。”

慢慢喝了一瓶之后。王浩说：“其实也没啥，真挺奇怪的，我好久都没有对谁那么温柔过了。”

他有点不好意思地笑了一下，“我从见她第一次就挺想照顾她的，虽然你们俩都是自己出来，不在父母身边，都得自己小心点，但是我觉得你俩不同。说句可能不是很好听的，你可能有点缺钱，但是你不缺爱，而她不缺钱，她缺爱，而且我觉得她老是想挥霍那点东西，谁没有年少轻狂过啊，我当年和她就有点像。可是男人年少轻狂，最后还能落个浪子回头金不换，女人嘛……”

我也喝了一口饮料，“你说得对，可是每个人都有自己的活法，既然道不同，你觉得对她好的东西，可能未必能让她开心。”

王浩笑了笑，“行，不提这个事儿了，回去帮我告诉她，以后还是朋友，有什么事招呼一声，别不好意思，咱俩也是好同事，别觉得别扭。”

我回家之后，看见单靓在那垂头丧气。

“干吗呢，三个男朋友没了俩，郁闷了吧？”

单靓拿东西砸我，“没有，我觉得王浩对我挺好的，我挺内疚的。”

“活该！”

单靓忽然非常认真地看着我说：“晓达，我今天和他分手的时候，我确认了一件事情，我就喜欢山田君（沃尔沃男）一个人，我要认真谈一次恋爱，争取家里的同意。”

她说这话眼神很有光彩，但我觉得一般游戏人间的人一旦认真，容易杯具。当然，只是直觉而已，其实那日本人条件看起来也不错。单靓只考虑她奶奶的想法，她挣扎了几天，把日本人这事儿和奶奶说了。没想到她奶奶还不算太反对，她奶奶说：“如果那山田真心爱你，人又不错的话，等我把把关，你要死心塌地非他不可，也行，但是我不支持你找个外国人。”这其实也算是松口了。给她乐得啊，冲到我屋子，把我好一顿摇晃。她开始和日本人认真起来，只用一部手机，一个QQ号了。

正好我的手机卡不想要了，她把不用的卡转给我了，我继续用。这个号只有王浩知道，但是用了一个月，王浩也只是在节日的时候群发过这个手机。其实我倒觉得单靓劈腿时期挺好的，生活充实，天天忙忙叨叨的，现在天天拿个手机在那看着等着，还老和我反复念叨沃尔沃男那些个破事。她说沃尔沃男，曾经非常离谱过，沃尔沃男其实从小在美国待了 15 年，思想很西化。

“他前几年在大连和两个俄罗斯小姐双飞过……”

双飞？在我身边，很多情侣一起出国留学成功叫做双飞，但显然，单靓说得那个和一起留学没啥关系。而且沃尔沃男第一天开好了房，第二天早上，他先走，他另一个日本朋友再带着女友来一次，这样可以省下开房的费用。简直闻所未闻，听完这事我对日本民族的节约程度叹为观止，不过我保持了一贯的冷静态度。

“现在他玩够了，也不像以前了。”

这话就单靓信，我可不信，用俺娘的话说这些个男的都不是好干粮，离远点。就算是“好干粮”也有可能发霉腐烂，但是明明就是一烂货，你还相信他能在你手里面变成好大米吗？

单靓和日本人谈恋爱都把自己谈瘦了，我也不愿意多过问。她好就好在从来不把日本人领回家，她不回来，我就知道她去“happy”了。单靓最近晚上老不回来，大概是和沃尔沃男外面玩了，想到这儿，我忽然觉得自己应该给这俩人挪个地方。于是我周末就回家，或者平日去单位附近的大学同学那住一两天，这样他俩就可以在家 happy 了。我怎么那么善解人意！

单靓果然变得容光焕发，她居然开始看书了！还学日语！我想起娱乐节目上某国际女星对女配角说：“亲爱的，你找个外国人练口语特别好使。”当时我觉得她说得假惺惺的，现在看来她是真心的。

周五我在小区门口遇到他俩，单靓说明天晚上山田君要在家里做日本料理，让我一定留在家里，大家一起吃。

沃尔沃男真诚地说：“李桑，请一定要留下来啊。”

我就算和他过不去，也不能和吃的过不去。为了享口福，我还帮着去久光和麦凯乐下面的日式超市买了一些材料。

傍晚回来的时候，家里被他俩布置得非常有情调，日本料理，法国红酒，蜡烛。这一瞬间我对沃尔沃男还挺有好感，甚至产生了几分祝福他们的意思。吃饭的时候，沃尔沃男一个劲儿地朝我看，看得我有点发毛。我从他眼神里看到一点我也说不出来的感觉。

单靓去上厕所。沃尔沃男看着我，“李桑，都说亚洲人很保守死板，你是一个喜欢尝试新事物的人吗？”

我愣了愣，说：“新事物，我好像还行吧。”

沃尔沃男笑了笑说：“我昨天看到一种可怕的昆虫宴，但是吃起来很不错，如果是你的话，会试试吗？”

我说：“这个嘛，其实我一直挺想试试的，哈哈。”

饭后我赶紧回屋去了，并且表示自己有点累，睡觉很死。

他们就在那屋上网，谈话。忽然间我听到女人声嘶力竭的喊叫，“你马上给我滚！！！”还有响亮的扇嘴巴子的声音。

沃尔沃男一个劲儿说：“sorry，sorry。”

单靓披头散发地把他推到客厅里，然后把他的包砸到他身上，“你马上滚！”

我连忙上前去劝，“怎么着了，别呀，淡定点呀，有话好好说。”

单靓指着他半天没说话。然后说了一句，“他说，让我劝劝你，咱们3P！”

x！

我把拖鞋抓起来，照着他脸就是一鞋底，“八嘎呀路！”

沃尔沃男有洁癖，我这么一拍，把他弄崩溃了，他愤愤然地跑路了。虽然我想尝试下昆虫宴，但我也不能吃蛆啊。

屋子里静了半天，然后她大哭起来。我觉得劝也不是，不劝也不是。不管这人以前多游戏人间，想认真的时候，付出的时候，发现所托非人的时候，还是挺受不了的。我猜想，她这会儿也觉得面子上过不去，也不和我讲话，就自己抽烟，一根接一根。然后她把以前一个手机卡找出来，好像要给谁打电话。

我说：“你干吗？”

她放荡又悲伤地说：“我去试试长发男是不是真的身强力壮。”

我把她电话夺了过来，慢慢地劝她，“这个时候，你应该去喝一瓶热牛奶，洗个热水澡，做个面膜，听听音乐。”

她不理我。

我提高了声音说：“这世界有人想让你哭，你就得让自己笑，何况那日本人本来就是这样的人，是你想得太美好了而已。”

说别人的时候，大家都有的是道理。

“为啥要找个其他劈腿软饭男来报复，你下次不找个比他强的男的，就对不起你自己！”我嗓门儿更大了。

她把自己反锁在屋了。我心虚了，喊了一嗓子，“有本事你别自杀啊！”

然后赶紧回屋上网，把这事儿简略地告诉大狼。大狼是我一同学，哥们儿，我常常忘记他性别。

大狼：有人想和你3P，你应该感到高兴啊。

早知道他不能和我说什么好话。

大狼：你那舍友长啥样，是不是丰满型的？

我：你怎么知道。

他：肯定是想试试贫乳系啥感觉。

我愤然下线。然后我跑到她门口往里听，我真怕她自杀了。结果她在里面唱歌，爱情买卖。

呃……

半夜的时候她把我叫起来了，她说她睡不着。我说理解你，你这算失恋吗。她说失恋也是我甩他。我说是，其实他这个也不算背叛，你俩是对新事物尝试产生了分歧……

她捏了捏我说："是不是你还挺想尝试一下？"

……

3P是对女人极大的侮辱，要的话也是一女两男好不好，呃，这话扯远了。虽然我认同李银河老师的话，不应该对别人的性习惯大惊小怪，可是我还是接受不了。还有一个就是，就算这个社会开放到了那个程度，我也一直把沃尔沃男当成朋友的男朋友，这个从心理上根本过不去。但也可以感觉出来，他压根没把单靓当成正儿八经的女朋友。我觉得这才是单靓郁闷的地方，她自己觉得自己魅力够大，够爱对方的了，结果对方还是得陇望蜀。不过这也是第一次外国"友人"对我"示好"……

留文以纪念。

酒桌拼杀记

且不说单靓的感情生活，那段时间我非常忙。

我们公司接了几个项目，我们科室也非常非常忙，不仅忙业务，还忙着和客户吃饭。我们有个重要的客户，那个靠国家吃饭的单位，都是一群杠杠地能喝酒的，而且特别爱灌别人酒的人，他们领导有句话叫，宁可伤坏胃，不可伤了情。他们单位据说级别稍微大一点的人，退休得肝病、胃病的特别多。就这帮自己都不要命的人，他们能放过我们吗。

这周我们小头儿老刘就说："两个副总（有一个就是王浩），还有我们部和市场部的几个人凑两桌在星海广场里头吃饭，能喝的全上。"

我们屋的小姑娘纷纷表示不行，我也说不去不去。

老刘说："你看看你们，其实我们都在，你们也吃不了亏。况且喝酒就怕梳小辫的，女人才真的能喝，他们单位最能喝的就是那个女副处。你们女生要想升官发财，就得能喝，而且还得自己不醉，让别人喝，你们都不去，一色儿的老爷们儿也不好看啊，李晓达，赵娜，别人不去你俩得去，你俩主办对他们的业务。"

我和小娜被点名去了，还能不去吗？我硬着头皮就去了。

我和小娜都坐偏桌，这顿饭人不多，一共20人，估计得吃好几万的东西。事后统计，光红酒一桌就喝了30瓶，这群暴发户。主桌三个光头，坐着王浩和另一个光头副总，外加对方单位一个光头头目。三个光头，我最近在玩连连看，看着还挺带感的。老刘在主桌。偏桌的都是"孙子辈"，小心翼翼吃饭，集体去敬酒什么的，我和小娜谨慎地喝了两杯啤酒。同样是孙子辈，我们这桌的外单位的人，就非常亢奋，一直让我们喝酒。孙子何苦为难孙子？面对孙子，要拿出儿子的架势，我就不喝。你们爱乐意不乐意，老娘是出来混饭吃的，不是送命的。“连连看”的三个光头好像都挺 high。

我和小娜反复上厕所，上厕所的间隙，我遇到了王浩。

他脸都没怎么变色，“晓达，我给你发短信，你怎么停机了？”

赵娜异样地看着我，我有点不好意思，“我手机换号了，那个就是单靓以前那号。”

说完我有点不好意思，他也不好意思了，昨天他还往那手机上发过有点肉麻的信息，我也没回。

王浩说：“你俩不能喝就先走吧，没事。”

赵娜马上说：“王总我家里正好有点事，那我先走吧。”

王浩刚要说什么，另一个光头副总走过来，“谁也不能走啊，这个单子非常重要，走了多扫兴。”

王浩也没说啥，看来只能稍微喝点了。我们公司的人没有多年公款吃喝的底子，根本斗不过对方，侧桌除了两个女孩全趴桌上了，主桌也喝得天昏地暗，就在这时，我忽然发现我们桌多了一人。

老刘。

老刘趴在我们桌上。我和赵娜晃他，“刘哥，刘哥。”老刘抬起来，晕乎乎地说，“小点声儿，我不行了，你们快去个人顶上。”

谁也没打算动弹。

老刘忽然对着我，非常坚定而晕乎地说：“李晓达，这个工作你第一次参与这么大项目，作为 XX 大学毕业生，我一直都很重用你，可你不能太书呆子气，该冲就得冲，要不然大学白念了。”

我一直被各种人说我书呆子，人越什么样，就越烦别人说我什么样。于是我跑到那桌，端起酒就敬女副处，“徐姐，我刚参加这个工作不久，和您打交道有一段时间，特别佩服您的工作能力，我敬您一杯，您随意。”

徐姐看着我说：“敬我自己得喝三杯，白的。”

坑爹啊！

我长这么大还没喝过白酒，这个徐姐太狠了，本来就想和她意思意思得了，她还这么认真。

据说徐姐这人喝酒可以喝到下半夜两点都不醉，这时一桌男的全醉倒了，只有两个光头用一种看笑话的眼神看着我，剩下一个光头王浩也面无表情。这个时候犹豫就是冷场，我不允许这种事儿发生在我身上。

“徐姐，那我就先干。”

咣、咣、咣。

我的五脏六腑都在燃烧。燃烧吧，火鸟！然后我强忍被辣出来的眼泪，对着徐姐一笑。

徐姐拍了拍我，“行啊，小李，有点功力哈。白酒对女孩子不太好，我们还是喝红酒吧，我就喜欢和女生喝酒。”

您是想整死我吧。

王浩说：“徐姐，您和个小丫头喝，都不和我喝，看不起我不是。”

我心存感激地看了一眼王浩。他没看我。

徐姐说：“我和你喝，这小李我挺稀罕的，大家一起喝。”

三个光头都有点奇怪地看着徐姐，一般他们这种“大爷”辈的，不会太为难“孙子”辈。唯一的可能就是她喝醉了。有的人喝醉耍彪，有的人睡觉，有的人呕吐，有的人变态，徐姐就是变态那种。

我老后悔了，早该像赵娜那样老老实实死也不喝。

徐姐就逮住我了。光头处长逮住王浩。酒桌上 10 个人，两两一组，互相 PK。我这个人有个特点，醉酒特别快，一般两杯就醉，但是醒酒特别快，我晕 5 分钟就好了。后来我听说徐姐她们处被批评了，她们特憋火，这次算是找到孙子发泄了。怪不得这么不正常。我记不得喝了多少，晕了多少次。反正我把徐姐喝哭了。

徐姐说：“女人在外打拼不容易啊，不容易。”

然后我哭了。

我俩嗷嗷地哭。我忽然发现其他男的全倒了，全屋就剩赵娜一个清醒的。事后老刘说，他纵横酒场职场这么多年，没遇到今天这种不正常的事儿。我老是遇到不正常的事儿！

酒会之后那天我怎么回家我都忘了，但公司给我放了三天假，表示奖励。我们公司开始谣传我叫“李十瓶”——就是喝十瓶才开始有点反应。其实那天徐姐在我之前已经喝了 n 杯白的红的，而我只喝了点啤酒而已，外加上她心情郁闷，外加，我当时有点同归于尽的决心。要不然根本不行。

我喝哭徐姐的“美名”外扬了，老刘天天在办公室念叨那天的事儿。我必须得低调处理此事，要不然我岂不成了酒桌助理。我心里暗暗发誓，再也不喝那么多了，给我多少钱、放多少天假都不行。因为我一连一个月，身体都非常不舒服。人不能拿命去换什么东西，那些觉得不喝酒就办不成事儿的人，就让他们得脂肪肝去吧！我喝醉回家后，Dcup 半夜给我做了一碗醒酒汤。然后我宿醉，第二天，想吐吐不出来。她领我去了医院。我觉得其实她非常会照顾人，一点也不像富家女，她除了不着调儿以外，其他都非常符合贤妻良母的特质。我说：“你看你，一点也不像娇生惯养的，反倒我啥也不会。”

单靓瞅了我一眼说：“因为我根本没被娇生惯养过，我 12 岁就自己做饭，自己洗衣服。”

我俩都不说话了。

半天她说：“我不喜欢小孩儿，但是一旦我生了的话，我一定会非常娇惯孩子。”

人没有啥的时候，就想要啥，自己没有啥，希望孩子有啥。以后我要是有了孩子，我就啥也不帮他做，让他自己干，省得像我这样。我上学的时候家务、爹妈全包，但是青春期的时候我还天天烦躁地对俺妈说，哎呀你不惜迁叨吧。（大连话，表示啰唆）

Chapter 2

友谊

庭院深深帝都行

酒吧遭遇黑涩会

一见钟情二三事

初次相亲记

庭院深深帝都行

虽然对黄金周旅游全是人的景象心有余悸，但作为上班族，十一也是难得的机会。我在公司待了小半年，工作仍然没什么起色，感觉自己的雄心壮志也可以说是好高骛远，像温水里的青蛙，跳不起来了。单靓自打日本人那事儿之后，就有点没精打采，天天在家睡觉。我爹妈人家两个去南方旅游了，还表示不带我，我挺想去北京溜达溜达，但又觉得这个时候往京城里去，纯粹是想被挤死。单靓奶奶给她打电话，让她去北京，还嘱咐了一句，"把你们屋那个小朋友一起带来，就住我这儿，你俩陪老太太好好逛逛。"我去订了两张机票，我想去了北京，吃人家的住人家的，那么车马费我就该多拿点。

单靓准备了好几套运动和正统的衣服，来回换，特紧张地问："这样好吗，会不会看着有点邪乎？"

"不就是见你奶奶吗，至于这么紧张吗，我看老太太对你挺好的。"

"我奶奶倒不怕，就我爸、我后妈，他们本来就看我不顺眼，我再招摇点，死了。唉，幸好你陪着我，还能好点。"

她反复换来换去，仿佛不是去见亲人而是去参加面试，把妆卸了又觉得气色不好，涂了点粉底，加上腮红，又觉得太浓了。她居然还带了一本英语书，准备去北京看。我俩在飞机上，我一直想和她说点什么，她都心不在焉的。

京城就是不一样。

这个不一样，不仅仅是指好，也不仅仅是指不好，反正它就是大，而且给人一种胸怀博大的感觉，但实际上我知道，它的胸怀很少拥抱外地人。我俩下飞机了，一个50多岁挺精神的阿姨来接我们。

"莉莉，想死阿姨了。"阿姨离着两米就激动地喊。

莉莉大概是单靓小名吧。

"啊，周姨。"

她们俩拥抱在一起。

这位周阿姨，据说是她奶奶的秘书兼保姆，一直跟着她奶奶。

"这是你的朋友呗，来来来，外面车太多了，不好停，咱们得多走一会儿。老太太本来亲自要来，结果交通太不好，怕她在车上待久了难受。"

车窗外的景色越来越优美，车也渐渐不拥堵，10月的北京，是最好的季节，有些许落叶，秋高气爽，显得恢弘大气。

车上，周阿姨说："明天，小珊从美国回来，你爸爸他们都来看你奶奶呢，大家吃个团圆饭。"

我明显感觉单靓的脸抽搐了一下。

又开了将近半个小时，才开进一座四合大院。这个大院和老北京普通民居明显不同，虽然外面看有点旧，但是样式很考究，面积也挺大。我们走了进去，门槛儿挺高，需要把腿抬得挺高才能迈过去。院子里种了花草和树，挂了几个鸟笼，还有假山和溪水。看得出主人是个很有生活情趣的老人。老太太站在院子里迎接我们，比我上次见的时候，要苍老了一点，但仍然很精神。

"莉莉来了。"老太太轻轻地喊了一声。

"奶奶。"单靓快步走上前，握着老太太的手。

老太太侧过身，看着我，说："是小李哈，比上次见出落得更好了。"

我连忙问好寒暄。

老太太让司机和一个年轻的小保姆把我们的行李放在一个屋，老太太说："都饿了吧，大家随便吃顿饭。"屋内的摆设看起来并不奢华，书柜占了很大的地方，还有很多中国水墨画，外加几件古色古香的摆设。我看到一幅齐白石的作品，不知道是真迹还是赝品。

八仙桌上菜不多，但色香味俱全，有海鲜，比在大连看到的还新鲜，应该就是空运过来的吧，旁边放着一盘水果，有些我甚至说不出名字。老太太、周阿姨、单靓，还有我，四个人坐着吃饭。老太太对我说："小李，别客气，和自己家一样，单靓在那边，多靠你照顾，我应该先谢谢你。"

"奶奶你太客气了，其实她倒是常帮我的忙。"

老太太身上有股劲儿，虽然非常随意，但让旁人不敢造次，我情不自禁地淑女起来，小口小口慢慢吃饭。吃完饭老太太要去睡午觉。我和单靓坐在大院外面发呆。

单靓说："早知道我妹回来，我就不来北京了，省得见我爸他们。"

我想劝劝她，但似乎她并没有听我劝的意思。

她望着屋顶慢慢地说："我知道你想说啥。你知道吗？我从生下来就让我爸特失望，他想要个男孩子，后来我小学的时候，有整整一年，我没见过我爸爸妈妈。然后有一天，我爸忽然来学校接我，我特别高兴，他铁着脸说要带我去外地，去香港玩，我当时乐疯了。那是我第一次去香港。下了飞机，我说想去海洋公园玩，他不理我，他说带我去看病，我想我也没病啊，就那么迷迷糊糊地被带到医院抽血。后来过了一段时间，我明白了，他是带我去做亲子鉴定。还好，我是他女儿，没让他丢人，但又很不幸，我确实是他女儿，老给他丢人。"

这段话单靓说的非常非常地慢，声音很低沉，但每个字都很清晰。静得院子里的鸟儿都停止了啼叫。

我也不知道该说啥好，轻轻地握了握她的手，一瞬间，我好像看见晶莹的东西从她眼角一晃而过。然后她又恢复了无所谓的表情。

“晓达，明天帮我担着点，就说我天天在家学习，研究做买卖神马的，争取管我爸多要点钱。”

第一天在郊区周边转了转，第二天在一种“好奇又有点说不出的紧张”的气氛中到来了。起先我推脱说既然单靓家人聚会，我就自己出去逛逛。但老太太坚持说：“这回小李你千万别见外，我们家人都是很好客的，而且单靓她……有点不自在，你陪陪她。”

单靓也拉着我说：“你别走。”

那就留下来吧。

虽然说蹭饭倒是没什么问题，可压抑的气氛已经出现了，让我也挺想跑的。

老太太亲自下厨，还有外请的两个厨师，周阿姨指挥两个小保姆忙得不亦乐乎。我和单靓几次说要帮忙，都被挡在客厅里吃水果、看电视。

大概快 11 点的时候，院子里有人喊，“妈，我们来了。”

一男一女两口子，女的看起来才 30 出头，都很“出挑”。

女的走进客厅看见单靓，她起身，叫了一声，“小姑，小姑夫。”

长得真够年轻的，她小姑肯定也得 40+。

她小姑笑着边走边说：“莉莉呀，真是稀客儿，你可真会享受啊，也不帮你奶奶去厨房忙。”然后她径直走过去，也没看我一眼，就把东西放在桌上，往厨房去了。后面那个男的，看着我俩笑了笑，“你俩先坐着坐着哈。”然后他也跟着小姑出去了。

单靓鼻子里哼了一声，然后说：“看来我真不是坐着看电视的命，刚看一会儿，就被人批了。”

小保姆过来一个，“两位，去饭厅吧，差不多都好了。”

单靓把电视一关，“走晓达，吃饭去，别见外，想吃啥吃啥。”

我俩穿过院子往饭厅走的时候。大门又开了。 一个十来岁的小胖男孩冲了进来，“奶奶！”

随后一个又高又瘦的年轻姑娘，也跟着进来了。

“姐！！”这姑娘和单靓抱到一块儿去了。

我仔细端详了一下，这姑娘应该就是单靓去美国读书的同父异母妹妹小珊，长得和单靓有几分相像之处，但是比单靓更瘦，更高，比例协调。这姑娘非常好看，而且是那种端正的好看，穿的衣服也很简洁大方，有挡不住的贵气。小珊把目光投向我，非常有礼貌地一笑，“姐，你给介绍一下。”

“啊，这是我朋友李晓达，和我住一块儿，人挺逗，奶奶挺喜欢她的，让我带她过来玩儿。”

单靓转向我说：“这我妹妹小珊，在美国念书，读经济学。”

小珊又莞尔一笑，“幸会幸会。”

话音刚落，又前后脚进来一对中年夫妇。男的长得高大，稍显发福，女的保养得很好，梳着沙宣头，拿着好看的包。男的女的看到单靓愣了愣。

中年女人走上前亲切地说："莉莉呀，昨天什么时候到的啊？"

单靓也亲切地说："昨天中午就到了。"

中年男子说："咱们站着这干什么，进屋说话。"

小珊撒娇，"爸爸，你给奶奶带的礼物怎么没从车里拿出来，你真健忘。"

男子马上笑得一脸皱纹，"唉，你爸爸快得老年痴呆了，我这就去拿。"

小珊说："我去吧，我去吧。"

"那可不成，宝贝，那沉着呢，你和你妈进去见你奶奶吧，她老长时间没见你了。"

然后他转身去拿东西，忽然想起什么，喊了一嗓子，"单靓，你过来帮我拿点东西，我一个人搬不过来。"

单靓愣了愣，然后赶紧跟着她爸出去了。

终于开始到饭点儿了。奶奶把我给大家介绍了一番。大家都冲我微笑，有笑得特别礼貌的，也有皮笑肉不笑的。单靓的妹妹和那个小弟表现活泼。

小姑坐在小珊旁边，拉着小珊的手说："哎呀，想死我了，我下个月和你姑父去美国看明明，你有空陪我不。"

小珊调皮地说："那我得赶紧调档期了，您不知道国外的课程比国内我读的一年紧多了。"

姑父坐在单靓那弟弟旁边，捏着他的肉乎乎的小脸对着单靓后妈说："嫂子，您看这孩子营养多足啊，看我家明明，瘦得要命，唉。"

单靓后妈就开始和她姑父交流"饲养心得"了。

单靓她爸和我聊天。他说："听她奶奶说，你这个孩子不错，单靓不太懂事，你多督促她进步。"

我说："叔叔您别那么说，单靓最近一直在看书弄网店，经常在家收拾东西，做东西也挺好吃的，挺能干的，比我强多了。"

开饭了，东西都非常好吃。不过我注意到，小珊和她弟弟说话的时候，全家人都乐，单靓讲话的时候，也只有奶奶和小珊和她交流。我尽量不说话，偶尔别人问了我再说。

下午的时候，大人在家打麻将，四个"孩子"由司机带着出去逛京城。那个胖小子不太懂事，挺嚣张的，也就小珊能呵斥住他。他不搭理我和单靓，单靓也不和他讲话。倒是小珊对我和她姐都蛮热情的。可是我面对小珊却产生了一种自卑感。这种自卑感，是我和那帮"名媛"打交道时所没有的。因为那帮人也只仅仅比我有钱而已，有的还特彪。而这个小珊，什么都比我们强，还受着多方宠爱，也一点不骄纵。但她身上有种与生俱来形容不上来的优越感，压着我们。我想她姐姐，也就是单靓，感触应该比我更深吧？

我们在外面玩到挺晚的时候，小珊电话响了，是她爸。小珊表示，"一会儿就回去了，老爹你别操心了。"然后把电话给弟弟，"小宝，老爸太扯了，才离了你这么一会儿就要和你唠会儿。"

爷俩噼里啪啦说了半天，小宝把电话挂了。我和单靓都在等她爸给她打的电话。可是没有。

小珊说："咱们回家吧。"

单靓说："你俩让司机送回去吧，我和晓达、奶奶说好了，我俩去一个朋友那玩儿。"

小珊撒娇地挽着她，"回去吧回去吧，老姐，我可过几天就回美国了。"

单靓说："等明天姐找你逛街哈，听话哈。"

小珊他们走了。

单靓说："晓达，陪我去后海，我想去酒吧。"

酒吧遭遇黑涩会

Dcup 约了个北京妞在酒吧见面。据说后海的酒吧比三里屯要安全点。

音乐嘈杂，人声鼎沸。

一个穿着芥末黄丝袜，化着哥特式的妆容的姑娘走过来——我一直觉得芥末黄丝袜没搭配好，就和得病了似的——芥末黄冲上来，居然先和我拥抱了一下，"她老和我说你，李晓达是吧？"

单靓说："嗯，这姐们儿不错，就是胸小点。"

……

芥末黄说她叫小麦。小麦？颜色挺像的，我心里管她叫芥末黄。

Dcup 说："走咱们去吧台喝点去。"

一个打扮挺像游戏宣传片的女服务员给我们点酒。要了一堆啤酒后，Dcup 点了一个彩虹系列，我要了杯"波斯猫"，芥末黄要了"红粉知己"。

舞池开始有人了，节奏点打起来了，灯光晃起来了。我感觉心脏被震得怦怦怦的。长期在这儿待着，容易耳聋。女服务员和芥末黄、单靓玩吹牛游戏。我不会玩。看了半天还是不会玩。而且我喝了一杯，快要睡着了。在酒吧喝一杯酒睡着的人上辈子都是缺乏睡眠的天使。当初我是怎么把徐姐给喝哭的呢？

服务员笑着对我说："你是学生吧？"被人看出来嫩来了，我故意做出见过世面的表情。女服务员陪我们喝酒。我们点的酒她喝了能有一半。花钱请一个女的陪我们喝酒——这也太不划算了吧？可那两人挺 high 的。最后她俩直接去舞池跳舞了。Dcup 完全像个朋克女孩，芥末黄化妆太浓，看不清啥表情。

我去卫生间。厕所蹲位都满了，我拐出酒吧门口想醒醒酒，打算透口气的功夫，忽然看到几辆车，下来一群人，像黑社会的。走近一看！果然是黑社会的！因为我看到文身了！而且文的还不是蜡笔小新，Hello Kitty 什么的。这个社会太疯狂了。

一个像老大的男人，搂着一个女的下了车。这个女的远处看长得不怎么好看，可是人家是老大的女人，表情也很拽。他们走进酒吧，我也跟着进去了。那女的去卫生间，我也跟进卫生间，在她身后等蹲位。

这女人 30 岁左右，有点老，但挺有女人味的。

一个面向我的蹲位开门了，我谦让一句："你先吧，我不急。"那女人奇怪地看我一眼，进去了。

我居然情不自禁拍起马屁来了。等我回到舞池边上时，Dcup 和芥末黄还在那跳啊跳啊。我和服务员唠嗑，服务员小声说，"那谁，疤哥来了，你们都小心点，别惹到他们。"

"八哥？"

"刀疤的疤。"

"那个穿亮片小披肩的女人，是不是他女人？"

"嗯，秋姐，人还不错，不过离远点，上次有个女的不开眼，惹了她，最后被逼着喝尿。"

我听完就想跑了，我要镇定，我并不是个胆小的人。但是我还是很想跑，好汉不吃眼前亏。在危险靠近的时候先跑了，比从危险中死里逃生更酷。我可不想喝尿，自己的尿也不成。

我准备去舞池里把 Dcup 和芥末黄都给劝走。但是她俩不听我的，还拉着我一起跳，我也不可能大晚上自己回去。真是怕什么来什么。芥末黄在舞池和人吵起来了。不过幸好，不是跟那个"秋姐"，而是一个同样哥特妆容的烈焰红唇女。不知道为啥。

芥末黄很大声说："你TMD少装 b！"

烈焰红唇女说："我是装 b，你他妈不用装，你就是一 b！"

芥末黄说："对，我是一 b，你他妈是我妹，你是 2b！"

她们俩采用了"同归于尽"的骂人方式，承认自己是"b"，同时攻击别人。

烈焰红唇女推了她一把说："丑人多作怪，看你长得脸着地的样！"

两个人撕扯起来了，扯头发，撕裙子，周围一片起哄声，酒保上去拉人。场面相当混乱。

女服务员镇定地说："每周平均打一次。"

我站在人群外面，挤不进去，只能隔着人墙喊："行了别打了。"我有气无力的声音被乱糟糟的背景音和嘈杂声挡住了，酒保们也太不给力了，连两个老娘们儿都拦不住。

对了，单靓哪去了？

Dcup 自己在一边跳舞，晕乎乎的，估计她才反应过来这是怎么回事。相比较而言，单靓不是一个特别爱惹事的人。

她硬挤进人群中，试图拉开芥末黄，"算了别和这傻 b 计较。"

这句话简直不是劝架，是火上浇油。

那边也上来一个女的，冲着单靓喊，“你们俩傻b，今天谁也别走。”我觉得单靓本来就一肚子火，这下可找到地方发泄了。她二话不说上去就打那女的。那女的劲儿挺大，一把把单靓推到人群里。单靓重重地撞在一个穿着闪片披肩的女的身上。我傻了，那不是那个“秋姐”吗？身上有文身，“大哥”的女人，惹她的人都会被逼着喝尿的那个。

“秋姐”吓了一跳，下意识或者有意识地踹了单靓一脚，“我x！”结果单靓站起来反手给秋姐一个嘴巴子。

啪！

结果全场都静了。连刚才那俩女的也没动静了。

秋姐面带惊愕，捂着脸。我看见远处那几个“黑社会小弟”也往这边望，要走过来了。妈呀，今天玩大了，太刺激了……我还是赶紧跑吧！单靓根本不知道自己捅了个什么马蜂窝，还在疯喊，“不带你们这样欺负人的！一群傻b！”你都打人一嘴巴了，谁欺负谁啊。秋姐没动弹，表情冷峻。我忽然觉得要是我转身就跑了，以后就再也没法混了，我脸上会刻着四个字——“不讲义气”。那我怎么办，等着陪着单靓一起喝尿吗，会不会被强迫拍裸照，能让我穿个裤头吗。还是报警，给她奶奶打电话。那样单靓非恨死我不可，她宁可喝尿，我估计。生活就是这样，有时候就得让你短时间内迅速做出判断，不管是对的还是错的，压根不允许你迟疑。那几个小弟走过来，我必须抢先。要不然单靓就倒大霉了。我丝毫不怀疑，单靓家人可以摆平这个事儿，但远水解不了近渴，况且，她肯定不想让她爹她后妈知道这些事儿。我带着杀气，拨开人群，冲到单靓眼前，狠狠甩了单靓一个大巴掌。打得她一踉跄，蒙了。

我破口大骂，“穷得瑟什么！”

我转向秋姐，“太对不起了，这是我小妹，您大人大量，她才十七，失恋，喝多了，本来就挺二的，现在脑子也不好用！”

然后我转向单靓，又给了她一嘴巴子，用力之猛，我手心和心里都有点微微的疼。

我说她十七，一方面是想引起对方同情，另一方面是想告诉秋姐，这孩子还是未成年人，受法律保护。好在她化妆一向走幼稚路线，灯光又昏暗，说十七也不算太扯。

“我刚才在边上看了，这位姐根本没惹你，赶紧的！道歉！要不然叫你爹从部队赶过来，抽不死你！”

其实我不知道单靓她爹到底是哪路神圣，先说出来吓唬人玩玩。单靓说得对，我厉害起来也是挺蒙人的，虽然我平日总是一副挺萎靡的样儿。

这时两个黑社会小弟走过来了，秋姐向他们摆了摆手，对我说：“算了，看她年纪小，不和她计较了。”

然后转身走了。

单靓眼睛瞪得圆圆的看着我。

这个时候芥末黄溜了过来，低声说：“妈呀，姐们儿，牛逼，干得好！老单，咱们赶紧走，那些人惹不起。”

单靓还是挺懵的，要不是她信任我，估计也能给我俩嘴巴。结果我们前脚刚想走，刚才打仗那红唇女和另外一个女的过来拦住我们，“妈的！你们别走！”

你说你们这种小太妹跟着搅和啥？秋姐刚才被我弄得觉得再追究有点没面子，可她万一反应过来越想越来气怎么办？我想赶紧走，可这红唇女和大力女俩倒霉孩子非要和我们决一死战。

我和单靓说：“你要信我，咱们赶紧走。嘴巴子的事，回去你扇我 20 个都行。”

我和芥末黄拉着单靓，绕开那俩女的，“行了行了，都是我们的错，你们好好玩吧。”谁料那红唇女不依不饶的，上来就来挠我。我一闪，脖子上留下一道尖尖的划口。

长这么大，第一次被狗咬了。

芥末黄和单靓又火了。

我指着划口保持着头等舱的微笑说：“行了，出够气了吧。”

她们几个全愣了。我拉着她俩，赶紧出了门，打了车。芥末黄在车上给单靓普及那“秋姐”的来头。

单靓瞪着我俩说：“李晓达，小麦，你俩太面了，亏你想得出扇我嘴巴子。我们鸟她啊，什么黑社会，算个鸟？我小姑夫就是专治理黑社会的！”

她喝大了，我压低了声说：“对，你牛，你们家都牛，但你想让你家里知道这些吗？”

这句话说得单靓酒醒了，连忙问，“我脸上是不是有伤，明早见我妹怎么办？”

幸好单靓脸上的伤不明显，也能糊弄过去。我突然意识到，我一直在跟着 Dcup 的圈子走，结果尽碰到些“大开眼界”的破事儿。不能老这样，应该带她去我的圈子走走。我觉得她就是一个傻孩子——其实我也不精，要不然事业怎么老没起色，感情也没男人被我迷得颠三倒四的——可是我知道，怎么让自己过得“正常安全点”。

又在北京待了三天，老太太招待得非常周全，临走的时候，老太太把我单独叫来。

老太太说：“小李呀，我想你是个聪明的孩子，你应该知道一些我们家的事。我呢，年轻时候是从事教育的，可惜，自己家孩子没教育好。我说的不只是莉莉，还有她爸爸，对莉莉太冷漠了。我这三个孙子孙女外加一个外孙，我都一样喜欢，只是莉莉，也就是单靓，我觉得这孩子从小太可怜了，我也知道她有些荒唐，虽然我不是老封建，但是我希望她身边有个能对她负责的人在她走险的时候拉拉她，孤单的时候陪陪她，我知道莉莉本质是个善良的孩子，我活不了几年了，小李，帮着奶奶对她好，好吗。”

这话说得我眼泪含在眼圈里。

我们回大连后，单靓一个劲儿和我提“还我 20 个嘴巴子的事儿”。

我表示，“被我打了两嘴巴，总比被逼着喝尿，不穿裤头、内衣拍裸照好。”

她说，“老李你要是穿裤头，不穿内衣照裸照，别人看了会以为是泰国人妖。”

“不就是胸前多几两肉嘛，有什么了不起，再打击我就把肉剁了炖豆腐。”

“叫你磕了，真恶心！”

本来的嘛，我每次看见安吉丽娜·朱莉都想把她那大厚嘴唇子剁了炒盘菜。看来我本质挺变态的。

一见钟情二三事

"假期综合征"上了班也没缓过来，还觉得自己住在北京大四合院，天天吃"国宴"。老刘委婉批评我多次。我那个同学哥们儿大狼在北京读完"研究僧"之后，回到大连工作，让我帮着找房子。他还说，要是找不到的话，要不然我去你们那三居室，咱们三个同居吧！我看他是想完成日本人没有完成的心愿。

Dcup 居然对大狼到我们这同居的提议非常感兴趣，因为她听我提过大狼这人，是个说话非常不着调的男的。

所谓的不着调，仅限语言，他其实挺老实的，典型理工科男，脑子里全是编程。但是我不同意，我可不想和他住一块儿，大学的时候他们宿舍拖布上都长蘑菇，虽然我没洁癖，也不想天天给他打扫卫生。我给他找到一个两室一厅房子，二房东出租另一间，地点价位什么也还算合适。那阵子单身女生自己去看房被人强奸的案例挺多的，我希望有个保险，就让 Dcup 陪我去。

Dcup 说："哈哈，就算他见到你没这个色心，看见我这样的也会。"

太自恋了。

我和二房东定了个地点，早早地到了，定了晚上 6 点，结果二房东 6 点 20 也没来。给那人打电话，还关机。真是的。

我们刚要走人。忽然走过来一个人，灯光昏暗，看不清样子，他说："是来看房子的吧，不好意思，我公司有事儿，电话也没电了。让你们久等了。"

我有点不耐烦，"没事没事，赶紧看房子吧。"

那人就在前面走，我俩在后面跟着。他忽然扭过头来说："就在前面那个楼。"

正好在路灯下，我看清了他的脸。浓浓的眉毛，眉毛太醒目了，以至于先注意的就是眉毛。可是眼睛也很醒目，虽然不大。我觉得这就是和我梦中情人一模一样，倒也不是多帅，就是那种感觉。从小学二年级起我就没有这感觉了。我咽了口水。

那个屋有点小。阳光还不足。大狼反复叮嘱我，要我给他找个大点的卧室。但是一个男的嘛，住那么大干神马！他和这位帅哥一起住，不就意味着我有机会认识这帅哥了吗。不管了，就这了，定了定了定了。

Dcup 和我说："是不是有点小啊，咱们要不换个房子看看吧。"

“不换不换，这挺好的挺好的。”

大狼知道了估计会被我气死。

我们就签了一份他拟订的合同，交了点押金。他给了我们一把房间钥匙。他说：“你朋友过来住的时候提前给我打个电话，我把大门钥匙什么的再给他。”

出门的时候，Dcup 说：“这房子也不好，房东长得还那么丑，你干吗那么痛快定了，你是不是找房子嫌麻烦啊。”

房东长得不丑好不好！！！！！！

看完房子后，因为激动，我回去有小半宿没睡着。反正我就是有小半宿没睡着。我以前上学的时候，作文为了凑字老写重复语句，被老师骂了几次，但后来我读到鲁迅先生写过，“门前两棵树，一棵是枣树，另一个也是枣树。”有的人骂他写病句，但是我觉得这个是文豪的功底。重复有什么不好，“恒源祥，鼠鼠鼠，恒源祥，牛牛牛……猪猪猪”。你们还记得这想让你砸了电视机的倒霉广告吗。不就是因为重复强调你才记得住吗。所以我就是小半宿没睡着。可是后半宿，我困了，也清醒了。我也不小了，早该过了花痴年龄。这凭着看一个人长相和他说话的神态，声音，不实际。而且对方叫啥我都不知道，说不定人家孩子都打酱油了。 这么想觉得挺对不起大狼的，给他租了那么一间小屋，但是也是给他省钱嘛。于是我良心又安了。大狼下个礼拜才能回大连，说实在的，我还是挺高兴的。

大狼其实长得也不丑，虽然不注重打扮，倒也不是特不入眼。以前他们还传过我和大狼的绯闻，后来也不了了之了。我和大狼都觉得对方是个好朋友，但是十分不适合当男女朋友。

况且大狼念书一直到研究僧，从来没谈过恋爱，我老觉得这种男的，心理有点异常。

在纷乱的思绪中，我入睡了。

第二天上班脑仁儿疼，想睡又不好意思睡。结果一个电话，给我弄清醒了。

一个女的电话，找高瑞。

高瑞是我们办公室一人，据说和大老板也有点亲戚关系，天天挺嚣张的，把东风开的和宝马一样牛逼。高瑞坐我对面，不过他还没来。

我说：“他现在不在，你哪里，要不打他手机……”

对方情绪激动地说：“高瑞关机，去他爹的，你帮我问问他，我肚子里孩子生不生，不生他露个面！”

给我吓了一跳，我刚挂了电话。旁边赵娜分机号也响了，也是那个女的。然后办公室电话响了个遍。大家接完电话后，意味深长的互相看了一眼。不出一个小时，全公司上下，都知道高瑞要当爹了。

这个事儿到底怎么处理，我就不知道了。光知道，高瑞几天后上班。等他上班的时候，仍然一副很拽的样子，见了我还说：“晓达啊，你看赵娜天天有人上下班接，你赶紧找个男朋友啊。”

靠，我都叫你这类人弄得没啥信心了。

高瑞可真够厚脸皮的，一般别人遇到这事儿，都得萎靡一两个月。

老刘走进来说："咱们公司 35 岁以下的人要去素质拓展，付家庄那住三天。"

拓展？我一直觉得和传销一样，请几个老师给你洗脑，然后一群人做游戏。人家告诉你，你上不去，挣不了钱都是因为你"素质"不行。要团结友爱，要忠于集体。blablabla，我只关心吃得好不好……

我告诉 Dcup，我三天都不回来了，你自己可以随便"happy"了。

单靓一本正经地说："戒了"戒了神马，戒了男人吗。鬼才信。

素质拓展了，一早就去报到。公司其他姑娘小媳妇都"三两成对"早就成团，新人也很难进来。

关系太好有时候也是负担。只不过，感觉毕了业之后朋友越来越少，也是蛮寂寞的。打乱分组，我和高瑞、小凤等 10 人分一组，王浩是组长。我觉得好长时间都没见到王浩了，他也不怎么坐班。小凤是别的部门的美女一枚，我努力亲切友好地向她一笑，牙都咧开了。她抿着嘴，对我轻轻一笑，然后把头转过去了。我瞬间感觉挺受打击的，看来我太脆弱了。高瑞倒是苍蝇见到血了，对小凤大献殷勤。我只好杵在那里。

小凤和其他几个女的倒是聊得挺 high 的。念书的时候，我一直是个人缘很好的人。弄得我挺想插话的，但是似乎我的话题引不起她们的兴趣。她们之间倒是亲密无间。虽然认定了，无需刻意和同事交朋友，但是还是对自己交际能力和人格魅力产生了怀疑。

这个时候王浩走过来，看了我一眼，说："想什么呢，走去讲堂。"

我肯定刚才表情像 2b，果然是洗脑。一个非常有激情的男人在上面大讲，右脑风暴。他的激情都喷在第一排人的脸上了。

这个人为了秀自己记忆力，大背特背各种千字文，岳阳楼记，英语，英语段子。确实背得挺溜的，但我总疑心他天天就背那么几段，然后忽悠我们，他讲完了又上来一个女的，慢悠悠讲如何做一名有潜力的员工。

我饿得都不行了。但是到了中午 1 点，仍然没有讲完的意思。终于讲完了，王浩站起来说："大家去吃饭，12 菜两汤，非常丰盛。"大家蜂拥而至，确实挺丰盛。但是都是"凉菜"，厨师 11 点半就都做好了。凉菜就凉菜吧。赶紧吃完。吃饭的时候，我想拿下饮料，高瑞坐在那不动，我喊了一声他才懒洋洋地给我递过来。结果还没等小凤说话。高瑞就站起来，殷勤地给她倒。这也太……我心里骂高瑞一百二十遍。我给 Dcup 发短信诉苦。Dcup 说那个高瑞，估计刚扼杀自己未出生的骨肉，还那么 high，真够可以的。就是就是。我估计那小凤其实也看不上他，白献殷勤。我拿了一大杯饮料，给自己倒的满满，咣咣地喝。

吃完了，下午大家又要去参加口才风暴了。都匆匆地走了。就我一个人慢悠悠地往那面挪。王浩回头看了我一眼，然后指了指我的嘴。嘴角还有两饭粒。

5555555，我果然像 2b。口才风暴，要每个人上去大声先念一段绕口令。我念的就是"葡萄皮"的，这个最简单还念着念着打了一个嗝儿。给我囧的啊。下面人想乐又没太敢乐。主持人说，这个中午饭果然丰盛啊。哄堂大笑。然后是故事接力。我快睡着了，到我这，我瞎说了几句，就传给下一个人了。我觉得我脑子从十一回来就一直细碎的。

高瑞的口才极好，怪不得他那么可恨还能找那么多女朋友。男的嘴好绝对是个优势。讲师鼓励大家上去讲一个关于自己的故事。谁也不去，王浩上去带头讲。他说他以前是个结巴，一直不爱讲话，直到后来马上要工作了，他为了克服才……这没想到，不过王浩确实喜欢言简意赅。

真的熬到晚上，又搞篝火晚会。露天唱歌。还有设备。每个人都要唱一首。公司有才的人太多了。王浩、高瑞、小凤唱的都不错。连一向不爱说话的赵娜唱歌都有点梁静茹的味道。我浑水摸鱼没去唱，要不然非要几个命。忽然我挺失落的，我觉得我真是个书呆子。和同事也融不到一起去，唱歌也不好听。真是抑郁。

第二天要好玩得多了。穿越封锁线什么的，钻网什么的。我们组让最壮实的那位先钻，这样洞就大了，大家就好钻了。我天生小脑不发达，动作最慢。救伤员，一群人抬一个。

王浩看着我们说："咱们选个最瘦的女生。"明显我和小凤属于这一范畴。王浩说："你俩都多少斤。"我 100 上下。小凤才 93。可是小凤不上，她说："当伤员怕怕的。"那我就上了，反正我也笨手笨脚的，和伤员差不多。可是我心里也怕怕的，但是我嘴上说没事儿，大家轻点儿摔哈。

我对高瑞特别不放心，他对他感兴趣的女的特别宝贝，对他不感兴趣的女的，特别不在意。他还抬我的头，别给我弄植物人了。 真是怕什么来什么。走架起来 4 米多高的"桥"的时候，不知道谁的手一松，很可能是高瑞的，我从担架上翻了下去，往下掉。"啊！"小凤叫得比我声还大。但是各方神仙保佑，在我惊魂未定的时候，我意识到我掉在底下的防护网里。虽然勒得我生疼，但好在没什么事儿。

王浩跑过来，把我从网里抱了出来，"你没事吧。"

我冲他笑了一下，笑得比哭还难看，"没事，轻伤不下火线。"

王浩说"你别上了，在下面休息吧，换人吧，大家一定都要注意安全啊。"

我在下面很 2 的坐着，喝汽水，心脏还没有从刚才的事情中缓过来。

这个时候大狼给我打电话。"老李，我提前从北京回来了，后天就回，你来接我吧，带我去你给我租的房子。"

"好。"

"你肿么了，被人煮了吗，怎么那么没精神。"

我忍不住把刚才那事儿学给他听。

"脸着地相当于整容啊，哈哈。"

我就知道他不能说什么好话。我和他叽歪了半天，挂了电话。

王浩走过来说："男朋友电话呢。"

我吐了吐舌头说："不是，是男的朋友。"

"男的朋友也可以发展发展，呵呵，晓达，说真的，你有没有男朋友。"

说没有挺不甘心的，但也只好说没有。王浩想了想说：“我给你介绍一个吧，有空让你俩见面吃个饭，怎么样，行不。”

“行啊。多谢王总对我们单身女性的无微不至的关怀。”我小贫了一下。

王浩能给我介绍什么人，估计也是富二代或者是有点钱的，他之前就老和我说女的该找个比自己大四五岁的经济条件稍微好点的。

但愿不是刘斌那种。（之前提过的艾果姐姐那个无性婚姻、婚外情不断的那个）虽然我估计我不属于欲女那种，但是也不能“一年一次”！

初次相亲记

素质拓展终于结束鸟，吃了三天“凉菜”我无比想回家喝口热汤。我回家，Dcup给我大大的拥抱，“我想死你了。”我觉得挺奇怪的，一方面我和很多人只能保持在友好的阶段，怎么努力，也很难交心。另一方面，有些人没来由就是挺喜欢你，甚至你一开始还挺烦她。Dcup就是其中一个。应该说现在我也挺稀罕她的。

我想起来我该联系房东了。想到这儿我还是挺兴奋的。我还挺紧张地给他打电话。我想了五分钟这词儿怎么说，怎么能给对方留下逻辑鲜明、声音柔美的印象。

电话接通了，一个非常有磁性的声音，“喂您好。”

“喂，您好，我是上次租房子的小李，我朋友提前回来了，明天晚上就到，先约个地方，你把钥匙都给我吧。”

“行，你现在在哪个位置。”

“我在丽华小区。”

“挺巧的，我在这附近，这样吧，你出来，在丽华小区外面转过来那个大转盘车站等我，我坐两站公交车过去。”

我迅速冲进卫生间，一顿洗脸，梳头，往脸上抹“大白”，还在衣柜里瞎翻。

Dcup说：“你干吗呢，你有约会？”

“没有没有，就出去溜达溜达。”

“你肯定有问题，看你那小贱样，我要跟着去。”

我没理她，飞一般地冲出去了。

我到的时候，房东先生已经到了，穿着一个长袖T恤，运动鞋。这玩意儿都是第一次惊艳，第二次看也就那么回事，一个30岁以下的男子而已。

他把钥匙给我了，问我，“是你和你对象一起过来住吗。”

他显然以为大狼是我对象。

我说："不是，他就是我以前的同学，在外地念书毕业了，回来了。"

我说："我把你电话给我同学吧，你怎么称呼。"

他说："我叫陈牧，放牧的牧，在软件园上班。"

晕，看来他和大狼是同行。

"你也是搞 IT 的？"

"嗯。"

果然他有点天然呆的意思。

回来我还略感失落。不知道为啥。正好王浩说周末给我介绍一个对象。那就去看看呗。 这居然是我第一次相亲。我的父母和我身边朋友的爹妈不一样，他们对我的婚事有种"无为而治"的念头。从来也不催我找对象，我妈甚至还和我大谈独身的好处，但是他们俩会八卦我。从小学到大学，和我关系好的男同学都成为两人八卦对象。一度我妈还认为大狼就是我男朋友。

按 Dcup 的话说，一般来讲，第一个和最后一个相亲对象是比较靠谱的，中间那些都是浮云。

这么有经验了，看来她相了不少次。

Dcup 说："你看我 QQ 上有个组叫浮云不？那些人都是我相亲过的对象，大部分都不讲话，少部分成了酒友。"

"没有炮友吗？"我贱次次地问。

"给我介绍的都是家里人认识的，我彪吗，我和他们上床。"Dcup 表情正义不容亵渎。

王浩办事挺靠谱的，周五晚上，他给我打了个电话。说给我介绍的是他高中同学，比我大五岁，本科毕业，父母都是公务员之类的，在大连某个银行工作，有房有车。

我听他这么一说，忽然觉得这事儿挺靠谱的。如果他给我介绍一个富二代，倒挺不靠谱，这个人应该就是那种"不差钱"家庭，但也不是所谓的"有钱人"，也算素质不错，靠自己努力。比我大五岁，也挺成熟的了。可见王浩是正儿八经想给我介绍个靠谱的。

同时周五晚上，我迎来了大狼同学。穿个长袖 T 恤，运动鞋。恩？他居然和那个陈牧穿一模一样的 T 恤！他俩不会发展成好基友吧。他在机场待了挺久，有点累，反倒老实挺多，没太多话。我就带他去住的地方去了，陈牧在家。也穿着那个 T 恤，大拖鞋。他俩见面愣了愣，然后两人都笑了。大狼看了房间，居然说还挺好。这下我就放心了。他俩一见如故，把我抛之脑后，我在那坐着吃大狼给我带来的吃的。

他们在那"猩猩"相惜。更巧合的是，他俩居然在一个公司工作，只不过不在一个部门。我觉得他俩迟早要发展成海尔兄弟的，大狼你就做 0 吧。

从谈话中我知道，陈牧比我大两岁，就是大连人，而且还是我校友，囧。但家离公司比较远，就在这和同学租了个房子，同学结婚了，他就把另一间转租出去了。

我第一次见陈牧是心跳不止，第二次就缓和多了，第三次见他和看见大狼一个感觉。

激情消散的也太快了吧。我还是老老实实相亲吧。

Dcup 要给我传授相亲经验，我说不用了，都是浮云。

她和我说："不管这男的，你看没看上，他要是事后没联系你，其实挺打击自尊的。"

我可不想被打击。还是听听她的吧。

Dcup 说："不能穿太性感低胸的衣服，但是你吧，穿不穿都那么回事吧。"

晕，真是时时刻刻不忘打击我。

"但是呢，也不能穿得太正统，给人感觉老，化妆是必需的，但是也不能画得太妖艳。如果你真的对他有意，态度不能太冷淡，也不能太热情，否则给人一种急于嫁出去的感觉。"

我不明白，"都去相亲了，不都是着急嫁出去吗。"

Dcup 白了我一眼，"这道理多明显啊，上赶的不是买卖。"

我说："那我要是根本没看上他，那就不用了吧。"

"那也不是，其实很多男的，刚看第一眼不喜欢，接触久了，发现还行，所以呢给自己留个机会。"

"靠，看你也挺懂的，为啥没相亲成功。"

"我是根本没想着结婚，你还是走良家路线吧，胸太小，出来混没资本。"

呃……

我没告诉我爹妈还有大狼我相亲，这三个人都太八卦了。我就告诉 Dcup 还有我一个闺蜜，那闺蜜刚刚相亲成功，都领证了。闺蜜忽悠我，其实相亲挺好的，少了很多互相勾搭的心机。Dcup 从乱糟糟的衣柜，给我找了一套衣服搭配，挺随意的，但是感觉挺上档次的。她真应该去开个衣服店，或者继续弄网店。

Dcup 说："我真想跟你去瞅瞅那人啥样，但是王浩给你介绍的，我不好去看。"

其实我一点也不关心，到底能不能成，我就是希望对方事后联系我。显示一下"其实姐还是颇有魅力的"。

我化妆，Dcup 在一旁嚷嚷，"啊啊，姐都单身三个月了，我也要相亲，我要男人。"

呃。

在一家喝咖啡的小店见面。其实第一次见面就吃饭的，男的觉得挺亏的，一般请人吃饭都得吃点好的吧，可要是一旦没看上，还得吃顿饭。咖啡厅那种地方，就请人喝个咖啡就行，一旦看好了，再请吃饭也不迟。Dcup 说她见过最缺德的相亲对象，带她大夏天去吃火锅，吃了一半。

那男的说，我就想看看你素颜，看来还不错。吃火锅不是冒汗吗，妆不就掉了吗。单靓差点把对方八辈祖宗骂了个遍。

王浩和那个相亲男一号已经在那等着了，王浩指着相亲男说："这是潘锦，我同学，这是晓达，我同事。"

相亲男戴着金丝边眼镜，比我高一个头，长得嘛说实在话我没好意思仔细看，貌似不丑也不帅。就是扔人堆里泯然众人矣的类型。

我俩互相寒暄了一会儿。

王浩说："你俩慢慢聊，我有点事先走了。"

相亲男，哦，我一直擅长心里默默地给别人起外号，姑且叫他银行男吧，不行，这明显有行业限制。我这下有空稍微仔细地观察他，我发现他点了一杯卡布其诺。那就叫他卡布其诺吧。呃……他本名叫啥来着，忘了。

相亲男说话了，"你是我这个月相的第四个。"

我愣了愣。

然后他笑着说："这是你第几次相亲？"

"第一次。"

"呃，无上荣幸啊。"

他就问了我一些不痛不痒的问题。Dcup 说得对，第一次就问对方条件的，不是太俗就是比较直，第一次问点爱好兴趣的，还是比较靠谱的方式。我还是忘了他叫啥名，也没好意思再问。过了一会，他电话响了。完了完了，估计是救急的朋友给来的电话，他要撤了。结果他把电话按死了，然后说："我那个客户啊，真烦人，非等我中午休息的时候，或者周末和我联系，平日工作时间不找我。"

"那把客户电话按死行吗？"

"哈，我就给他发个短信，告他行长找我们几个开会，一会再和他联系。"

他这个举动我对他印象还蛮好的。 聊了半个多小时，他说："我请你吃个饭吧。"请吃饭了请吃饭了！这一环节终于到来了。我确实饿了，坑爹的咖啡。我稳住口水即将流出的窘态，保持仪态，和他去了附近一家餐厅。饭吃得不算特别好也不算特别坏，和这个相亲男一样。

他说："你家在哪，我给你送回去。"

我说："xx 小区。"

他眼神一亮，"xx 小区，好地方啊，我一直想买那儿的房子。"

"呃，我就是和我一朋友一起住，她的房子。"

如果我没多想的话，我发现亮光从他眼里黯然失色。不过他仍把我送了回去。刚回去我的电话响了，难道相亲男那么主动。结果一看是大狼。

Chapter
3

绝交

自作孽不可活

为面子而活的人

相亲大户的婚恋观

想念 Dcup

自作孽不可活

“晚上我请你吃饭啊，还有牧哥，你再把咱们在大连的女同学叫上几个。”

大狼说的女同学肯定就是指他暗恋的那个女生，不是，应该说是明追，人家一直不理他。牧哥，是说陈牧吧，才两天你俩就称兄道弟了。Dcup 表现淡定也没问太多我相亲的事，就问我那人极品吗？我说挺正常的。她马上就没兴趣听了。什么人啊。

我给大狼暗恋的女同学打电话，她说她晚上去她男朋友家，老婆婆给她包饺子。

我靠，人都要结婚了，大狼你没戏。

为了不让大狼失望，我转头问 Dcup，和她说这事儿。

Dcup 说：“我都快闷死了，正好出去走走，那个大狼你不是说他挺有意思的吗。”

“嗯，还有……那个二房东，叫陈牧。”

“他，唉，长太丑了，我怕看见他没食欲。”

真无语，我问她：“你觉得王浩长得丑不丑？”

“问这个干吗？王浩？他反正不好看。”

原来我和 Dcup 审美完全不同，我一直觉得王浩长得比日本人好很多。Dcup 还比较入乡随俗，舍弃那些性感小衣服，穿得挺运动的。我想起大狼和陈牧两人穿的 T 恤，我也穿了个 T 恤。那个相亲男没给我电话。唉，着什么急啊，才多长时间。

大狼看见 Dcup 的时候愣了一下。

Dcup 看着大狼，照着他脑袋拍了一下，“大狼！”

大狼愣了半天，说：“这谁我都认不出来了。”

我也打他一下，“本来你就不认识，这我朋友，小单。”

我没和他说是我舍友，因为我刚搬进来的时候，天天和大狼说我舍友多极品云云。

大狼咧嘴一笑，“老李你天天和别人八卦我外号，我叫穆日朗，嘿嘿。”

还是叫他大狼吧，叫什么穆日朗的，你以为你朗朗啊，会弹棉花吗？

陈牧穿着大拖鞋，大白 T 恤，大狼穿得倒挺正经，他以为能见到他追的那女同学。我告诉他，那女生去老婆婆家吃饺子了。

大狼无所谓地说：“我早知道了，我一直和她联系着呢。”

喂喂喂，语气真酸。

我们在楼下烧烤店吃烧烤，吃过那么多大盘子，这顿算便宜实惠的，但我却很开心。我们四个人气氛还挺好，一点也不尴尬，一见如故。真的是很奇怪。陈牧还挺绅士，给我俩烤各种串，事后我知道他都是因为和我们不熟，装的。大狼和 Dcup 各种埋汰我，它们两个在这个问题上志同道合，我没有打错字，是它们，不是他们。我觉得陈牧是我见过的最像有钱家孩子的男人，虽然他实际上并不算是。那种神情不是嚣张的，而是一种淡定，就是什么也不愁，什么也无所谓的表情，而且还挺阳光，生活在无忧无虑中。这种表情貌似我在小珊脸上看过。这种孩子，也许不一定在“富可敌国”的家里长大，但也不缺钱花，也不缺爱。大狼这个人就是有点太容易激动了，有点猛，冲劲儿十足。也许和大狼是白羊座有关……囧。陈牧也不怎么讲话，但是乐呵呵的。

Dcup 小声和我说：“唉，我发现他长得不难看。”

大狼说：“咱们喝点吧，人李晓达是李十瓶啊。”然后他问单靓，“你能喝不？”

单靓微微一笑说：“我从来没喝醉过。”

陈牧笑出声来了。大狼也不信。单靓不化妆，穿运动，就像个老实孩子。大狼买了6瓶啤酒。然后他和陈牧一人拿个酒瓶子，给我俩弄了个杯子。

单靓说：“不必要，我也对瓶吹，咱们比比速度要不然。”

大狼差点呛到。大狼有点不好意思，他在不认识的女的面前放不开。

单靓鄙视的拍了拍他，“不行啊，哥们儿。”

“比就比，我让着你点。”

“用不着。”

一会儿的工夫，单靓瓶子空空的，大狼也空了。两人又拿第二瓶对着吹。单靓又空了，大狼慢了下来。刚拿第三瓶的时候，我和陈牧及时制止了他们的比赛，阻止大狼出丑。大家又开始瞎扯，乱吃。

这个时候我注意下手机，没有任何相亲男的来电和短信。顿感失落 。陈牧接了个电话，说是有事情要处理，他先离开了。就剩我们三个。大狼说要不咱们玩游戏吧。

单靓说：“好啊，斗地主啊。”

没扑克，况且俺当时还不会。

大狼说：“咱们玩杀人游戏吧。”

我心想你二吗，三个人怎么玩杀人游戏啊。Dcup 还挺感兴趣。它们俩一对儿二。

大狼说：“这样，咱们三个抽纸条，有一个是杀手，两个是平民。然后咱们仨站成三角形，短时间看着脸快速选择，其中两人握手，平民和平民握手了，杀手输，杀手和其中一个平民握手了，平民输。”

神马意思，有意思吗？那就玩吧。我抽到了杀手。我一当杀手就特紧张。这俩人想都没想就握手了。下一把我居然还是杀手，他俩又握手。玩了 10 把，他俩握了 8 次。

靠，我明白了，有奸情，大狼你想握人家手就直说的啦。

我突然意识到是时候和大狼解释一下，小单就是我那个“大胸淫荡富家女房东”。而且应该告诉大狼，其实小单人挺好的。但是晚了，还没等我告诉，忽然单靓给我 QQ 留言，截了个图。

大狼问她：你认识和李晓达住一起的女的吗。

她装不知道说：不认识啊，就听说过。

大狼说：那个女的老极品了。晓达说 @ ¥## ¥@#@#@## ¥。

反正都没啥好话。我以为大狼和单靓这辈子也不会有交集了。而且只是在最初的时候提过几句，也没有点名道姓。

但是……

单靓说："原来我在你心里就这样啊。"

我拼命解释。忽然我发现她把我加黑名单里了。我去敲她的房门。她不开。完了，大狼你要了我的命了，这下可不好整了。那天晚上我没睡好，半夜起来，上网。

大狼给我留言，我是不是做错啥了。

是！

他给我截了个图，Dcup 个性签名是：为什么我真的喜欢的人，对我都不是真心的。

我脑海里浮现三个人，她爸，日本人，我。挺难过的，这玩意儿如果我当面和她说，"你有什么毛病你得改啊。"顶多她会稍微介意一下。但是从别人嘴里听到说她坏话就是另一回事了。

第二天早上起床，她也没出来洗漱。我刚关门上班，就听见她开门的声音。晚上她也一宿没回来。我给她打电话，不接，然后关机。我给她发短信，也没有音信。凌晨的时候，听见门开的声音。我冲出去看。她白了我一眼，转身进房间了。然后这一白天我上班都挺郁闷。

大狼给我打电话，"对不起啊，我真不知道。"

怪他也没用了。我无精打采的，突然来了个短信。我非常期望是单靓的，结果是个陌生号码。

我是潘锦，周末咱俩吃个饭啊。

晕。我哪有心情吃饭啊。但又觉得拒了人家不好，就回道：行，周末联系。

我晚上跑大狼家商量怎么把单靓给哄好了。大狼家就是天堂与地狱的分界线。大狼那屋乱得要死，陈牧这边，挺整洁的。

陈牧说："你们俩好好聊，我还得上班。不能招呼了哈。"

大狼说陈牧每周有几天是要晚上在家上班到 11 点的。呃，要我我适应不了。

大狼说："唉，这么一说我也觉得挺对不起她的，不过她那天穿特宽松，根本看不出来胸大啊，所以我没戒备，和她说话挺好玩的，就想和她八卦下。"

我真想把他敲死。

我叹了口气，"要是我朋友在背后这么说我，我就绝交，我看单靓这回也真生气了。"

"那你怎么办？"

"如果真哄不好，我就搬出来，我可没那么厚脸皮还在那住。"周末，在相亲男请我吃饭之前，在我做了多次努力后，单靓仍然拒绝和我说话。我这个人自尊心挺强的，不习惯哄人。于是我把东西收拾一下，本来就不多，我觉得我应该是个男人，东西比大狼还少。我搬走了，暂时搬到赵娜的一个表妹租的地方，她表妹舍友刚搬走。我给单靓留言：

“我先走了，照顾好自己，什么时候气消了和我联系。”

为面子而活的人

我带着淡淡的哀愁和深深的愧疚和相亲男吃饭。潘锦一见我，他马上就看出来问题，“怎么了？身体不舒服。”我对别人看透我心思十分沮丧，姐这么容易被看穿吗？

“唉，不是，和我一个好朋友闹了点别扭，没事没事。”

潘锦这回倒是问了我很多问题，拐弯抹角问了些家里呀，工作呀，人生观呀什么的。我记得单靓说坦克克（单靓朋友）有次相亲，对方直接问了一句，“你是处女吗。”

坦克克说：“不是，我天蝎。”

哈哈，这个回答太巧妙了。

显然潘锦不是那么俗的人，他突然说：“对了，听王浩说，你们单位有个男同事他女朋友怀孕了，把电话都打遍全公司了。”

还不止呢，那姑娘把高瑞个性签名改成“我让我女朋友打胎，还不敢见面，我是乌龟王八蛋”。

所以啊，自己QQ什么的密码不能告诉男女朋友，要不然多麻烦。我乐了一下。

潘锦说：“你对这个事儿吧，怎么看。”

他问我这个什么意思？

我说：“这女的确实有点猛，但也是被这男的给逼的。”

潘锦笑了笑说：“这样的女人太可怕了，这样闹这男的还怎么混，他俩更没有可能了，当然了，你那个男同事确实很不负责。”

可是我怎么感觉他的意思重点是，这女的太可怕了，而不是那男同事很不负责。我明白了，他也怕“烈女”，怕那种豁出去自己丢人也要把男人拉下马的女人。但是我想告诉他，这种女的面对高瑞这样厚脸皮的男的也是一点办法也没有。这种“烈女”只对那些“亲娘咧，会影响仕途的”男人有用。对高瑞这种，扼杀亲生骨肉毫无愧疚心，该泡别的女的照样泡的男人没用。而且他仍然开着那女人的车上下班，他自己的东风他还看不上眼。而且他把他风流韵事当成是自己有魅力的资本。让一个女人这么为他疯狂。这种人，怎么办。所以吧，有时候真小人比伪君子更可怕。起码伪君子还想装装表面，有些人坏的赤裸裸。无赖的坦荡荡。

实际上我有整整三个月没有和单靓联系上，确切地说，我联系她，她不搭理我。我每隔一周都会给她发个短信，问好之类的，然而石沉大海查无音信。一般两个人冷战，我也许会主动和好，但是如果努力超过两次都无回报，我也许就会放弃和对方的关系，但是这一次反倒不一样。我很想念她见到我就高兴的嗷嗷乱叫，“老李！”然后给我一个大大的拥抱。而且这个拥抱因为胸前太柔软还挺“宣乎”的……囧。（宣乎，大连话松软的意思）因为毕业之后就很少有人对我那么热情了。

接下来，在我身上，也发生了两件不算小的事儿，一件是感情上，一件是工作上。而这两件事也是息息相关、前仆后继的。

第一件事，是我和潘锦的关系。他开始有计划有规律地约我吃饭什么的，也给我一些价格合理也算实用的礼物。也向我提出“交往试试看看”的意见。而我这个人呢，向来是这样，挺容易知足的。只要对方不让我忍无可忍，我觉得人不错，条件客观，且愿意同你发展，也是完全可以考虑的。只不过，这种模式，可能缺乏激情。但是我不认同“玩的就是心跳”这观点。一切不以结婚为目的的恋爱都是耍流氓，我不想耍流氓。所以我同意了“交往试试”的提议，但是明显，我们双方还没有把对方当成自己的男女朋友，也没有太多欣喜或者有种“终于安定”下来的感觉。

那天他和我提高瑞女朋友的事情，不知道怎么让我产生了一点对他的戒备心。只要我对别人产生了戒备心，那我就不会轻易的和他或她交心。潘锦这个人呢，对我估计也是持很强烈的观望态度。反正我不信，这种相亲，会让他短时间对我爱得死去活来的。因为我对他也没有。况且我本身属于那种看上去气场很弱的女生。时间久了，或许我们彼此会有真正的感情。只是或许。

他会隔一天给我发个短信问候一下。“干吗呢，吃了吗”、“干吗呢，吃了吗，好吃不”之类的，好像所有情侣之间都会发一些非常无聊的问题，但是如果没这些无聊的问题，女人又很受不了。

我也会偶尔发个短信问候一下。他周末会请我吃个饭，从来不看电影，他不爱看。可我喜欢看。我提过电影挺好看的，他没啥反应。不过这倒没什么，我可以和大狼去看。有时候还有陈牧。后来，大狼不去，就我和陈牧。我想想也蛮奇怪的，我和潘锦在“约会”，却和陈牧看电影。这算不算脚踏两条船？不过我和陈牧倒是挺单纯的，看电影的时候都不交流，看完了，互相讲两句，就各回各家了。陈牧连送我回家都不送，晕。但是陈牧会饶有兴致的和我探讨各种剧情，在说电影的时候，他才显示出和平日不同的热情。

时间长了，我发现潘锦说话有个特点，就是不管提谁的时候，潘锦都会加上一句“他家特有钱”、“他爹是某局二把手”、“他住400平米大别墅”、“这女的刚换了第三台车”这种定语。

他的一个大学同学，恰巧是我以前同事，我觉得那个人很有才，只不过刚直不阿，一直也没起来。潘锦提起他的时候，一脸不屑，“有才又怎么样，没有生产力。”

我忽然想起我以前认识的一个女的，她非常爱打扮，她再提起任何一个女性的时候，都要加上例如“她真好看”、“她买的衣服5000多呢”、“她长得也不怎么地，凭什么当主持人。”“她腿还挺长，身子有点斜。”可见她脑子里就只有“美貌”二字。而潘锦心里也只有“金钱与权势”。

说实在的，这招致了我的反感，但是我告诉自己，男人喜欢钱，喜欢权势，将来自己也吃不了亏。但是老把这些挂在嘴边的人，怎么看也成不了大气候。当然了，我也不想找个什么大气候，差不多就得了，人无完人，不要太挑剔了。潘锦这个人其实挺省的，but在请王浩他们这一方面倒是挺舍得出血的。王浩是他挂在嘴边的一个人。给我的感觉是，他从高中起就是王浩的“马仔”，形影不离的一个人。

原因是：

1.“王浩办事儿确实挺讲究的，而且关键时候能帮我。”

2.“王浩他们家在大连不是一般的有实力。”

3.“王浩这么年轻就当了副总，虽然是他舅舅的关系，但是他在外面还有个实业。”

这些算是原因吧。我觉得他打算和我“试试发展一下”也是因为我是王浩介绍给他的。

潘锦带我去参加的第一个朋友聚会，就是和王浩他们。也没说是带女朋友去的，就说带朋友去。那个聚会有男有女，也不知道哪来的七八个人。我认识王浩，还有那个刘斌，其他人都不认识。刘斌领着一个小姑娘，两个人互相看的眼神都能点起火来，显然不是艾果她姐。真不知道艾果他们家怎么容忍刘斌这么对他们姑娘的。

这些个男的显然都是富二代，除了潘锦这样的“负二贷”。反正他们都有车就是了，只不过有车的男人凑到一块儿去，开什么车就成了重点。男人嘛，总是不知不觉地比较。小时候比小红花，大一点没事凑厕所比“大小”，再大一点就比房子，车子，女人。殊不知，女人对这个一点兴趣也没有。不对，其实女人对这些挺有兴趣的，只是我没兴趣而已。不是我清高，我不可能对房子车子无感，我只是对“比较”这个东西无兴趣。自己啥人啥命呗，何必比来比去给自己找不自在。刘斌还认出我来了，对着潘锦“耳语”。但其实声音大的，我听得一清二楚。

刘斌说：“你小子行啊，她，单靓的姐们儿，也是北京来的吗？”他肯定觉得我也是来头神秘的富家女。

潘锦有点尴尬，连连说不是不是。王浩看见我俩表情自然，没有表现出他是我俩介绍人的意思。

几个人在包间里坐着吃了顿饭。席间这几个男的，侃侃而谈，三个女的包括我，都老实吃饭。我想起来单靓给我讲过他们那几个男的，每个男的都有一点破烂事儿。而且除了王浩和潘锦，其他人说话像没长脑子似的。“近墨者黑。”人的道德水平是随着周围人调试的。如果你是一个男的，你身边的同事A打老婆，扔孩子，朋友B包二奶，朋友C找小姐。那么你会不会觉得和女同事暧昧两下已经非常高尚了呢。

我不太喜欢潘锦这帮朋友，可能除了王浩吧。

刘斌一个劲儿地讲他换的那辆小跑。旁边几个男的都在那边玩手机、边听。

一水的 iPhone 不能有点创意吗。

吃饭当央，我出去上洗手间，发现潘锦也出来了，他跑去把账给结了——三千。

靠！我都替他心疼，虽说他一个月，年头好的时候，也能挣个六七千，但这么吃也够受的。再者说吧，那帮人全是一水的奔驰宝马保时捷，用得着你一个经济适用男请客吗？当然了，我和他还没到管账的地步。我不管，爱花花吧。快吃完了，刘斌他们几个好像根本没有问谁结账的事，到时王浩找到了服务员。人家说结了。

王浩一瞅潘锦“你看你，老这么不讲究，不告诉我一声。”

潘锦笑了笑，“没事，咱们哪去？”

刘斌说：“咱们去夜店啊。”

我知道潘锦不喜欢去夜店，他不能喝酒，容易头晕。但是他表现出挺高兴的样子，说：“去去。”

我小声和潘锦说：“我挺想回家的啦，我困了。再说我去玩，你们也放不开。”

潘锦想了想说：“也是，你先回去吧，回去小心点哈。”

其实他完全可以顺路把我送回去，不过显然，他的心思都不在我身上。而在那帮“大爷”身上。我相信，潘锦同学，一定会是个好的客户经理，服务可周到了。晚上 10 点多，我都要睡了，潘锦给我打了个电话。说是喝得挺难受的。潘锦说刘斌他们太不讲究了，一晚上花了他八千。

“晕，那为啥花你的钱啊。”

潘锦说：“我出去经常我请客，这帮人也不主动，王浩还能好点，他老帮我，我不能让他拿这个钱。”

“那……你们经常出去活动呗。”

“唉，一两个月能有一次吧。晓达，唉，我这下可穷了，咱们以后吃饭省点。”

这话换谁也不乐意听。

我不是说不能和你吃路边摊了。可是你在外面装大爷，我还没和你怎么地呢，就要和你同甘共苦了？对王浩这种人确实应该好点，大方点，他也不会亏着你。可刘斌那样的人，只会心安理得地花别人的钱，甚至从心里还觉得你上不了档次。当然我没说。我觉得我俩没到说这个话的份上。况且我也觉得潘锦这种人挺不易的，就是为了别人而活。实际上他根本不爱喝那些贵的酒，都是为了陪人家。

Dcup 还是不理我，但是我还是坚持一周给她发个短信。自说自话。期待有一天，她能给我个台阶下。我挺担心这彪人的。她也不怎么理大狼，大狼有时候和她网上说几句，她偶尔回两句。

潘锦现在一周能和我见上两三次。不过他没有认识真正的李晓达，他眼中的李晓达，还停留在淑女话少阶段。他根本不知道我满脑子荤段子这些个事儿。有些人认为越无知的女性越单纯，越“丰富”的女性越阅人无数。

实际上不是。

有的女的就算天天滚床单，也不知道自己到底怎么怀上孕的。而有的女的，比如我以前的舍友，是个腐女，天天看 gv 那种，她从来没交过男朋友，连男人手都没碰过，可对男人生理结构比男人还懂，说出来的话，真是语不惊人死不休。我从她那，也“学到了不少知识”。但是我一般不讲，我甚至接受不了别人在公开场合说脏词儿。尽管我心里骂你一百遍“去你妈 b”！我也会克制地对你说：“岂有此理，你这个人怎么信口雌黄，说话要凭证据，blablabla……”

相亲大户的婚恋观

潘锦说：“不如我们这个月抽空见见彼此的父母吧。”

给我吓了一跳，才认识一个月多。

潘锦说：“我觉得最好早点见父母，我以前处过一个两年多的，等见了父母，觉得合不来，这样挺耽误事儿的。”

说得倒也是，只不过见了之后，就得老见，我挺怕麻烦的。而且既然往家里领，不结婚也说不过去，我心理上还没做好准备。他比我大五岁，也不会等太久才能结婚的。

唉，我实际上是个恐婚的人，又不敢“耍流氓”。况且实际上，我觉得潘锦这个人活得挺累的。虽然挑不出什么毛病。人也挺努力的，而且还真的想“和我结婚”。人不都说想和你结婚，是对女人最大的赞美吗？潘锦都那么“赞美”我了，我能说啥，但是吧，这和我想象中的不一样。我闺蜜也是相亲结的婚，但人家两个真的是看对眼了，挺有激情的，也挺靠谱的。我和潘锦，怎么看都是靠谱而已。况且我觉得也未必靠谱。男人虚荣心太强，绝不是啥好事。 接下来发生了一件事，让我不用担心“见父母”的事了。我和潘锦彻底拜拜了。要说是我极品也好他极品也罢。反正我和他拜拜的时候，甚至没有啥惋惜的成分。

那这是个什么事儿呢？

百度是个好东西，虽然查文献写论文的时候，不太管用，一搜全广告，可找国内八卦绝对比 google 好用。要不怎么说内事问百度呢。我忽然心血来潮就搜潘锦常用的一个英文网名。结果搜出他一个博客，而且好像这个博客，他朋友还经常去。我还看见“最近看过的人”里面有王浩的大光头头像。潘锦没和我讲过这博客，我一直以为他是那种不爱在网上写东西的人。上面有几篇，日期隔得挺久，但内容都挺长。

前天更新的一篇引起了我的注意。题目叫《找个什么样的女人，决定男人的生活》。前面摘抄了一篇文章，但后面他自己也写了几段。我尽量把他的原话还原出来，如下：

一晃而立之年已经过去，婚姻大事摆到日程上来，自己之前谈过的，相亲时间比较久的女孩，也有七八位了，选择多了，反倒就有点迷惑。有道是娶妻娶贤，所以怎么选择一个好的妻子，也挺头疼的。

最近我相亲了不少次，有一些实在是太次了，不值得一提，交往过一段时间的，包括现在正在交往的一位（说的大概就是我吧，插句嘴）总共有 5 个人，现在比较一下，也算是明确一下我的婚姻观。

她们按照时间顺序简称为 a, b, c, d, e（我是那个 e 幸好不是 b……）

长相上，a>c>e>d>b

第一个女孩真是惊艳，但是真的是养不起，b 这种确实看着吃不下饭。 c,e,d 是我能接受的类型。

身材上 a>e>d>c>b

我不太喜欢太胖的女孩，但是希望也不要太干巴，现在交往的小 e 那种可以接受。（哇哈哈，你被骗了，哈哈其实我都是加厚胸罩，从外面看还是挺好的，哇哈哈）

学历上，b ≈ e>d>a>c

b 是研究生学历，但是学校一般，交往的小 e 本科，不过学校还行，小 c 其实我还是挺看好的，但是她学历真的是不高，恐怕没啥可交流的。

家庭上，c>b>d ≈ e>a

小 c 家里真的是没得说，娶了她少奋斗 20 年，但是她学历方面，外加她们家比我家好太多了，我觉得这样我父母会受气，b 家里和我家差不多，但是她实在是太丑了，d 和 e 比我家可能差点，但是也算没有什么负担，小 a 倒也不穷，但是她是单亲，我家里肯定不同意。我现在交往的小 e，父母都算知识分子，工作比较稳定，虽然只是工薪族，这一点我比较满意，但是人脉太少了，而且也没有特别牛的亲戚，只听说一个大伯做生意还算挺成功，也不知道能不能用得上。

健康上

这个我真不清楚，从表面上来看，都没啥问题，但是 a 的父亲很早过世，很可能有遗传性疾病，不予考虑现在交往的小 e，身体也不算特别强健，得督促其锻炼。

性格上，d>c ≈ e>b>a

d 这个人很独立而且还挺开朗，性格真不错，但是感觉气场太强了，我和她在一起估计是要当绿叶了，c 和 e 走淑女路线，挺不多事的，应该能当个良家妇女，b 长得那么丑，性格还那么坏，这种女人为什么要介绍给我，a 美女果然养不起，特别大牌，而且不懂事儿，不适合当老婆只适合当情人。综上所述，我觉得虽然小 e 虽然各方面略显平庸（你大爷才平庸呢），但是她各方面也比较稳妥，再加上是我最信任的哥们儿王浩推荐给我的，这个人的品质上肯定没什么问题，只是我觉得她的工作还不够稳定，好在她学历还行，如果可以，家里可以想办法让她当个公务员什么的（谢谢哈）。打扮打扮带出去也不丢人，而且她谈吐还行，经历也不复杂，便于掌控（靠）。

当然了，如果见父母有什么问题，或者她家里人看着不行，也未必能成，但是我希望半年之内定下此事，明年也适合结婚，房子也都是现成的。

虽然我对她的感觉没有对小 a 那样的惊艳，对小 c 那样的有好感，但是我觉得爱情这个东西本身就是转瞬即逝的，我也相信自己以后会是个顾家的好男人，还有一个我觉得小 e 家政能力方面有待加强，虽然小 e 态度挺好，应该肯于吃苦，善于劳动（晕你是我小学老师吗，给我写评语啊）。

您知道我看完什么感受吗。去他大爷的！当然了我没那么来气，我只是觉得好笑。第一点，他血彪，心里怎么盘算的就往博客上写吗？第二点，他想显摆一下，5 个女的供他选。第三点 ，这人品质倒不坏，但是特别能算计，而且不能共苦，生怕自己吃亏了。第四点，他不怎么喜欢我，只是觉得我综合指数还行，而且是王浩介绍的。第五点，就算有车有房，而且说不准还给我介绍一工作，我觉得，我幸福感也不强。您那么忍辱负重，反复告诉自己，我挺好的，而不是发自肺腑想娶我，那又何必。更让我生气的是，王浩明明看过这文章，他居然前几天还和我说，潘锦不错，能结婚挺好的。

我向潘锦短信表示我们可能不太合适。

他没回复我。

想念 Dcup

那么和 Dcup 闹掰后的第二件事是什么呢？第二天下班后，我走楼梯，正好看见王浩。

王浩说："小李，你最近和潘锦怎么样了。"

我说："可能不太合适，我俩不来往了。"

王浩有点吃惊，过了一会说："晚上有事吗，没事，我请你吃饭，在你家那块儿吧。"

王浩请我吃的四顿饭。有两次和单靓有关。

我说："我换地方了，最近在公司附近住。"

他愣了愣，"单靓不和你一起住了？"

我没回话。他也没继续问，他说上车，去咖啡厅。

然后随便点了点东西，王浩就问，"潘锦挺奇怪的，你俩好好的没啥前兆，咋你就突然？是不是他什么地方没做好？"

我喝了口咖啡，本来我是不想和王浩说这些的。

但是我实在忍不住，我说："王总，您看过他那个新浪博客了吧，那篇写几个相亲的。"

王浩马上就想乐，但是忍住了，他说："哦，那个啊，那个博客知道的人也不多，他就是瞎写的。"

我挺严肃地说："王总，我觉得他也不怎么喜欢我，而且您知道，看着这文章我挺反感的。"

王浩也挺严肃地说："晓达，他把这些都写出来确实挺欠考虑，但他这个人从高中就是，爱比较，没事就和我们分析哪个老师哪一方面好什么的，你要是不乐意，让他都删了，他还是挺看好你的。"

"那……我这么说吧，王总，我觉得我接受不了这个。"

"他只不过说出来一些别人心里想的东西而已，其实我觉得潘锦这人在男人中算人品还不错的，虽然他有那么点……能算计，可据我所知，他没干过什么缺德事儿。"

我不说话，低头喝咖啡，嘟囔了一句，"那他也够极品的。"

王浩忽然问我，"李晓达，你觉得我是好人吗？"

我愣了愣，点点头说："我一直挺欣赏您的，这也不算拍马屁。"

王浩点了支烟，问了一下，"我可以抽吗？"然后就边抽烟边说："我以前干过的事儿，比潘锦这事儿极品不止十倍，你信不信。"

我愣了下，然后挺二的来一句，"那比刘斌对他老婆呢？"

王浩也愣了，他继续抽烟，盯着我又来了一句，"比他更缺德。"

我继续喝咖啡，避免和他眼神交流，"那您现在不也挺好的吗？"

王浩说："我现在可能是累了，暂不缺德了，但也不能保证我以后不缺德，可潘锦这种人一直也算老实的。你其实也是个老实人，他条件也挺好的，跟着他吃不了亏。"

"王总，我知道您是为我好，我十分感谢，可您说的过得好指的是什么，房子车子这些吗？这些不是我不在乎，但是您不觉得它们都是些盒子吗，我们人一天天从一个盒子到另一个盒子，最后待在骨灰盒里面，盒子好一点固然好，大一点也很舒服，但最重要的是，我们和谁共用一个盒子，我们是不是真的开心，您觉得我不切实际也罢，异想天开也挺好，我就想找个互相看着都开心的人。"

王浩乐了，"哈哈，看不出来你还挺有想法的嘛。"

我继续说："还有王总，虽然说女人不用太累，可是自己挣钱的那种自豪感和成就感，是男人能给你的吗？还有，我不想在客服部继续干下去了，我想去市场部，如果不行的话，我就辞职。"

我找到机会把工作的事儿也说了。

王浩看着我，皱着眉头，"这事儿，得总经理拍板。还有，客服确实不适合你，可市场部虽然挣得多，可人家都是摸爬滚打出来的，那几个小姑娘，也挺不好惹的，我觉得你去可能受气。"

他迟疑的时候，我挺坚定地看着他，"让我试试吧，您和总经理说说。"

王浩说："唉，本来和你说人生大事，结果你整成调动工作了，不过我和他提这个事儿，你准备一下，和他谈谈。"

我和总经理也只在入职的时候简单聊过，平日偶尔遇到我都打个招呼，他点个头，据说他是纯白手起家。从售货员干起，然后谁也不敢承包柜台，他到处借钱包下了一片柜台，掘了第一桶金，后来越干越大。他可以算是富一代，其实和富一代打交道更难。因为他们不像二代那样容易信任别人，他们也绝不允许自己辛苦赚来的财富被人浪费掉了。还没等我转过弯，王浩给我打了一个电话，“我和总经理说了， 他说下周你去找他谈谈，我先和你谈谈吧。”

我说好。

王浩说：“你觉得市场部的主要职责是什么，你为什么觉得你适合市场部。”

给他突然一问，我还真有点说不出啥。

王浩对我的回答非常不满意，“总经理挺忙的，你得抓机会说重点，他要是听你这么没概念，只能说明你不爱干客服这种受气的事儿，想去市场部挣钱，可他凭什么给你钱，你不说出点大概的意思行吗，你好好准备一下，多找点资料。”

我听得恨不得找个洞给自己埋了。我准备了好几天，对着镜子练怎么说。

第二周，我瞅着总经理在办公室，和他秘书先说了下，她让我去找总经理。他看起来还挺好说话的，一张笑脸。我说了一下想转部门的意愿。

总经理说：“市场部，女孩子干挺辛苦的，还有社会资源和经验的丰富，小李，这个你考虑了吗？”

我点了点头，说：“我想做有挑战性的工作，经验不足虽然是我的弱点，但是我相信我的信心和这个非常想做点事儿的劲头可以补充不足，而且您也需要一些新人来发展一下新空间。”

他乐了乐，接了一个电话。

我等了好久，他才挂了电话，说：“行，那就试试吧，去市场部，我和老刘和老白说一下，给你弄个内部人事调动，有什么事以后问老白。”

他很痛快地答应了我，也许一个小棋子儿对于他来说，放在哪里也无大碍吧。

我的新工作开始了。

市场部二十多号人，只有 5 个女人。之前提到的骨感美女小凤是其中一个，还有四个，为了简单起见，我称她们为春，花，秋，月，小凤就是小凤吧。春花秋月和小凤，除了“月”姐是 30 多岁的已婚女性，其他都是 30 岁以下的，长得都不错。就算长得不好的，打扮得也不错。月姐家里是有资源的，经常不来上班，也照常给公司带来效益。春，花，小凤，三人老在一起，“秋”独来独往。

老白领我来到一张空桌前，“你先在这坐着，我给你发几个规章制度和一些暂时工作安排，你先看看。”

然后和大家说：“这个是客服部的小李，转到我们部门。”

我和大家挨个打了个招呼。

在我视线范围内：

小凤冲我笑了一下，上次素质拓展，还算脸熟。

春、花两位，面无表情点了点头。

我忽然觉得一点也不像我念书的时候转学的时候，全班热情的招呼。

靠，你还以为你是初中生吗？你是和人“抢饭碗的”人家能怎么搭理你。

第一天上班在各种琐碎杂活中度过。很多公司都是这样，忙的人忙死，闲的人闲死。但不管你忙还是闲，你都得在电脑上浪费电。我想和大家搞好关系，见到人就笑，说话低声细语，看到人一起就凑过去。有的人还以笑脸，有的人则根本不。小凤还是微微一笑，扭向别处。春偶尔和我说两句话，下一秒又像不认识我似的。秋和花也没机会交流。我想不仅我不知道怎么和她们交流，她们也不知道如何和我打交道吧。况且我这个人看起来也不是很开朗活泼的。一天下来，累得我要死。中国人的工作效率就是被复杂的人际关系给弄坏了。我“上赶子”想讨好新部门的每一个人。但是尽管大部分人都挺有礼貌的，可一周下来，我一个熟悉的人都没有。人家有啥事叫我一声就算不错了，想来当初客服部的时候，赵娜什么事儿都带着我去，真是对我够好了。

每次“春”看见我的招呼，都视而不见，也不知道她眼神不好还是怎么回事。小凤，对谁都淡淡的，但是还算有礼貌。但是奇怪的是，春一副到处欺负别人的样子，却偏偏对小凤特别地殷勤。秋一直独来独往，她和男同事关系挺好，我试图找她吃饭。她以各种理由推脱了，两次我就作罢了。花倒是挺好说话的，所以我和她还能多说两句。可是花这个人随着“春”走，每次我和花约着出去，春一喊她，她就跟着春走了。

男同事年轻的个别还算说了几句话，开了几句玩笑。岁数大的男的看到我也挺视而不见，给我极大的挫败感。

半个月下来，一切局面没有改变，我去大狼家待着诉苦。

大狼没心没肺地说：“她们长得都好不好看，有没有男朋友？”

靠，他就关心这个。

这个时候，陈牧从房间走出来，他穿着白色T恤，干净利落，他好像听到了我的牢骚。

他说：“只要你同事不和你对着干就行了，没有人故意对你坏，但也不可能轻易对你掏心掏肺，还有，人际关系这个东西不可强求，顺其自然吧。”

我觉得豁然开朗了。

王浩问我，“新部门待得如何。”

我告诉他还挺好的。

老白给我的工作就是基础得不能再基础的，是个人都能干的，一直在做，做得我觉得还不如客服部有点技术含量。

看不到我的未来，我内心十分地焦急。

那天老白在 msn 上说，小李，你看看。

他截了个报表上的图给我，我给打错了。我赶紧道歉。

老白说你以后得注意，这是大事，幸好我检查了一遍。

他给我留了个面子，没有当着一办公室的人骂我。可这么点小事也做不好，我实在太抑郁了，跑去厕所。

我在里面待了一会儿，听见两个人进来了，是“春”和“花”。不要在厕所说任何人的是非，尤其不要在公司厕所说同事的。

春说：“客服部说调就调，市场部也不是谁都能来的，她和王浩什么关系啊，老看她和王浩吃饭。”

花说：“不能吧，我看她也没啥背景，要不然这回绩效怎么给的那么少啊。”

春说：“对呀，没成效哪来的钱啊，我觉得她这个人假惺惺的。”

花没说啥。

假惺惺？是因为我每次见了你都要客套一番吗，我以为这是礼貌。

这个时候我有几个选择，一是走出去骂她 sb，二是走出去不说话，让她觉得自己是个 sb，三是躲在厕所等她俩走了，然后装作不知道此事。一股火顶着我很想冲出去和她辩论一番。但是又有磁石一样的力量在后面拉着我的腿。我没出去。没种。

从厕所回来后，我过了好一阵才回来，装作出去打电话的样子。春走过来，她破天荒地打了个招呼，我还冲她乐了一下。

大爷的，我真虚伪。可是那又怎么办。

我坐在座位上，这时候有人说：“发工资了。”

我查了我的卡。1600 块钱，市场部绩效制度，我只有最基本的工资，而有人可以拿到上万，还没有我在客服挣得多。我刚毕业在北京也可以开三千多工资，一瞬间，我觉得快承受不住了。 不知道怎么熬到下班，又不知道怎么熬到回家。赵娜的表妹老也不在家，正好我把自己关在屋子里，我想给妈妈打电话。忽然觉得自己这么大，没几年就 30 了，还要父母操心，眼泪就刷刷地下来了。哭得昏天暗地，觉得自己百无一用是书生。工作没建树，工资总不高，没有没心没肺的开朗性格，没有可以给我分忧解难的男朋友，连个同事关系都不会处理，我还有多少时间，还有多少青春可以挥霍。

在这个时候，我想起了 Dcup，在毕业后，也只有她，走哪都要跟着我带着我，给我用这个花那个，而且从来不向我炫耀，不在意我曾经对她的冷漠和应付，对我知无不言。你为何会如此相信我，我这么一个平庸又有点纠结的没用的人。

我给她发了一条短信：小单，我很想念你。

然后我在黑暗的房间里，哭得不能自已。不知道过了多久，电话响了，是她。对方也是哭腔。我俩一句没说，在电话那头各自哽咽。

她终于说了一句断断续续的话：“晓达，我出事了，可能快死了。”

我差点把手机掉在地上。

Chapter 4

和解

艾滋疑云

明骚　假骚　闷骚

丰胸计

女追男，隔层纱？

无性婚姻

猥琐前男友 VS 萝莉小女友

艾滋疑云

她支支吾吾不说原因，我抓起衣服就说："我一会打车过去，你在家哈，等我。"

时隔三个月，我回到了 Dcup 家。

单靓头也不梳，脸也不洗，穿着睡衣，哭得眼睛红肿，满地烟头，屋里烟味呛得我直咳嗽。

我想过去，她打了个手势，让我别过来。我无奈地说："大姐你到底怎么了。杀人了？放火了？还是生病了？"

单靓想了半天，突然来一句："我两个月前交了个台湾男朋友，不几天那种的……已经不联系了。我今天听说他查出艾滋病了。"

我嘴巴溜圆，完全忘记了这倒霉的一天，然后我问了个特别 2 的问题，"那你俩有没有那啥，一般的接吻拥抱不会传染的。"

单靓倒乐了，乐得我心慌，"我要是只接吻拥抱，我还担心个毛啊。"

"那确认那人得艾滋了吗？"

"百分之九十。"

"你去检查没有，你有没有不适反应。"

"我今天一直低烧，没检查。"

我没有想到这件事会发生在我身边。仿佛屋子里有个死神就在附近，我也深深感到恐慌。

单靓无所谓的点了一支烟。然后说："死我现在不怕了，我怕我奶奶知道我因为这个死的，会被我气死，干脆自杀算了。"

我走过去，她喊了一声，"离我远点。"

我说："艾滋病有的人也能活好多年呢。"

结果我意识到这话还不如不说，她表情更加沮丧。

我忽然很生气，她以前交男朋友虽然也不谨慎，但是都找还算了解的，这回随便找个认识不几天的台湾人玩几夜情，这是干什么，有没有我的原因。

虽然我应该安慰她，但这时我控制不住自己的愤怒了，把包往地一摔，说："你也太……"

单靓把烟灭了，看着我说："我知道你想说啥，对于过去我所做的都不后悔，我只想活下去。"

可能她是我见过的面对死亡最奇怪的人。我脑海里忽然想起那阵公交车上，动画版的濮存昕，小沈阳，丫蛋，那个“艾滋病预防宣传”广告，天天放。

我说：“你明天就去做检查，好像打电话查就行，还是保密的，很快就知道结果了。”

她说：“我不去，不用管我，你走吧，知道自己要死了，还有什么意思。”

我说：“必须去，我请假陪你去，早去早治疗。”

她放肆地笑，“治疗？我爸能允许他那些同事知道我得了这个病？他不掐死我就算不错了，还有我奶奶，我还不如去国外失踪了呢。”

我说：“那也去检查，很可能你没事儿。”

忽然我脑海闪过一个我难以启齿的问题：“那个，你和他那啥的时候，有措施什么吗？”

她干脆地说：“有。”

“那说不定没事儿。”

“有措施都能怀孕，就不能得病了吗，你不懂就是了，况且我一直在低烧。”

我走过去摸她的头，被她甩开了。“晓达，你赶紧走，你的路还长着呢。”

“这个不会得病的！你有没有常识啊。”

我跑到我以前住的房间把包放下，一切都没有变化，我说，今晚我就住这了，我搬回来。

说完这句话，我仿佛听见了死神的狞笑，我有点腿软。就像在北京酒吧，我去把她从“秋姐”手下救出来的时候，还有现在，其实我都怕得要死，但是一种叫“道义”的狗屁又不是狗屁的东西在支撑我镇定。

如果没有这三个月的分离，我不会觉得这个单靓就是我的朋友。和我想象的任何一个“放荡女”痛哭流涕悔过都不同，她只想活下去。我也想让她活下去，我想让她过健康、有爱的生活。可我也不是 god。我连自己的事儿都搞不定。如果她真的要死了，我希望陪她走完一段路。如果大家都是孤独而来，孤独而去，起码在这当中，有的人会给你温暖，陪你走下去。

我意识到，在以前的日子里，都是她给我温暖，尽管我不认同她。那么这时候，我不能因为恐惧，弃她而去。这是她奶奶给我的嘱托，也是我内心的希望。

首先，我必须让她去做那个“小沈阳”公益广告的检查。第二天就是周末，我起床后，给她做了早饭，送到屋里。她说没胃口，我说那也得吃。她吃了两口。我看她电脑开着，上面全是关于艾滋的资料。

我把电脑关了，说：“别看了，今天去逛逛街啊。”

她说不去。

我从她的碗里捞了一块肉，吃了。

她被我这个举动吓了一跳，“你干吗，唾液传染怎么办。”

其实我终于体会到濮存昕还有戴安娜去和艾滋患者同吃同住的伟大了。我吃肉的时候，小腿都在颤抖。虽然各种常识告诉我，这没事儿，但是还是很害怕。

可是我尽量表现出很自然的样子，“传染你个鸟，你根本就没病！”

周末两天我陪她打电动玩游戏，没有提任何检查的事儿。我也没有和大狼或者任何人提 Dcup 的事儿。周一我上班，给她留了封信。上班的时候，我满脑子都是她的事儿，反倒觉得同事关系好处了，工作简单了。也许你越在意的时候，反而很累。随意的时候，效果会很好。我信的主要内容就是，如果你赶紧检查没事儿了，就不用整日提心吊胆地活着。周一晚上回来的时候，她打扮得光鲜亮丽，也没有和我交流这个。大狼给我打电话问单靓好不好。我说你怎么问这个。大狼说她告我她得艾滋病了。

靠。

我吃惊极了，大狼说：“我今天 QQ 问她，她和我这么一说，她是开玩笑的吧。”

我说：“是啊，逗你玩的估计。”

大狼说：“不带这么吓唬人的哈。”

放了电话， 我说：“你干吗告诉他啊。”

单靓说：“反正他都知道我是大胸放荡女，再告他这事儿，正好了。”

我有点囧，“你是不是还生我和大狼的气啊。”

“没有，大狼挺好的，他昨天还一直安慰我。”

周二下班之后回到家，单靓说：“我今天去做检查了。”

“真的啊。”

“嗯，后天出结果。不过我打算下个礼拜再查。我想过几天轻松日子。”

然后我俩都沉默了。

那两天时间，我在看《生命不可承受之轻》，反复看那章《卡列宁的微笑》。如果说米兰昆德拉是个伟大的作家的话，很多“作家”就是个渣。他太牛了。死亡之前的平静和安详。我怕她死，我也怕自己一旦被染上，我怕那种孤独感。可我必须要坚强，必须比她更坚强。

这一天，她回到家里，大大咧咧地说：“今天有个男的想骗我上床，幸好我德行好，要不然他死定了，哈哈哈。”

我说：“如果你这回没事的话，你能不能答应我一件事。”

“什么事，不让我过性生活了吗？”

“靠，说的那么赤裸，我是想你以后找男朋友慎重点，别闹幺蛾子了行不行。”

“行，我要过健康的性生活。”

靠，就知道这个，无语。

这段时间我与人无争，见到每个人，包括在厕所说我坏话的春，也不计较，老白到底给我什么活，我都认真做好。我觉得如果你体验到了生与死的问题，你就不会太在意生活的鸡毛蒜皮。人在你眼里也会只是生命而已。讨厌或者喜欢，排挤或者帮助，这些又如何呢，不过是浮云而已。

这段时间过得慢，慢的让我觉得掉到了时间的虫洞。我相信对于她，时间可能更慢。我在那段时间，见过几次大狼和陈牧。我也注意不和他们吃同样的东西，我潜意识也怕常识不准。我紧张的时候喜欢和大狼聊天，因为他老没心没肺地开玩笑。而我喜欢看陈牧的表情，就是那种淡定的，告诉你，什么事儿也没有的表情。

王浩忽然给我打了个电话，问我单靓的事儿。

我说："怎么了？"

王浩说没啥，单靓突然给他 QQ 留言，说觉得自己以前和他一起的时候，多受他照顾，希望王浩以后一路走好。

王浩说："她遇到啥事了吗？"

我说："可能心情最近不好吧。我去看看她哈。"

丫不是自杀了吧。

我飞奔回家，看见她在那打游戏。

靠。

时间终于到了，她终于想查结果了。她让我查。我比高考查分还紧张。她要真中了，我也去查，虽然理论上我是很安全的。我的手哆哆嗦嗦，打错好几次。她说没用。她自己打，通了，然后马上给我。她堵着耳朵，跪在电脑前。电脑下载了个观音图像。

晕，这也可以啊。话筒那边挺亲切的，问信息。然后说需要稍等一分钟查证。这一分钟过得比十年还长。

"结果为 HIV 阴性。"

阴性？

我一时没反应过来是好还是不好，继续问，"没事了吗？"

那个女声说："目前检测结果是没事。"

单靓已经欢呼起来了。我挂了电话。

她跑过来抱住我一顿亲。

口水沾了我一脸，给我恶心的，"你不是转性了吧！"

"男人太不安全了，不如改爱女人吧！"

晕。

单靓拉着我就往外跑，说是去吃饭。

我俩去了附近一酒店，要了满满一桌子菜。喂喂喂，你不会乐极生悲，暴饮暴食而死吧。

吃了一会儿，突然，单靓说："晓达，听说那个病有窗口期，我会不会没检查出来？"

她吃不下去。我一想到刚才她亲我那一脸口水，我也吃不下去了。

单靓说："明天我再去查一次。"

单靓一周查了三次，最后工作人员都认识她了。她还吵吵去北京再查一次。行不行啊，我看她得了恐艾症。

单靓说："以后遇到男人，先领他去查查。"

我脑海里出现一幅场景：

一个男的猥琐地对她说："美女大波妹儿，咱们去开房吧。"（大连话表示猥琐）

单靓从后面拿出一个大牌子：预防艾滋人人有责，请去大连艾滋病检测中心检查，垂询电话 0411-……

明骚 假骚 闷骚

我又搬到单靓家了，这次我坚持给她再多一点的房租，她死活不要。也好，反正我现在也挺穷的。一棵大白菜吃了 5 天。

单靓说："请大狼来咱们家吃饭吧，他挺逗的，经常给我发各种笑话，虽然一点也不好笑。"

大狼上次的事儿对单靓有愧疚，但其实他一直对 Dcup 这种"招蜂引蝶"女十分痛恨。

大狼说："我去行，但是我怕失身好怕怕，让我带上陈牧吧。"

他俩拿了一堆菜和吃的，我和单靓下厨。不明真相的陈牧肯定以为我俩都是贤妻良母。他俩还穿情侣衫，一样的衣服，靠。他们之间真的清白吗？不过我挺喜欢我们四个在一起的感觉。陈牧和大狼在我和单靓的指挥下笨手笨脚地刮土豆，洗菜。

大狼悄悄拉我到一边说："你俩穿这个衣服这回挺合身的，看来她胸确实大，你的确实小。"

他大爷的，真想把他扔锅里炖了。

吃完饭了，大狼突然提议玩游戏。不会又是杀人游戏吧，陈牧当法官，你俩握手，我看着成不？

大狼说："咱们玩真心话大冒险吧，然后两两互相问。"

一对一呗，我和陈牧一组，大狼和 Dcup 一组。

我觉得大狼就是想问 Dcup 点猛料。

Dcup 先问。她说："你习惯用左手右手。"

神马？

我过了一会才反应过来，大狼脸都红了，尴尬地笑，摸摸头说："这个……"

Dcup 鄙视他说："这都不敢说了，小处男！"

大狼痛恨地看了我一眼，他觉得他是处男的秘密是我告诉 Dcup 的。

其实我根本没说，单靓自己看出来的。

大狼镇定了一下说："那好，我问你，你喜欢在上面还是下面。"

靠！我和陈牧向他俩投出了鄙视的目光。

低俗！恶俗！还有什么俗来着！毒害青少年！

“我个人喜欢用左手，”大狼恢复了他的猥琐本色，“因为右手太熟悉，没有那种别人为我服务的感觉。”

“我个人喜欢在上面，”Dcup 一直是她的放荡女本色，“因为上面有种我 x 别人的感觉，而不是被 x 的感觉。”

我和陈牧忍不住对视了一下。太恶俗了！让我们这样的君子情何以堪。该我和陈牧问了。

我：“你喜欢的女生类型是哪种？”

陈牧：“你初恋的时候是多大。”

大狼和 Dcup 马上向我们投以鄙视的目光。

他们说：“不给力！虚伪，没劲！”

难道要我俩问出上上下下左左右右的问题吗！

Dcup 说不行，让我和大狼问。大狼看了一眼我，死活问不出口。

Dcup 说：“我问，晓达，你有没有帮男人打过飞机。”

x！

大狼连忙制止，“算了吧，晓达比较腼腆，这问题太劲爆了。”

我想了想说：“其实我没见过真飞机。陈冠希和一系列男优的除外。”

大狼惊讶地说：“原来你和那阮元没那个。”

阮元是我大学期间的男朋友，他不和我好之后，我天天像个祥林嫂一样，和大狼各种哭诉。

“没有啊。我俩才几天啊。”

“那你没失身哭个啥？”

“你懂个屁，我不是心里难过吗。”

Dcup 奇怪地望着我说：“晓达，如果你不是装纯的话，你就是性冷淡，你都多大了呀。”

靠！那事儿没有会死吗？我觉得没有反而不用担心怀孕神马的。

大狼说：“女的没开光都忍得住，男的没开光忍不住。”

陈牧说：“咱们可以不继续问这些东西吗？”

不行！你还没回答呢！

但是 Dcup 同意了说：“大家讲荤段子吧，我听说像你和大狼这种闷骚处男处女，最 TM 一肚子黄水了。”

我预感其实陈牧才是我们当中最闷骚的人，他果然没让我失望。大狼是假骚，Dcup 是明骚。

陈牧说："从前有个男人，他橡胶过敏，找了个女朋友，那女孩药物过敏，后来两人分手了。"

然后他从容地继续喝饮料。一脸淡然。靠，一瞬间，我爱死他了。

讲到了挺晚，大狼和陈牧乖乖地回去了。

我忽然挺后悔，我说了那么多，会不会影响我的形象。为什么我会在意形象。Dcup吗？大狼吗？当然不是。

原来是陈牧，我挺在意我在他心目中的形象的。

不过管他呢！

丰胸计

工作环境在我待了两个月后，熟悉了不少，我这个人吧，既没有大家围绕在身边的魅力，也没有人人都烦的潜质。已经适应"春"说话的风格，和小凤她们淡淡的样子，我现在也是淡淡的，反倒有人主动过来搭讪，人际交往有时候和恋爱一样，你冷了就有人热了。钱还是不多，还是莫有男朋友。

王浩又要给我介绍男朋友。我觉得挺奇怪的，上次潘锦那个事儿，我觉得他里外做人挺难的，咋还要继续介绍。

王浩经常给我很多职场的宏观指导，有时候还顺道送我下班，不过也只是偶尔。王浩挺信任我的，他老觉得我能干出一番大事业，虽然我自己都没这个信心。但他和我说话，也都是公事公办的口气，连暧昧的玩笑也没有，这让我对他还是挺尊重的。我觉得王浩要么就是爱屋及乌，因为单靓对我很好，要么就是真觉得我这个人行，想多多帮助我。所以我一直对他心怀感激，也带着尊敬的态度。

王浩说："这回这个男的，是他自己开的那个公司的，也是参加工作不太久，小伙挺开朗，而且挺聪明，挺上进，我觉得你会喜欢。"

可是男朋友，我脑海里总是浮现陈牧的样子，所以我和王浩说："再等等吧。"

我感觉陈牧对我不感冒，但好像又有点"鼻塞"，用时下流行的话说就是"轻度感冒"。经常约我，请我电影偶尔吃饭，但从不送我回家，加了我QQ，从不和我讲话。

难不成我要主动追他吗！我才不干。但是我明显管不住自己了，忍不住在QQ上隔三差五的"抖动一下"他。他也配合的抖动一下我。然后呢。然后他就没影了。

我继续抖动。

他打出一个：加班呢，电脑被你抖死机了。

要不就是：游戏呢，死机了。

唉，每到这个时候，我就没心情再和他聊下去。要不我给你买个不死机的电脑吧！我下决心，再也不理他了。不过这个决心每次都在他稍微搭理我一下的时候瓦解。我看见他那个头像就想和他说话。

今天我又抖动了他三下，他没反应，弄得我好郁闷啊。我这次下决心，我要做个有尊严的女生，坚决不理他了。

晚上睡前的时候，陈牧给我发了个短信：达达达，我刚才开机睡着了，电脑又被你抖死机了，哈哈。

哈哈，我躺在床上，乐了好久，跑到 Dcup 的屋。

Dcup 在打游戏，我满脸春意的贱次次地说："你教我玩魔兽吧。"

Dcup 白了我一眼，说："你是想通过打游戏接近男人吧，这条路在你身上行不通。"

"为神马？"

"上次我教你玩极品飞车，我就知道，你刚开始开，就把车一头磕在道牙子上，一直也没发动！你是我见过的玩游戏最差的人！"

哼，气死我了，但是我想到陈牧叫我达达达，我还是挺开心的。

"达达达这个名有什么含义？"Dcup 不以为然，"咯咯哒？是鸡蛋吗？你不要太发春了哈。"

靠。

"哎，你说，陈牧对我是神马意思。"

"我怎么知道，我每次问你你还遮遮掩掩的，你给我讲讲，我给你分析分析。"

我就把陈牧对我"轻度感冒"的种种表现说了。

Dcup 说："看完电影居然不送你回去，也太不绅士了！以前那些男的看完电影都亲自送我回家，哦不，宾馆的，哈哈哈。"

哎哟。

Dcup 收敛了一会儿，说："我觉得吧，陈牧其实也挺老实的，和我认识那群男的不是一类，他这种还算正直的男青年，对你好又不追你，只能说明他有那么点傻 b 理想主义，你符合他的基本标准，又达不到理想境界。"

靠！！想不到 Dcup 说话这么文艺和哲学。仔细一想挺有道理的，可又有点不服气，凭什么我就没达到你的理想境界！你丫是喜欢仙女吗？

唉，我马上就沮丧了，Dcup 说："陈牧这种情况，最好就是不搭理他，我看你就再找个别人吧，别在一棵树上吊死。"

我知道 Dcup 比我懂得男女之道，但是我……嘿嘿，要不就追追他试试？

倒追这玩意不能做得太露痕迹，我得先主动勾引之，然后造成是他追我的错觉。

第一步，投其所好，比如陈牧喜欢什么样的打扮，喜欢什么样的性格，然后让陈牧多关注我。

嘿嘿，我真是太有心计了。先找大狼打听下。

我就和大狼瞎聊，为了不引起他怀疑，什么山南海北的猛侃，然后就说要给大狼介绍对象。

他特别亢奋，讲了一堆他梦中情人的样子。

我就问他，“唉，你们男的喜欢的难道都是一个样子吗，长发，大眼，温柔，可爱。”

“还有胸大！”

……

“你这种才喜欢胸大的，陈牧这样的人估计就喜欢有内涵的。”

大狼翻白眼，“陈牧挺喜欢贤妻良母的，可他也喜欢胸大，我俩那天提起你，还说你太单薄呢。”

晕！坏人！

那肿么办？难不成我要为了让陈牧关注我，往里塞俩硅胶吗？

我要食补。

我和 Dcup 去超市，我往车里塞了三个木瓜。

哼，天天吃一个，吃一肚子木瓜！

Dcup 轻蔑地说：“晓达，还来得及吗？”

来不及我也要补补。

Dcup 说：“你怎么开始关注那个问题了，莫非你准备喂奶了？”

晕！她说喂奶的时候表情特别色情。

“去死吧，我只是觉得太小不好，买内衣都被鄙视。”

“哈哈，那好，我给你调调，木瓜吃黄的没用，得吃青木瓜，而且必须是酸奶和着吃，或者吃熟的，太凉的东西吃多了反而不好。我还有一系列的汤，我帮你调调，哈哈。”

我在单靓的调理下，喝了各种大补的东西，结果都不怎么见效，反倒我的大姨妈一个月来了两次，还量特别多。我真担心我会失血过多，提前更年了。

内补不行，就外补吧，买那种水垫儿内衣，穿着去和大狼还有陈牧打排球。

Dcup 看我出门的打扮，紧身运动上衣，超乎寻常的上围。

“你肯定是要去勾引男人。”

“才不是。”我一脸正义。

我不能带着她，要不然和她一对比，我就白穿这内衣了。

大狼老远一看我，他就直瞅我，奇怪地看着我，“晓达，我觉得你，今天看着怎么不对劲儿。”

陈牧倒没说啥。

开始打排球。打着打着，大狼一发力，球直奔我而来，打在我前胸上。疼得我嗷嗷叫，惨叫了一会儿，我忽然感到胸前一片冰凉。

啊！不是血吧。

低头看……不是……是一个水袋破了。坑爹啊，大菜市果然……质量不行。胸前一片水痕，还一面高一面低。……要破你也破一对儿好不好，真想把那个也抠破了。

大狼和陈牧都紧张地冲了过来。

大狼说："晓达，你这是怎么了？"

陈牧指着我说："……你……"

大狼说："妈呀，不是我把你……给砸进去了吧？"

我真想刨个坑，给自己埋了。

我不理他俩，赶紧跑到附近的公用厕所。把那破内衣给弄出来。然后尴尬地走出来。显然他俩已经知道怎么回事了，都在那坏笑。

大狼说："哎哟，怎么这厕所上的，两个都小了。"

陈牧忍住笑拉拉他说："还打吗？"

不打了，不打了。

女追男，隔层纱？

Dcup 知道我要追陈牧，她语重心长地和我讲她当年的倒追经历。

我晕，你还追过别人啊。Dcup 说那是在澳洲，亚洲人本来就少，男的不是喜欢男的，就是有女朋友，剩下的质量都太差，她还不太喜欢欧美人，见到好的亚洲人真是久旱逢甘露。

我忍不住插嘴，"为啥你不喜欢欧美人，是 0.7 的自动笔装不下 0.5 的笔芯吗？"

我上论坛上多了，脑子越发的黄了。

Dcup 不屑，"才不是，老娘弹性好，阈值宽！我烦欧美人身上的味儿，还有那些长毛，不过晓达你肯定喜欢，我感觉你属于重口味的。"

哎哟，还阈值呢。

接着讲吧，Dcup 突然认识一个泰国人，长得和《暹罗之恋》的男主角差不多，但是更爷们儿些，Dcup 春心动了。

"泰国人？你确定他是男的吗？"我又插嘴。

"靠，我都把他推倒了，你说他是不是男的，你再问我不讲了哈！"

Dcup 是在某个华人聚会上遇到该男的，那男孩是在泰国出生的华侨，会说一点汉语，唉，其实我觉得泰语蛮……现在泰剧很火，不过再感动的剧情，一听旁白我都想乐，哈哈。Dcup 那个时候已经单身半年，呃，再确切地说，是半年没有健康持续稳定的性生活了。Dcup 和男孩搭讪，对方还有点内向，没说太多，走的时候 Dcup 用口红给人 T 恤上写电话号码。

这也太扯了吧。Dcup 说是自己喝多了，闹着玩呢。结果那男孩还真和 Dcup 联系了，可见他也是个闷骚货。发了个短信。Dcup 找他出来玩，他不去，说是学习课业紧，英文不好。Dcup 说我给你补习啊。

一幅大胸女家庭教师的香艳画面在我脑海里产生了。但是好像 Dcup 挺认真给他补习的，Dcup 对他蛮有好感，打算发展长期稳定的关系，而不是短期的一次“性”行为。

Dcup 柔声细语的补习，经常给那男孩做好吃的送去，但那男孩好像反应也不是很强烈。Dcup 不像我，闷骚，可以暗恋一人好几年，Dcup 一般就直接说：“我挺喜欢你的，咱俩交往吧。”

那男孩挺犹豫地说家里那边其实有个类似娃娃亲的女朋友，不过两人还没怎么接触过。而且 Dcup 不是他喜欢的类型，Dcup 太高了，他喜欢小巧玲珑的。给 Dcup 气的啊，她见人无数，怎容被鄙视，Dcup 说：“我就是看好你了，一个月搞定你。”紧接着 Dcup 做了很多牛 b 的举动，发动一群老外给男孩过生日，大跳艳舞了，后来……

后来直接强吻推倒搞定。哎妈呀，小哥，你受苦了。

Dcup 愤愤地说：“是哪个说女追男隔层纱的，泥马是防水尼龙啊，其实男追女反倒只要这女的不是特烦这男的，心里也没有别人，只要男的胆子大、脸皮厚都能成功，十回总能成功一回吧？女追男就不是了，女追男，就算成了，这男的也一副大爷的样儿，少有顺当的。女的脸皮都薄，失败一回就够挂不住的还十回啊。”

“难不成你俩在一起后，他对你不好？所以分手？”

“不是，他太面了，我俩不和谐。”

……

Dcup 说得也有道理，女追男就算追到了也比较辛苦。我当然知道这个道理，所以要迂回前进。陈牧不是喜欢贤妻良母吗，哈哈，我就要表现一下。当然这不是说让我去他们家给他端茶送水捏脚暖床的。这不就成伺候他了吗。

应该做一些事儿让他看在眼里。比如经常在博客里写，今天又做了什么好吃的了，又把家里布置新东西了，弄点照片了。造成我是个热爱生活的美好女子。而且经常去给大狼送点吃的，“顺便”给陈牧一点喽。帮大狼收拾下屋子，表示自己“真的受不了屋子那么乱了”。哈哈，大狼要知道他就是个道具，肯定要埋汰死我。

Dcup 说：“直接推倒不就得了，那么费劲儿。”

喂喂喂，我是找老公的，不是一次性消费品。 就这么折腾了一个月，我的厨艺倒是进步了不少，大狼也成了大爷。

大狼经常对我说：“晓达，你帮我洗件衣服，晓达，你周末给我包饺子哈。”

我真的很想砸死他，但是陈牧也在那儿，我只好温柔地说：“行。”

陈牧只是笑着看着我们，也不多说什么。

……

给点反应好不好？

有一天，我又去“慰问”大狼，结果陈牧不在。

我马上态度就很恶劣，我说：“大狼你房间可真够脏的，你也不弄弄，你是蟑螂饲养户吗！”

大狼说：“嗯？上周你来的时候不是二话没说帮我清理了么？”

我说：“不能总惯你臭毛病！”

大狼忽然说：“晓达，我觉得陈牧说得虽然我不太信，但是吧，你这个表现吧，我还真的觉得不对，其实吧，咱俩谈恋爱也不是不可能，就是大家太熟了，再说你也不是我喜欢的类型，你要是实在想发展，唉，倒也可以，只是挺别扭的。”

……

神马？？？

“陈牧说……我喜欢你？”

“是啊，他说你没事儿就来看我，给我送吃的，难道不是吗？”

“大狼！见鬼了！这个屋子不止你一个人好不好！”

“啊？啊！！！我明白了，我早说嘛！”

这个时候陈牧进来了。

大狼大声地喊，“陈牧，李晓达她……”

我死死堵住他的嘴，说：“没事，不用理他。”

陈牧匆忙地说：“你俩待着哈，我出去一趟。”

一副撞到奸情的模样。

陈牧刚走，大狼就笑了 10 分钟，这期间我打了他八十多下。

大狼说：“吓我一跳，你要真爱上我，我也挺愁的，幸好不是我，你挺有眼光的，陈牧挺好。”

我说：“你不许告诉他。”

大狼伸手说：“保密费，要不然给我介绍个女朋友也行。”

“单靓？”

“拉倒吧，哥镇不住，哥喜欢清纯的。”

“镇不住倒是真的，她还未必看上你呢。”

大狼说：“你这么弄不行啊，陈牧这么闷，你也那么闷，你得等到绝经期才能有效果啊”

我怒：“滚！……你觉得我俩有戏吗？”

“陈牧倒是不讨厌你，还觉得你挺好玩的，但是貌似暂时没看出来他对你有那个意思。”

唉。

“我和他说说吧。”

“靠！不许，你敢说我废了你。”

“你让我先找个姑娘再废我好吗，哥还是个处男啊。”

我想了挺久的，我努力了一个月，陈牧居然产生了我对大狼有意思的想法，而不是对我有意思，可见是不行了，但是让我表白吗，我长这么大都没干过这个事儿，不干。

Dcup 看到我那个有点抑郁的样，就想踹我两脚，Dcup 说：“我最烦你那萎靡样了，对了，那个艾果过生日，找咱俩去 KTV 唱歌，本来我不太想去，但你这样的，跟着去 high 一下。”

好吧。

无性婚姻

艾果过生日，找了一帮人吃饭，K 歌，饭我和单靓谁也不想去吃，K 歌，打算就露个脸，然后找个借口跑了。我们就直接到 KTV 了。

艾果包了个奥斯卡包间，穿着一身糖果装，特别像小公主。男男女女一屋子，都是艾果不知道从哪个团购网上淘来的。

我刚进门，就有人喊我，“这不李晓达吗？”

居然是高瑞。

哦哦，也是，他也算个富二代，挺爱玩的。不过他在富二代里面也算招人烦的，身边坐着的几个人，一看他认识我纷纷找借口离开，大抵他们心里想着，可算摆脱他了。

高瑞冲着我说话，但眼神落在单靓身上，确切地说是落在脖子以下肚子以上的部位，我说的不是胃。

高瑞贱次次地说：“这是谁呀？”

我说：“哦，我老妹儿。”

高瑞一屁股坐过来，凑着 Dcup 说：“我和你姐关系可好了，你们姐俩长得可真不像。”

靠。

单靓就有一搭没一搭地和他聊天，艾果走过来和我寒暄两句，她指着她旁边那位有点年纪的女人说：“这我姐，”又说：“这是小单的好朋友。”

那个女人冲我笑了一下，挺文静的，长得其实比孙雅鹿好看（就是艾果），只是有点憔悴，也看上去比艾果大不少，实际上，她如果是刘斌的初中同学的话，年纪也就刚三十。

唉，无性婚姻啊。

单靓说女人不时常浇灌，就会枯萎，当然了浇灌水过多过杂，也容易得艾滋病。我看高瑞快黏在单靓身上了，我就走过去想解围。高瑞叫我大姨姐，还让我把单靓电话给他。

高瑞说：“你妹不给我她电话，大姨姐你给我吧。”

真够扯的。不过高瑞对付女的有一套，他找了不少女朋友呢，我还挺担心单靓被他忽悠到。

我偷偷给她发短信：你离他远点，他不是好货。

单靓抬头看着我一笑，然后给我回复：晓达，你也太看不起我了，他那种人我5年前就遇到一堆，要想泡我，他就是小学生，我都博士后了。

那你也别和他搞一夜情哈。

我就算淫乱也注重质量好不好。

单靓发完这条，马上奔向一群彪悍的女人，高瑞自知没趣，跑到艾果她姐那块儿去了。

唉。已婚妇女你也调戏，这种饥渴男遇到干旱女容易有火花。但是显然，艾果她姐长得就特贤妻良母，如果不是她妹生日，估计她都不能出来玩。

王浩以前和我说，刘斌其实对朋友挺好的，对父母也挺孝顺的，虽然爱乱搞，但是和他一起的女的，也不是啥好人，而且他都不亏待人家，就不知道为什么对艾果她姐孙雅娟那么不好，就是刘斌把最恶劣的一面全给了对他最包容最痴情的女人。

其实吧，有时候女的太像天使，容易激发男人的恶魔本性。

单靓给我发短信：晓达咱们撤，就说今晚还有局。

单靓和我就向艾果说了，并且表现出“十分不舍”的遗憾。

艾果说：“那我送你们到楼下吧。”

艾果和她姐一起送我们走，单靓和她姐还挺熟悉的，Dcup 说她高中的时候得阑尾炎，那阵艾果她姐还在工作，是个护士，还帮着照顾过 Dcup，所以，单靓对她姐还挺有感情的，比对艾果深多了。

Dcup 这个人，倒也挺有人情味，谁对她好，她都不忘。

我们穿过灯光暧昧的 KTV 走廊，在拐角，一个男的把一个女的按在墙上亲，手部揉搓着胸部，那女的对男的臀部摸来摸去，两个人热情似火。喂喂喂，你俩开个房得了呗，唱个什么歌啊。最讨厌这种在公开场合“前戏”的人了。非礼无视，嗯嗯。结果艾果忽然停住了，然后盯着人俩看。她姐孙雅娟也停住了，也盯着人俩看。

喂喂喂，这也要围观吗。我刚想拉着单靓走。发现她也在看。那我也看看好了。

这一看不要紧，我发现这人长得挺熟，就这男的。我还没想起来是谁，艾果已经走上前去了。她一扒拉那男的，那男的骂了一句，“我 x 。”男的转过身来，愣住了。女的嗷的一嗓子蒙着脸。艾果大叫，“姐夫！”

原来是刘斌。

我迅速看了一眼孙雅娟，她居然比我们三个更淡定点。刘斌十分尴尬，愣在那里。

艾果气得脸发青，上去要打刘斌，被孙雅娟给拦住了，她骂，“刘斌，你也太不要脸了，就这么欺负我姐，要不是看在她面子上，我早找人把你卸成好几块儿了！”

艾果一直是淑女形象，有点假，但是可见在她姐的问题上，她还是挺上心的。

雅娟一个劲儿拉着她妹，艾果把她姐推开，说："姐，你太熊了，我今天非要刘斌知道咱家人不好惹。"

要说这雅娟是迎春，这雅鹿就是探春，我觉得艾果不管以后找个什么男人，起码不会被这么欺负。

女人嘛，该硬的时候也得硬点。

那个女的想跑，被艾果一把抓住，艾果扒拉开她头发，说："看看是个什么货色。"

结果一看，一直很淡定的孙雅娟大喊了一声。

艾果也愣住了，单靓也叫了一声。

孙雅娟像疯了一样冲向刘斌和那女的，"你们俩去死！去死！"

语无伦次以及崩溃。

单靓连忙上去安抚孙雅娟，艾果冲那女的喊，"小西姐，x，亏我一直把你当亲姐，你就这么对我姐啊！"

后来单靓和我说，那个女的是孙雅娟的发小，两人特别好，所以吧，刘斌这回连她都乱搞，虽然孙雅娟都麻木了，但是，这回真是受不了了。刘斌挡住艾果，但是还是被艾果打了个嘴巴，刘斌看了一眼呆呆的我，觉得特没面子。场面太混乱了，我都看傻了。那个女的趁机跑了。

孙雅娟坐在地上，大哭起来，起码保安出来了，幸好KTV这地方太吵，那个屋的人唱的恶俗歌曲声音比她哭的还大。没多少人出来看。刘斌冷着脸，也跑了。

艾果说："小单，你俩先走，见笑了，我陪我姐。"

小单安抚了两句，拉着我走了，因为艾果也挺要面子的，不想让我俩再看下去。

单靓和我八卦了半宿。

Dcup说："那个刘斌也是，兔子还不吃窝边草呢，他和谁乱搞不行，找自己老婆闺蜜，那个小西也够受，唉，娟姐真可怜 。"

半夜，艾果打电话，说找不到她姐了，手机也打不通。

Dcup说："没呀，我俩走了之后，就没和她联系过，我帮你问问几个人吧，你别着急。"

艾果说："唉，先别了，我姐不想让人知道，我记得有次她去你那住了两天才给你打得电话。"

Dcup说："应该不能有事儿，找到告诉我一声哈。"

这个事儿我以为就这么过去了。

结果没完，而且我很荣幸又旁观了一次。

过了几天，Dcup和我说，孙雅娟要来和我们住几天。

其实孙雅娟除了父母家和自己家也有的是房子住，但是艾果坚持要她姐和Dcup一起住。让她体验一下，"性福豪迈"的女人生活，打开下心胸。不过其实Dcup很多黄笑话都是我教的，她天天晚上缠着我给她讲一个黄笑话。都成了一千零一夜了。我哪里有那么多资源。真是对不起我"黄老大"的外号。

艾果说："我姐挺喜欢你的，单姐，她和你一起特开心，你就多给她洗洗脑，别让她在刘斌那吊死了，我支持她离婚。"

早该离了，她姐结婚三年，独守空房，还挺忠贞的，你说要是有个孩子也行，没事儿逗孩子玩，堕胎好几次，估计不能生了。刘斌不喜欢宠物，她也不养，也没工作。奶奶的，这是个什么生活啊。你以为买 LV 一买买一筐的人就真幸福吗？就性福吗？

孙雅娟到来后，单靓天天领她出去玩，有时候我下班半天，也不见她俩回来。唉，换了别人我早劝单靓别给人带坏了，但这位，我真希望她能坏点。我对她印象挺好的，她真是个美女，清秀的那种，不过长得有点苦情，而且性格挺好，特温柔，还帮我俩干家务。刘斌找的那些女的，我就见过两个，真不怎么样。刘斌就是大排档的品位，这姐姐是酒店档次，大排档就不知道酒店多好。

x，暴殄天物。

孙雅娟在这住了半个月，就搬到她的第二套房去了，和刘斌暂时分居。反正刘斌也老在第三套房或者酒店过夜。第一套那个大房子，倒成了他家保姆阿姨的住处。

又过了 20 天，这里有情况了。

什么情况。

这一天要下班了，快 5 点了。我准备闪人了，保佑老白不要突然给我任务。结果真的来了，我得干活到快 6 点。其他同事都下班的下班，在外忙的在外忙。办公室就我一个人。忽然听到走廊里嗷嗷的声音。我刚抬头，就冲进来一个人。

高瑞。

他还没等把门锁上，就被人踹开了，刘斌。

我还没搞清怎么回事，俩人就打起来了。刘斌拿着一把匕首撵着高瑞在办公室里跑，高瑞一边躲一遍找东西防身。高瑞跑到我桌上拿起来地球仪，我吓得躲了起来。刘斌特别吓人，要杀了高瑞的样子。高瑞用地球仪打掉了他的匕首，但是又被刘斌把地球仪抢了回来。刘斌用地球仪砸高瑞脑袋。血染红了"西半球"。奶奶的，姐姐我从太原街夜市花 30 块钱买的呢。5555 还我地球仪。高瑞骂了一声，由全面防守转为进攻。拿起凳子砸刘斌。

我被这俩人逼在角落里，微弱地喊着，"败打了，败打了。"

结果两人打得更起劲了。会不会误伤我。

刘斌喊，"我今天非废了你，我的人你也敢动！"

高瑞难不成泡了刘斌的小马子之一。唉，何必嘛，独乐乐不如众乐乐嘛。那个啥小说可以有植入性广告吗，这就是楼主所在网站新娱乐的口号啊。刘斌明显比高瑞能打，把高瑞按倒在地，一个劲儿地砸。他俩把道给挡死了，我吓得呆在那里不动，门口聚了几个还没走的女同事，谁也不敢上前。

王浩出现了，太好了，王浩是刘斌哥们儿，也算高瑞的远房亲戚，还是公司领导。他应该能拉架，而不是参与打斗。王浩冲进来，并且把门一关。

他把刘斌死拉起来，说："斌子，斌子，别激动，什么事儿好好说。"

高瑞得以喘息，跑到我后面的座位，我趁机给他几张面巾纸。

刘斌仍然激动，喊着说："让我把他给废了！"

王浩比刘斌劲儿大，死死抱着他，"斌子，你给我个面子好不好，到底怎么回事，这是我公司，你别胡来。"

高瑞缓过来了，他看见王浩护着他，他也不害怕了。

他冲着刘斌说："对，我他妈也不是什么好人，可你这事儿怨不得我，你都夜夜笙歌了，人家对不住你一回，又怎么样，再说，你俩都分居了，眼瞅着就离婚。"

妈呀，难不成孙雅娟和高瑞还有一腿了，哎呀，她怎么光找极品男。不过总算被"浇灌"了一次。

刘斌都要疯了，"那是我们自己家里事，你敢睡我老婆，我杀了你！"

王浩死死把他按住，说："高瑞你赶紧走！"

高瑞还横起来了，说："我就看上她了，我就等你俩离婚，和她结了，怎么地了？"

刘斌冲开王浩，俩人又扭在一起。

刘斌边打边说："她不可能和我离婚的，肯定是你下药骗她，我要把你送监狱里去。"

高瑞说："你情我愿，我见过的女人也不少，你三年把这么一个好的女人搁那，你凭什么啊你！"

高瑞从来都不为女的拼命，这回不知道是找到头上装英雄，还是真动了感情。

刘斌对除了孙雅娟以外的女的，都挺多情的，高瑞对除了孙雅娟以外的女的都挺无情的。

靠，这个世界。

高瑞没跑，我跑出来了，和几个女同事一起站在门口观望。

王浩再次冲进去，把刘斌拉了出来，说："斌子斌子，今天哥求你，这事儿咱们慢慢谈好不好。"

我喊高瑞："高瑞啊，你赶紧先走吧，去医院包扎一下吧，走吧走吧。"

高瑞终于跑了，刘斌扯着嗓子喊，"CNM，你死定了！"

我随着他跑了，赶紧给单靓打电话，让她确认下孙雅娟有没有事儿。

单靓说："我已经知道了，她在我们家，你别让刘斌知道了。"

我赶紧回家了。孙雅娟在我们家客厅和单靓坐着，表情很平静。我也不好说啥。

她主动说："我打算和刘斌离婚了。"

我想了半天，犹豫了一会儿说："是因为高瑞吗？"

她说："有他的原因吧，我上次K歌认识他，他一直联系我，前天我俩开房了。"

她说得老自然了，听得我老不自然了，我看了一眼单靓。

Dcup说："这事儿我也不知道……太突然了。"

我吞吞吐吐说："孙姐，其实，那个高瑞，不是一个值得托付的人，我觉得……"

孙雅娟平静地说："我不想着下一步找谁，我只想和刘斌离婚，我已经告诉他，我和别人睡觉的事儿了。”

唉，是为了报复吗，真的到了忍耐的极限了。

我们都没说啥。

过了几天我上班的时候，忽然王浩来找我，说刘斌想请我和王浩吃饭。为毛请我？

王浩说：“刘斌知道他老婆和我们住一起，觉得我应该还挺通情达理的，想和我谈谈。”

我长着一张老好人的脸，谁都想找我谈谈，然后让我去和稀泥。去就去呗，就怕他情绪失控，不过王浩在，应该不至于。还是我们三个上次去的地方，一个小包间。刘斌有点憔悴。他们喝了好久的闷酒。

刘斌说：“这事儿挺丢人的，但是你俩都知道了，我也不在乎了。”

出轨一百遍的男人还是受不了老婆一次出墙。

刘斌说：“小李，我知道你挺明白事理的，现在她铁了心要和我离婚，我希望你劝劝她。”

这个倒挺让我意外的，他为啥不愿意离婚，继续折磨孙雅娟吗。

“呃，刘哥，其实我觉得你俩这事儿以前感情就不太好了，虽然说不劝人分吧，可既然都如此了，就算了吧，财产什么的。”

“她说她和我共同财产她一分不要，只要离婚，我知道我以前确实对她不够好。”

不是不够好，是太差了。

王浩抽了烟，说：“斌子，我觉得小娟确实太伤心了。”

刘斌继续喝酒，喝了不知道多少，他哭了。

他说：“这事儿小李你回去和她说，我不怪她，我想和她好好过，没有人比她对我更好。”

我和王浩呆呆地对视一下。

他继续说：“她从 14 岁就跟着我，说实话，我一开始就想泡她，觉得我该有个女朋友，她长得还行，也挺有钱，上了高中，我觉得，我该换个女的了，可她老跟着我，那好就去开房吧，开了房，更甩不开了，我想我这辈子不能就跟一个女的过吧，我就找，找多少人，对她多不好，她还愿意跟着我。”

我知道了，这就是审美疲劳，还有少年轻狂，本来就是不想负责的年龄，遇到一个死活跟着你的人。

刘斌继续喝酒，继续说：“她吧，不管我怎么对她，都特温柔，特怕我，我喝醉了给我收拾，我在外面怎么找人，她都一个样对我，我就纳闷她怎么就这样，我真希望她能当几回泼妇，我觉得我快要够死（大连话表示忍耐到了极限）了。”

其实吧，男人真不喜欢女人一味的温柔，而刘斌这样的人，其实是想看到一个不好惹的女人的发威，而不是一个淑女，不分青红皂白的等候。

刘斌接着说：“我连看她都不想看，我真觉得够，每天我都想和不同的女人待在一起，我也不是真喜欢她们，我就是觉得生活没劲儿，她还是那样，自己在那偷偷抹眼泪，看得我更烦了。”

喂喂喂，您先去查查艾滋病好了，电话上次我都帮单靓记了。我知道了，有时候懦弱的人，会惹来更大的虐待。所谓的SM。

我忽然想起来大学的时候，我谈的那次恋爱，对方大抵不是真的喜欢我，就是一个劲儿的挑我毛病，而我那个时候也没什么分辨能力，就觉得自己真的什么也不好，老承认错误。结果他更烦了，直接和我分了。幸好，我没沦落到孙雅娟的地步，现在的我，如果遇到那个大学时代的恋人，我一定会学会什么叫做不卑不亢。不过那都是浮云，我满脑子都是陈牧的微笑。

啊，陈牧啊陈牧，生活多美好，就算和他永远没什么，看他笑也很美好。

唉，跑题了跑题了。

王浩陪着刘斌喝，刘斌说：“哥，你知道吗，她这回怎么说也要和我离婚，我突然意识到，我再回家找个温暖的地方，找不到了。”

刘斌哭得一塌糊涂。

王浩又抽烟又喝酒。

王浩说：“人那，都是这样，得到的时候永远不珍惜，失去的永远最宝贵，要知道这个道理……”

他没说完，喝了杯中的酒，接着很有感触地说了一句，“要付出……很大的代价。”

唉。我觉得王浩也一定有很多故事。早知如此何必当初。我忽然觉得孙雅娟也有一定责任，她太顺从了。

王浩说：“小李，你先走吧。我陪他再喝点。”

刘斌说：“你一定帮我告诉她，我非常后悔。”

刘斌啊，老想挑战孙雅娟的底线，但是她包容到了纵容，这底线也太不好掌握了，结果终于碰到了。其实我挺矛盾的，一方面我觉得，刘斌活该，就该早离婚，而另一方面，受国内电视剧多少年大团圆的影响“一个痴情的女子，一个终于回头的男人”是一幅多么和谐的画面。算了，不妨我就把刘斌和我说的原话，不加任何评论的告诉孙雅娟。于是我都说了。

孙雅娟听完之后，想了半天说了一句话，“小李啊，我当初和刘斌在一起的时候还太小了，我特别希望这一辈子就跟着一个人。”

我理解，除了少数像单靓这样从小就不老实的女孩子，很多人都有那种和初恋结婚的情节。但是很多人初恋都早早的拉倒了，反倒现实了，看清事实了。有的人特幸运，初恋就遇到一个特别好、合适的对象，而孙雅娟的不幸就在于，初恋一直没破灭，在不断维持，而刘斌对她冷漠，却一直没及时狠下心。结果就一直没破灭。

孙雅娟又说：“我和高瑞睡觉后，这个愿望破灭了。”

对，我觉得孙雅娟这么多年爱的不是刘斌，爱的是她的愿望。但是刘斌通过王浩，不断向我们表达他要和孙雅娟见一面。

孙雅娟同意了，但是前提是，王浩到场，再找个女的陪她。为了防止她情绪过于激动，让我和 Dcup 去。

Dcup 见到王浩前还挺尴尬，见了俩人就嘻嘻哈哈的，好像根本没那回事。

我们约在一个咖啡馆见面，包了个小间。我原来以为刘斌会特别熊，结果他表现得还是挺烦躁的，还是挺嚣张的。一见孙雅娟就劈头盖脸一句，“你什么时候回家，这事我先不和你计较，赶紧和我回家。”

孙雅娟木然地看着他，说：“我不回，马上离婚。”

刘斌愣了愣。

然后刘斌尝试着软下来，换了个口气和她说：“那个，咱们俩回家好好谈谈，和这几个朋友眼前说这个，也不好啊。”

孙雅娟连看都不看他，说：“没啥可谈的，赶紧离婚。”

刘斌又说了几句好话，大意是对你确实不够好，可你这回也玩大啦，咱俩不计前嫌，共创未来。

孙姐也就一句话，“赶紧离婚。”

刘斌说不过孙雅娟，他火了，把杯子狠狠地摔在地上。吓了我一跳。

孙雅娟连眼皮都没抬，看来刘斌经常在家摔。刘斌把桌子也掀了一半儿，什么咖啡、饮料的洒了一地，这时候服务员敲门进来责问，刘斌从包里掏出几百块，扔给服务员。服务员退下。

刘斌说：“孙雅娟，你离了我，你也 30 多了，离过婚你想找个特别好的也挺难，你这人我也知道，挺容易被人欺负的，被人骗的，高瑞那小子我调查过，根本不是什么好鸟，你跟着他是倒了大霉了，我不怕，我这条件找十个八个小姑娘不成问题，还有你生不了孩子了，难不成你还要给别人当后妈吗？”

孙雅娟站起身来，把桌子掀了，直接把旁边的屏风给打坏了，妈呀，幸好我离得远。

服务员又进来了，还领着个保安，“你们怎么回事！”

王浩赶紧从包里掏出卡和钱来，“那个什么，打坏一件赔两件行不行。”

服务员说：“哎呀，刚才有人反映影响其他客人，我们也不好做啊。”

王浩说：“我包场，消费全记在我账上，成不？”

王浩的苦肉计见了效。服务员和保安走了。

孙雅娟慢慢抬着头，看着刘斌，然后说：“刘斌，这件事你有脸给我提吗，你知道我为什么生不了孩子了？”

刘斌愣了，一下子颓了气势。

孙雅娟说：“19 岁，我打了咱们的第一个孩子，没敢告诉我爹妈，你也不来，那天还是我妹陪我去的，她那阵才上初中，我妹说想找人卸你一条腿，我说都是我不小心……”

孙雅娟泪流满面，大家都静了下来，谁也不敢出声。

“22 岁，打了第二个孩子，你终于陪我去了一次，那天我说，要不然咱们结婚吧，把孩子生下来。你说不，不打孩子我们就分手。事后手术感染，我妈知道这事儿，扇了我和你每人一个嘴巴子，然后说，以后我的事儿，她都不管了。”

她开始泣不成声。

“25 岁，第三个，为了省事，药流，27 岁，最后一个，那个孩子我坚持要生，已经三个月了，你非要打掉，我坚决不同意，你居然狠狠推了我一把，让我摔了一跤，送到医院，医生说人流做得太多了，孩子保不住了。我现在一身病，而且以后都不能生小孩了。”

孙雅娟完全忽视了我们几个“外人”的存在，哭得站不住，靠着椅子坐了下来。

“x，刘斌，你可真是个人才。”单靓说了一句。

刘斌小声说：“那次推你真不是我故意的，我没想到就这一下，你就进医院了。”

王浩可能本来想劝劝孙雅娟和刘斌和好，但是估计被孙姐的这番话说得感触了，一个劲儿地抽烟。刘斌走过去，抽了自己一嘴巴，低声对孙雅娟说：“我是个混蛋，可现在都这样了，你要想要孩子，咱们出国去找大夫想办法，不行就收养一个，你要不想要，咱俩就好好过，你现在离婚了，跟别人，也不一定是什么好人，我会好好对你的。”

孙雅娟继续哭，也不看他。

单靓和我还有王浩都不知道该说啥，都站在那不动。

过了十多分钟，她才平静下来，然后她说：“刘斌，咱俩之间就是一场噩梦，其实你过得也不高兴，都该醒了。”

刘斌冲着她跪下了，“小娟，不是噩梦，你离开我才是噩梦，我以后再也不敢了。”

我记得那天，我和陈牧看电影，看到一个男的给女朋友跪下挽回她，陈牧说了一句，“男人膝下有黄金，一个随便下跪的人，什么不要脸的事儿都能干出来。”

孙雅娟看着刘斌，脸上没有刚才的愤怒和激动，只有一种漠然。

“我已经找了律师，赶紧签字离婚，我只想要个解脱。”

她站起来了，转身要走，刘斌跪着拉住她。

单靓走上前踹了刘斌一脚，拉着孙雅娟。刘斌刚想发火，被王浩拉住了，王浩说：“让她走吧，让她静一静吧。”

也许很多很多年，说不清楚的傻傻的“爱”，会在一瞬间醒来，只是个噩梦而已，而谁又能说得清，这一瞬间不是很多很多次伤心累积到一起，是骆驼的最后一根稻草呢。

生活不是和谐结局电视剧。

要说这个故事的“结局”是没有的，因为生活哪儿有结局。

孙雅娟还是坚持和刘斌离婚了，但是她也没找过高瑞，倒是高瑞还在我耳边念叨过孙雅娟好长一段时间。然后过了一年之后，孙雅娟再婚了，找的这个男的，和她同岁，也算事业有成，老婆之前得病，一直照顾老婆到去世，好长时间也没找别人，也没有小孩，对孙雅娟很好，而最近的消息是，孙雅娟居然又幸运地当了妈妈，只不过怀孕过程惊心动魄，好几次有流产的危险，但已经 7 个月了，估计会正常生产了。

谁说离婚的女人，有过那么多痛苦的女人，就一定会活得不好呢。

至于刘斌，意志消沉了很长一段时间，也过得意乱情迷的，他确实不少女人，不少钱，至于近况，不得而知。

猥琐前男友VS萝莉小女友

我终于得到了一笔奖金，虽然不多，但我还是蛮激动的，准备大宴宾客，呃，也就单靓、大狼和陈牧三个人。吃神马呢，单靓说楼下烧烤，大狼说万宝海鲜。一看就是姐们儿亲，知道给我省钱，万宝？要穷死我啊。还是陈牧出了个好主意，在xxx吃饭，环境优雅，价位小贵，又不是要命那种，xxx到底是哪儿，置入广告长期寻租，大连饭店们注意了！哇哈哈。

我们三个都到了，单靓在外面停车，有车一族是开车的时候享受，停车的时候闹心，我们等了好久也不见她来，我给她打了个电话。

“喂，你停个车那么久啊，怎么还不来啊。”

“败提了，你们能不能换个地方吃饭……”

“为什么啊，都坐了半天啊。”

“我到门口才发现，这个店，是我一个前男友和朋友开的，他今天还在店里……”

“我靠，怎么没听你提过，他能给我们免单吗？”

“靠！李晓达，要么你们仨吃，要么咱们就换地方，我死也不去见他。”

好吧，我只好和大狼还有陈牧说：“咱们换个地方吧。”我们顶着服务员的白眼，撤离此地，走的时候，我还看了一眼好像是老板的一个人。我们在附近找了家店，一坐下来，我们三个就对单靓兴师问罪。单靓说那是她去澳洲之前的男友。

“分了还是朋友嘛，何必呢。”陈牧说。

我觉得陈牧就是会和所有前女友都是“好朋友”的那种类型。

“我靠，你们不知道，这男的和我分了之后，把我俩在一起的一切故事都画成了一本漫画，印了一百多本，挨个朋友发，我靠，太恶心了。”

“妈呀，很劲爆吗？”大狼一听就来精神了。

“不是那种，不过也够恶心了。”

“不是挺浪漫的吗？”我挺脑残地问。

“浪漫个屁，画一本自己留着是浪漫，印100本到处发是诽谤！现在所有我俩认识的朋友都骂我是女陈世美，我分手的时候也没对不起他。”

呃……好吧，世界之大无奇不有啊。那漫画我倒是挺想看到的，小店能租到吗？

单靓说："唉，这不算什么，我去年的时候出去玩，有个女的带了个'鸭子'去，我靠，那是我初恋，他居然沦落到卖'太太乐鸡精'了。"

哈哈，大家都乐了，单靓点了一根烟，抽了几口，我发现大狼和陈牧都有点皱眉头。他们都是从小到大的老实孩子，对单靓抽烟，还是挺看不惯的。我劝过她戒烟，她不听，不过她抽烟的时候尽量离我远点。

单靓掐了香烟，叹了口气说："不过我的初恋估计生意能不错，他活儿挺好。"

大狼和陈牧都崩溃了。

我打圆场，问陈牧："陈牧，你有没有巧遇过以前的对象。"

大狼抢过话头，"你为什么不问我啊。"

你哪来的对象！

陈牧笑了说："我经常见啊，都是朋友，经常一起活动啊。"

怎么可能，我们三个都难以置信。

陈牧愣了愣说："其实能做朋友的，都不算很长的交往，倒是有一个，自打分手后，互相都没有再联系过……"

哦，他脸上一副黯然的样子，我第一次看见他有点难过，反正也不是为了我，我也黯然起来了。

单靓捅了捅我，"对不住几位，这顿饭我请，晓达，你下次吧哈。"

这时候王浩给我发短信：上次和你说的那个小伙，你俩见个面得了。

好吧，那我就去相亲吧，我这个人一受挫折就想找下家。

我和王浩在咖啡厅等了半天，第二个相亲男才来，匆匆忙忙的，见到王浩连说对不住，看了我几眼，然后接了个电话，和王浩说："王哥，有点急事，我先走了哈。"

他从头到尾都没和我说一句，我都没记住他长啥样。我长得就那么对不起你吗？还不如潘锦呢，人还请我吃了很多顿饭呢。

王浩也特别惊讶，不好意思，他对我说："那个什么小李，我没想到这小子这么不懂礼貌。可能真的有急事吧。"

我觉得他也挺郁闷的，给我介绍两个都失败。

我说："没事，估计他没看上我吧，这种人比较真实。"

去你 mb 的，我心里骂一千遍。

王浩说："唉，其实我吧，觉得你不错，找了你挺好的，这小子没眼光，真服了，太不会做人了。"

就是，王皓也算那人领导，他就不能给点面子，mbmbmb。

王浩没话找话说："你工作顺利吧？"

我说："还行，就是吧，始终没干出点什么来。"

王浩说："我有预感，你肯定能干出点名堂来，待得还愉快吧。"

愉快个 p。但是我也不能说啊，我这个人觉得打小报告不好，再说谁知道王浩和他们什么交情，“还不错吧。”

王浩说：“小李啊，我觉得你这人挺正直的，到那时有个缺点，有点机械，说话一板一眼的，估计这性格，不容易吃开。”

我连连点头。

王浩继续说：“但是吧也好，女孩子嘛，正经点好，要有自己底线”

我继续点头。

王浩说：“我今天挺不好意思的，等我哪天再给你介绍个靠谱的。”

啊……“王总，算了得了……”

“你是不是觉得我也挺不靠谱，我这人就这样，想做的事儿，非得给他做成了。”王浩有点恶狠狠地说。我吓了一跳。

王浩看出自己的失态，然后突然问我，“小李啊，你觉得我留头发比光头好看吗。”

我差点喷了。

“王总，怎么恋爱了。”

“嗯，有一个正交往呢，对了，你陪我去买个礼物吧，送给她。”

我脑海里浮现王浩买了个大钻戒然后给我说：“当我女朋友吧，给你一套别墅的画面。”然后我义正词严地拒绝了他。但是这当然是不可能的，哈哈。

王浩说：“你们小孩都喜欢什么东西现在。”

什么叫我们小孩，你比我大五六岁而已好不好。

王浩说：“关键是我这个女朋友吧，她比你还小几岁，她 92 年的。”

恋童癖啊?

王浩说：“家里相亲认识的，她爸和我舅舅关系都不错。”

忘了说一句，王浩他爸是个挺牛 b 的人，可惜过世得早，王浩继承他爹财产后，就跟着他舅舅混，他舅舅也是个挺牛 b 的人，就是我大老板。

王浩忽然挺羞涩地说：“挺心动的感觉。只是吧，有点代沟，不知道怎么相处。”

晕。

我觉得王浩真把我当自己人，什么都告我。 然后他还把照片给我看。说实话长得没单靓好看，但是挺清纯的。

王浩说：“小姑娘以前网恋，挺叛逆的还挺受伤的，自己也不知道怎么办。”

唉唉，我发现王浩有一种情节，老想拯救“坏姑娘”。

我刚这么想，王浩就说：“我好像就喜欢坏姑娘，像你这样的好姑娘，不想。”

拉倒吧，你肯定觉得我姿色不行。我真的是好姑娘吗? 算了，是就是吧，怎么像骂人的。

回去后我告诉 Dcup：“王浩找一 90 后美女。”

Dcup 说：“哦。”

“你不想看看那女长啥样吗? 我有照片。”

Dcup 回答，“假如你有一件衣服没买，然后你还回去看谁买了穿身上什么样吗？我才不想看。”

Dcup 说：“你怎么不问问我找没找到男朋友。”

我嗷了一嗓子，“谁呀！”

她鄙视地看着我：“你最近就想去勾引陈牧，哪里顾得上我。”

我非常八卦地看着她。

她说：“没有，哈哈，上次那个艾滋病事件让我戒了。”

真的假的，就和大狼说他再也不吃肉一样。

王浩大半夜给我打电话。其实我以前一直没觉得他是富二代。现在我觉得他真是富二代——满脑子泡小姑娘，都不顾下属休息时间了。

王浩说：“睡了吗？我问问你哈，你会玩劲舞团吗，穿越火线吗？”

“不会。”我就会玩俄罗斯方块和斗地主。

王浩叹了口气说：“你觉得咱公司谁会。”

娘的，这和工作有关系吗。

王浩说：“她让我半夜陪她玩，我不会啊，怎么办啊。”

喂喂喂，你丢不丢人啊。

王浩也意识到了自己失态，马上说：“小李啊，明天到公司，你有个工作变动，明天和你讲。”

神马变动。正好今天开工资，我一查卡，工资多了2000。妈妈咪啊，这个月我又什么业绩也没有，在办公室耗电，跑腿，发呆，写小说……哈哈。为毛给我奖金？谁想包养我吗？靠给这点钱，也太砢碜了吧，我一定宁死不从。难不成算错了，找会计问问？要真算错怎么办……

唉……是通货膨胀了吗，学习香港一人发点钱？有那么与时俱进吗。

王浩 msn 上给我留言：我要调到市场部当头，你是我助理之一，工资上调，以后看你表现，你同意不？

王浩要我当助理干毛？我是有名了的粗心大意。我需要个助理还差不多，我连写个会议记录都画小人。大家别瞧不起助理，很多大官都是从助理干起的，能跟着领导把事儿做好做到位了，可不容易了。你想，当老板、领导的都是人精，能让人精信任的人是什么人。人人精吧，还得适度装傻。

王浩给我的第一个任务就是冒充他和90后小女友聊天。我没想到我第一次涨工资升职就是为了泡小姑娘。王浩说他和小女友没啥共同语言，他觉得我俩有。

他说：“这个算工作量，你就聊吧。”

这群富二代脑子都和别人不一样。

那聊吧。

小姑娘叫我王大叔。一下从李大姐变成王大叔，我还有点转不过来。

小美女说：王大叔~~~想摸摸你的光头。

我说：小孩子别闹，摸一下10块钱。

小美女说：那亲下多少钱。

晕，差点被反调戏。

我打出一个含羞表情：亲一下我倒找钱。

小美女说：大叔，你穿的那套衣服太死板了，颜色也单调。

然后她给我发了个链接，一个网店的一套潮服，据说是冠希的品牌。

6000块钱那一套啊。

买不买，反正也不是我消费，买，哈哈，要是顺道给我买点衣服就好了。

我请示了下王浩，王浩说："买吧买吧。"

其实他不算能花钱，衣服也不花哨。唉，爱情冲昏了头脑，再加上小美女家里也是很显赫的。我特别开心地刷了王浩6000块钱给他买了套他不喜欢我也不喜欢的衣服。

哈哈哈哈哈哈，我怎么那么高兴。

晚上，小美女继续和我聊，还要和我打游戏。可我不会。你说你个熊孩子，天天上网聊天多累啊，赶紧洗洗睡了得了。

单靓说："我会，我陪她玩。"

好吧，王浩的前女友和现女友就这样，在一块儿玩游戏了。

王浩知道了估计得气死。

Dcup边打游戏边骂，"x，这女的可真厉害，打游戏比我打得都好，王浩果然喜欢高智商。"

"会打个游戏就高智商了，某学校还给你开除了呢。"

"你反了你，居然和我提这伤心事儿。对了，我昨天还想呢，我还真得念个书，混个文凭，要不然一辈子让我爹看不起。"

靠，真的吗，我太惊喜了，她居然要读书了。

"晓达啊，我要考性学专业。"

晕……

也不是不可以啊，国内某大学还有性学硕士，可你本科没读完，也只能去国外了。大家不要笑，性学博士，美国的金赛很出名的，他很严谨的，是学术派。把sex当成学问来学，就没有低级趣味了，国人老是对此严肃不起来。我很多结了婚的朋友还是一大堆误区，甚至我朋友去年才知道女人上厕所和生小孩的不是一个地方。

呃，扯远了。她俩玩去吧。我睡觉。

就这样我白天能陪她聊两三个点，晚上单靓陪她打游戏。

小姑娘对我说：王大叔，我发现吧你白天的时候挺可爱的，晚上的时候很邪恶，但是见了面又觉得你很死板。

这么说Dcup邪恶，我可爱，王浩死板。哇哈哈。

我问她你最喜欢什么阶段的叔叔。

她说：网上的我都喜欢，见面叔叔太严肃了。

唉唉，王浩你不行啊，她显然爱的是我和 Dcup。

王浩被小女友弄得颠三倒四的，他居然把小女友带到公司里了！

他以前的私生活都是对别人非常保密的，虽然好像女朋友从来没有断过。

我开完会一推开王浩办公室，发现一个戴眼镜框的小丫头坐在他位置上上网玩儿。

我还没等说话，那姑娘说了：“王浩让我在这玩的。”

我马上反应过来是怎么回事，现在的熊孩子，不近视眼的也戴眼镜，不过她长得确实挺可爱的，而且还是我的衣食父母，我一看到她就想起每月多 2000，我就情不自禁地冲她笑了一下，然后走了。

结果一会，小美女在 QQ 上和我说：王大叔，你的那个女助理长的好像兔斯基啊！

靠！

第二天我去给王浩汇报工作的时候，王浩好像有点憋不住笑的意思，弄得我发毛。

王浩说：“小丫头让我问兔斯基姐姐好。哈哈哈。”

“呃，很像吗？”我尴尬地摸摸了脸。

“其实她不说我还没发现，现在这么一看，真的很像，你这个脸吧，就是圆脸，眼睛吧，哈哈……而且，神态和动作特别像，哈哈哈哈。”

好吧，可恶的富二代们。不过他俩真的合适吗？我看够呛，这小美女估计就是觉得新鲜，找到了大号的玩具，以后肯定能闹幺蛾子出来，这王浩也是找到了一个新鲜的小玩意儿。

“晓达，你知道我为什么喜欢 90 后这些个孩子吗？”

年轻，嫩，皮肤好……我心里默念，但是我嘴上说：“呃，不知道。”

“他们比我们更能适应这个社会，你别看他们没吃什么苦，但是一旦遇到什么事儿，想的比我们开多了，而且懂得也多，有包容性。”

噢噢噢噢。他说的也许是对的。

过了几天，90 后和我在网上说：其实大叔，我们懂的不是真的懂，我们只是被动的知道很多信息，但是没有全部实践过，等有一天我和你一样老的时候，很多道理，我才会真的懂。

好吧，她们都是哲学家。

正在我感慨的时候，手机响了，一条短信：晚上有空吗，今晚万达有个电影不错，一起去看啊。

陈牧。

妈呀，我激动了。不过他以前也约过我看电影，但是都是 QQ 说的，这是第一次发短信。

历史的进步啊。

我马上没心思搭理小姑奶奶了，我该想想穿神马衣服哈哈。

我说：叔叔要开会哈。

小美女说：肯定不是开会。

唉唉，你这么小，就这么了解男银。

Chapter 5

恋爱

鸽子了

遭遇狮子座

面条与玫瑰

大狼追妞记

包里的秘密

谁来救救我

阳光小少年VS熟女大姐姐

迥然不同两兄弟

为你上天入地

从希望广场到百合山庄

春天来了

爱情龙卷风

鸽子了

我心思不定地熬到下班，准备直奔万达的时候，王浩给我打电话，他晚上要请几个客户吃饭，让我订饭店，而且要我和男助理一起陪着他去吃饭。

晕，可我都答应陈牧了，这可是他单独第一次短信约我。“忠孝”不能两全啊。

王浩对我挺好的，我本来应该全力以赴给他做事的，我迅速订完了饭店，还好还好，王浩最喜欢去的那家，今晚位置不错的包间还有地方。然后我向他汇报订好了，然后说：“那啥，我可不可以不去晚上的饭局。”

“有事啊？”

“嗯，终身大事。”

“哦？偷偷摸摸就找到对象了？哦，好，你去吧。”

“谢谢 ~~~~”我都在电话那头笑出来了，贱次次的。

我带着满脸的“春意”准备约会的时候，陈牧给我打了个电话。

“晓达，不好意思啊，公司有个突发事件，我估计得加班到半夜了，要不改明天吧。”

“哦……好吧。”

我为他推了王浩给我的第一个任务，他则一个电话就改了明天。我心里特别失落。还不如去陪王浩吃饭呢，我直接打车去了该饭店。

王浩看见我特别吃惊，“嗯？”

我说：“晚上没啥事了，还是这面重要过来看看。”

王浩看了我一眼，意味深长地说：“一看你这表情就知道被人放了鸽子。”

晕，怎么看出来的，我为啥想啥别人都能看出来。

在场的人还都带了一两个助理，我发现女助理和我气质都很像，都没有太千娇百媚的，而且和领导的关系也看不出半点暧昧。只有脑残才会和自己助理有一腿，兔子还不吃窝边草呢。

这次吃饭也没有什么特别的，中国人做买卖永远是曲折前进，吞吞吐吐，想挣对方钱还不好意思说。以前在外企工作，和老外直接讨价还价的感觉其实还蛮好的。挺紧张地把饭给吃完了，各自散去。

王浩喝酒了，让男助理开车送我俩回家，王浩这点挺好，那阵儿酒驾抓得不严，但是他还是挺自觉的，喝多了从来不怎么开车，而男助理这个人也是个很谨慎靠谱的人。王浩坐在男助理旁边，我坐在后面，车里静静的，王浩和男助理瞎聊。

男助理就讲他两岁儿子的各种趣事儿，王浩就问："咱俩好像是一年的？"

男助理说是啊。

王浩感叹地说："看看你，儿子都两岁了，我连老婆都没谱呢。"

男助理说："王总你这属于先立业后成家，我哪能和你比啊，你就是钻石王老五啊，晓达你说是吧。"

"嗯。"我特没精神地回复了一句，忽然又觉得不对，我马上调整了下状态说："一般女的很难配上王总啊，您也别太挑了哈。"

王浩冷笑了一声，扭过头来看着我说："喂，男人要是放你鸽子，你得给他点颜色，要不然不会被他记住。"

靠，这下男助理也知道我被人放鸽子的事儿了，烦死了。

给 Dcup 打电话，"我打车回去，你在家吗？"

Dcup 那特别吵，她说："不在，我在外面玩呢，可能晚上不回去了，你自己小心点儿哈。"

我孤独地一个人在房间里，想起今天约会未遂，晚上吃饭的时候也不机灵，有那么点郁闷。为什么 Dcup 天天能那么 high 呢，难道我真像她说的，阴阳不调，需要找人调一调？说不定今晚 Dcup 就在外调一调了，掐指一算，她自打"艾滋病"事件后，这些天晚上都是在家的。也就是如果我白天上班期间，她没出去"调一调"的话，她已经好几个月没……这对 Dcup 来说难以想象啊。

陈牧，哼！他太过分了，我再也不理他了，不过，我要问清楚！我憋不住给陈牧打了一个电话。

"喂？晓达？咋了？"

"你下班了吗？"

"刚下班，才弄完，啥事？"

"没事，你放我鸽子，我很不爽。"

"哈哈，真对不住，明天请你吃大餐成不？"

"说好了哈，我要狠狠宰你一顿。"

打完了又觉得自己不怎么矜持，又觉得自己说的也没啥不妥，唉唉，我也不是巨蟹座啊，为毛我这么纠结！

长话短说，短说。

第二天也是周六，陈牧坐在餐桌对面。他还穿 T 恤、运动鞋，我感觉陈牧其实有点固执，他不喜欢换造型，我精心打扮反倒有点像售楼卖车的。陈牧给我点了很多好吃的，一个劲儿说昨天对不住。夏日的阳光到了晚上 5 点多依然有余威，我有点晃眼，眯缝着眼睛低头吃饭。

陈牧抬头看见我这样，突然说："晓达，咱俩换个位置。"

我没反应过来，他就坐了过来，我机械地坐到对面去，陈牧迎着阳光，也眯缝着眼睛，冲我一笑，啥也没说，牙齿真好，又白又齐。哇，这一瞬间我觉得昨天的鸽子被放也是值得的。我觉得陈牧吃饭的架势特别像……像个什么呢？像个国王！慢条斯理又很有霸气，淡定的霸气，哇，哇，哇。我拄着腮帮子，花痴地看着他。幸福得有点不真实。我怎么就那么喜欢这个人啊啊啊啊！不过气氛似乎有点尴尬，我得制造点话题吧。

我说："陈牧，最近网上有个剧叫《爱情公寓》特别逗，你看了没？"

"是什么？哪个导演拍的？"

"哪个导演？"呃，我第一次听到这个问题，"哪个导演我也不知道，挺逗的反正。"

"讲什么的？"

"就是国内的一个，类似情景喜剧吧，几个年轻人住在一起……"

"我从来不看这些玩意儿，肯定没劲儿，我只看电影。"陈牧说完，忽然觉得有点打击我，然后说："像你这样的小姑娘，无聊看看打发时间也蛮好的嘛。"

"《爱情公寓》真的很好看嘛！你看吧你看吧你看吧。"我这个人觉得什么好就非要推荐出去。

"赶紧去看电影吧。时间到了哦。"

"可是，可是还有好多好吃的没吃完呢。"

"谁让你吃得那么慢嘛，"陈牧看着我不舍的样子，说："那我下周再请你吃一次不就得了。"

"哇！陈牧万岁！！！！"

陈牧脸上居然真的露出了得意洋洋的神色，和他之前的淡定完全不同，后来大狼也和我说，陈牧一开始给人的印象是有距离的，淡淡的，但是要是真和他混熟了，他是个很热情的人。

我们去看的是3D电影，很不好意思，这是我长这么大第一次看3D的。戴上眼镜感觉有点头晕，看了一半，我就摘下来，揉眼睛，侧脸看到了陈牧，哇，他戴眼镜看起来好酷。我觉得我花痴指数已经爆棚。陈牧看电影的时候一句话也没有，我也乖乖地看，散场之后，他也不着急走，他是属于电影院最后几个走的类型，他很有兴致地和我探讨电影剧情，我说太好看太好看，他说看来你电影看得太少了，这个电影顶多就是豆瓣上7分的水准而已。

我就说其实这个电影也就一般吧，他又说但是按这个导演的一贯水准来说，这次已经是他的五星发挥了，值得鼓励，好像这个导演是他家亲戚似的。换了别人我早就得装b了，唯独听他讲，觉得好有道理啊。

从电影院出来我俩就转转，我问："大狼最近忙啥呢，不见他影儿。"

没有话题的时候我就说大狼。

陈牧说："大狼最近爱上了一个姑娘，天天请人吃饭呢。"

"大狼追人就会请人吃饭看电影，老套路。"说完忽然觉得说得有点不对，看陈牧也有点不好意思了。嘿嘿，难不成你也只会请人吃饭看电影。

陈牧说："其实，追女孩不就是请吃饭看电影外加送礼物嘛？"

我故作轻松地说："难不成你要追我？哈哈。"

陈牧挺正经地说："还没送礼物呢，不算。"

我指着路边的小摊，"你给我买一个小玩意儿就算了。"

陈牧笑了，说："你真调皮啊，这东西有什么意思。"

给我买一个能死啊。

陈牧说："晓达，太晚了，回去小心点哈。"

这个坏人居然都不送我回家，这么不绅士！！

我撒娇地说："可是我一个人走很害怕的嘛。"

陈牧奇怪地看着我，"哦？大狼说你胆子特别大，像个男孩子一样。"

死大狼，我特别可怜地看着陈牧，像《怪兽史莱克》里面的猫咪一样。

陈牧马上说："那我送你回家吧。"

"万岁！！！"

陈牧挺得意地说："这有什么了不起的，以后我都送你回家吧。"

嗷嗷嗷！！兴奋加幸福的感觉，我马上变成了一只高兴的兔斯基！陈牧和我肩并肩坐着公交车，我的感觉像坐宝马一样。然后我俩顺着小区的小道往里走，到了楼下，陈牧说："你住二楼哈，我就不上去了，你到家晃我一下。"

我说："好。"

再没下文了哈，陈牧忽然叫住我，"晓达……"

我站住，他又心思了一回说："没事了，早点休息。"

"哦，你也早点休息。"

遭遇狮子座

我回去的时候，Dcup 在客厅里沙发上躺着睡着了，满身酒气。我用力推她，被她拨拉到一边去了，她含含糊糊地说："这块儿睡得舒服。"没办法，她一米七四的个儿，我也扛不动她，就给她弄了个小被子盖上。她的电脑开着，我发现她刚刚还和那个王浩小女友聊天了。

那女孩说：大叔，大叔你怎么不搭理我了。

我回复：大叔刚才接了几个电话。

女孩说：大叔啊，你刚才说的话真好。

什么话？

我翻开聊天记录。

Dcup是这么说的：玩的起就玩，玩不起就别玩，这世界吧，最可悲就是玩不起的人还想玩，最无聊的就是玩得起的人不玩了。

Dcup就是玩得起的人？也许吧，反正我玩不起。换句话说，我还是属于Dcup鄙视的那种“你一旦睡了我，就得负责的”女人。但是我还没到那种“不管你是不是垃圾，睡了我，就跟着你”的那种脑残阶段。所以，我得找个“我也想负责，他也想负责”的男的睡觉。

嗯嗯嗯。

介个时候陈牧给我发了个短信：你到家没有啊，怎么一直也没晃我，出事儿了我会内疚的。

我想了半天怎么回复，最后发了一条：那你内疚吧。

陈牧马上回复我：那我内疚一会儿哈。

嘿嘿，话题又断了，唉，我睡不着了，躁动得像个少女，我开始百度陈牧，看他的各种资料。陈牧就是那种在QQ资料上神马也不写的人，我就看他校内，而且用马甲。我总得知道他是神马星座，啥时候生日吧。我发现了一条校内状态。

“军队的生日，也是爷的生日，大家来膜拜我吧。”

哇，陈牧居然是八月一号生的，正宗的狮子座。我靠，为神马我觉得他好像巨蟹啊，果然他的月亮是巨蟹啊，星盘看起来很内敛霸气的样子。啧啧。我可以去干特工，我找到他以前的博客。写于四年前。

好多都是写给他的一个前女友，大抵就是那个分手后再也没联系的女人，除她之外，陈牧和其他两位前女友都保持着非常好的“友谊”。貌似爱得死去活来轰轰烈烈，他一点也不掩饰自己对那女人的爱，好像为了那女的做了很多挺浪漫的事儿，不过那女的不太鸟他。人嘛就是挺贱的，越不搭理你，你越喜欢。不过说明了，陈牧不是一个很木的人，他是真的不太喜欢我，这个让我挺失落的。而或许陈牧女性朋友也很多，他只是把我当做其中的一个而已吧。但是……陈牧不是说了嘛，下周再请我吃一顿嘛！于是，周一没动静，周二没动静，周三没动静，周四……

我忍不住发QQ给他：你不说请我吃饭吗吃饭吗吃饭吗？

陈牧：你怎么像个饥民似的，囧。

我：我真的很饿耶，赶紧请我吃饭。

陈牧：行吧，那今晚吧。

嗯？不行，今天我打扮得实在太扯了，王浩都说我像四十来岁的。

我：今天有事儿，明天行不行。

陈：你不是很饿嘛？那明天吧。

啦啦啦，在网上搜集了好多拿下狮子座的攻略，中心要义就是要可爱，要会吹捧他们了，要漂亮了。呃，好像是个男的都喜欢漂亮可爱的且崇拜他们的，除非那种喜欢被鞭笞的。比如《三国杀》里的黄盖：公瑾，鞭笞我吧。

那阵快女虽然没有李宇春那一届那么火了，但还算是有点知名度，比如那首《狮子座》，虽然很多人说绵羊音让人鸡皮疙瘩难以忍受，但我居然单曲循环了 20 多遍。现在说话也是颤音，“七月份的尾巴，八月份的前奏”。人最怕思维代入，在我心里陈牧忽然由一个闷骚淡定男变成了霸气张扬男。而据说狮子男分好几种，陈牧显然属于那种表面温柔的，但接触起来才知道，其实是很霸气的。霸气到我认识他也快大半年了，他都没换过神马造型，而且他还请我去上次那地方吃饭。

“要不换个地方吧，我朋友说友好广场有家烤鱼，味道可好了可好了。”

可陈牧认为没有尝试的地方，最好不要尝试，他一点也不喜欢新鲜事物。而我属于不换地方会死的地球人，大狼以前就说我肯定花心。我想尽办法把他拖到烤鱼店，结果他吃得比我还欢。后来我发现，每次我想尝试神马新的地方，去什么没去过的地方玩，都要费好大劲儿才能请动这位大爷，但是一旦他去了之后，他会比我玩的还 high，然后对我说：“选地方不错，我很满意。”拽得像大爷一样，不过我喜欢，哈哈哈。

陈牧和我的约会开始频繁起来，你请我一顿，我请你一顿，再加一起看电影，也过去了一个多月，陈牧大概发现和我在一起，他非常的开心，于是他有次很诧异地和我说：“我觉得我最近好像笑得好放肆啊，一点也不像我，唉，其实我不是这样子的。”他可能觉得有损他以前的光辉形象。

嘿嘿，我好像和陈牧在一起，也特别的开心，让我们马上开始一段感情吧。

结果陈牧马上又说：“唉，还是和朋友在一起开心，为什么和喜欢的人在一起就很别扭。”

靠！

我忍住很郁闷的表情，打岔说：“最近有神马好看的东西吗？推荐一下。”

“《爱情公寓》啊，很好玩啊。”

“啊！不是我那阵推荐你，你说坚决不看的吗？”

“有吗？”

这主还是个健忘的主。

我天天琢磨怎么和陈牧约会，回家也捧着电脑傻笑聊天，Dcup 就问我，“你俩好了没啊？”

“还是普通朋友嘛！”

“靠，怎么这么慢啊！”

我一抬头，发现 Dcup 在看书。而且还是哲学书！

我忽然想起来，最近 Dcup 好像真的出去玩得少了，即使出去好像也是和女的出去，就喝点酒，很少不归宿，还看书！

晕！我说：“你丫真想去美国读书呗。”

Dcup 说：“我以前对 sex 和玩乐很有兴趣，现在觉得一个人若是被一种东西限制住，上瘾了，就是这东西的奴隶，我准备思考下深刻的东西。”

呃。

丫是不是偷看黄色小说，我一瞅，还真不是，是《梦的解析》。晕，我这本书根本没看进去，Dcup 看了三分之一了，还做了笔记。

我觉得 Dcup 是个很深刻的人，她那阵玩的时候就对 sex 有深入理解，还画了很多图研究如何能让大家更爽以及如何避孕等。现在看弗洛伊德，也看得很深入。看来我就属于浅尝辄止型的。

Dcup 的笔记上写着：很多时候，你觉得你可以超然世俗，纵情欢乐，其实你在不知不觉中成了“利比多”的奴隶。唉唉，反正我不是特别信弗洛伊德的那一套，这老爷子觉得任何犯罪行为原出发点都是性压抑。

如果那么说的话，日本当初侵略也是因为这个民族普遍……所以比较压抑，因此需要杀害别人来发泄。

陈牧居然要陪我逛街，用他说的话就是“周末在家闲得很无聊嘛，而且顺便想帮助我提高品位嘛”。

喂喂喂，你自己造型都百年不变，能帮我提高神马品位。但是陈牧品位真的挺高，是真的，他随便拿下来的衣服，我穿着都挺好看的。于是我情不自禁拍马屁，陈牧马上表示以后可以多帮我参谋，他丝毫不怀疑我的表扬。我忽悠陈牧穿格子衬衫，他不听，我就软磨硬泡，我说你穿夹克肯定帅呆了帅呆了帅呆了。他被我磨得没有办法，只好去试试。他去试衣间的时候，服务员冲我笑，而且这个笑还不是职业性的，服务员说：“你俩真可爱。”哇，还莫有人说过我可爱呢，是因为和陈牧在一起变得可爱了吗，他出来了，有点拘谨。

服务员说：“先生您穿着多精神啊，美女，你也选一件吧，情侣衫啊。”

我俩同时都有点不好意思。但是陈牧还是莫有买下那件格子衬衫，我俩一起往电影院走，坐在公交车最后一排座位上。我有点小困，4 不 4 可以趴在他的肩膀上？我就装作睡去，轻轻地靠在他的肩膀上。结果他居然迅速反弹闪开，把我吓了一跳！！！这也太不绅士了，我当时就要气哭了。

陈牧说：“晓达，坐车的时候别睡觉，容易感冒的。”

我不理他，把头偏向车窗一边，过了几分钟，陈牧在我耳朵边说：“其实你可以趴在我的肩膀上。”

哇咔咔，我毫不犹豫地倒向他，呃……是不是动作太快了。陈牧拘谨地一动不动。

406 你就堵吧，堵吧，堵到明天才好呢。

陈牧大概觉得很尴尬，就给我讲大狼追的那个女孩的事儿。那女的把大狼耍得够呛，明明不喜欢他，却让大狼早上 6 点给她送东西，让大狼给她买这个买那个，陈牧很不屑地说：“最讨厌这种搞暧昧的人了。”

可是亲爱的陈狮子，你以后做的很多事儿，都暧昧无比，让我分不清，你到底是不是真的喜欢我。

我在那辆公交车上确定了自己的心意。

看完电影后，陈牧和我走在大马路上，陈牧说：“晓达，你给我唱个歌吧。”

我想了一想，唱道：“一个人的时候不是不想你……”

陈牧马上说：“我的天啊，别唱了。”

“哈哈，以后就拿这首歌制服你。”

我的话忽然停住，因为我看见前面出租下面走下两个人，痴缠在一起。如果我没看错的话，那个女孩，就是那个90后，打扮得和我那天在王浩办公室看到的一样。那个男的肯定不是王浩，因为他有头发。

面条与玫瑰

为了防止冤假错案，我冒着危险，靠近去观察，果然是这个90后小女生，那个痴缠的男的，年纪也不大，都挺嫩的，两个人就是小情侣一样，王浩要是跟他俩站一起，别人肯定以为王浩是打酱油的。

陈牧挺奇怪地看着我跑到前去，又跑回来，我回来之后和他说：“我老板的妞被人泡了，或者说，我老板早就被这妞泡了。”陈牧和我八卦了很久。回去之后我挺犯难的，倒也不是担心这两千多的工资就莫有了，只是我该不该告诉王浩。我和单靓商量，单靓对王浩印象挺好，倒有点打抱不平。

她说：“王浩命苦啊，老被人劈腿唉。”

上一个劈他的就是单靓自己，呃。

Dcup说：“别告诉他了，你告诉他，他肯定以后在你面前没面子。”

好吧。

第二天，小美女在QQ上主动抖动我：大叔，晚上不去和你吃饭了，人家大姨妈来了，不舒服。

我：哦，好好养着吧，那你昨天都干吗了。

小美女：在家窝了一天啊，好无聊啊。

唉，熊孩子骗人哦。

我告诉王浩，小美女不和他吃饭了，人家身体不舒服。

王浩说：“那我给她打个电话吧。”

哎哟，大叔疼爱萝莉的口气哦。王浩挂了电话，我有点奇怪地看着他。

王浩看出来我的异样，面无表情地说：“被我肉麻到了吗？”

我意识到自己的失态是不对的，马上改了个口气说："没有，没有，王总，您上次说组织市场部新成立的小组活动的事儿……"

"哦，对对，等会儿我开会说。"

市场部王浩新成立的一个工作小组，为了拉近大家的距离，搞了个厨艺大赛，租了一个小别墅，每个人做饭，唱歌之类的，叫我和男助理总共有 9 个人，只有 3 个女的。

男人做饭都是很极端的，要么很好吃，要么很难吃，其他两个女人，看来也都是贤妻良母的架势，切菜切得水准不错。我切的土豆丝可以直接做薯条了。可是我要说其实我做饭在味道方面是有天赋的，虽然样子不算好看，但是 Dcup 都表扬我，每次味道都很正，而且为了扬长避短，我就做主食面条好了。西红柿小白菜蚬子面，先把西红柿和肉炒成浆糊状，放蚬子汤煮到开，下手擀面和小白菜，很简单也很好吃。那两位姑娘做的菜样子都很好，但味道都不够味，结果我的面大受欢迎。

王浩吃了一口，抬头问，"这个面是谁做的。"

我说是我。

王浩很吃惊，"真的很好吃，我好久没吃这么好吃的面条了。"

我因为一锅面条，瞬间成为同事心中"适合结婚的人"哇哈哈，大家全都忽略了"薯条"也是我切的。

饭后有些人在那休息，有些人打扑克，我拿随身带的笔记本在角落上网，忽然看见 90 后小美女的自拍，拿着一捆子玫瑰，下面写着：爱 @# ￥# ￥一串火星文。妈妈咪，据我所知，这花可不是王浩送的， 她真的明目张胆啊。王浩走到我身边，我刚想关掉网页，他制止了我，看到了。

我脸上肯定有特别复杂的表情，一方面我觉得王浩知道这件事儿能挺生气说不定还伤心，作为朋友和下属还是有点心疼的，另一方面王浩知道我知道这件事还不知道怎么想我……

王浩看着这网页，平静地说："这么大一束玫瑰，能有 99 朵吧？"

我愣愣地点头。

王浩说："我送她个 999 朵的，你觉得怎么样。"

我惊愕地看着王浩。他表情似乎很轻松，看着我惊愕的样子他乐了，一副满不在乎的样子，但是阴霾从他脸上飘过，我很多次都在他脸上看过这转瞬即逝的阴霾。

我想说点什么，王浩自己先说："其实我早就知道这些，年龄差那么多，这孩子根本还不定性，这样也好，她的原因，分了也不会……"

也不会什么？我知道他的潜台词，就是分了也不会让对方家里记恨王浩，那你怎么办，揭发她还是继续装作不知道。当然这和我也无关吧。

王浩说："晓达，你以后不用和她聊天了，呃，最近公司事儿也挺多。"

"哦。"

下午的时候，丝毫看不出王浩有什么不爽，倒是一向谨慎的男助理，忽然向我八卦王浩的恋情，这可一点也不像他。我其实是个很三八的人，上学的时候，把班级各个人的感情动向都和宿舍的人三八一遍，但我工作后从来不这样，能少说就少说，所以我没和男助理说什么，我说我知道的和他一样多，男助理没八卦到有点失落。闲时莫谈人非。

过了几天我忍不住用自己的号去小美女空间看了一眼，发现她改了个状态：

从此做一朵温暖的女子。

呃。

那前几天的状态是：我把大叔弄丢了。

也许她也很喜欢王浩吧，只不过……我觉得王浩是那种可以容许这个女人跟他之前有数不清的历史，但绝不允许跟他之后还有任何的外心。但是他看起来好像也不是很难受，上次 Dcup 的事儿，也只不过当时有点黯然而已。不过话说回来，公司上上下下，这些人不管是失恋离婚，哪个看起来是难受的？已经工作的人，即使晚上在家哭得要死，第二天仍然会微笑着像个孙子孙女地上班。

“你那面条挺好吃的。”

王浩最近见到我就说这话，呃。

大狼追妞记

看云的时候很近，看你的时候很远。

每次当我觉得我和陈牧的关系已经近到足够，又会忽然远，陈牧和我会经常互相发短信，也不乏嘘寒问暖，经常见面。

大狼都说：“我和陈牧在一起的时候，空气都充满着奸情。”

Dcup 说：“哎哟，陈牧肯定喜欢你啊，他看你的时候，眼神都是暖的。”

我心中一喜，但又失望：“可能他对女孩子都挺好的吧。”

Dcup 不屑地瞅了我一眼，然后说：“拉倒吧，他就对你特别，上次你记不记得，咱们出去玩，公车特别颠，他压根没管我，直接就过去扶你。”

“那他要是喜欢为毛这么久也没有明确表示。”

“闷骚呗，大狼不都说了你俩非得熬到绝经期，要不然你就主动点得了。”

我才不想呢，Dcup 给我出个主意，让大狼试探下口风。唉，求大狼可真别扭。结果我还没等和大狼说这个事儿，大狼先找到我求助，他最近被一女孩折磨毁了，那女孩也不说和他好，也不说和他不好，就是上上下下地折腾他，大狼情急之下准备找个女孩冒充他的粉丝来刺激这女孩，可以参考《独自等待》夏雨追李冰冰的桥段。

靠，大狼想让我冒充死皮赖脸追他的女的，Dcup 说：“这个戏码不够劲爆啊，要我和晓达同时追你，才够 high 啊。”怎么演怎么演，Dcup 和我都突然对此产生了极大的兴趣，经过我们的周密策划，一个两女抢一男的戏码产生了。

第一步，网络上造势。我和 Dcup 都注册了个校内马甲，起了个女性化十足的名字，然后大狼发一条状态，日志之类的，我俩就在下面跟帖聊天，搭讪口气，撒娇卖萌，一看就是两人关系不一般云云。因为那女孩经常上校内，估计也会看到这些。

第二步，逼迫让大狼最近减少对该女孩的殷勤，在日记里透露出一些被女孩追求的“痛苦”。但是不让大狼把话说得太明白。

第三步 现场直播。那女孩是大狼的同事，这就好办了。下班时间段，Dcup 开车去大狼公司表示接他下班，大狼还爱理不理的死样。

这件事初见成效，因为那女孩来我和 Dcup 的校内马甲来看了来看了来看了！

大狼也兴奋地说那女孩突然对他殷勤了一点点。还半含酸的来八卦他，这玩意儿就是一件衣服你就是犹豫不想买，这时候突然有两个人从天而降非要抢着买了，这时候你可能会毫不犹豫的花钱买下它！

这个时候就要第四步，hold 住！屌下去！但是说实在的，我不喜欢那姑娘，我不希望大狼找她，我对这种爱吊人胃口的女性没啥好感，我不喜欢暧昧的人。

那我干吗还那么喜欢陈牧呢。

天气渐渐冷了，我和陈牧一起走的时候打了个喷嚏，他就把手放在我脑门上，说有点热，然后他把围脖摘下来，把我笨拙地包起来，像个大馒头。穿高跟鞋走的脚有点轻度崴了，陈牧就有点生气地埋怨我，干吗出来玩还穿这个。于是他就搀着我走去买了一双平底鞋。他这样一个神经粗大的人居然可以这么的体贴！我觉得我非得嫁给这个人不行！

我暗示他我想找个男朋友了，陈牧却正儿八经地说：“那我给你介绍一个吧，我有个同学，人挺好的，也想找个女朋友。”

我以为他就是这么一说，结果他真的把那人资料发过来了，把我气得够呛。

大狼和那女孩打得可是火热，我和陈牧还停滞不前。难不成我也要找个男的刺激刺激他吗？

Dcup 被我俩的速度搞得很抓狂，她最讨厌这种不清不楚的了，她说：“人家暧昧一两个月是唯美，你俩小半年都这样就是……搞什么灰机！不行我帮你问问他得了！”

Dcup 单刀直入的网上找到陈牧，以八卦的口气问他我俩什么关系。

陈牧过了半天才说：晓达很可爱，和我很有共同语言，做朋友挺好的。

Dcup：那做女朋友岂不是更好。你要喜欢她就追她啊，不喜欢也别耽误人家。

陈牧：呵呵，这东西需要缘分的。有些事还是让我和她说吧。

我和 Dcup 都在等陈牧找我说清楚，但是陈牧找了我几次，还是挺平淡无奇的，也没有看到他欲言又止，这家伙可真沉得住气啊！

包里的秘密

在我被陈牧折腾得挺纠结的几天，王浩没来上班，像失踪了一样。顺便说一句，这个时候我才知道小女友家里在北京公安“有人”。我记得Dcup似乎说过，她姑父能抓“黑社会”，可见也是那块儿的。王浩怎么对仕途有兴趣吗？还是喜欢黑猫警长？ 我不知道我为什么忽然联想到这了，这也可能是直觉，这直觉产生了不到几个小时，它以令我吃惊的形式出现了。我在加班，公司没有几个人了，一个陌生的号码给我办公室座机打电话。

王浩的声音：“李晓达吗？你马上出来，到外面黑色奥迪车里，什么人也不要说，对，马上。”

我没再说什么，很快来到了外面。王浩面色严肃，戴着墨镜，我一上车，他就发动车子，开了。车子驶向旅顺的方向。渐渐路上看不到人烟，外面也渐渐黑了。我隐隐有些担心，但是我还是相信王浩不至于害我，可他反常的样子，却让我很不适应。

王浩把车停在一个僻静处，然后递给我一个包，说：“这里面有我很多家当，你务必替我保管好，还有一封信，我交代了你几件事情，你先别打开，半个月后你再看，或者有什么大事发生之后，你再看，记住，什么人也不要告诉。”然后他递给我一个信封。

我什么也没问，接过来，王浩说：“这里有一张银行卡，里面有三万块钱，是你的奖金。”

我还是忍不住问了，“出什么事儿了？”

王浩说：“晓达，你只要记得，帮我办信上交代你的事儿就行，我找不到别的信任的人了。”

“到底什么事，王总，我心里发毛。”

“知道越少对你越好，你放心，这事和你半毛钱关系没有。”

他开车调头，到了市区，他说：“下车吧，打车回家，保管好那个包。”

我刚想说什么。

王浩继续说：“这几天不要给我打电话、发短信，如果有需要，等我联系你。”

他要把车门关上，我拉开车门，说了一句，“不管什么事儿，保重。”

他点点头，向我挥挥手。我心里有种不祥的预感。我心情沉重地回到家里，把那个包锁在我床下的柜子里。Dcup在她屋子里练瑜伽。连陈牧给我发短信约我下周一起出来吃饭，我都没特别高兴。

“知道越少对你越好。”

是啊，可是我总感觉王浩这个人心思很重，指不定闹个什么大的事儿。Dcup 会不会知道点什么？她怎么说也和王浩他们家认识了一段时间，而且，也和他谈过一段。可是我当然不能把今天的事儿告诉她。半夜我醒来了，我怎么也睡不着。我应该半个月后再打开包吗，还是现在。我决定现在就看看包里有什么。希望不是一张搞笑的纸条：我就知道你能打开。

我打开了，几个夹子，很多文件。还有几把钥匙，上面都有标签。文件内容涉及财产转移，保险，钥匙有房子钥匙，车钥匙。看样子，王皓是想把自己所有财产转移给自己的母亲和他还在上大学的弟弟。还有很多公司的文件是要交给他舅舅和合伙人的。还有几封信，上面写着“助理李晓达转 xxx”。有他妈，有他弟弟，有他舅舅，有他朋友。

最后一份是给我的。上面写着李晓达亲启。

我颤颤巍巍打开信，上面却像公文一样，列了好多条事项，还有王浩的签字和盖章。大意是，王浩说感触世间变幻无常，最近身体也很差，自己担心有什么意外突然发生，特立此遗嘱，委托某律师执行，一些私人事务则交与助理李晓达。事务包括，如下几件，如果王浩有意外发生，尽量暂缓通知其母，其弟正在加拿大读书，委托李晓达协助其舅办理财产转移事宜，并且其母半身瘫痪，行动不便，已经联系好国外疗养院，委托李晓达送其母去加拿大，同弟弟团聚，以及一些房产、车的转让，还有公司一些事务交代。还有一条，给了我一个大连某医院的病房地址，让我去给这个病人家属一笔巨款，这让我很费解。最后写了一句，祝李晓达女士事业顺利，生活幸福。

王浩不是得绝症了吧？得绝症也不是这个反应啊，他把我叫出去，给我这个包，明明是很不想让别人知道，再说他得了病，也不可能马上就死，他为什么急着把这些事儿都托付给我呢。难道是艾滋病？也不太像啊，艾滋死也不能那么快啊，再说王浩，据我了解，不是很乱来的人。还是王浩犯了法了？嗯？还是王浩要犯？

嗯！这个猜想靠谱。

王浩大好生活过的他能犯什么？前一阵不是还被 90 后小姑娘迷得颠三倒四吗？为啥想死啊，90 后好像在国外挺 high 的玩的，和她没关系，而且从 Dcup 这件事看出王浩不是一个在感情上很冲动的人。我看还是问问单靓，看看能从她那儿知道什么。

我一夜没怎么睡好，第二天早上，把沉睡的 Dcup 给弄醒了，“小单，今天我请假不上班了，早上咱俩一起吃点早饭吧。”

“服了你，你自己吃吧，我再睡会。”

“早睡早起身体好，起来起来。”

“服了，你又要闹什么幺蛾子！”

Dcup 穿着大睡衣，小内裤，坐在饭桌上头发乱糟糟的，我则一脸的倦容。

边吃边聊呗，我套话说：“对了，王浩让我过阵帮他妈去联系一个什么疗养院，你见过他妈妈吗？”

Dcup 说：“嗯？哦，见过见过，我和王浩其实是我家里给介绍的，还去吃过几次饭，我装的还挺淑女，哈哈。”

“他妈岁数也不大啊，得了什么病啊？”

“唉？你不知道吗，被人给砍的啊，差点就死了，活过来不错了。”

“啊！为啥啊，讲给我听听。”

“这个事你不知道？王浩公司的人没在背后议论过啊？”

“没啊，不知道啊，快讲讲哈。”

单靓说其实她也只是听家里讲过几句而已，王浩的父母十几年前，那阵在金州附近有个房子，偶尔过去一趟，那年夏天，不知道什么原因，王浩他爹被人砍了21刀，而且有一刀直接从面部切下，耳朵都剁掉了，王浩的妈被砍断了半条腿，昏死在血泊里，后来他妈强忍着打了个电话，才有人来救。

“凶手是谁啊？”

“抓到了，三个男的，但是和他家压根不认识，三个人就说自己是抢劫的，后来判了两个死刑，一个死缓改无期。”

“啊？我怎么一点也看不出来王浩遇到过这种事儿？”

“我也看不出来呀，王浩很少提，不过他确实和我说过几次，他觉得案子背后另有人指使，他还希望我姑父帮他这个忙，不过一直没有什么进展……”

我忽然觉得王浩找Dcup还有那个90后小美女，心里都有点想认识她们背后的“黑猫警长”的意思。那么说他也太腹黑了。可是，王浩看起来就像从来没受过苦的富二代一样，除了他脸上转瞬即逝的阴霾。我忽然意识到，王浩是要报仇了。而且他不准备走正常途径。可是他为什么那么急呢，难道是刚刚才知道了什么线索？也许那天的反常举动，就是他心里很乱造成的，而且他也不希望我卷入其中，被人认为是同党？应该是这样。

王浩酷爱射击，也报过跆拳道和自由搏击两个班，而且他从来不放松自己的体能训练。我觉得王浩这个人，是个不会请杀手，而是自己当杀手的人。我觉得这小子什么事都干得出来，因为我虽然是个很二百五的人，但是有一点，我的直觉和观察力特别准。我都没看出来他有任何端倪，说明他这个人城府太深。王浩在铤而走险，而且是一时冲动，他脑子现在肯定是混乱的，我必须想办法阻止他，可还来得及吗？我必须得找个帮手，分头行动，值得信任的人只有Dcup！她是个平日特别不靠谱的人，但是我相信她大事儿不糊涂，还有就是她对王浩心存感激，外加上她还有“背景”，关键时刻，能管用。于是我把王浩这件事告诉了她。

Dcup愣了半天，迅速回屋穿了外衣裤子，然后说：“你先找到王浩，我去找他妈，我知道联系方式，我估计他妈能劝住他，这件事不能再让别人知道。”

我说：“你千万别刺激到老太太，慢点说，而且你最好装的很多事还不清楚，还有，一定要保守秘密，一定不能让你、我、老太太之外的第四个人知道。”

Dcup说：“我知道……可你能找到王浩吗？”

我说：“我尽量，不行的话，让老太太找他。”

Dcup说："如果已经来不及了，王浩杀了人，你会怎么办？劝他自首，揭发他？还是替他掩盖吗？"

我还真为了难。我打给王浩，手机关机打电话给王浩的男助理，"大刘！我小李，唉，我手头有十分重要的事找王总，他关机，你知道怎么找到他吗？"

大刘说："小李，哦哦，你不知道吗，我休年假了，王总不是说公司事务一律找郭总黄总吗？"

"啊？哦 哦，我这也没办法了，这件事还真的问问他，你知道他有可能去哪吗？"

"唉，真难说，他反正不在公司的话，如果在大连，就那三个住处，旅顺还有一处，还有可能他最近老去高尔夫，还有一个俱乐部，什么车友俱乐部，还有一个xx会所，你都试试。不在大连的话，没听说他要外出啊，你看看订票记录。"

晕！

这些个地方我就知道一两个，被逼无奈，我给郭总打电话，郭总是王浩的舅舅，我忽然意识到，不应该让Dcup找王浩他妈，应该直接找郭总，郭总"老谋深算"而且够坚强，肯定有办法把王浩找到，唉唉。

我怎么那么笨啊。可是不会是郭总杀了王浩的爹吧？那可就撞枪眼了。可也太不可能了，毕竟王浩母亲也被杀得半死，怎么说也是他亲妹子。于是我赶紧打电话给Dcup，"小单，你没找他妈吧？哦哦，先别找，我先和他舅舅说这事儿得了。"

"哦哦，对对对，直接找他舅。不过要是他舅也和王皓是一伙的呢，也要杀人呢？"

我觉得不是，如果是我妹夫被人杀了，我会想办法帮着扭送司法机关，虽然妹妹被砍成那样，起码也没死，而且郭总一向还是挺谨慎。我打电话给郭总，他居然也关机，我找到他秘书，秘书说生意出了点问题，郭总下午飞香港，现在应该在飞机上。唉唉，远水解不了近渴，我告诉Dcup还是得找老太太。

谁来救救我

我不想大张旗鼓地找王浩，可那又怎么办，我忽然想起来，王浩曾经用过一个陌生号给我打过电话，而且是两三次，我想，这是他另一个手机。我赶紧找到已接来电，还好，没有删掉，还在。

我也找到座机，抱着试试看的态度给王浩打了电话。

他接了："喂，哪位？"

"是我，你在哪？"

"我很忙，不是说了，不要打扰我休假吗？"

“我知道你想干吗，你别挂，我要见你一面。”

电话那头沉默了好久。“小李，没事儿的时候别找事，这些和你没关系。”

“老王，有事的时候我也不会怕事，如果你不见我，我现在就去让别人知道。”

“你……”

“你在哪？”

“你在哪？我去找你。”

在我说完地址不到半个小时，一辆我从没见王浩开过的车就来了，我打开车门坐在他旁边。王浩脸色特别难看。然后车猛的发动，给我吓了一跳。一直飞快地开。

王浩开口了，“这事你都告诉谁了？”

“……就我，呃，还有另外一个人，你可别杀我灭口啊，有人会知道的。”

“你可真谨慎啊，我果然没看错啊！”王浩语气讽刺地说。

“谢谢。”

“李晓达，我现在真想把你给掐死！我真是看错人了！”

“你好好开车，要不然咱俩都撞死了。”

王浩急刹车，把我撞了个够呛，然后他侧过头看着我说，用一种十分怨毒的口气“你怎么那么可恨！！”我笑了笑，这个时候能笑出来的只有我了。

我说：“你消消火行吗。”

王浩伸出一只手，抓住了我的脖子。当时他的手已经抓住了我的脖子，而且我感觉到了力度。我还是有那么点害怕的。女人的武器是眼泪，当然了还有利爪，不过我指甲那天剪了。我的眼泪在瞬间像 qq 表情流泪一样喷涌起来。我觉得我就是那阵人长得低调，胸再小点，要不然我早就应该报中戏北影，早就国际了，章子怡还有她的份吗？

王浩捏得还不是很紧，我还可以说话。

我说：“我是担心你，不希望你做傻事。”我哭得更厉害了。

其实我主要是怕他真把我掐死了，我再也吃不到我老娘给我包的大馅饺子了。但是我说的也是实情，我不希望王浩就这么自毁前程，甚至送命。王浩松开手，叹了一口气，然后他愤恨的一拳打在方向盘边上那块。力度之大，手都打出了血。这个暴力狂，我想象这一拳如果打在我脸上，那么牙医会很高兴的。妈妈咪呀……

王浩说：“你说，你都知道什么？”

我说：“你想替你父母报仇，是不是，而且想冒冒险？”

王浩说：“你怎么知道的？”

我说：“我看了包里的东西，然后查了些事儿。”

王浩说：“你查事的时候谁还知道，惊动了谁。”

我说：“我知道事情轻重，也没查太多，主要是我猜的，知道的人除了我，还有另一个靠谱点的，你放心。”

王浩斜着眼看着我说：“我一直在观察你，觉得你不多事不多嘴，而且你这个人好像处变不惊，虽然平日比较粗心，但对交给你的重要任务很认真，而且和我私交还不错，结果……"

我说："你说的没错，可是这个不是多事，你如此匆忙地行事，肯定太冲动，否则，你为什么不等把你妈妈送到加拿大再说？可见你考虑得很不周全，我就担心你仇没报成，把自己搭了进去。"

王浩看了我半天，忽然笑了，然后说："对，是太急了，因为对方马上要移民了，而且他开始警觉了，去国外动手可能很难，我没太多时间了。"

"到底怎么回事？"我忍不住继续问。

"我父母出事后，我一直不相信就是为了抢劫，我爸当时有个生意上的对手，两人矛盾很深，而且有利益冲突，我爸死了，他收益很大，我查到其中一个杀人犯和他有联系，但是他势力很大，而且官方和我都没查出什么其他的，他就一直没事儿。"

王浩点了烟，继续说："我甚至请过国际刑警、香港名探，而且我收买了他的秘书，可以监听他的电话。"

然后王皓眼神一亮，说："我监听了六年，终于在上个月，他和他老婆打电话的时候提到了当年买凶杀人的事情，而且他居然觉得那事儿干得漂亮。"

王浩恶狠狠地把烟掐灭了，然后说："我等了12年，一定要把他弄死，我爸怎么死的，我让他怎么死，我妈受了多大的罪，我让他受多大罪。"

我连忙说："既然你有证据，为什么不赶紧报警，让法律制裁他。"

王浩用一种男人评价凤姐外貌的口气说："法律？你觉得它好用吗，他的势力那么大，就算真的治罪，也只不过关上几年，就算给他一个枪子儿，也未免便宜了他。"

"那你怎么办，你这么年轻，妈妈还有病，你怎么忍心……"

"我不是还有个弟弟吗，况且，这事儿不一定就得我死啊，你别怀疑我的智商。"

"天网恢恢，你不能冒这个险！"

王浩突然发动车子，快速朝郊区方向开去。

我说："你要去哪？"

王浩说："我先把你这倒霉孩子安置好，然后我再行动。"

晕！

"你想干啥……"我声音有点颤抖。

"你放心，你死不了。"

介个时候我的手机响了，王浩用一只手就抢了过来，另一只手继续开车。靠，车技不错啊。我上去抢手机，被王浩一只手死死按在座位上。"想死吗，我开车呢。"

王浩看了一眼手机，上面显示，"陈牧？谁呀，另一个知情者？"

"不是，你还给我，你这样不让我接电话，知情者报警怎么办？"

王浩把手机扔给我，"接，你敢说半个字儿，咱俩先去天堂玩玩。"

我接了电话。

陈牧说：“干吗呢？”

我说：“我，我在外面兜风。”

陈牧说：“呃，明天有空吗？有个电影不错一起去看啊。”

我说：“明天有点事儿，能改到周末吗？”

“也行啊，最近工作忙不忙。”

“还行……”

“出什么事儿了吗？遇到危险了吗？”

陈牧压低了声音。

也许我过于恐惧的声音，让他听出了端倪。

“没，有点冷。”

可能我还是相信王浩不能害了我，所以我放弃了这次陈牧救我的机会，因为如果我说有事儿，也许陈牧会报警。王浩啊王浩，你可别辜负我的信任。

我忽然觉得如果我一旦真的挂了，我也得说点什么。

我说：“陈牧，我挺喜欢你的，从第一眼到现在。”

陈牧那边沉默了一会。

陈牧说：“我知道……我原计划想和你接触接触慢慢发展来着……”

唉，我怕不说没机会了。

“那你喜欢我吗？”

我说完这句话都没有脸红得感觉，也许是害怕自己挂了。

陈牧愣了愣，“这个，是有好感吧，咱们还需要再接触接触。”

好令人失望。不过他说的也是实话。

“哦。那你忙吧。”

“周末看电影别忘了哈。”

我挂了电话，王浩反倒乐了，“怎么着？这是你俩暗号吗？”

我眼泪下来了，特别沮丧。

王浩说：“死不了啊，干吗啊，着急表什么白，你得沉住气啊！”

“那你要带我去哪吗，让我做你同伙吗！！”我急了。

“同伙？你已经失去了我的信任，再加上你行动也不太利索。我得先让你乖乖待一天。”

我明白了他要把我带到他的一个“别墅去”，软禁我。哈哈。但是王浩，你应该相信，你没看错，我是个处变不惊的人，在大事上我从来都是谨慎的。你以为我真是单刀赴会吗，你不知道我兜里揣着另一个手机，手机那头 Dcup 一直拿着吗？

王浩突然想到了什么，把车停到了路边，然后从包里弄出一个绳子，把我两只手给绑在了一起。我挣扎无效。但是我已经不害怕了，我从反光镜清楚地看到 Dcup 的车了。啦啦啦。然后王浩继续开车，我就和他说话，分散他的注意力。王浩不怎么搭理我，但显然他被我突然的搅和弄得心情很不好，没注意 Dcup 开车跟踪他。车终于停在了王浩的一处房子那，还是个年久失修的老别墅。已经没人住了，王浩多次想给它卖了，没人买。妈妈咪，可是个鬼宅啊。

王浩把我拽下车，然后说："你在里面待几天，吃的喝的都有，还有个电视，好好玩哈，别给我惹事。"

"王浩！"

一声严厉的呼喊。

我和王浩都回头，看到了 Dcup 车开了，单靓扶着一个阿姨走了下来。

王浩气得抓住我，冲我咆哮："谁让你告诉我妈的！"

这阿姨有半截腿没有了，行动不便，但是精神头和模样很有气场。

阿姨说："放下这孩子，多亏了她，要不然你妈我就被你气死了！"

王浩沮丧地放开了我，单靓扶阿姨走了过来，走近我发现，王浩他妈好像是左半身行动不便，脸上还有一道刀疤。阿姨走了过来，给了王浩一个嘴巴子。王浩低头不语。

阿姨哭了，"你要是死了，我怎么办，你怎么……"

王浩又恶狠狠地瞅了我一眼。然后对着他妈说："妈，我没事儿，我就想给他点颜色瞧瞧。"

阿姨继续哭，我忍不住上去扶她。

Dcup 走到王浩身边说："王浩你真二。"

王浩也很不忿地看着她，"没你什么事，李晓达，你到底告诉多少人，是不是给交通台都打电话了，电台直播啊？"

Dcup 居然也上前给王浩一个嘴巴子。给王浩打懵了。

他愤怒地想还手。

Dcup 牛 b 哄哄地说："这一巴掌替你妈打你的，她刚才在我车上一直哭一直哭，就怕你出事儿。"

然后 Dcup 又打他一巴掌，王浩没还手。我觉得王浩其实是个气场很强大的男银，他每次出现在办公室都带着一股阴风，但是在女王 Dcup 面前，他还是气势弱了一点，Dcup 那个气场是阳性的，王浩反而是阴性的，呃，又扯远了。

Dcup 说："这一巴掌替我姐们儿晓达打的，你看你把她吓的，连男人都去倒追了。"

喂喂喂，我表现得可是很勇敢的好不好。

Dcup 还来劲了，还想打，被我和阿姨制止了，"算了算了，别打了。"

王浩说："小单，我知道我妈是担心我，但是她自己难道不想早日报仇吗，你们身上没摊上这样的事儿，当然说得容易。"

单靓说："王浩，别以为就你家有血海深仇，你知道吗，我奶奶年轻的时候，她家当时被一个人整毁了，家业全没了，家里主要十多口人剩了 4 个人了，可后来解放的时候，都 TM 是政协的，我奶奶天天还得和那家人客客气气，大局为重，怎么样。"

王浩别过头去说："每个人处事方式不同，我是不报此仇不罢休，妈，您别怪我不孝顺，要不然我一辈子也过不去这坎儿。"

阿姨继续哭着说："儿子啊，这都是命，他再坏，也该让国家惩罚他，咱们以后路还长，你还没结婚，没生孩子，你何苦为了他……"

Dcup 说："对，王浩，表面上看你报了仇，但实际上，你很可能把自己搭进去了，他害了你爹娘，结果你也害进去了，这也不是你爸爸愿意看到的。"

王浩继续低着头。

Dcup 又说："你要杀的人估计也五六十岁了吧，也没多长时间活头了，你杀了他，他该享的福享了，名声也有了，说不定还免了病痛之苦，而且，据我所知，这个人还挺看重自己的名声的，如果你有本事让大家都知道他买凶杀人，或者更多的丑闻，让国家惩治他，估计比杀了他更让他受不了吧。"

这句话打动了王浩，他抬起头说："你说得对。"

然后王浩过来搀扶他妈，说："妈，我知道错了，我会想办法让他进监狱，让他挨枪子。"

肯定王浩还想让他家倾家荡产，臭名远扬。我从他表情上看到了他的想法。

王浩他妈说："你别背着我又去做危险的事情。"

王浩扭头对 Dcup 说："谢谢你小单。"

Dcup 说："有什么需要我帮忙的尽管说，我帮你联系下我姑父。"

王浩说："嗯，多谢。"

王浩把他妈搀扶上自己的车，然后说："小单，回头再见。"

王浩始终一眼我也没看，估计他最烦我。呃。那我明天到底去不去上班，从此辞职还是被炒。对了我还向陈牧表白了。呃。我好迷茫啊。

第二天我还是去上班了，王浩没来，我无所事事地在电脑眼前打了一天滚子。把我妈辛辛苦苦打来的 200 分打成了负 1000 分。

王浩应该是不信任我了，我给他发短信：你箱子那些东西，我锁在公司保险柜里了，你要拿走就拿走吧。他不理我。我还是继续打滚子吧，估计王浩要开展"全面正面报复行动了"。

我只想和陈牧约会一下。

单靓倒是帮王浩挺多的，她老打电话联系她姑父，让她姑父帮找人。我知道小单是真想帮王浩，要不然她不怎么愿意求她姑父。小单说她姑不喜欢她，但是她姑父这个人挺圆滑的，对家里人都还挺客气，有忙就帮。还有个原因，王浩他舅妈在某次富婆圈酒会上认识了小单的姑姑，交情还不错，那阵小单姑姑打算把儿子送出国，而王浩弟弟虽然现在在加拿大读书，但高中在美国念的，王浩给了他们不少指导和帮助。所以她姑父、姑姑对王浩印象不错，才介绍给小单的。

和陈牧约会的时刻到来了，我还挺纠结。这下把窗户纸给捅了，会不会比较尴尬。我见到陈牧的时候，反倒不尴尬了，他也没提那天的事。还是请我吃饭，陪我逛街。就也不提到底要和我怎么样嘛。真是的。表现的那么自然。弄得我很纠结嘛。送我回家。

陈牧说："回去早点休息，不许晚上熬夜上网。"

命令的口气。

"为啥管起我来了。"我调皮地说。

"因为你不听话，每次我加班到晚上都看你 Q 在亮着。"

嘿嘿，因为你加班啊，所以亮着还能和你说两句。

我刚想再和他说几句，他就潇洒地转身走了，留下一个失落的我。

然后很长一段时间我没见到王浩，也没有接收到任何被炒的消息，听 Dcup 说，已经在立案了，那个人移民不了了，应该在接受调查，而且王浩还想把他家族涉嫌经济犯罪的事情，全弄出来。这样就对了嘛，这样才能整大的。我还是算是王浩的助理，只是王浩不搭理我，我也没活干。好晕好晕，史上最无聊助理。 我只能各种打滚子。我发现了，我自打当上王浩助理，我主要做了两件事，陪小姑娘聊天和打滚子。我以后简历里要写，"负责与客户沟通和游戏用户体验"。

王浩"全面报复行动"我也不知道进展，但是王浩偶尔来几次公司，脸上都还挺高兴的。那是一种挺舒畅的高兴，看来他应该能报得了这个仇。而他看见我，眼神也不那么凶狠了，但是还是不搭理我。王浩是天蝎座嘛，我以前有个男朋友是这个星座的，一天 24 小时有 7 小时生气，各种生气，不爽，挑剔，好像所有的人都欠他钱，记仇，王浩平日倒是看着挺大方的，但一旦辜负他的信任，也是挺……他是挺信任我的，把要命的事儿告诉我了，可能我也算失去了他的绝对信任吧。

我和陈牧还在不咸不淡的约会。唉唉唉，大哥你可真沉得住气，你是不是还没有"心跳的感觉啊"。俺都表白了，你也不表个态。不喜欢我就算了呗，干吗还约我。约我你又那么老实，你说你图什么啊，你请我吃饭，请我看电影，还陪我瞎逛，你又不占我便宜，你又不是没别的小姑娘约了，你想干吗啊？

陈牧这个人除了这件事，做事都是很爽快的， 一点也不犹豫。

王浩的妈倒是开始和我联系，表示感谢云云。我发现我是中老年妇女的杀手，单靓奶奶就一直很喜欢我，老问我最近忙什么。

王浩的妈妈说："王然要回来了，打算在公司实习一阵，我和王浩说了，让你带带他。"

王然是王浩的弟弟。浩然嘛。

王浩下午也用冷漠的口气给我打了个电话说："我弟弟下周来公司实习，我没什么时间陪他，这周末你有空带他出去走走，有朋友聚会也带上他。"

还没等我说话，他就把电话挂了。唉，本助理下一个任务就是陪富二代小哥瞎玩了。不如把大狼他们找出来陪小帅哥玩吧，他们都是学计算机的，肯定有共同语言，对了，大狼追的那个女孩，成了没有啊，不会比我和陈牧还慢吧。

阳光小少年 VS 熟女大姐姐

我给大狼打电话，他懒洋洋的，声音嘶哑，充满困意。我把他拽出来玩，他不去，说他心情不好。你怎么了，被人甩了啊。果然，在那姑娘对大狼心思活络的时候，出现了条件比大狼好很多的人，那姑娘马上毫不犹豫了，随人去了，最让大狼不爽的是那男的对那姑娘也挺不鸟的。

"那你冲上去啊，她总有一天知道谁对她好谁对她不好。"

"拉倒吧，她宁可受那男的气也不愿意接受我的好，我放弃了。"

"这个时候就更应该出来玩了，我给你介绍朋友！"

"是吗是吗？好，我去我去。"

大狼要知道去的人只有我、陈牧、单靓、王然，肯定能把我骂死，介绍的朋友就是王然，他想要女朋友，不是好基友。

王然父母出事的时候估计他还很小，妈妈虽然没生命危险，但是也没法照顾他，干脆初中就给他送美国了。王浩每次提起这个弟弟，都挺自豪的说这弟弟又是奖学金啊，又长得帅，又阳光。说的时候就和单靓提起她妹妹一样。我觉得吧，单靓这一点也挺伟大的，虽然和她妹妹是同父异母，而且家里人对她妹妹特别偏爱，可单靓好像真的不嫉妒，反而对她妹妹很关心。

我就把大狼、陈牧、Dcup 这三人给找出来了。哈哈。

Dcup 本来不想去，她说她和王浩处过几个月，虽然啥也没有，但是见他弟弟也挺尴尬的，算了。我忽悠她，那小伙长得超级阳光无敌帅。Dcup 终于同意了。陈牧嘛，最近还挺听我忽悠的。我说这个衣服好看他就穿这个，我说这好吃，他就吃这个。但是他就是不表白，啦啦啦。

我见到王然的时候，我发现我没忽悠 Dcup。

王然长得真的非常阳光，很可爱。他们哥俩长得有点像。但是王浩其实给人一种阴沉的感觉，还有就是王浩有点少年老成，他 20 来岁照片和现在 30 岁的没啥区别。而王然也 20 刚出头，却像十七八岁的少年。并且他有头发。我约大家去金钱柜唱歌，后来发现王然很多中文歌不会唱，觉得安排得有点失误。出去买水，有"依云"矿泉水还有比较便宜的当地矿泉水的"野瓢"。王然拿了一瓶"依云"，结果看我们几个都拿"野瓢"。他迟疑了一下，也拿"野瓢"。

Dcup 小声说："这个更贵。"

王然信了，继续拿“依云”。晕，你这么骗人家干吗。

Dcup 马上乐了，对王然说：“你挺可爱的嘛！”

王然脸都红了。看来海归也不是都那么放得开的。

大狼跑调地唱歌，陈牧在那和我谈话，Dcup 和王然在那玩游戏，王然玩不过单靓，小单穿低胸装，“事业线”很深。

喂喂喂，勾引小朋友吗。你可差点成了人家嫂子。在我不断鼓动下，王然找到了一首外文歌，林肯公园的，要唱。结果他一唱歌就变了一个人，特别的摇滚，唱得特别的好，陈牧这个从不轻易表扬别人的人都情不自禁地喊，“不错。”

我发现他们都挺喜欢王然的。王然一点也不像富二代，一点也看不出美国的那种浮夸。唱完歌，大家都挺 high，说要去吃点东西。就去吃大排档吧，海鲜烧烤。哈哈。本来我都准备了带“富二代”好好“FB”。但是又觉得没必要，王然一点架子也没有，反而十分喜欢吃大排档。而且他还挺懂事儿，给我和 Dcup 弄海螺。显得陈牧和大狼特别懒。

陈牧说：“晓达少吃点辣的，容易上火。”

大狼和 Dcup 不干了，“凭啥怕她上火，我俩你不管了。”

陈牧说：“我就负责晓达，你俩不管。”

这句话说完大家都愣了。哈哈，然后他们就开始八卦起我俩了。给我美得啊。

王然说：“你俩挺 match 的。”

Dcup 一把搂住大狼，“那我俩配不配。”

大狼脸也红了，一动也不敢动。

王然愣了半天说：“好像不配，男士表情很痛苦。”

哈哈哈。

Dcup 除了陈牧，对大狼和王然好一顿调戏，当然了陈牧她不调戏的原因是我在瞪她。

她敢调戏一下我就瞪她一眼。敢调戏我的男银，就把你瞪怀孕！大狼和王然都挺羞涩的，其实。唉唉。我看得出，Dcup 挺稀罕他俩，一般她不稀罕的都懒得搭理，当然了 Dcup 主动调戏的，也是单纯的稀罕，她要真看上的男的，她会等人家了来调戏她。估计王然在美国也没见过 Dcup 这等女银。他读的一直是很好的学校，估计都是爱学习的好学生。美国学生你以为生活都和《绯闻女孩》演的那样，动不动就上个小床吗，开个派对吗？那他们早完蛋了。电视剧都是虚构。

唱完歌，吃完大排档，俺们几个就在海边闲逛。大狼表示有事儿想回去了。陈牧也表示得回去了。靠，他俩肯定是同性恋。

Dcup 拉过我说：“晓达你也回去吧，我和王然还有点活动。”

啊？

我拉过 Dcup 说：“这孩子可比你小不少呢，再说了你还和人哥谈过，你可别那啥哈。”

Dcup 用她的胸撞击了下我的手，说：“靠，你想到哪去了，我带他去参加个聚会，再说我不看你和陈牧俩眉来眼去的吗，想让你和他们一起。”

切，我还是觉得他俩有事儿。

回去的路上，大狼不住地贫，一路上看到很多地产商的广告。

大狼说："广告都是好，没一个买得起的。"

陈牧说："呵呵，万达亿达，都和达杠上了。"

大狼说："嗯嗯，亿达肯定想超过人万达，所以叫亿达，我以后要是成了地产商，就叫兆达。"

陈牧说："还不如叫晓达呢。"

大狼还在那巴拉巴拉。他不明白他应该消失吗。

Dcup 一晚上没回来。打电话没信号。第二天晚上也没回来。打电话没信号。第三天我确定她没死。

Dcup 回来的时候，晒得特别黑，而且拿了好多乱七八糟的东西。

"大姐，你去哪了？我差点报警了！"

"哈哈，去了河北一个特别好玩的地方，还漂流了！"

"啊？跟谁去的啊？"

"王然，还有几个驴友。"

"我晕。"

"他说他想出去玩，我俩一拍即合啊！"

"那……"

"哈哈，看把你给吓的，我俩没睡觉。"

"哦？"

Dcup 哼着歌就出去了。

我吼道，"单靓！！！你别乱领王然出去玩，一旦有个三长两短，王浩会要了我的命！"

"唉，他又不是小孩，为啥要做温室花朵，你知道吗，王然不知道他父母当年被害的事儿的真相。王然还和我说他家里一直告诉他，他爸是车祸去世的，只不过他现在有点怀疑。"

这个瞬间，我忽然挺心疼王浩，他自己一个人把仇恨扛下来了，却让他弟弟生活在无忧无虑中，虽然他现在也不理我，也不炒我鱿鱼。

王浩还是行色匆匆，估计一直在忙着那个案子，他也不和我讲话，不过我也不想过问了，反正希望他能成功就是了。

我一回家，发现王然在我家，吓了我一跳。和 Dcup 聊天。两人天南地北神马的都聊，灰常有共同语言。

王然和我打了个招呼说："晓达姐，晚上我给你和爱丽丝做牛排，意大利面。"

爱丽丝大抵就是小单，晕，还爱丽丝呢。为啥我是晓达姐，她就是爱丽丝？！无事献殷勤，呃，他俩去河北肯定有事儿，就算没睡觉，估计也……你们懂的！

我说："真好真好，我帮你打下手吧。"

王然说："不用的，我一个人能搞定。"

唉，给我俩做过饭的男银，除了王然，就是那日本人山田了。不过日本人做完饭就被Dcup骂跑了，我还用拖鞋打人脸。哇哈哈。王然做的牛排意大利面真好吃，比必胜客好吃一百倍。吃完我就想把必胜客优惠卡给扔了。哇噻，这个男孩子真不错哈。

我说："好吃好吃，好久没吃到这么好吃的牛排了。"

王然说："你喜欢的话，我可以经常过来做给你们吃。"

但是他和我说这句话的时候，眼睛看着单靓。

单靓低头吃，说："牛排这玩意儿，吃一两回就够了，还能老吃吗。"

喂喂喂，你可真扫兴啊。但是人王然好像就吃这一套，好像他还挺高兴。噢god，男银就是贱的，我就是对陈牧太好鸟……

王然说："中国菜我也会做，不会让你吃腻的。"

Dcup说："王然啊，你八几年的啊？"

王然愣了愣说："我89年的。"

Dcup轻佻地说："哎呀，太小了，要不然收了做老公挺好的。哈哈哈。"

王然脸红了。他跑到厨房拿东西了。

这顿饭吃完后，王然走了，我说："喂喂喂，这孩子不是看上你了吧。"

Dcup说："我这样的熟女，魅力自然是无可挡。"

"呸！"我用沙发垫砸她。

"唉，我知道啊，他就是一小孩，和他一起旅游、吃饭还行，看着还挺舒服的，我知道分寸，不能和他好，小孩嘛，来得快去得也快。"

"你知道就行哈。你俩去河北那两天……"

"没睡觉啊！你絮叨死了！老娘现在戒了男人了！"

"那也没……"

"啥也没有，没有任何肉体接触，除了我捏了他脸几下。"

"那你现在适应没有性生活的日子了吗？"我贱次次地问。

Dcup鄙视地看了我一眼说："你都二十多年没有性生活了，你都适应了，我怎么不能！"

靠！

迥然不同两兄弟

王然就来公司实习了，我领他到处转转，熟悉情况。他说不想一来就做管理，想干点基础。王然英文好，我让他先去外贸部看看。与此同时，王浩终于回到了公司，虽然感觉很疲惫，但是似乎如释重负，我觉得，那事儿估计靠谱。我送文件到他办公室，他听我讲话，面无表情，也不给我任何回应。哎哟，小心眼的天蝎座，我不干了还。

我说："王总，我是你助理，你再不理我，我就辞职算了。"

王浩继续面无表情，"辞职先写辞职信，和人事联系，安排事宜。"

他咳嗽了两声。他最近一直在感冒，隔着办公室都能听到他咳嗽。

我略带担忧地看了他一眼，王浩也抬头看着我，有点情绪化地说："你管什么理不理的，你把该干的活干好不就得了吗？你之前的工作弄顺了吗，一大堆乱摊子，你现在就走了，负责任吗？"

这句话算是挽留吗？我觉得王浩此时一点也不像 30 来岁，经历复杂，城府深的老男人，倒像个特别爱赌气，闹情绪的小男生。我觉得他在等我求他原谅，给他个台阶，可我才不干，该道歉的人应该是他吧，差点把我给掐死了，我微微一笑，转身走了。

我去楼下超市买了雪花梨，白萝卜，冰糖，在公司茶水间，用电磁炉煮了汤。给王浩送去，上面写着，"萝卜梨汤止咳，喝点吧，加了糖。"王浩愣了愣，不过还是没说啥，我微微一笑，转身走了。

下午的时候，我收到了王浩的邮件。

就一句话：*汤不错*。

我觉得我要是有对付王浩的气定神闲，我早就拿下陈牧了。可是见到他，我就和傻子似的，就知道笑，还特殷勤，但是陈牧身上真的有一种神奇的力量，我见到他，心情就会变好，整个人也变得单纯可爱。不像我和有些人在一起的时候，我沉默不动声色，矜持，暗中观察，处处设防。有些人包括王浩，我一想起他掐我脖子，还有点不寒而栗。不过我还是不辞职了吧，以我的工作经验，打滚子和聊 QQ，再换个工作未必比这个好，这虽然不是神马我爹妈心里的好工作单位，什么国企事业单位之类的，起码待遇还行，况且，我现在逐渐在接触一些大事务，暂且别走了。

下班了，办公室几个人都走了，我在座位上收拾东西，王浩走了进来，他有点无所事事地看东看西，走到男助理桌上找东西。可我觉得王浩是有话要和我说。但是他似乎放不下面子，我就慢慢收拾，等他和我说话。

王浩想了好久，说："李晓达……"

"嗯？"

"王然在公司实习的怎么样？"

"挺好的，你弟弟真的很优秀。"

"哦，那你赶紧下班吧，路上小心。"

虽然他的表情还是冷冷的，但是我知道，他已经不生我的气了。

我冲他甜甜地一笑，以一种关怀的口气问，"感冒了，多休息。"

我终于在他脸上看到了暖意。

王然在公司实习的很认真，对外没有说他的身份，他就像个新人一样，天天早上到公司拖地擦玻璃，见到我，灿烂地微笑。

王然在 msn 上问我：晓达姐，我能问个问题吗？你不要介意啊。

我：神马？

王然：你和爱丽丝是不是那种……情侣？

晕！！！！喂喂喂！！！可能他在美国，见识到不少同居的 les，而且很多都是我和 Dcup 这样的组合的。我把这句话截图给 QQ 上的小单。

小单：哇哈哈，你告诉他就是，你让他猜咱俩谁是 T，谁是 P。

我：行了哈，我还要找小伙呢，估计我是 T，谁见过胸那么大的 T！

小单：哎哟，拉倒吧，晓达，你就是个小女银，还是我罩着你呢！

喂喂喂，谁罩着谁啊！

我不搭理她，我继续和王然聊天：不是啊……就是关系不错的朋友。

王然：哦，嘿嘿，那就好，那她 available?

我：应该是单身吧，怎么……

王然：我想追她。帮帮我吧，晓达姐。

我靠！！

我：王然，你知道你哥和她……

王然：她和我说了，我也知道一点，就是家里给介绍的，他俩也就象征性交往了一些，也不能算是恋爱，我觉得我不介意。

你不介意，你哥介意怎么办，他当时对小单还挺感冒的，再说他那么小心眼，哼哼。

我：还是不太合适，小单比你大好几岁呢，再说……

王然：这个在美国很普遍啊，我挺喜欢大一点的女生。

这熊孩子！我也是大一点的女生，你怎么不追我？哦对，我胸前小了一点，哇哈哈。

我：可是吧，我觉得小单还是喜欢比她大的、成熟的男性，我看够呛，你换个人追吧。

王然：晓达姐！我真的很喜欢她嘛，你就帮帮我吧！

喂喂喂，卖萌神马的最讨厌了。王然打出各种表情来卖萌。可是这孩子确实长得很萌，姐姐我也有点心软了。

我：那你喜欢她神马啊？

王然：从头到脚，由内而外。

呃。

王然：你放心，如果她答应我，我会对她好的。

我：呃，小伙子我先问问你，你谈过几个女朋友啊。

王然：两个，在美国读高中的时候，和一个华裔女孩子谈过半年，就去加拿大了，在加拿大那边有谈过一个，分手一年了。

晕，才两个，估计连小单的零头都不到。他不会还是童子吧，不过我怎么问得出口。

我告诉小单：完了，王氏兄弟全部拜倒在你的超短裙下。

小单：我才不穿什么超短裙，应该是丁字裤才对，哇哈哈。

我：囧。那你怎么办，那孩子说要追你。

小单：他爱追就追，他这么大，正处在不断被拒绝的好年华，哇哈哈。

呃，我有点不忍心了。

小单：对了，别老说我，陈牧到底怎么回事，他是不是阳痿啊，磨磨叽叽，行不行啊！

我：靠，表那么说人，人家追别的女孩的时候，从来都是轰轰烈烈的。

小单：靠，那他还老来找你干啥，我看你就别理他，你再找一个，他肯定后悔！你赶紧直接问他，不行别耽误时间。

我：……

小单：找他出来问问，一决雌雄！

我：呃，他本来就是雄的好不好。

小单：我看你像老爷们儿，他像老娘们儿，你们俩反了，你就狠狠心，这次成就成，不成就换人，行不行，我叫你俩磨叽死了！

嗯，看来我真的得找陈牧"一决雌雄"了。

为你上天入地

单靓和我说，这回要大大方方地问，千万别哭，别掉链子，她似乎觉得我这次去找陈牧肯定会失败，呃。于是我就约了陈牧，为了更像个谈判，我还穿着正装，他坐在我对面，我半天说不出话。

陈牧笑了，"怎么了，这个架势，是找我谈判的吗？"

我说："上次我也表白了，你有啥想法吗？"

陈牧有点尴尬地笑，"嗯？我觉得你挺好啊，咱们得接触接触才能下结论，对双方都负责啊。"

负个鸟责！都快俩月了。还没接触出感觉啊。我表示希望陈牧给个态度，不要浪费大家时间。

陈牧说："想听真话吗？"

我说："嗯。"

陈牧说："其实一开始，我对你没有……那种心动的感觉，但是接触下来，觉得你是个好女孩，也挺可爱的，我想慢慢接触接触，但是你突然表白，我也挺乱的，我不知道我是不是喜欢你，接触下来还是不确定，你知道我这个人，不确定自己的感情是不想开始的。"

“哦，那我就是个鸡肋是吧。食之无味，弃之可惜。”

陈牧好像没默认。真是失望的要死。

那我站起来了，说：“那算了吧，我想当人家的猪头肉，不想当你的鸡骨架……”

俺转头走了，不带走一片云彩，陈牧追过来表示要送我回家。我表示不用。

陈牧还是追来上来，陈牧说：“你真的很好，值得人喜欢，这不是你的问题，是我的问题。”

我没有 hold 住，眼泪嗷嗷地下来了。狮子座陈牧说过，他最见不得女孩哭了，果然是这样，虽然我们这个星座以装可怜出名，但当时我真的是很伤心，他递给我一包面巾纸。

他说：“你看看我这个都准备好了，对不起，那咱们还是做朋友吧。”

“我没办法和你做朋友！”我发现我一遇到和陈牧有关的事儿，就变得情绪激动且脑残。

“那，那这样吧，咱们以后别单独见面了，行了吧。”

尼玛啊！！原来他的解决方法就是这个！，我哭得更厉害了，想到再也见不到陈牧，我就继续哭。陈牧把我抱到怀里了，这是他第一次拥抱我。

陈牧说：“晓达你别哭啊，咱们以后朋友聚会还能再见啊，你哭让我怎么办啊。”

谁要和朋友聚会见到你啊！你还抱我干啥，烦死你这种人了，和我谈个恋爱你会死啊，换了别人这么对我我早就给两个大嘴巴子了。我推开陈牧，瞪着哭红的眼睛说：“那就再也不见你了，我讨厌你！”

我转身就走，被陈牧拉住了，他忽然也生气了，“任性什么啊，我送你回家！”

陈牧什么也不说，不容我挣扎，拉着我不放，打车，把我塞进车里，出租车司机师傅大抵觉得是一对闹别扭的小情侣，八卦地看了我们一眼。我在车上不答理他，他也不放声，抓住我不放，好像我会跑了似的。他一直给我送到家门口，他敲的门。

小单开门了，看见我俩，她大喜过望，可她再仔细看我，我哭得和小白兔一样。

陈牧说：“小单，晓达心情不好，你陪陪她。”

然后他转身走了。

小单听我说完经过，忽然乐了，“哇哈哈，恭喜你啊，终于可以找下家了！这次多找几个吧，女人嘛，就是要好几个男人才会开心，守着一个男人就必然会傻 b 的！”

呃。

陈牧给我发了条短信：对不起，这段时间有你陪我很开心，希望我没有耽误你的时间。

我没回复。

其实陈牧确实也没做什么特别过分的，只是我还是蛮伤心的。但我还不至于一蹶不振。我真的就不搭理陈牧了。我要找下家。不过陈牧生气的时候，把我塞进车里，拉着我的时候真的是霸气侧漏啊，好男人啊，哇。Dcup 恨不得把花痴的我给当场打死。

王然真的开始追 Dcup 了，不过据她说王然还没明确表白，不过天天我家一堆鲜花礼品。Dcup 也收下，她也送王然东西，送了一个腕表。

“你不是在省钱出国吗，怎么给他那么贵的表。”

“我也不能让他看不起啊，再说我告诉他，他送我那些东西我买得起，用不着。”

他俩还老出去玩，只不过都是集体的，单独的 Dcup 不去。我就和 Dcup 谈这个事儿，其实我也挺矛盾的，因为我觉得王然这孩子挺好，估计能对小单不错，另一方面我也知道，俩人确实不合适。

我说：“这么帅、这么萌的小伙追你，你就一点不动心吗？”

小单冷笑，“我要是动心了，到时候你肯定第一个反对，你要稀罕你拿去。”

“拉倒吧，当初你还和我说我要稀罕王浩，我就拿去，是不太合适啊，唉，他再大几岁就好了。”

“大几岁也未必，他这种人啊，适合像我妹妹那种姑娘，他妈妈据说就是看好了我妹，不过我既然和王浩都没成，这事儿也就作罢了。”

也是，小珊和王然都是金童玉女，长得好看，学习又好，有听话的优秀富二代，年纪也相仿。真是说曹操曹操到，过了半个小时，门铃响了，我去开门，是王然。好大好大一束玫瑰花，还有一个好大好大的玩具熊。王然抱着那个熊，特别可爱，我都想捏捏他的脸。Dcup 面无表情地接受了，然后表示我和晓达要睡觉了。王然有点失落地走了。

他走了半天，Dcup 说：“x，老娘有生之年终于收到玫瑰了。”

“真的假的！！以前莫有人送过你啊？”

“送包送表，甚至想送车的都有，就没人送花，估计怕我不稀罕。”

Dcup 走到花面前，仔细地用水给它插起来了，看得出来她是喜欢玫瑰的。我忽然意识到，我还没收过呢。5555。

介个时候电话响了，王然给 Dcup 打电话，让她看窗外。哇，顺便说一句，我们住的地方是能看到海的，海边升起来绚烂的烟花。

王然大声说：“你喜欢吗？为你放的。”

我都听见话筒那边的喊叫。

Dcup 说：“你太无聊了，一点也不环保。我俩要睡觉了，被你吵醒了。”

Dcup 面无表情地挂了电话。

我说：“你干吗那么打击他啊！”

Dcup 说：“你知道这帮富二代就会这一套，他岁数小，热情足，可不两天就冷了。”

我说：“我觉得你挺稀罕他的，干吗不？”

“靠，你不是说不合适吗，他还要在美国读博士，我都被学校开除了，他比我小那么多，我还和人哥谈过恋爱，再说了，这小处男还想和我结婚，吓唬谁啊！”

第二天我发现王然把自己的个性签名改成了“愿意为你上天入地”。唉，我忽然想起陈牧的博客里也有一句，对他的前女友。可现在他对谁也不说。陈牧绝对属于受过一次打击就不想尝试第二次的那种人。大狼似乎也对追过的女孩说过类似的话，不过大狼屡战屡败，每次喜欢别人，都特认真，付出一切，人家也不搭理他，一头热啊，白羊座。也许不管什么男的，面对真正喜欢的女人，都是勇敢的。所以说，陈牧根本不喜欢我，认清这一点，可能也挺好的。

Dcup 开始不搭理王然了，王然在公司都是闷闷不乐的。于是王然说了，既然 Dcup 不喜欢，大家还是做朋友吧，可以一起出去玩。于是俩人又一起玩了。鬼才信王然会死心。但是也奇怪了，他居然不喜欢乖乖美女，反倒爱上了嚣张叛逆的 Dcup。

从希望广场到百合山庄

王然和 Dcup 关系略显尴尬，可我和王浩的关系倒是进入了“融洽”阶段，之前王浩对我像严肃的兄长对待小妹一样，后来那个事儿之后，他就有点不搭理我，而现在他见到我却很亲切，还经常和我八卦什么的。有什么公司的事儿，也交给我，让我自己全权处理了，很让我意外。

我不和陈牧联系已经有一个月了，大狼说陈牧最近很不开心，问是不是和我闹掰了。他有什么不开心的，是不是没人陪他了，没人追他了，失落的啊。

哼。

我突然想问王浩一个问题，当初他给我写的信里面，让我去联系一个病人的家属，给对方一笔钱，那个是怎么回事？难道王浩以前开车把人给撞了？但我觉得还是不要问他这个问题，况且估计他也不能告诉我。

这几天要变天，据说要突然降温，我第一反应就是给陈牧发个短信，提醒他多穿衣服，那个主，经常粗心大意的，在冬天里穿着单衣瑟瑟发抖，还装作特别不冷的样子。可是我觉得还是算了吧。

我正在犹豫的时候，陈牧给我发短信了：晚上有空吗？我想和你见个面。

我惊讶地看了好几遍手机，这个时候王浩进来了，他看到了满脸惊愕的我。王浩问我怎么了，我觉得情场老手的他应该能给我点建议。

我说：“王总，我有点个人问题，想不通，从一个男人的角度吧，帮我解决一下吧。”

他乐了，说：“行啊，说说。”

“如果有这么一个人，我挺喜欢他的，他也知道，但是他对我有好感，又不是那么强烈的，后来大家都不联系了，现在突然要来找我，是怎么个意思。”

王浩喝了口水说：“这个吧，他寂寞了吧。要么就是想通了，不过他要是要你们在一起，我劝你还是要拒绝他，起码得拒绝几次。”

“为什么。”

“他即使是想通了，如果得到的太容易，他过一阵又会怀疑对你的感觉。”

“嗯，有道理。”

“那个男孩比你大不了多少吧？经历多吗？”

“嗯，挺少的，包括家里介绍的，但是正儿八经地交往的……”

顺便说一句，陈牧那个“前女友”其实和陈牧就牵牵手，而且同时她还有别的男朋友，陈牧好长时间才发现这个问题，所以说，陈牧很可能，真的没有谈过真正意义的恋爱。

“哦，这种啊，更要拒绝，你知道，这种男生，他们大多强调所谓的感觉，喜欢被人伤害的感觉。”

“哈哈，怎么会有人喜欢被人伤害的感觉。”

“你要知道，男人本身就是一种有点贱的生物，等他长到像我这个年纪， 他才会知道，那些感觉都是扯淡。”

王浩看着我笑着说：“饿的时候，有人给我做碗面条，也许更实惠一些。”

我不知道怎么想起我做的那碗面条了。我忽然挺不好意思的，冲他笑笑，有点慌乱地走出了办公室。我才想起还没有回复陈牧，我还是悠着点吧，王浩说的有道理。

我回复他：我今晚公司有活动，改天吧。

陈牧：那你最近哪天有时间。

我：哪天也不一定有啊。

陈牧：我给你定了，就后天晚上。我去你们公司接你。

切，好像我肯定会去的一样。不过我还是去了，啦啦啦。我心神不定地等着下班，陈牧给我发了条短信，说他已经在楼下等我了。可是王浩忽然叫住我让我马上帮他弄个ppt。我只好让陈牧等我一会儿，然后火急火燎地干活。

王浩说：“喂，你晚上是不是有约会啊。”

“呃。算是……”

“那你就让他等会嘛。”王浩挺坏的笑。

我不说话，赶紧继续弄，王浩说：“你必须好好做这个ppt，明天一早上我开会就用。”

我苦着一张脸，继续做。

王浩忽然说：“算了你走吧，我自己弄吧。”

噢耶，太好了，我真想摸下你的光头！

我装作不好意思的样子，“没事儿，那多，不好意思啊。”

“赶紧走吧，心早不在这了。”

我谢了王浩，匆忙出门，王浩在后面喊，“别着急啊，矜持点哈。”

我见到了陈牧，我俩竟然一点也不尴尬，他果然穿得不多，这个傻人，他看见我就上来接我的包，然后指着我的衣服说，“你为什么穿得那么少！不怕冻死啊！”

“你还说我啊，你为什么就穿一层单衣！”

“我是爷们儿啊，抗冻啊。”他得意洋洋地说。

拉倒吧，我俩像两个小兄弟一个样并肩走着，陈牧忽然过来挤我，把我挤到马路牙下面去。真是的，我奋力反抗，他继续挤兑我，然后他哈哈大笑。

陈牧看着无可奈何的我，说：“哎哟，晓达好可怜啊。”

我有点生气了，“是啊，我是可怜，你不是说不单独见我了吗？”

陈牧指着满大街的人，“是啊，我哪里有单独见你，这不都是人吗？”

靠，我继续生气，“那你找我来干吗。”

陈牧说：“你也太小气了，就想从此以后不搭理我了吗，咱们做朋友不是挺好的吗？”

做朋友做朋友又是做朋友，我还以为他找我是想通了呢，做个鸟的好朋友。

我板着脸说：“对不起了，我只对做你女朋友比较感兴趣。”

陈牧想了想说：“那你就当我女朋友吧。”

靠！！！！！

乡亲们，这种气人不气人啊。

我很生气地说：“凭什么我要当你女朋友？”

陈牧笑着说：“你不是说你只对做我女朋友感兴趣嘛。”

靠！真是被他绕进去了，服了。我可是有自尊心的好不好。不过算了，今天自尊心放假了。我把 Dcup 和王浩对我的嘱托全忘了，我也忘了问问陈牧为什么态度大转弯了。

当然了，我也不能轻易放过陈牧，我说：“你得做一件事，我才能答应你。”

“你居然敢和我提条件。哼哼。”陈牧一副威胁我的样子，然后他马上笑了，“什么条件，朕满足你！”

“切，你得在大马路上大喊一声，我是猪！”

“神马啊，我不干。”

“你不喊我就不同意！”

陈牧想了想，四下看了半天，也不放声，后来走到拐角的时候，陈牧小声地喊了一声，我不满意，他又喊，我还是不满意。

最后陈牧大声喊：“李晓达说我是猪！”

周围的人都被他吓了一跳。陈牧掐了我一下。

于是我就成了“猪”的女朋友。

陈牧拉着我的手，我俩坐在 406 车上最后一排座去看电影。

陈牧偷偷在我耳边说：“喂，其实坐最后一排有个好处你知道吗？”

“神马？”

“在公交车上接吻的时候，不会被人看见。”

他调戏地看着我笑，但似乎没有行动的意思，我忽然在他脸上亲了一下。

陈牧红了脸，严厉地说：“你干什么，我可是党员！”

喂喂喂，你就是这么欺负群众的吗？

陈牧抱着我，在我额头吻了一下。陈牧下巴的胡子茬扎得我痒痒的，不过挺舒服。然后我们每隔一会，就偷偷地轻吻，然后分开。

我觉得幸福来得太快鸟。有点不真实。

车里的广播，“本车从希望广场开往百合山庄。”

多么好的兆头啊。但是我忘了，我们在中途就下了车。

春天来了

约会回来的我，突然不好意思告诉单靓我和陈牧好了。她肯定会鄙视死我这么快就答应了。

“对了，我一表姐，没啥血缘，我继父的侄女，要从新加坡过来找我玩，明天周末，你陪我去机场接她吧，两个混血小孩可爱极了。”Dcup 对着刚进门的我说。

很快我们见到了她传说中的表姐，一身双 C，一双疑似日本潮牌鞋，不过没领小孩，长得有点像李玟，其实不算好看，但是身材不错，打扮得有点混血。

Dcup 说：“亲爱的，你那两个小朋友咋没领来。”

表姐一开口，我就被震了，表姐说：“好不容易离开老公孩子回国一次，不得找人打几炮吗，带着多不方便啊。”

晕，我觉得 Dcup 都没那么开放。我听 Dcup 说她表姐是从事橡胶行业的。我就问了几句。

她表姐狂笑，“哈哈，是橡胶行业，当时伊拉克打仗，我冒死去倒卖过安全套。”

晕，还真是是橡胶行业。

表姐说：“帐篷什么的都卖。非洲有个国家的安全套都是我代理的。”

唉，贫困战乱国家人民也要求性福啊。

她表姐叫 Coco，晕还真是“李玟”啊，住在香格里拉，缠着 Dcup 给她介绍精壮男人。Dcup 就认识两个职业和业余的“鸭子”，一个是她初恋，一个是那个开篇说的长发男。呃，反正都算是她的前男友，Dcup 想了想，还是联系长发男吧。

我问她是不是初恋还挺舍不得“贡献”出来的?

Dcup 说：“不是，长发男不要钱，初恋是职业鸭子，还得花钱。”

靠!

Coco 拉着我俩一阵聊，这姐姐 19 岁结婚，嫁了个能当她爹的外国人，生了俩混血儿，但是不妨碍她和别人上床，收集了美国，德国，日本，中国大陆、台湾、香港以及泰国、土耳其几个国家的男银。除了水瓶座和射手座，她 12 星座都收集全了。Coco 姐让我和

Dcup 有空上她的博客，她分享了很多 xx 心得，在认为女人除了大姨妈每天都要做爱才能保持青春，否则就是 loser 的 Coco 姐面前，我没好意思告诉她，我还没啥经验。

Coco 还说了，天蝎男欲望强，但是不懂得配合，太 tm 能折腾，双鱼、巨蟹、天平比较会伺候人，处女男高手有很多，狮子男看心情，摩羯男床上最无聊，金牛男不错，白羊男喜欢白天。找男人之前先咨询 Coco……

此时，长发男来了，好久不见，我看他还挺亲切的。长发男风骚地和 Dcup 还有我打招呼，然后就风骚地坐在 Coco 姐旁边，两人耳语，然后长发男比划。

靠，他们在说啥呢。

Coco 姐还是很“谨慎”，抽空问单靓，长发男是干啥的，有没有病。Dcup 说长发男不是鸭子，经常做体检，应该没问题。

Coco 姐马上按耐不住了，和长发男出去“私聊了”，40 分钟后俩人回来了，一副欲饱倦怠的感觉。

事后我看了她的博客，最新的一篇就叫《回国玩车震》。

靠！大体内容是，她回国了，那个亲爱的小表妹给介绍了个水瓶男（长发男是水瓶的），终于上了水瓶男，车震感觉还不错，长发男排在她认识的男人前五名之类的，写得特别露骨。下面博文也都是对各路男人的点评，反正她老公也看不懂中文。

怎么说呢，这也算是“巾帼英雄”听说曾经博客还被新浪封了，因为太黄了。一个当妈的人还那么不着调，我忽然觉得 Dcup 还蛮靠谱的。不过她的生活除了 xx 就是 xx，其实也蛮没有意思的。Coco 姐觉得自己是女王，而且她特看不上国内很多苦 b 女。估计我在她眼里就挺苦 b 的。她活得确实也挺 high 的，但她老公和孩儿们估计会很郁闷。也未必，有这种妈妈，从小估计也想开的了。

“晓达，晚上和 Coco 去 party，你有比较爱玩的朋友也带上。”

唉，那我就找大狼了。陈牧不带了，我可不希望陈牧被此类妇女带坏。

晚上，Coco 姐还有几个女的，包括艾果什么的，小单，王然，大狼。吃喝玩乐。Coco 姐一个劲儿地勾搭王然。王然有点尴尬。

Coco 姐拉过我和 Dcup，“这个男生不错，而且还是射手座，我还从来没和射手座……”

Dcup 说：“那就看姐你的本事了。”

Coco 说：“小男生嘛，都不解风情的，我等会给他酒里放点药，他一会儿就睡了，我带他去房间，让他好好舒服一下。”

妈呀，你这不是迷奸嘛。我劝 Coco 算了吧，但是明显她卵虫上脑，欲火焚身了。王然在 Coco 姐的“淫威”下喝了不少酒，到底有没有被下药，不得而知，反正王然有点不省人事了。

Coco 姐搀扶着他，然后意味深长地说：“几位我先撤了哈。”其他女的也意味深长地看着她。Dcup 面无表情继续玩 iPhone。

过了能有10分钟，Dcup给我发了条短信：我怎么那么闹心。

我给她回复：你的东西被人碰了，能不闹心吗。

Dcup回复说：不可能，不是因为王然。

我回复：别自己骗自己了。

Dcup马上拉着我说："走，去找Coco。"

我俩飞快地来到Coco的房间，Dcup用力敲门。

半天里面传来一个特别不耐烦的女声，"干吗，什么酒店！"

Dcup继续砸门。Coco姐一脸不忿把门开了，愣了。

Dcup说："不好意思Coco姐，那小子是我对象，一直没告诉你。"

Coco姐特别尴尬，然后说："哦，你不早说啊，人我没动呢还，裤腰带没解开。"

我被Coco姐雷死了。

Dcup走进去，看到床上昏沉沉的王然，对我说："晓达帮个忙，帮我把他抬出去。"

然后对Coco说："改天给你介绍个给力的。"

Coco姐一看就是有点欲火焚身没烧成的颓废样，懒洋洋地说："好啊。"

出租车上，我问Dcup去哪。

Dcup说："回家，把王然带到咱家。"

哦哦。

Coco姐酒里不会下的春药吧。囧……我想起各种周星驰电影。

王然就在我家客厅睡了，样子特别萌，要不是我已经和陈牧好了，估计我都忍不住上去兽性大发，想上去捏捏。单靓给他盖了个被，看他的眼神特别的温柔。

我说："老单，你就从了他得了，谈场恋爱也不会死。"

大抵是我刚刚恋爱，特别想让单靓也谈恋爱。

单靓小声说："我靠，我都成老单了，不行，我还是觉得不靠谱。"

"你告我你什么时候谈过靠谱的？你就不动心吗？"

这个时候王然醒来，懵懂地睁着眼睛，说渴了。

单靓给他倒了杯水，走到他眼前，结果他抓住了小单的手说："和我在一起吧。"

我赶紧躲到房间里了。其实我觉得他俩也不靠谱，不像有什么好结局。但是我又希望他俩真的有点什么故事，挺矛盾的。

我一看手机，陈牧给我打了两个电话，我赶紧回过去 。

我把今天的奇遇告诉他了，陈牧说："真是什么人都有啊，听大狼说有个新加坡女的挺劲爆的，以后别和那种人一起玩了。"

我说："嘿嘿，客厅睡着个小帅哥呢。"我来气陈牧。

结果他说，"那小伙嫩不嫩，和我配不配？"

靠，早知道他有问题！

我偷偷的在门口看客厅，看见单靓在那坐着和王然说话，过了一会，王然把手松开了，单靓回屋了。半夜我醒了，憋了尿，也不好意思出去上厕所，怕看到啥不该看的。

一早上起来我就冲进卫生间，结果王然在那站着，给我急得啊急得啊。他终于出来了，看见我腼腆地一笑，我顾不上和他打招呼，急三火四地上厕所。王然早上在我家赖着不走，我也早早地跑了，希望他俩有故事发生，又希望啥也没有。我晚上回来的时候，王然已经走了，单靓在客厅里吃板栗，煮的板栗，全是剥好的。咦？炒栗子倒是好买到，煮的就有点难了，而单靓喜欢吃煮板栗，她一直又嫌剥壳麻烦，她老忽悠我给她剥，但我剥完之后她就不想吃了，我都是牙手并上的。

哇哈哈。

“谁弄得栗子啊？”

“王然煮的剥好了送来的。”单靓说，脸上透露出一点得意的劲儿，像女人炫耀幸福的。

“我靠，你俩白天都发生了什么？”

“什么也没发生，姐及时地 hold 住了。”

“我晕，肯定是各种激情啊，要不你就从了他吧！”

“呃，我和他说了，要是只谈恋爱不结婚就没问题，而且不排除哪天就拉倒了。他同意了，他说我一定会爱上他的，哈哈。”

“啊？你已经从了他了？”

单靓笑而不语，我忽然觉得其实最朴实、最老土的追求反倒适合单靓这样快看破红尘的人。

“唉，那我还是怕你俩最后……”

“李晓达！我最烦你这种人了，希望我和他好的人也是你，怕我俩好的也是你！对了，我觉得你不对，让我看看来！”

单靓站起来把我从头到尾，哦哦，我没有尾巴，看了一遍。说：“你是不是谈恋爱了？你别告诉我是陈牧哈。”

“就是陈牧怎么了，陈牧最好了！”

我觉得但凡一涉及陈牧，我的语言和思维就会变得很幼稚，像小学生一样。

“陈牧好什么好，哪有我们家王然好。”单靓也发春状。

于是枕头沙发垫大战开始了。

爱情龙卷风

Dcup 和王然在我不太看好的情况下，以我十分意外的速度和形势发展。两个人爱的非常像初恋。一起背包去游乐场，一起去旅行，一起去照大头贴，俩人挤在那个大头贴机器里，又搂又抱又亲，嘟嘴，照了无数张城乡结合部那种的情侣照。Dcup 灰常开心，像变回了 18 岁，两个人腻腻歪歪的。王然经常有吃的也带我一份，送礼物也给我买个小的，我发现我跟着追 Dcup 以及她的各路不靠谱男友都沾了不少光。经常蹭吃蹭喝白拿东西。

一天 Dcup 回来感叹，"王然居然还真是个小处男啊，唉……"

"啊，那他还在意你是不是吗。"

"他在美国待了那么久，会在意吗，只是我觉得我俩经历不对等，操，居然美好的没留给我最稀罕的男人。"

喂喂喂，王然已经上升到最稀罕的男人啊。

"那你俩现在有莫有？"

"还没有，不知道怎么，我挺害怕和他那啥的，不知道为什么？"

我也不知道为啥，这是个什么心理呢。我和陈牧在一起的时候，他还是挺尊重我的，虽然他也是个男人了，抱着我的时候，我就会明显感觉他的身体的变化，呃，然后陈牧就马上放开我，很不好意思。陈牧会常常开玩笑的调戏我，但是要正儿八经的时候，陈牧却比我还害羞，我和 Dcup 觉得陈牧其实也很有可能是个老处男，虽然他老吹嘘他经验丰富。看来这个社会处男还是蛮多的，陈牧，大狼，王然，我就认识仨。呃。

王然，单靓，我，陈牧，成了新的一轮的"FB"军团。

王然和小单还是比较照顾我和陈牧的消费水平，俺们都去大众地方消费。大狼落单了，哈哈哈哈。不过他最近又去追女孩了，祝他成功。陈牧在没和我好之前是个挺纠结、挺细心的人，和我好之后，我发现他是个很彪的人。非常的好忽悠，他会把我的表扬全部当成是真的，而且他特别喜欢我表扬他。比如说，我觉得他留着胡茬挺男人的，他马上告诉我，明天就给剃光光，但是他不仅不剃光，还留了快一个月，快成了马克思了。比如说我说他给我削苹果的样子很帅，他就信以为真了，经常给我削苹果。如果我哪天忘了表扬他，他就会很不高兴，说："喂，你最近都不肯定我了。"我觉得他太好玩了，他大概也觉得我很好玩，我俩走在大街上，看到一对情侣，男的背女的，我就直忽悠陈牧背我。他真的背了，正当我沉浸在幸福的时候，他把我放在了路边垃圾桶上。

靠，然后他看着茫然不知所措的我哈哈大笑。

陈牧其实是是个笑点很低的人，之前的淡定完全是因为神经大条，我俩一起去网吧，看一个视频，我觉得没啥意思，可是陈牧就会突然大笑，笑得全网吧都看他，我忍不住捂住他的嘴，结果他乐的更厉害，我真想马上消失。

想起这个场景，我开会的时候也忍不住笑了，后来马上意识到问题，王浩瞅了我一眼。

散会的时候，王浩对我说："看来是恋爱了哈，脸色都好了很多。"

我吐了吐舌头，做了个鬼脸。

王浩感慨地说："还是年轻好啊，谈个恋爱也那么兴奋。"

单靓和我一样兴奋，我俩回来之后只有两个话题——王然和陈牧。我说我的陈牧，她说她的王然。这一点也不像她，也不太像我。

单靓说王然和她在一起，老不想让她花钱，可单靓觉得他小，又还是个学生，老忍不住付账，王然就不乐意，一副小模样特别可爱。单靓觉得她和王然在一起，自己显得老了，于是买了一堆幼稚的衣服，扮嫩。然后问我像不像 18 岁，我这个时候就会说她像 80 岁的，然后被她掐一顿。单靓还觉得自己也要去加拿大读个书，还说让我帮她辅导功课。其实我自己都忘了那些破烂公式了，念完大学，脑子里留的其实还是中小学的基础。也许他们也有希望在一起吧。

不过……

中午在公司吃饭的时候，看见客服部之前的同事老刘和赵娜在那议论纷纷，我就走了过去，他们和我关系一直挺铁，也不避讳我，就在那讲。

老刘神秘地说："xxx 你知道吧，以前 xx 集团的老总，犯事儿了，可能要判死刑，这事儿啊，和咱们那王总有关。"

xxx，是一个业界大佬，以前在大连这片混，后来转战别处了，因为十多年前雇凶杀人被批捕了，该大佬还有他的几个孩子的公司，均被查出各种经济问题，已经立案。大佬的二儿子因为生气心脏病突发，40 来岁就突然死了，他老婆自杀了，留下个未成年的儿子。大佬的老婆也因此住进了医院。

老刘说："真看不出来王浩这个小年轻，心里城府那么深，养儿子就该养王浩这样的，挺有种的，不仅报了仇，还一锅端，真行。"

我在老刘和赵娜面前表现出了适度的震惊和"没想到"。

我晚上回家的时候，看见王然在客厅里闷闷不乐，Dcup 在那开解他。

我一来，王然就追问我，"晓达姐，我父母的事儿，你知道多少，到底是怎么回事。"

原来，到今天王然才听说一点风声。Dcup 和我看瞒不住，也就简单地，去掉了很多感情色彩讲了。

王然忍不住眼圈红了，说："原来妈妈和大哥这么多年那么不容易。"

我们两个就劝他。

王然说："那我哥这么做其实也很危险啊，冤冤相报何时了，只要那个杀我爸爸的人偿命就可以了，不用把他家里搞得那么惨。"

Dcup 说："可谁让他们真的有问题啊，这也不是陷害他们。"

第二天王浩来公司了，面带疲倦的喜色，还给我带了一盒国外巧克力。

"为啥啊，王总您要结婚了啊。"我装傻。

"对，快结婚了，助理准备好红包，半年工资就行。"王浩平淡地说。

给我吓了一跳，但马上意识到他在忽悠我。

王浩看着我那样，笑了，"这巧克力不错，不苦，甜而不腻。"

哦哦，我马上打开就吃了俩，忽然又意识到不妥。

王浩又乐了，"你可倒实惠，吃吧，吃吧，对了，谢谢你哦。"

"啊？"

他没有在说什么，转头就进了自己的办公室，一会儿工夫我就把巧克力给吃完鸟。

王浩走了出来，给了我一张米洛克蛋糕店的卡，还有一个地址，“有个朋友过生日，订了个蛋糕，你去领着给送去，还有鲜花，说我今天太忙了，还有剩下的，你看看有啥喜欢的自己买点吃哈。”

哇，虽然是跑腿，但是也是好事儿啊。我脸上马上露出小人得势的表情，王浩说：“少吃点甜食哈。”我去送过去了，对方是个年轻的女人，一个平面模特，给我们公司做宣传片的，听说我是王浩的助理，脸上露出了兴奋的神情，但一看只有蛋糕和鲜花，没有别的，又难免失望。

这已经不是我第一次替王浩给这些女的送花了。王浩也不知道和她们到底有没有一腿，总之，王浩是不会主动去追这种靠脸吃饭，到处钓凯子的女人，但是吧……他似乎更热衷把这些女孩，介绍给别的富二代。大拉皮条子。王然在公司没精打采的，自打他知道这事儿，就挺郁闷的。

Dcup可充分发挥了母爱天性，5点多就起来做爱心便当，然后让我拿公司，责令必须先给王然吃，他吃不了我才能吃。切，我才不惜的吃呢，我要吃蛋糕店我领的那些小蛋糕。

我把便当偷偷带给王然的时候，他挺吃惊，“晓达，你真好啊，在哪买的，和我在日本吃的一模一样。”

“必然不是我了，是你那女朋友做的呗。”

王然脸上露出了不好意思的神情，“上次我说这个便当好吃，想不到她记住了。”

唉，Dcup也有今天啊，果然是正太魅力高啊。这个时候王浩走了进来，看到我们吃的东西。

我连忙说：“在外面买的，挺好的，你也尝尝。”

王然奇怪地看了我一眼，没说啥。

王浩愣了一下，过去尝了一个，然后说：“挺好。”

他就走了，王然奇怪地说：“你干吗说是买的啊。”

我靠，小弟，难道你要告诉你大哥把你甩了的前女友早晨起来给我做便当？坑爹啊。

有一瞬间，我觉得，单靓和王然在一起蛮好的，只是有太多不适合的因素。然后这个因素很快就到来了。王浩找我谈话了。

王浩说：“晓达，你知道，王然最近和小单谈恋爱的事儿吗？”

我装傻，“啊？倒是常一起玩儿，但是好没好我不知道。”

王浩瞅了我一眼，他肯定看出我在撒谎，但他没点破，“他昨天已经和我妈都讲了，居然还说要结婚，把我妈气得够呛。”

“哦……那你不生气吗？”我小心翼翼地问。

“我？哦，我和小单也没怎么谈，都是家里介绍的，但是她和王然，也真不合适啊。”

“其实年龄差几岁，也没啥吧。”我继续小心翼翼的。

“唉，我弟弟吧各个方面都和小单不合适。”王浩有点不耐烦地说。

是的，小单，在他们的眼里，大学没读完，爱花钱，岁数也比王然大了好多，经历也丰富，王浩他妈虽然挺爱和小单说话的，但心里要让她当儿媳妇，就……当王浩女朋友，王浩他妈也不是很同意，何况是王然呢。

王浩趁我愣神的时候，很认真地说：“如果可以的话， 劝劝小单，我也是为她好，王然现在小，感情大过天，等过几年……”

我尴尬地笑了笑。

我回家的时候，看见王浩妈妈的车了，司机载着她，从我身边开过。我心里隐约就预感不好。回到家，看见单靓在家里呆坐着，开了一瓶红酒，正喝。

还没等我说啥，她就说：“王然妈来过了，让我离开她儿子。”

我说：“可能一开始接受不了，再等等，她会想通的。”

单靓说：“那就拉倒吧，人老太太都来求我了，差点哭了，她这些年也不容易，况且我也觉得王然和我在一起，总有一天他会后悔的，拉倒吧。”

我倒了一杯陪她喝。

Dcup 说：“晓达，我就喜欢你，从来不多问，直接陪我喝。”

喝着喝着，她就哭了。

她说：“我被嫌弃了，我怎么那么后悔，为什么在澳大利亚读书的时候不给它念完，为什么找那么多男朋友被人家知道，为什么我不晚出生几年，为什么我不喜欢王浩还和他谈过几个月的恋爱？”

“这些哪怨你啊，王然怎么说？”我还没见过 Dcup 这样，我也吓到了。

“王然，我不知道，可他妈都这么说了，我可没脸再和他好了。”

Dcup 哭，也许是因为要离开自己喜欢的人，也许是被别人嫌弃后伤了自尊，也许是后悔没有把美好留给自己真正爱的人。可我想对她说，也没有什么好后悔的，新的一天永远是新的，看不起你的人也许他们并不了解你。你自己这么多年也很是不容易，还有你有一个善良的心。

这才是最重要的。

小单哭的我心情也很差，睡不着给陈牧打电话，不过他一向晚上就关机，结果居然打通了。

“咋了，晓达。”陈牧睡得迷迷糊糊的声音，真可爱。

“没事儿，小单和王然分了，她挺难受的，我也不舒服。”

“为啥分啊。”

“家里不同意。”

“猜也是这样，其实不合适的迟早也得分，女生总是会难过的，安慰一下她。”

陈牧冷静的有些让我难过，“如果哪一天我们分了呢，你会难过吗？”

电话那头愣了一阵，陈牧说："瞎想什么呢，睡觉去！"

"你喜欢我吗？"我忽然脑残地来了这么一句，因为我真的很想知道。

"大半夜发什么神经啊。"陈牧笑了。

"你喜不喜欢我嘛！"我撒娇地问。

"我干吗和不喜欢的人在一起，睡觉去！"陈牧装作很凶的样子。

哈哈。

Chapter 6

巨变

大狼的第一次

伤人的小男孩

一个人的路口

夜宴

宅门突变

姐妹情深

突如其来的表白

大狼的第一次

这些天，单靓换了手机号，也总不在家，王然来找过她，都是我给开的门，王然说单靓突然提分手，让他很痛苦。他看起来很憔悴。

我答应单靓不告诉他实情，我说："其实啊，王然，你俩不合适，不能幸福的。"

王然还是很想见她，即使不能在一起了，他也想亲自听听单靓的说法。可我确实也不知道她去哪了。她能住的地方确实很多，而且她也答应我不做傻事。但是她确实做了件让我极为意外的"傻事"。正当我担心单靓的时候。陈牧告诉我大狼最近也不回家了。这是怎么回事，难道大狼在外面找到"床"了？说曹操曹操就来啊，陈牧刚和我打电话说完大狼，大狼的电话就来了。

"晓达，我想找你聊聊。"

声音特别沙哑，我很奇怪。电话里问他什么事，他也不说。我下了班去见大狼。大狼胡子拉碴，一副特别沮丧的样儿。喂喂喂，您是不是又失恋了，被人甩着甩着也该习惯了吧。

我问了半天，大狼才说："我没失恋，我失身了。"

我一口盐汽水喷他脸上。

我笑着说："恭喜你啊，你郁闷个什么，哪个妹妹那么倒霉啊。"

大狼点了一支烟，"要是妹妹还好了。"

我说："你什么时候开始抽烟了，瞅你那样子，不会是被男人给爆菊了吧，哈哈。"

大狼瞪了我一眼说："当然不是啊，都是酒后意外啊，唉，酒后乱性啊。"

"谁呀，有夫之妇吗？"

"不是。"

我继续问，"那你郁闷啥啊？长得太丑了？"

大狼低着头，"没法处理了啊。"

我说："人家叫你负责，你不想啊？"

大狼说："也不是，那天早上她就消失了，还说就当没发生，别联系。"

我说："那你赶上419一夜情了吗。那就别联系呗，难不成你还得病了？"

"烦死你了！"

我狂笑，"第一次什么感觉。"

大狼想了想说："有点疼。"

靠，真的假的，你又不是女银。

大狼认真地说："真的有点疼，还有一种特别空虚的感觉。"

我说："哦，那你郁闷啥，你就想告诉我你摆脱处男了呗，炫耀贴啊。"

大狼沉默了半天说："她是单靓。"

啊啊啊啊啊啊啊啊啊！！！

我半天没反应过来，我一直觉得大狼和小单属于给他俩剥光了按到一张床上，他俩都互相比胸肌谁大谁小的。大狼喜欢纯的、特别内向文静的女孩，而且"没谈过恋爱"最好。他显然是有处女情节的。Dcup 倒不烦大狼，但她每次都把大狼当成打击取笑对象，还说他一辈子都是处男。妈妈咪啊 。

大狼郁闷地表述，说他那天追女孩失败心情不好，心血来潮，从来不去酒吧的人去了酒吧，结果看见 Dcup 在那喝酒。两人就越喝越 high，但是酒吧太嘈杂。

Dcup 说："这地不爽，走，咱俩找个地方喝。"

两人开了个房间，买了一堆吃的，喝的。唉，为啥要开房间啊。不知道会出事儿啊。大狼说他也没想到会出事儿，只是觉得心里郁闷，互相聊聊，喝着喝着，就忽然不对劲儿了，好像是单靓摔了一跤，他去扶，结果两个人一起摔倒了，倒在一起，不知道怎么就接吻了，就，就……

晕。酒后乱性啊，果然啊果然，大狼憋了那么多年，可见他是灰常在意这个的人。大狼说他一早上起来，浑身难受，发现单靓已经走了，还给他留了个纸条，让他再别联系，怎么打电话也不接，心里也难受。

"那你到底想干啥啊，大狼？"

"我，我脑子老乱了，我就想找她谈谈。"

"谈啥啊，找她负责？还是你想负责啊。她现在肯定也老后悔了，还是别联系了。"

"不行啊，我是个爷们儿，这事儿我怎么能不管啊。"

"她可能没想让你管啊。"

大狼不放声，半天说："那好，你先和她联系联系，她没事儿就行。"

大狼特别沮丧，原来"失身"对男的女的都不好受，尤其岁数越大的，越空虚。唉，Dcup 没有和小处男王然那啥，却和老处男大狼……看来以后我、陈牧、大狼、单靓的联谊活动就得取消了。好友变炮友了。Dcup 也不接我电话，王然和大狼倒是前后给我打过来。唉唉，你们一个失了"心"，一个失了"身"。

我还得和陈牧约会呢，我给陈牧发短信：明天晚上百年城见哈。

陈牧回复我：百年城在哪。

靠，他到底是不是土生土长的大连人……他也太宅了吧……吐血 300 升。

哦，你早说新玛特旁边那个太平洋百货不就得了吗？

晕，不是一回事吗。

我见到了陈牧，陈牧说："大狼的事你知道了吧。我发现他脸上特别的八卦，晕。"

我俩探讨了半天，得出的结论是，男人失去第一次的时候，心理会很空虚。

我反问他："那你的第一次呢，有啥印象呢。"

陈牧看着我，说："不告诉你。"

哼哼，喂喂喂，您到底是不是处男啊，您的第一次给那位前女友了吗？陈牧看着我苦恼的样子，摸了摸我的头，这个举动把我给乐坏了。我觉得我太喜欢他了，以至于什么细小的举动，我都很兴奋。而陈牧仿佛养了一只小动物，挺稀罕和爱怜的表情。只是我始终感觉，他对我，没有那种"为你上天入地"的冲动。王然对单靓有。

陈牧看出来我的不开心，说："我告诉你一个秘密。"

"什么秘密？"

他若有其事地说："我的鼻子会动。"

真的假的，他正儿八经的开始动鼻子，但是还没动他就笑场了，声音还特别的大。吓得我赶紧捂住他的嘴巴。他狂笑不已，让我都有些不好意思。我忽然来了勇气，上去嘴对嘴堵住了他，这可是我们第一次接吻。咚咚咚，我听到了他的心跳声。

"干吗呢，周围那么多人。"陈牧惊讶的脸都红了。

我觉得刚才有点太不矜持了，一下子萎靡起来，陈牧看出来我的尴尬，干脆拉过我，结结实实地给了我一个舌吻，这下换成我不好意思了。

他冲着周围喊，"你们都别看！"

哎呀，我恨不得钻个地缝进去，但是感觉好幸福啊！

单靓终于出现了，有点憔悴，回来没精打采的。

她见我第一句话："我和大狼上床的事儿，现在有谁还不知道吗？"

真是晕死了，我贱贱地想问她大狼表现如何，没问出口。我说王然这几天一直找你。

她摆了摆手说："我放下了。现在他难过一时，总比以后更不舒服的好，不被家人认可的感情长不了。"

我说大狼也一直找你。他就在咱家……

"我靠！李晓达你不早说！"单靓火了。

大狼从厨房走了进来，很局促，单靓面无表情。

大狼说："小单，能和你单独谈谈吗。"

单靓看着他，忽然乐了，然后说："你看你，又没做错啥，没事，咱俩该怎么样就怎么样，不用谈。"

大狼叹了口气，"还是我不对，要不是……"

Dcup 说："没事，怎么了，再说我生气了哈。"

这个时候门响了，是王然。忘了说一句，王然最近老在我家附近，把车停那，就在车里等着，我怎么劝他都不走，让他上家里坐着，他也不来，估计今天看到 Dcup 的车了。他进来了，单靓继续面无表情。王然一脸的憔悴，刚想说什么。

单靓甩甩手说："不用说了，我都说了，我喜欢玩，那几天就当咱们互相玩玩吧。"

王然有点压住火气，"什么叫玩，我不相信！"

Dcup 一把搂住大狼，"看见没，这是我新男人，他床上技术不错，不像你，太小孩了，我还不忍心下手。”

大狼和王然脸同时紫了。王然怒气冲冲地看着单靓，摔门走了。

大狼甩开单靓也很生气地说：“你太随便了也！我可不想成为你甩人利用的对象！”他也摔门走了。

几天之后，Dcup 很惨淡地说：“我可能倒大霉了，我大姨妈三天没来。”

我听完心情大乱，怎么着，怀孕了，肚子里是“小狼”吗？你说说你，都禁欲半年了，怎么一那啥就惹出乱子来啊。那怎么办，我掏出手机说：“必须告诉大狼这事儿。”

单靓抢过手机，“告诉他干啥啊，我又不想和他一起，再说了，我也不差那手术费。”

“可你有权利让大狼知道事儿啊。”

“大狼都说我随便了，他能相信孩子是他的吗？再说了，他也挺倒霉的，这是我一个人的事儿。”

我之前觉得她可以搞定很多乱七八糟的事儿，而且相当注重“安全”，这次估计就是和王然分手太伤心了。她曾说过要个孩子，不结婚蛮好的，这孩子如果是王然的，估计她就生了。可是那是一场误会，这孩子，她是不能要了。还不一定是怀孕呢，我大姨妈经常不按时来看我。我也没经验啊，我劝单靓还是去医院确认一下吧。大狼也太狠了，第一次就“当爹”了。他应该去给各种男性不育小医院代言了。单靓也太倒霉了，其实这也是算是她第一次纯粹意义上的……真是的，想要孩子的两口子多年努力也怀不上，不想生的俩人，说有就有。俩人当时都喝了很多酒，就算想生估计孩子也会受影响吧。

你说单靓和大狼两个当时怎么就怎么就怎么就……我快被他俩气死了。但是我脑海里不断出现两个人干柴烈火欲火焚身的镜头，靠啊靠。大狼这个人以前最痛恨让女朋友打胎的男人，每次他都说禽兽，扼杀亲生骨肉！他说如果他赶上这事儿，立马和这女的结婚生孩子。可问题是单靓根本不想和他结婚生孩子啊！这玩意儿就是想找人负责的女的找不到人，不需要负责的，屁股后面有一堆人喊着要负责。我还是陪小单去了医院，医生对女的单独来看怀没怀孕的都挺鄙视的。她冷淡地看着单靓。一检查，小单确实怀了，还是宫外孕。我俩都傻眼了。你说“皇上”老在宫外那啥干啥！！在我的知识库里，宫外孕，应该是精子和卵子在子宫外面相遇了，我靠，精子卵子你俩不能换个地方开房啊！必须得做手术，还怪吓人的。小单躲得了艾滋病，躲不了宫外孕啊。认识小单后，弄得我对“x 生活”十分恐惧，还有上次艾果她姐的事儿，让我深刻体会到：xx 一定要慎重。一旦 xx 也一定要安全。xx 就那么有意思吗，罪恶啊。完了，我觉得我的思想已经朝老处女老封建的方向发展了。当然了，和相爱的人 xx，生孩子，是件幸福的事。和不怎么相爱的人 xx，不生孩子，也许也是件快乐的事。和不怎么相爱的人 xx，还有孩子，是件费钱费身的事儿。

做手术了，我请了假陪她。我背着小单告诉大狼了，虽然我知道，这件事大狼其实并不是坏人。但是男人的责任，必须让他担起来，我得上班，小单也没有个亲人，他得来照顾小单，担着风险，这许会让大狼迅速成熟。不能像个小男孩，遇到问题，只会茫然失措。我没告诉陈牧这件事，我想给小单留点面子。但是陈牧好像都猜到了一些，不过他也没怎么问，他这点比较好。

王然在公司无精打采的，他压根不知道这一切。Dcup 死也不想让王然知道她在给另一个男人打胎。她还是在乎王然的。我觉得单靓就喜欢过俩人，日本人和王然。可能还有我，呃，她老说我要是个男的，她就嫁给我。而估计只有王然是真喜欢她的，虽然这种小男孩的爱，遇到问题，也很茫然，但很纯真。

每天早晨，202 电车里移动媒体会有这么一个恶心的广告。几个女人炫耀地说：他让我做无痛的，他让我做保宫的，他让我做，他让我去 xx 医院。好像这几个女的都炫耀自己男人怎么怎么好。我 x，打个胎至于高兴成这样吗？这广告太脑残了。我看到小单以及她病房那些人，我就知道这个的痛苦了。

当然了大医院还是好一点，我记得我有个女同学，不敢让家里知道，自己去小诊所，死在里面。我想说的是，男人遇到这个问题，希望他能够担起责任，起码陪人去大医院做手术，女人嘛，一定要保护好自己。如果真的出事儿了，也要找个条件好的地方。

单靓在医院看到大狼，瞪了我一眼。大狼一下老了几岁，大狼买了很多东西，大狼啥也没说，跑上跑下，然后闷着坐在手术室外面。我看大狼也挺可怜的。小单手术做完了，说要留院观察两天，还算成功，她脸色苍白，躺在床上，还哭过了。大狼一见她这样，忍不住也哭了。我掐了他两下，他才忍住。

大狼说："晓达，费心了，你去上班吧，我来照顾她吧。"

单靓也没反对。我看大狼照顾人还挺细心的，我总不能和公司请假说我舍友打胎，我请假照顾吧，我就待了几个小时，走了。

伤人的小男孩

一转眼这件事过去了三个月。这三个月之内发生什么了呢。

小单变得有点内向，在家休养看书，她说她真的打算再次出国了，而且自己还攒下了一笔钱。大狼甚至把工作辞了，在我不上班的时候白天照顾小单，大狼除了不会收拾家，其实做饭还蛮好吃，熬汤炖补什么都蛮有胃口的。本来小单一开始很排斥他来照顾，但是大狼做饭确实好吃啊。给小单吃的倒是红光满面，我每次回来也跟着吃点，给我吃的胖了几斤，可惜没有一两长在胸上。大狼有点诚惶诚恐地照顾着小单，也许这样可以缓解他的自责。

三个月后，小单在大狼的精心照顾下，恢复了元气，虽然没有以前欢实，但蹦跶蹦跶还是没问题的，她体格先天不错。我觉得从此可以看出，大狼是个品质很好的男人，我没有交错朋友。小单对大狼恢复了没心没肺，像朋友一样的对待。可大狼还是挺想不开的，我觉得他到现在也不知道该怎么面对小单。小单偷偷和我说，其实她挺感谢大狼的，因为只有奶奶和阿姨亲自给她做过饭，自己后来一直外面吃。到这里，其实我一直有个疑问，为什么小单一个人来到大连呢。我终于问她了。

小单说她自己后来跟妈妈过来大连了，她妈改嫁给一个在大连工作的美籍华人，但是自己一直住校，后来他妈和继父去了国外，自己习惯大连的生活了，在这有车有房，不想去北京了。小单的妈妈，有点像Coco姐那种的其实。但是这件事，作为女儿怎么好启齿呢。

我和陈牧也在谈“恋爱”，但是我觉得不太给力。陈牧对我也还挺好，见面也很开心甜蜜，但是见面次数太少了。除了开头热乎的俩月，他总不找我，也不大联系我。说了他也不怎么改。而且很多男生恋爱时候的小细节，小表现，他都没有，但是又不能说他不认真。反正我觉得挺别扭的，别人问我谈没谈恋爱，我都会迟疑一会说：“哦，谈着呢。”尽管是这样，他每次对我好的时候，我都想把这些不愉快忽略掉。我挺擅长自我欺骗的，我不想知道我在陈牧心里到底占几斤几两。陈牧没有提过带我去见他家人和朋友的事儿。我开始生气，郁闷，怀疑。可是陈牧他老是这样。我生气，指责，他只会拍拍我，抱抱我，说别想太多。我真的很希望，陈牧能够表现得“马景涛一点”。起码让我看到他对我有那种“为你上天入地”的爱，甚至让我看到他以后会有娶我入门的安排和靠谱打算。可是没有，他依然我行我素。我深深怀疑，他也是个小男孩，喜欢简单，快乐，不喜欢麻烦。小男孩是可爱的，也是最伤女人的，而且这种伤，是你无法指责的内伤。我和陈牧打电话，我指责他这个不对那个不对。陈牧道歉，过了一会就沉默，然后说，哎呀，你怎么事儿那么多啊。给我气哭了，挂了电话，在那生闷气。

王浩突然走进办公室，我来不及掩饰。

王浩说：“咋啦，李大人。”

王浩现在管我叫李大人。

我说：“没啥，和男朋友吵架来着。”

王浩说：“他咋了。”

我说他也不怎么找我约我，很多事儿也做不到位，特来气。

王浩说：“那就分了呗。”

我说：“其实他也不是故意的啦，他天性就是这样了blablabla。”

王浩说：“别人说还给他找理由，自己又不理解，你们女人啊，都这样。”

我尴尬地笑笑。

王浩说：“其实你应该天天忙自己的事儿，自己开开心心的，男人就贴上来，男人都不喜欢总是抱怨的女人。”

他说得或许对，但我还没成熟到那个份上。

王浩说：“李晓达，你到底是不是我的助理，我进屋这么久，没看见我往你桌上放的文件吗？”

我才反应过来，说："遵命。"

其实王浩很多事都让我安排，包括给他订饭店之类的，他倒是经常和不同女孩吃饭，好像都是相亲对象。都是富家女，王浩是个目的性很强也很理智的人，他找的女孩，倒也不是特别特别好看，但是也都算拿得出手，家境优越，而且都是在某种程度上能帮他的，而且我觉得他喜欢那种不太痴情的女孩子，他怕麻烦。他怕被人爱上黏上，他喜欢想得开的女的。这么看来，王浩也是个感情上的"小男孩"，怕麻烦，喜欢快乐，不喜欢责任和意外。

我给陈牧发短信：我对你最近很不满意，我要找你谈谈。

陈牧回复：呃？我咋了？

晚上我见到了陈牧，他嘿嘿地冲着我笑，我没有好脸。他走过来抱了抱我，把我掐得生疼。然后捏着我的脸，把我的嘴巴捏成笑脸后，说："不许不高兴。"真晕死了，拿他没办法。

"是不是因为我追的你，你心里就不重视我！"我怒气冲冲地说。

"是不是因为我追的你，你心里就不重视我！"陈牧学着我的声音，没心没肺地笑。

"和你女朋友每天联系一次会死吗，不和我联系你在干吗？"我板着脸，继续问。

"打游戏，哈哈哈。"他无视我的愤怒继续笑。

这个小伙太彪了。

我继续提出第二个疑问，"为什么你从来不带我见任何朋友，我很丢人吗！"

我哭了。

陈牧赶紧变得严肃了，他说："别哭啊别哭，愁死了你，我和我那帮朋友都好久不联系了，我都不见他们了。"

我继续哭，陈牧就打电话，"喂，那谁，你现在出来啊。"

陈牧紧急叫了一个他特别铁的哥们儿，那男的出来看到我俩挺懵的，陈牧指着我说："这是李晓达。"

那男的看着我点点头。

陈牧说："咱们仨去吃饭吧。"

我觉得太丢人了，我走在前面。

那男的很疑惑地问陈牧，"这女的谁啊。"

陈牧说："我女朋友啊。"

那男的说："你不早说啊，我也把我女朋友叫出来。"

"啊，你找女朋友了？"陈牧惊讶地说。

"废话，你这贱人从来不主动联系我，也不关心我。"那男的还卖萌。

哦哦，陈牧这个人不仅不爱联系女朋友，朋友也不爱联系。

好吧。不过他这么一弄我就高兴了，我觉得这小伙挺彪的，但是没那么多坏心眼。我也太好哄了吧。陈牧事后和我谈了一小段，他说他就喜欢简单单纯的恋爱，之前也没那么多经验，如果我真的那么在意联系的事儿，他保证一天联系我一次。唉，姑且相信他吧。

单靓批评我，她觉得越好哄的女孩，越容易被甩掉。我就不知趣地来了一嘴，“王然哄你的时候，你不也……”一瞬间我看见她的眼泪流出来了。把我吓了一跳。

我说：“喂……你……”

“靠，没想到老娘我也有今天。”单靓幽幽地说。然后她恶狠狠地说：“不许和我提王然。”

还没等我说话，她又说：“王然现在是在国内还是加拿大？”

我叹了口气说：“你管他干啥啊。你要是放不下，就去找他。”

单靓摇了摇头说：“越是喜欢，越是怕。”

“其实吧，我觉得大狼挺好的，要不……”

“那就是个误会，大狼和我更不合适！别提这茬了。”

她放下了她看的书，去卫生间了。我好奇地过去看她写的笔记。上面密密麻麻写满了“王然。”

唉。

一个人的路口

我想起陈牧，忽然又充满忧虑，嗯，现在是挺开心的，但是他这样晃晃悠悠的态度，我俩能有领证合法的那一天吗？他真的是对我真心的吗。我又纠结了，烦死我了。烦的时候又不敢老去质问他，怕他烦，于是乎我出现在各种论坛，Q 群中，发帖“我男朋友为什么老不找我”、“狮子男都不爱联系女朋友”这类我曾经深深鄙视的问题。他可能就是没那么喜欢我吧，可我就是不太愿意承认这一点。因为我不想离开。但是我也不甘心就这么和他不咸不淡地在一起。

单靓给我出了个主意，就是推倒他，这是哪门子馊主意啊，单靓说：“说不准你真成了他的女人，他对你的态度就不会一样。”

“我觉得陈牧属于有良心那种男的，会越做越爱，不妨就推倒算了，省得你俩的关系老突破不了。”

可是如果是因为他要对我负责才不离开我，我可不要，而且陈牧对我还算绅士，每次都适可而止，难道要我那么主动，我才不干。虽然陈牧经常半开玩笑地说：“咱们去开房啊，但每次也只是说说而已。”

神马嘛，其实我觉得即使我被陈牧推倒了，我俩事后分了我也不后悔，估计我这个想法被我妈知道后她会气死，但是和自己那么喜欢的人，做了也不后悔，貌似我每次见到陈牧脑子都会 yy 这种场景，果然是老处女最闷骚，陈牧居然能忍得住？当然我觉得陈牧生理上没问题。只不过他和我有着一样的想法，和姑娘上了床就得娶她。尤其是处女。只不过……每次我俩单独在房间待久一点，他就要走了，他说他再不走对我不太好。可是有什么不好的，推倒以后不是还能结婚的吗？除非……除非就是他根本没想好结不结婚，或者他觉得我不是那个人，所以他忍得住。我这么想是不是太冤枉他了。

王然回加拿大了，不过他过几个月还会回来，他也会旁敲侧击地问我小单的事情。

单靓和我最大的区别是，我纠结，她不。和王然分了就是分了，难受是难受，但是我一提复合的事儿她就斩钉截铁地说不。Dcup 准备了考试，也在积极申请出国的事情，大狼偶尔会来找我，问问小单的近况。我觉得她就是心里憋着一口气，不让别人瞧不起她，要出头。而我不，我和陈牧好好的时候，就畅想很多未来，但一出问题，我就很沮丧。虽然工作之后，我纠结的时候就少了很多。我在公司经过一些历练，有点那么不像菜鸟了。我变得不容易激动，不容易失望，不容易兴奋，也不容易讨厌一个人和喜欢一个人。但是我在感情上，却不那么淡定。

我和陈牧的感情，似乎让我看不到头，又不愿意放弃。我老是有很多疑问和怀疑，然后忍着，忍不住找他吵架，陈牧又无奈地给我哄好。我一直深深的怀疑他对我的感情，可能开始就不是个好开头。也许陈牧成了我的鸡肋，或者说，我们都是彼此的鸡肋，还是看不到未来，漂泊不定的感觉让我很不舒服。在这种状态下，情感告诉自己觉得自己是喜欢他的，可以包容，理解，但是理智又在说，姑娘，别傻了。

这样一个男人，工作稳定，家境也不差，不抽烟不喝酒，不和别的女人搞暧昧，在一起的时候对你大方温柔，也不和你争闹。但是就是不怎么上心，你发生了什么事，你得主动主动再主动地告诉他。不见面的时候，好像压根没有我这个人。你想闹的时候，他会说对不起对不起。你再闹的时候，他就会皱着眉头说别这样。你哭他会心疼你，可是他还是莫名其妙。没有说领你见家人，没有说以后怎么办。有时候看见他给以前女朋友写的东西，实在怀疑，自己在他心里是不是浮云，是个过客。这种怀疑加剧了我的自卑，我觉得不开心。陈牧说爱情过了一段时间，哪里有激情，平平淡淡才是真。可 tm 太平淡了，我常常忘记我有个男朋友。闹又不敢闹，怕他烦了厌了。有时候见面他又调皮，我俩又很开心，又似乎暂时忘记了痛苦。

这么拖着拖着，终于是爆发了。一天联系一次这种承诺，陈牧就坚持了一个礼拜。

我向陈牧又一次哭着打电话，我说我觉得你不爱我，要不咱们分了吧，我就泣不成声，陈牧说是不是我工作压力大，别闹。我挂了电话，我希望陈牧和我说，他爱我。

陈牧给我发短信说：晓达你别伤心了，我以后经常和你联系就是了。

陈牧就天天给我打电话，打了一个礼拜后，他又忘了。

我当时就像被鬼催得似的，又给他打电话，只要听到他的声音，我就觉得特别的委屈，就很想哭，他也被我弄得不知道该怎么办，他只有一句话，晓达，咱们简简单单的不行吗？是我要求的太多吗？恋爱真的是这么谈的吗？在我又一次连哭加指责的电话后，过了一会，陈牧给我发了个短信：晓达，咱们分手吧，这样太累了。

怎么这么突然！还有凭什么是他说的分手！

这个时候正是下午两点，我坐在办公室里抑制不住巨大的沮丧，我忍住悲伤跑到外面了。我抖抖索索给陈牧打电话，我脑海里出现了我和初恋分手的场景，尼玛也是他甩的我，当时莫名其妙地说不喜欢我了，我给他打电话也不接，那个时候我像个傻子一样哭了半年。后来觉得一点也不值。想到这，我把电话挂了，我怕陈牧也像之前的人，不接电话，弄得我尊严全无。

陈牧倒给我打了个电话。我犹豫了一会儿，接了，忍住哭泣。

我们沉默了半天，陈牧说："晓达，我觉得今天不适宜说什么，咱们都冷静两天，我过一阵子找你好好说清楚好吗？你照顾好自己，别难过。"

我能不难过吗，我说："你干吗那么狠心，你这个混蛋，我哪里不好。"

"晓达你别这样。"陈牧居然带着哭腔。"我也很难受。"

我愣了，记忆中陈牧从来不会哭，他难过什么，他喜欢过我吗？好像从来也没过吧。但是如果没有这一年又算什么，对我的关心虽然很少，但我们见面的和谐甜蜜总还是有的，那些亲吻，那些拥抱，那些知心话，那些电影，都是假的吗？但这些太无力了，我只能和陈牧说。"我也没那么难过了，等过几天咱们聊聊吧。"

放下电话，我在公司的楼下哭得喘不过气，以至于王浩出现在我面前都没看见。

王浩说："这是干吗呢，你这助理让我找了半天啊。你上车，我带你出去有事儿。"

我上了车，忍住了哭泣，王浩说："怎么了？"

"和男朋友分手了。"

然后我就哭哭啼啼地讲了个大概。

王浩说："早该分了，看你最近越谈恋爱越没精神。"

嗯。

王浩说："我手头上人还挺多，给你介绍几个。"

得了吧，你介绍两个都……

王浩说不行，非得给你介绍出去。

我靠。

我说："老王，行啦，我就算当剩女也不会危害社会的。"

王浩说："我就纳了闷，他咋想的啊，我觉得你挺经济适用的啊。"

女的最烦别人说自己经济适用，宁可别人说这女的不好养活。

"其实你就是太把他当回事了。"王浩慢悠悠地说，然后递给我一块外国巧克力，"不开心就吃点甜食。"

"哦，谢谢王哥。"

"嗯？我啥时候成哥了。"

"哦，王总。"我往嘴里塞巧克力，眼泪哗哗地流。

王浩继续说："还有啊，都这么大了，被人甩了也不用哭成这样啊，鼻涕全出来啊，你擦擦。"

"不是，不是，这回是我先说的要不分了吧，不是……"

"别找借口了，要勇于面对事实。"

王浩说得毫不留情，然后他放了一首歌，张震岳的《路口》。

"以为你会喜欢我，我的希望落空……"王浩像故意气我似的跟着唱。

我不要走，一个人的路口。去你妈的路口！

"对了，我带你去个地方，晚上有个一晚宴，我有个两分钟的发言，给我写个发言稿。"

王浩真没同情心，我对象都黄了，还让我干活，而且之前还不告诉我一声，现在都下午了，让我赶工啊。

"还有，你得陪我去，别把眼睛哭肿了。"

"我不去行吗？"

"不行。"

"我就穿这个去啊，能让我回家换个衣服吗？"

"你哪个衣服都不行，我领你去买一件。"

夜宴

王浩不由分说地把我带到了时代广场，然后不由分说地指着一款某品牌不算贵也不便宜的经典款给我拿了一套，直接让我穿上走人。都不问我喜不喜欢，反正也是他埋单。那种偶像剧中富家男看到自己精心打造的丑小鸭变天鹅的情况没有发生，王浩基本没来得及看我。

我觉得王浩这个人哈，对人分两种，一种是外人，他都会特别体贴，特别周到，特别绅士，另一种就是自己人，他就特强权，他把他觉得好的都强加给你，不允许你拒绝，在你面前说不高兴就不高兴，什么都讲，王浩越来越把我当自己人了。我觉得这衣服穿着也没看出来比平日好看多少，但明显，别人都能看出是件贵衣服。神马狗屁晚宴，弄得王浩还挺紧张的，靠，您要是嫌弃我衣服丢人，你干吗领我去，你直接找个你那个腿长胸大的女人不就行了吗。

夜宴的地点在酒店的一层，一群油头粉面的中年男士和一群争奇斗艳的大姐，罕有年轻人的身影，我和王浩绝对算是低龄的。

王浩给我简单讲了讲，这个是个慈善旗号的某产品宣传会，但是请的人都是大连很给力的，王浩代表我们郭董事长出席，要讲上一段儿话。这种场面王浩见得多了，他也比我能讲，干吗还用我写发言稿啊。

王浩看出来我的疑虑，说："发言稿你不用管了，我带你来就是给你散散心的，你就负责吃喝就行了，还有笑。"

我的嘴巴张得挺大。不过王浩带我到这地方散心可真不是好地儿。这些人都不认识，这些大哥大姐一个个都是傲慢在上的样子。

"哎哟，我怕你不来了呢"我和王浩在酒店旁边的休息处刚坐下，一位穿着黑色丝袜，红色斗篷，身材保持得像 20 来岁的大姐走来过来。

王浩站起来，做了一个拥抱的姿势，"你的面子我必须给啊。"

大姐估摸年纪在四十出头，保养得当，风韵犹存，但脸上刻着"凌厉"二字，大姐有点幽怨地说："油嘴滑舌。"

王浩不比这大姐年轻多少，但看上去还是一枝花一般，真是男女老化速度不可同日而语，王浩转过头，指着我说："这我助理小李。"

然后对着我说："这位是商界有名的丁姐，xx 协会的会长，这次活动就是她们承办的。"

丁姐看了我一眼，含笑地淡淡一笑，我忍住失恋的悲伤，马上满脸堆笑，点头哈腰。

王浩指着前面那个桌子说："小李你去那坐，我不管你了哈，该吃吃，该喝喝。"

他起身，跟着那丁姐走了。我觉得他俩有一腿。嗯。

吃饭的时候，身边那位女士还算礼貌，和我不痛不痒地互相问了几句，然后扯到她送到澳洲读书的儿子，幸好我听单靓讲了很多澳洲的事儿，就和她聊起教育问题，她还挺感兴趣，我俩就一个劲儿聊。另一旁的女士则不太搭理我，隔着我和澳洲大姐聊，她俩言谈中涉及很多斗富的内容，这个大姐打算把儿子送加拿大，两个人又说购物花钱多少云云，我作为一个虽然失恋但也尽职的观众，对两位都给予了充分喝彩，把她俩哄得挺 high。

现场的活动弄得不错，刚才那位丁姐缓缓地走上去，清清嗓子，讲了一段开场词，说得从容不迫，幽默有余，让我这等从小学开始上去讲话就结巴的人十分汗颜。然后几个头头脑脑都上去讲话，讲得我对面的大叔哈喇子都流出来了，差点睡着。轮到王浩上去发言了，他几句话把全场都弄精神了，我旁边的大姐一个劲儿地和另一个交流，"这是谁啊，是王文道他儿子吧。"

"嗯，长得和他爸真像，哎呀王文道那个事儿真惨啊，不过养了个好儿子。"

"他是没结婚还是离了？没见他领老婆。"

活动发布结束了，晚宴部分开始了，那些严肃的政界头头脑脑都撤离了，剩下一群商界的闲杂人等，很 high 地随着乐队唱歌。

丁姐和王浩很和谐的合唱了一首老歌，我更加确定了他俩有一腿，丁姐看王浩的眼神饱含深情，王浩也很温柔，但是王浩看别的女的（除了看我之外）都 TM 的很温柔，现场的大姐和小姑娘们都很喜欢王浩。王浩终于想起了刚刚失恋又没怎么吃饱的他的助理我，走过来俯下身子，离我耳朵大约有一尺的距离说，说："开心不？"

我勉强地挤出笑容。

王浩说："我知道这不好玩，咱马上就撤。"

话音刚落，一位中年胖大叔喊着王浩："王浩，咱们去后面会所打一滚子哈。"

"哎哟，徐哥，我打得血臭。"

"败谦虚了，我，老黄，还有你，你再领个女朋友过去。"

"我哪个女朋友啊。"

胖大叔猥琐地指着满场的大姐："随便哪个都行啊。"

王浩指着我说："那我领个小女朋友行不行。"

胖大叔瞅着我，乐了，"行行行，这不你那小助理吗？"

靠，真是的，您让我回家好吗，我还想再哭会。

总共就 4 个人，我，王浩，两个 40 来岁的中年男子，一胖一瘦。

我细声细气地说："其实我不太会玩哈。"

瘦的大叔看了我一眼，说："我也不太会玩。"

我冲他一笑，那位瘦大叔看着我忽然也笑了。打着打着，我发现瘦先生又抬头看我笑。我也就礼貌地回了过去。

胖的那位大叔和王浩探讨新买的小跑的问题，瘦先生就一个劲儿冲着我笑，笑得我发毛。

我打得血臭，但是那天的牌运出奇的好，再配合上王浩的出色的牌技，很快就把两位大哥给打郁闷了。王浩和胖大叔，边打边胡侃，瘦大叔和我对笑。

熬到第二锅打完后，王浩说："我撤了哈，你看我们这丫头，困得眼睛都看不见了。"

胖大叔说："唉，一会儿还想找你洗澡呢，你让她先回去吧。"

"不成，我还得把人送回去啊，这么晚，你让小丫头自己走啊。"

"也对，哈哈。"胖大叔意味深长地看着王浩和我。

我跟着王浩迅速地离开了该场所，刚进他车的一瞬间，王浩刚才愉快的社交表情消失了，"真 TM 不爱理他！"

啊，刚才我还以为你俩亲兄弟呢。

"可刚才你不是挺……高兴的吗？"我试探地问他

"高兴个屁，这帮人就 TM 能装逼。"王浩骂骂咧咧地开车，忽然他又欠揍地问我，"还想哭吗？"

我忽然觉得我确实不想哭了，被憋了一晚上，反倒没感觉了。

"回家早点睡，别想太多。"王浩疲倦地打了个呵欠。

我靠，我看王浩和那帮人相处，如鱼得水，挺 high 的。

"你知道我那些朋友都对你印象不错吗？"

"……"

"你会让别人感觉你有礼貌，不做作，而且就真的像 20 来岁女孩的样子。"

我冲王浩惨然地一笑，眼泪流了下来。再多人觉得我不错，也比不上陈牧的一句没感觉。给王浩吓了一跳。

我说：“我没事儿，我就是分手了，有些难过。”

他递给我一张纸巾，这次他没有嘲笑我，感叹地说：“年轻真好。还能感受爱的疼痛。”

宅门突变

王浩把我送到家门口，叮嘱我好好休息，他就撤了。我哭丧着脸，回到家里，看见单靓在网上看新闻，面色凝重。我凑过去。发现是某省高官落马。

单靓说：“完了，这人和我家关系甚好。”

我说：“你家不是在北京嘛，和他有什么关系。”

单靓说我不懂这其中的裙带关系。她像热锅上的蚂蚁，焦躁不安了好几天，我一个劲儿劝她至于嘛。

她说：“我记得我小时候，抓了一个大官，和我家有关联，那阵我爷爷马上就下来了，我爸仕途也受到很大影响，幸好我们在上面还是有人的，这个人前几年去世了，这里面根枝盘绕，错综复杂。”

单靓抽了一根烟，我想给她夺下来，她最近已经戒烟很久了。

单靓慢悠悠地说：“有件事儿我没和你说，上个月我姑父调职了，一个没有实权的职位。我觉得我们家要开始倒大霉了。”

我说：“这也不太坏嘛，况且也不是你爸爸。”

Dcup 说：“覆巢之下焉有完卵？”

我靠，你还挺文艺的啊。看她那么焦急，我也没好意思提我和陈牧分手的事儿。

这时候电话响了，单靓回屋接了电话。

“阿姨，哦哦，是莉莉，什么，好好，我马上走。”

单靓匆匆从房间里出来，脸色惨白地说：“晓达，我得去趟北京。”

“怎么了？”

“我爸和后妈被抓了，家里还来查的，我小姑现在正在想办法救他们，奶奶被气病了。我得去看看奶奶。”

Dcup 说完，就开始收拾东西。我知道她肯定很记挂奶奶，我也帮着收拾。Dcup 去了北京好几天，王然却从加拿大回来了，这两人一前一后的。

王然还是挺阳光的，不像前几个月失恋的难过，见了我还是挺有礼貌地叫我晓达姐。我觉得我“失恋后”反倒开心了，没有束缚的感觉。但是偶尔还是会想陈牧，想他淡定的微笑，心里会难过，想他看似清高实则糊涂的粗线条。希望陈牧过得自由，不要被我束缚。也许我是真的挺爱他的吧，达到了境界，我觉得我和他在一起，他不是特别开心。

我也心情不太好，上班没精打采，msn 陈牧突然出现。

陈牧说：晓达，咱们还是谈一谈吧。有些话我想和你说清楚。

可我不想和他谈，我感觉他的意思也不是挽留我。那还谈什么谈。

我和陈牧发短信：我觉得我不是你最好的选择，如果是这样的话，你也不是我最好的选择，那就算了吧。

还是那句话，我想做你的猪头肉，不是鸡骨架。王浩这几天又不在公司，不知道去哪逍遥了。

这天晚上，我一个人正准备洗洗睡，接到了单靓的电话。那头声音很低沉，“我奶奶去世了。”

啊！上次在北京见到，虽然岁数大，但是精神矍铄，我觉得怎么地也还能再活二十多年。一瞬间，我差点哭了，老太太多有修养，多好的一人啊，而且对我特别好。早知道我应该陪小单去北京看看老太太。

小单在那头闷了半天，说：“晓达，晓达……我心里面……真难受。”

我忍住悲伤说：“你爸爸怎么样了。”

小单说：“还在里面，我后妈可能快要出来了，我爸估计会在里面很久吧。”

我说：“那你家里你姑姑还在呢，什么事儿听你姑姑的。”

小单说：“我姑父也再被调查，我姑姑从来没受过什么打击，这下还不如我呢，她一下就病倒了。”

这个时候我有一种《红楼梦》中贾府被抄家的感觉。

“那你弟弟、妹妹呢？”

“我弟弟，被送到他自己姥姥那了，我妹还在美国，谁也没告诉她。”

“你亲妈，你有没有联系过？”

“我妈最恨我爸一家了，她才不会管呢。”

“你后妈娘家那边呢，能不能帮上忙？”

“现在就那边还能说上话，但是他们也先管我后妈。”

“先别管这些，把老太太好好安葬了，要不我去北京陪你？”

“不用了，我自己能搞定。我就是心里难受，奶奶怎么突然……突然就走了……”

当夜，我辗转难眠，我希望我可以帮助她，但我的力量实在是杯水车薪。我要去北京帮她，起码给奶奶下葬了。我决定找个帮手。

王然？大狼？还是找大狼吧。

我觉得 Dcup 是不想让王然知道她的狼狈的时刻。还有，我觉得我应该和王浩说一下这事儿。王浩和单靓的姑姑、姑父有过交往。我希望王浩能帮上忙。我半夜打电话给大狼。希望他在，接了。

“喂？晓达吗？”

是陈牧！

“我找大狼。”

“大狼睡着了，要把他叫起来吗？”

“哦……那算了，明早让他给我打电话吧。”

“哦，你最近好吗……”

“还好吧。”

“嗯。工作顺利呗。”

“还可以。”

“哦。半夜找大狼，是不是有啥急事……”

“呃，也不是非要半夜找，那明早吧。”

“我能帮忙吗？”

“这事儿和大狼有关。”

“哦。”

“晚安吧。”

“晚安。”

电话在我们磕磕巴巴中结束。明早再说吧。

凌晨5点半，大狼就给我打过来了，“怎么了晓达？”

我把这事儿和他提了。大狼也表示很意外。

大狼说：“咱俩今明两天就过去，有几个人帮她或许能好。”

“好，我和公司说一下。”

我老早到了公司，幸好王浩在，我说：“王总，和你请个假。”

王浩说：“几天啊，咋啦。”

我把Dcup这事儿和王浩提了。

王浩愣了愣说：“前一阵听说过了，没想到这么严重，你什么时候过去。”

“可能今天晚上的火车，如果订上票，就下午飞机……”

“这样吧，你去，然后你先等会，我给你一张卡，帮我带一些钱给她，希望能帮上点忙。”

王浩给了我一张好几万的卡，王浩说：“这个先周转，如果不够，我再帮点别的忙。替我问她家人好。”

我和大狼当天下午赶了过去，我俩辗转找到了地方。单靓瘦了好几圈。看见我们，单靓抱了抱我，没有哭，大狼看着她，叹着气。

单靓说：“其实也不用你俩过来，家里再怎么说也是有几个人的，我奶奶生前口碑很好，很多人自发帮着张罗。”

大狼说：“那就算我俩来参加下老太太的葬礼，不用管我俩别的了，有什么需要扛东西、跑腿的，交给我们吧。”

“嗯。”

我见到了小单的家人，都一副垂头丧气的样子，她姑姑瘦得比小单还厉害，一个劲儿地哭，确实还没有小单坚强。她姑姑见到人就拉着说，老太太去世了，希望能有机会让我老公和我哥出来几天，起码儿子和女婿得参加啊，可是他们不让啊。她继续哭。难不成她姑父也进去了……

单靓忙了一上午，我和大狼帮着打杂，追悼会第二天开，开完就火化，老太太遗愿是想海葬，Dcup 说海葬还得提前订，还是先安葬再说。

单靓和我说："我爸和我姑父不来更好，老太太都是被他们气死的，捅的娄子太大了。"

"其实看来我和我那帮澳洲同学一路货色，都是贪污犯的孩子，出来混，迟早得还。"单靓自嘲地来了一句。

我问她，"现在钱上有什么困难吗？"

Dcup 说："我奶奶的积蓄葬礼足够了，我姑夫估计没啥事，过几天能出来，官保不住了，倒是我爸不知道怎么样，现在就是我妹和我表弟要交下一年的学费了，家里打算先瞒她，可是现在家里钱封得封，用来打点关系的打点，唉。"

我说："王浩给了几万，你先拿着用吧。"

Dcup 说："这可不行，我奶奶死前嘱咐我，别人的钱一分也不要，还说让国家惩罚我爸爸吧，判他是应该的。"

我说："你先拿着，到时候再还。"

Dcup 说："不行，王家的钱，我更不好意思要，你拿回去吧，我有办法给我妹妹弄学费。"

追悼会我和大狼都帮着张罗了，全家的事儿基本都是小单和阿姨主持的，她姑就负责哭，奶奶死前叮嘱说不要告诉小珊，她正在参与学校的一个项目。小单同父异母的上小学的弟弟，还有弟弟一家几个人来了，弟弟这几天见不到爸爸妈妈，奶奶也去世了，嗷嗷地哭。小单本来不喜欢她弟弟，但是看着骨肉相连，还是心疼，抱着她弟弟哭。

小单说："虽然我烦我后妈，可她不出来，家里这孩子怎么办啊，她和我爸怎么说也得回来一个人。"

我和大狼在北京待了三四天，还是回来了，小单留在北京善后。回来后大狼和我说："我这几年也攒了不几个钱，走得急，没带，等回去的，你帮我给她。"

我说她好像谁的钱也不要，我也想给她点，回去我再想办法吧。

我把卡又交给了王浩，王浩叹了口气，说："小单太倔强了。"

王然来找我了，他特别着急地说："单靓家的事，怎么样了。"

我说："其实也不太影响她，就是奶奶去世，伤心。"

王然说："你能借我手机用下吗，我给她打个电话，就是，就是慰问，我用自己的给她打，她不接。"

我犹豫了一下，给他了。他出去打电话了。不知道说了什么， 反正回来王然给我电话的时候，眼睛泛着泪花。他什么也没和我讲。我也什么没问。大狼来找我了，给我一个存折，上面有 6 万块钱，估计也是大狼工作攒下来的，还有一个信封，说陈牧知道这事儿，也拿出一些钱，说能帮 Dcup 就帮点。我后悔我老月光，一点钱也没攒下来，但是我也会多给点的。希望 Dcup 知道，还有那么多朋友对她好。Dcup 肯定不愿意管艾果她们借钱，她们有钱，但是 Dcup 或许能要我们这些“朴实”朋友的钱，但不会要王浩、艾果她们的。王然给了我一大笔钱，给我吓了一跳。

“我把我的车卖了。”王然平静地说。

我说：“她不能收你的钱。她谁的钱也不要。”

王然说：“我知道，你帮着保存，她撑不住，你就给她。”

好吧。

姐妹情深

单靓从北京回来了，据说她后妈被放出来了，但她爸估计要很久了。

单靓说：“晓达，恐怕咱俩不能住这儿了，我要把房子卖了，这房子是我爸出钱给我买的，我后妈管我要这笔钱，我得给她。”

“我靠，你后妈抢啊。房产证上写的不是你名字吗？”

“那我也给她吧，她现在没钱要疯了，能抓在手的上就是这些钱了。咱俩租个便宜的地方住。”

“其实，其实我有点钱。”

“我知道，大狼他们和我说了，但是不够啊，我得把车卖了，我后妈不想让我妹继续念书了，我得把车卖了，让我妹继续在美国。”

“什么？”

“车都开了好多年了，不值几个钱了，看来我攒的那笔钱也得用了。”

“那你出国怎么办。”

“家里都那么乱了，我还出去干啥，让我妹妹读吧。”

我犹豫了半天，说：“值得吗。你妹妹天天吃香喝辣，你自己卖房卖车，还不能出国了。”

Dcup 说：“那你可能不理解，我从小其实挺苦的，我妈挺自私的一个人，就知道自己开心，我爸从小就不喜欢我，后妈当然也别指望上，可我妹不一样，生来就无忧无虑，什么都好，就像我理想中的我一样，我一定要竭尽所能保护她，让她继续幸福地生活下去。”她说这段话的时候，我差点哭了，我觉得大爱也不过如此吧，她对妹妹没有嫉妒，只有期望。

我犹豫地说：“王然把车卖了，给了我一笔钱，要不出国的钱你先留着吧。”

她眉头动了动，然后流下眼泪说：“王然的钱，我更不能要了……”

房子被以低于周围价很快卖掉了，我和 Dcup 租到了一间小屋，挺小的但是挺干净的。大狼听完这件事唏嘘不已，为了省钱，大狼和陈牧帮我们搬家。分手后，我也好久没见过陈牧了。没想到他瘦了好多，脸上还长满了大疱。沧桑了很多，姑且认为他是想我想的吧。我俩互相客客气气地说话，像两个陌生人。

“有事儿给我打电话，随叫随到。”陈牧留了这么一句话给我。

“我不会找你的。”我冷淡地回应。但我知道，我还是想找他的，只不过他未必会随叫随到。

躺在新家的床上，我俩累得四仰八叉，懒得收拾满地都是的东西。

Dcup 说：“晓达，我得去找份工作了。”

“你想干啥啊。”

“我就英文还行，我也不知道，试着看看吧。”

“小单，你怎么不管你妈要点钱呢。”

“管她要倒是能给点，但是她坚决不让我给我爸那边贴钱，我妈现在是我唯一的经济来源，我要是惹火了她，那几万也没了，我还是得找工作。”

我俩在聊天中，渐渐累得睡了过去。

半夜，我被她推醒，她眼睛很有神地看着我说：“晓达，你知道我现在的愿望是啥？”

“晕，服了，啥啊？”

“去海南开一家家庭旅馆，自己当老板，过自在的生活。”

“唉。”

“估计钱也不是特别多，我还有点存款，等我把我那些乱七八糟的衣服、包都卖了，我再工作工作，我就去。”

“唉唉，你是想面朝大海，春暖花开吗？”

“嗯嗯，还是你有文化，面朝大海，春暖花开。”

单靓真的说去就去工作了，要我天天当了好多年闲人，马上去工作，可能还受不了，但她似乎还挺开心的，去了一家公司，做销售，由于英文好，形象好，找工作还不算特别费劲，她真的老老实实去上班了。她能喝酒，销售适合她。要我天天在家待着，我也会闷死的，我支持她工作。

我白天都装得挺开心的工作，晚上回来想起陈牧就很难过，单靓想王然，更想奶奶，我俩在一起经常哭着入睡。

单靓有时候会把我弄醒，她说：“晓达，我想抱着你睡，我觉得好孤单啊。”

唉，虽然我前面说过，我一和别人睡，我就失眠，估计我适合单身。但是我还是抱着她，看她入睡了，我久久的失眠。不过看着她安心的睡了，我也挺开心的。按照我淡漠的性格，我很难对一个同性这么好，这是个例外。在夜里，我仿佛看见单靓奶奶对我说：“晓达，你帮我照顾好她。”嗯，我一定竭尽所能保护她，帮助她。

突如其来的表白

因为和单靓“同床共枕”的缘故，我这几天睡得都很不好。但是我也不能告诉她。其实我们应该租个两室一厅的，但是第一为了省钱，第二，小单，现在突然怕孤独了。

王浩问我，“最近压力大吗？怎么黑眼圈那么重。”

“没，这几天也不知道怎么失眠了。”

王浩就叮嘱我好好休息，说中午有个重要的饭局，他有几个生意上的朋友，而且要带着我一起过去。

我们在大连一家高级会所吃饭，除了我经常见的几位王浩的熟人，还有一位陌生又有点面熟的人，黄先生，40 来岁，长得不出奇，个子也不高，不过感觉挺有风度的，属于挺绅士的那类。黄先生很和善地和我打招呼。我就冲着黄先生笑。

黄先生说：“不认识我了小李？”

哦哦，上次打牌老看着我笑的那位瘦大叔。

黄先生和王浩说他刚从家乡回来，突然转头问我，“小李，你猜我是哪个地方的人。”

我想了想，说：“是湖北人吧。”

黄先生和王浩都愣住了，王浩说：“你怎么知道啊，神了，我没和你提这个。”

“嗯，我也是瞎猜的，没想到中了，黄先生的普通话说得非常好。没有什么口音，这反而说明您应该是南方人，一般北方人都觉得自己的普通话很好，会带有口音的。”

当然了他长得也不高，不过我没说。

我喝了口茶，继续说：“而我觉得刚才王总提到您读书的时候，特别努力，特别优秀，我感觉湖北人身上有种那个精神劲儿。”

天上九头鸟，地上湖北佬嘛。你们最精了哈哈。黄先生对我大加赞赏，说王浩这个助理找得不错。

饭后的第二天，王浩找我，说黄先生想请他吃饭，特别让我也去，问我有没有意向。

“啊？他为啥看上我了啊？”我开了个玩笑。

“好像真是看上你了，去看看吧。”王浩平淡地说。

啊？王浩介绍了一下情况，黄先生今年 40 多岁，曾有位长期相处的女友，还是个稍微有点名气的小演员，但一直没结婚，去年分了，现在他突然想结婚生子，很想找个靠谱的姑娘，他当时觉得你看起来特别亲切。黄先生说，一看见我就有一种能包容一切的感觉，我笑得特别亲切和温柔。

靠，包容啥一切，姐闹人的时候闹死你。

王浩念叨说：“也奇怪了哈，我认识的岁数大的都觉得你挺好的，小年轻到对你不太感冒。”555。

“我觉得年龄差的有点大了吧……”

“年纪大懂得疼人啊，而且，他为人还是挺绅士的，而且确实条件也很好。”

王浩“漫不经心”地给我讲了黄先生刚刚在大连买的千万的别墅，王浩说黄先生找老婆，就希望找个名牌大学毕业的，温柔的，年轻的安稳的女孩，其他的家世了他都不在意，也不是一个只喜欢大美女的有钱人，算是挺难得的。

王浩的画外音是，我这种普通的女孩，这种豪门机会可是挺难得的。可那黄先生就比我爸小不了多少吧，太别扭了，再说看着也不来电。况且他的选择肯定也不止我一个。我从来没想过什么豪门，因为我本身就不是什么美女，我觉得找个能在大连和我一起买个首付房的小伙儿，然后一起还贷就挺好的了，这太超出我的目标了。

我和王浩委婉地表达了一下，首先谢谢黄先生的好意了，其次自己挺知足的，不想找什么豪门，就想找个普通小伙儿。

王浩看着我，慢慢地说：“没看出来啊，你还真是富贵不能淫啊。”

其实我主要是觉得岁数太大了，以后不能过 xx 生活怎么办，我受单靓影响深了，哈哈。王浩说不管怎么说，给他这个面子吧，先吃个饭。顺便让我再考虑考虑。王浩还是想给我“推销出去”，他开车带我去和黄先生吃饭。

在车上，王浩问我，“和你那小男友分了之后，还有什么新情况吗？”

我表示没有，找一个靠谱对象太难了。王浩就说肯定是我太挑剔了。

我说：“我可不挑，但是也得看感觉吧，再说了，男人似乎对我都不怎么上心，还没有个男人为我要死要活呢。”

王浩想了想说：“那是你省心，女人懂事儿，不知道好歹的男人反倒不重视了，你看泼妇都找个好老公，就是个道理。”哈哈，这话我可爱听。

我继续问，“我咋觉得我没啥优点啊，太平庸了。”

王浩说：“你优点很多啊。”

“哪有，你举个例子来。”

王浩沉默了一会儿，我笑了，“看看吧，说不出来了吧。”

王浩寻思了一会儿说：“你长得吧，不算特起眼那种，反正我对你第一印象就是舒服，而且你属于那种看久了，越看越舒服那种，因为你长个笑脸，肉嘟嘟的。”

“肉多不算优点吧。”我嘟囔。

“哈哈，你就是有点瘦，不过不是干瘦那种，虽然也没啥料。”王浩邪恶地大笑。

你这是调戏下属吗。我和王浩被堵在路上，车窗关了，外面全是尾气。

王浩扶了扶眼镜说：“我 x，这车太堵了。”我马上递给他一瓶水。

王浩乐了，说：“这也是优点，温柔，有些女孩儿是假温柔，你这是真温柔，还有一点，你很有趣。”

说得我特别吃惊，我发现王浩眼中的我，比我本人自我评价要高很多。

王浩继续说：“我觉得你特别容易开心，给个巧克力就特别知足，吃饭的时候特别香，我看你吃东西我就特别有食欲，还有啊，你那个面条做得挺好吃的。”

喂喂喂，面条面条，还记得那个啊。

“对了，你真是瞎猜黄先生是湖北人的吗？”

“对啊，瞎猫撞上死耗子。”

“你应该说你的直觉特别的准。”

“唉，您别泡了……”（大连话表吹牛）

“不是，你想，如果我觉得你不好，会把你弄来当助理，天天看着堵心？”

车终于不堵了，王浩把车开得飞快，突然他转了方向，我很吃惊，我说：“那个 xx 餐厅不是往左面开吗？”

王浩说：“咱俩还是去旅顺吃烧鸽子吧，我记得你不是念叨过几次吗？”

“啊？那黄先生怎么办啊。”

“我就说咱们另有安排了。”

“怎么个情况啊。”我有点乱了。

王浩开着车，调皮地看了我一眼，说：“我突然发现，你既然这么多优点，我为什么不自己留着呢。”

MY GOD! 太狗血了，我觉得这个情节太小言，我当时就震惊了！

王浩说完这句话，也不和我讲话，放着音乐哼着歌。我脑海里却浮现出很多念头，我这人看似白痴，其实心思最他妈的多了，都多到把自己累死：有人说女人失恋就是青黄不接，如果前任是郭德纲，后面的被玄彬接受了，哪还有什么痛苦的。可是他不懂女人，女人爱的时候，玄彬有时候也替代不了郭德纲。起码玄彬还是棒子思密达，不会说相声不是吗。我觉得我还是喜欢陈牧，虽然王浩非常有吸引力。首先他有钱，买房还贷这种事儿他根本无需考虑，我找了他就不用给人打工了。不过他房子很多，我是会成为所有房子的女主人，还是其中一房呢？还值得商榷。显然多大的人多大的心，我的期望一直就是经济适用，忽然来个豪华版的，我怕我消费不起啊。另外，我没有忘记他差点把我掐死的那事儿，还有他时不时浮上的阴霾表情。我觉得我驾驭不了他，我也不愿意被人驾驭。 在我思考这些的时候，王浩已经把车开到了一个吃饭的地方。也不是很贵，但是环境很好，可以在窗外看到海。

王浩打开我的车门，很绅士地伸出手：“请下车。”

我直接蹦了下来，没接他的手。可是他却直接拉了过来，不给我考虑的余地。我们吃饭。之前几次吃饭，他都让我点，自己随便。这次他不问我，直接点了一些。我怎么觉得一瞬间，王浩把我当成自己人，成他老婆了？王浩就是对陌生人特客气，对朋友特够意思，对自己人就把她当成自己的。我知道他对王然从来就是大包大揽，王然念书、找女朋友统统他都管，从来都板个死脸教育王然，一点也不客气。

吃饭的时候王浩说：“晓达，要不你别上班了。”

我吃惊地放下了筷子。他把我吃剩下的饼抢过来，自个儿吃了。这个举动还让我挺吃惊的。

王浩说：“我妈一直挺着急看我结婚的，我其实吧，也想结婚了，但是没遇到合适的。”

我继续吃惊。

王浩说：“是有点快了哦，你可以再适应适应。”

我终于插了一句嘴，“为什么是我？”

王浩说：“其实我想找的老婆，可能就是你这样的。”

我表示匪夷所思。

王浩说：“李晓达，我不敢说我阅人无数，但是我真见了不少女人，我知道我想要什么。”

如果我这个时候说，我不知道我想要什么男人，我还想再看看，会不会打击到他。

王浩仿佛看穿了我的心思，“你确实还年轻，但是跟着我，会过得很好的，我早就不爱玩了，跟你待一起，舒服。”

那你连句喜欢我什么的都不说吗，晕。

王浩说：“我不强迫，你好好想想。不过我自以为自己比你那个前男友更懂得照顾你。”

我想了想说：“其实我这个人挺懒的，还挺邋遢，不是那种你以为的好媳妇。”

王浩说：“我早看出来了，你给我文件弄得到处都是，你觉得在我们家还需要你做饭洗衣服吗？”

我说：“其实我也挺想有自己的事业的。”

王浩说：“我有好几个公司呢，高管你感兴趣吗，你只要有助理，会是个好领导的。”

王浩把声音放低，深沉地说：“我觉得我要是你我就同意，其实我没有黄先生有钱，但我比他年轻。而且我也很有钱的哦。”

最后一句他说得很贱。我真想用东西砸他。我觉得天上掉馅饼这事儿，弄不好就踩一脚狗屎，我一直都觉得自己是个普通人，会过普通人的生活。我其实挺难接受的，因为之前，我没感觉王浩对我有什么意思。他这么突然的，还谈到结婚了，我觉得他看似稳重也是个冲动的人吧。

于是我愣了一会儿说：“还是太快了吧。你什么时候决定的？”

王浩愣了，笑了说：“就在刚刚。”

“您这也太不靠谱了吧……”

“可是我已经观察和考验你一年了。”王浩看着我，笑得很阴险。

我不知道怎么办，很尴尬地吃了这顿饭。

王浩说：“现在是傍晚，这块景色不错，你陪我走走吧。”

我和他隔着一段距离，我俩就这么走。

王浩一改过去的酷大叔的样子，很真诚地说，“我想和你说说心里话，我找个想结婚对象特别特别难。”

我有点质疑地说：“不能吧，你这种属于钻石王老五。”

王浩说：“嗨，那扯淡，其实吧，我小学时候，家里就是一小康家庭，甚至我记得我特别小时候，家里还住筒子楼，后来家里一下子有钱了，但是我父母还是挺节省那种，后来，没过上几年好日子，家里就出事。”

他陷入了一种不愿回忆的痛苦之中。

过了一会才缓过来，他说：“我爸爸出事后，家里生意也受到很大影响，你别看我舅舅帮我不少，但他是个生意人，其实也很爱算计，这些事儿都得自己忍着，寄人篱下，到处撑着，我年轻的时候莽撞，混，好几次差点破产了，多次历险，才没把我爸爸的家业弄没。”

这一点其实我挺佩服他的。

王浩站住了，望着不远处的大海说：“现在什么都有了，理应当找个门当户对的，但是那帮从小生活在富裕环境的女孩，她们根本不知道吃苦是个什么东西，那些女孩吧，我也喜欢过，但是她们没有办法理解我，但是和我一样经历的女孩，我又觉得过于沉重，我希望她心里没有太多阴暗的东西。”

“那你对小单当初认真过吗？”我忽然想起来这么一茬子。其实我很介意这个事儿，单靓虽然是和王浩没“深入”发展过，但好歹也算谈了一段时间，如果我真的和王浩好了，心理上还是怪怪的。

“其实她和我很像，但是她乐观，所以我还真的喜欢过她一阵子，但是其实和她在一起也不合适，你知道，我仔细想过了，男人还是受不了女人太能玩，我还得找个放心点的，家人都喜欢。”

“那我恐怕也不是很能理解你吧。”

“你能，要不然这番话，我憋了那么多年，为什么讲给你听，你是个乐观的人，但是又能体恤别人的苦痛，但是你也很年轻，你需要一个解决你一切后顾之忧的男人，才能快乐地生活。”

我想了想，“可是你也不是很喜欢我啊。”

“喜欢这东西，嗨，你这小丫头，我喜欢和你待在一起。”王浩说完之句话，拉着我的手，说：“晓达，我累了。”

我记得，陈牧分手的时候，他就说：“晓达，我累了。”

累了是他的理由。王浩以他累了，作为和我在一起的理由。我觉得我很理解王浩，也有点心疼他。但是王浩忘了，我也很年轻，没有足够的胸怀去完全体恤他。

Chapter 7

突破

办公室一夜

被爱的人不用道歉

斗智斗勇，其乐无穷

暗地妖娆

有惊无险

姐妹淘妯娌

办公室一夜

王浩说让我再想想，就给我送回家了。回到家，看见小单在电脑前，开了几个表格，在那卖力地加班，我忽然有点不敢面对她，也不太想告诉她这件事。但是我觉得还是早点说吧。我把今天的事儿大致和她说了下。

单靓挺吃惊地说："其实王浩条件不错，能挺好的，不过……"

不过什么?

Dcup 说："我可不是小心眼哈，只不过吧，我觉得王浩有点阴沉，经历的也不简单，而且我觉得他要是想找个安心省事的女人吧，对你也不公平，你是个特别需要爱的小女人。"

"嗯，你说得对。"

"不过也考虑考虑吧。"

说完之后忽然我和小单的气氛有点怪怪的，也许女人就是不能同用男友，不管是前男友还是现男友，不管是感情深浅的。唉。

Dcup 工作貌似挺辛苦，老是出去应酬还有些想占她便宜的男人。我要真找了王浩，以后我就养她好了，只不过单靓自尊心肯定受不了。之前她生活是有点随便，但是她都是找两情至少相悦的男人，而不是被人占便宜。所以她回家就不怎么爱说话，今天听完我和王浩的事儿，更沉默了。我俩各自睡觉去了。

睡前，我忽然很想和陈牧谈谈，如果他这个时候说，"晓达，还是咱俩在一起吧。"

我一定会坚定不移地拒绝王浩。

我给陈牧发短信：你睡没睡。

他说：快睡了，咋了。

我忽然不想和他再聊下去。也许和王浩在一起，对我来说，是件好事，终于可以不那么再辛苦的奔波了。第二天我来到公司，王浩见到我就和平日一样，都没和我多说句什么。只是和我说晚上有活动，部门聚会。我倒是挺尴尬，不知道说啥好。

王浩在办公室走了两圈后，来到我身边，低声地说了一句话，用命令的口气，"今晚少喝酒。"

嗯? 他之前老说我得练练酒量，不能喝酒不行，在社会上混不开。

聚会开始了，同事都闹，几个挺闹腾的就过来劝酒。我一直都是办公室被灌对象，自打喝哭徐姐后。

高瑞和另一个同事端着一瓶酒过来，"来来来，小李，你这酒量都是大连湾的水平，来来来，咱俩对瓶吹一个。”

我无奈地举起酒杯说：“败泡了（表吹牛），就喝一杯哈。”

我喝了一杯后，高瑞又给我倒上说：“刚才那个是老赵敬你的，这杯是我的。”

我推辞了半天，他也不走，我只好举起杯子刚准备喝，王浩把脸一沉，把杯子拦了下来，对高瑞说：“小李不能喝，别给她喝。”

高瑞一吃惊，马上又笑了，周围人都有点奇怪地看着我和王浩。我感觉怪怪的，不舒服。

王浩马上意识到了，嘻嘻哈哈地对高瑞说：“你看你，不讲究啊，和小李喝，不和我喝。”

高瑞连忙赔笑，王浩把他好顿灌，估计高瑞特后悔刚才来戏弄我。但这帮人谁也不和我喝酒了。他们肯定觉得我和王浩有一腿了。靠，我郁闷的自己倒自己喝。

聚会完毕，王浩示意让我和他一起走。

这个时候王浩似乎恢复了轻松愉快的感觉，说：“晓达你该学学开车，要不然我以后喝醉酒了，你不得送我吗。”

那时候醉驾还不判刑，不过也够危险。

王浩不容我说什么就说：“不管是女朋友还是助理，你都得学开车，你学会了，我送你一辆。”

一瞬间我产生了二奶的错觉，只是王浩没老婆，没大奶。但其实我要说我对车半点兴趣也没有，你们信不信，别以为所有女的都喜欢那个移动的小盒子，姐没兴趣。姐对炫耀自己开好车的男人都抱有一种炫耀那活儿长短的鄙视。真的，宝马比起来，我更喜欢自行车，环保，而且我会开。我觉得有个住得舒服的房子就不错了，车子那玩意一点儿也不环保。我想了那么多但是我一句也没说，其实我和陈牧在一起都是我滔滔不绝地讲，但是奇怪的是我在王浩面前话很少，也能若即若离的游刃有余。也许男人都喜欢沉默神秘的女人，其实他们不知道，在自己最喜欢的男人面前，任何女人都是傻的，话多的。我也不是讨厌王浩，但是话就真少，我觉得我说什么王浩都知道，在他面前，我很谨慎。

王浩看着我笑了说：“你怎么没反应，你喜欢什么车。”

“自行车。”

“哈哈，我办公室还有一辆，走，打车去公司。”

我当时就愣了，他哈哈地笑，然后真的打车了，我拦着他。没拦住，他对司机说去我们公司那块儿。靠，真是喝大了。他拉着我去了办公室，开灯，他坐在座位上，睡着了。我靠，你让我自己大晚上怎么回去啊。我给他盖上件衣服，轻轻地把灯关了，然后摸黑开门准备离开。可忽然听到一阵声音，王浩就突然在我身后了，抱住我，酒气吹在我的耳朵里说：“这么一点酒，我怎么会真醉。”王浩太会、太会调情了。还有书上说得对，耳朵是个敏感的地带。

呃。那一瞬间，我产生了意乱情迷的感觉，一股酒气，还有男性的雄性荷尔蒙。但是他没有做什么，又放开了我。他还是太会调情了，这比不做什么还过分。我一瞬间好像挺喜欢他。爱其实就是荷尔蒙瞬间爆发。于是我做了一件挺奇怪的事，我反过来身抱了他。他也抱住我。王浩的怀抱和陈牧的不一样。抱着陈牧是那种甜蜜的幸福感，抱着王浩，是一种危险的刺激感，你不知道会发生什么。

黑暗中，我被亲吻了。

这个吻实在不是很舒服，因为对方太不顾及我的感觉，过于侵占。比起陈牧的吻实在差了好多。我的理性又占了上风，我推开了王浩，然后说："我得回家去，必须的。"我冷淡的声音足以让他没了激情。

过了一会儿，他懒懒地说："那你自己打车回去吧，要不然就留在这陪我。"

第二天是周六，不会有人来上班。可是我可不想搞什么办公桌为床的香艳事儿，我迅速把灯点亮，我俩都有点晃眼，然后我拿起包，转身就走。我觉得我做得是对的，其实我并不是拒绝他，我始终都觉得不管对方条件多么好，两个人的关系应该是循序渐进的，王浩有点自以为是了。在男女关系上，我原则性还是很强的，除了陈牧，我觉得他想什么时候找我，都可以，我无法拒绝陈牧。可是王浩这老油条，他没有那么容易放过我，突然上前拉住我，然后一直紧紧地抱着我，轻轻地吻我，一直吻一直吻，一直走到灯附近，他把灯关了。其实还是满带感的，我承认，比刚才的吻好了很多。我脑子里只有一个念头，今晚只要不"失身"，就这样吧，也挺好。我没有回应他，只是僵硬地顺从。

过了好久，他估计是缓不过来气，他松开了，很动情地说："我觉得我有点犯贱，我觉得我开始真的喜欢你了，因为你不理睬我。"

那你前几天说的都是假的啊。人不都是这样吗，我对陈牧特别好特别好，他都不是很理会，我反倒更爱他了。

我镇定了一下说："王浩，咱俩有距离，就算要发展，也得慢慢来，你老那么胸有成竹的好像咱俩已经好了可不成。"

王浩在黑暗中乐了，他说："我觉得我认识那帮女的其实你最精，看着挺傻的。"

王浩说完这句话，迅速放开了我，把灯打开，说："送你回家！"

他十分冷静和正常，然后一点也看不出来他刚才似乎很激动的样子。靠，搞得我挺失落的。人就是贱！真没错！

王浩和我出去了半天才打到车，司机肯定觉得我俩这么晚还在公司，肯定没干好事儿。回头意味深长地瞅了我俩好几眼。王浩把我送到门口，转头就走了。我回家的时候，蹑手蹑脚的，怕吵到 Dcup，结果发现她屋的灯开着，我凑近一看，Dcup 在那看书对着电脑，她在学 excel。给我吓了一跳。

Dcup 说："晓达你怎么才回来！我给你打了 n 个电话。"

我有点做贼心虚地说："公司活动，手机静音了。"

Dcup 站起来，瞅着我的脸说："拉倒吧，看你一脸红晕，我靠！你不至于去和王浩那啥了吧。"

我说："不会，不会了……"

Dcup 说："既然你都 hold 住这么多年，你就坚持住吧。我觉得有一种女的，特别不适合婚前性生活，就是你这种的，你反正玩不过王浩。"

我反问她，"你觉得他想玩我吗？"

Dcup 说："倒不会，他要是玩玩的话，干吗找你啊，但是他这种人一旦觉得不适合自己，会很绝情的放手的。"

我笑了笑。

Dcup 说："哎呀，其实我是希望你还是单身，这样我们就是 AD 钙奶组合了。"

"切，我现在变成 B 了你信不信！"

"你是装 b! 再不就是被男人摸大的！"

靠，我觉得单靓这个说法纯属胡扯，要是男人能摸大，还会有那么多 A 罩杯的少妇吗。自个儿摸不就行了吗。同时觉得单靓心挺大的，要是我的话，她和我前男友谈恋爱，我肯定不乐意，她好像都不太介意。哈哈，过了好几天王浩都没私下联系我，在公司他也没怎么和我接触，弄得我心里还挺乱的，不知道他神马意思。

陈牧倒是在刚分手的时候联系过我，但是我一直没理他，我知道他和那两个家里介绍的，短暂交往过的姑娘都成了好朋友，唯独和他用心爱过的人，没有任何联系。我不希望我和那两个姑娘归为一类，我宁可永不和他联系。

被爱的人不用道歉

每次谈恋爱拿不住主意的时候，我都想找个女的聊聊。但是我发现，现在能了解全部的只有单靓，可我不太想和她谈王浩的事儿。结果单靓主动和我聊了。

她先和我轻描淡写地说了个事儿，说她们销售总管，老想上她，经常给她发色情短信，还老想动手动脚。

我很生气，"收拾他啊，要不咱换个工作。"

她说："他也就有个色心没色胆，我还仗着他罩着我多拿点钱呢，傻子才能被他上了。"

我还是觉得挺不好的，我觉得单靓现在出来讨生活，比我工作要认真拼命得多，就因为长得好看，穿得性感，就是罪过吗。

我俩说了半天她那个猪头上司后，单靓犹豫了一会儿，说："我有句话一直挺堵的，我怎么觉得，咱俩自打王浩追你，就变生疏了，你这样可不好，我可心里没啥。"

我想了一会儿说："嗨，其实我就怕你心里有意见，但我真没主意了，该不该和王浩好。"

Dcup 说："其实我觉得王浩对我挺好，没对不起我，我不该说他坏话，但我真心觉得，他不适合结婚，他就适合不断找女朋友，然后找个代孕的生个孩子，但是也许人会变的吧，我觉得谈谈也无妨，我以前拿不定主意的时候，我就会联系我前男友，如果没有感觉了，我就开始谈下一次。"

喂喂喂，你除了日本人和王然你谈过恋爱吗，不都是炮友吗。

Dcup 说："必须谈过啊，姐刻骨铭心都在遇到你之前完成了，后来才玩世不恭。你去找陈牧吧，再找一次，你老是不敢面对他不太喜欢你的事实，死心一次吧。"

对。第二天我在办公室一边做表格，一边犹豫，终于忍不住了。

我给陈牧发短信，心里还是忐忑的，我说我想见他，他不是一直想和我谈谈吗。

他同意了。

"谁的短信？"

王浩忽然坐在我对面冷不防地问我。靠，邪了门了，我今天发了好几条短信他都不问我，这一条他就突然问。我毛骨悚然。

"和你有神马关系嘛！"

我装作挺可爱的口气说。给我自己弄出一身鸡皮疙瘩来。

王浩不动声色地说："现在确实是无所谓，但以后的话，你知道我最讨厌，我掏心窝子的人对不起我，我可是会……你明白。"

这句话他说的霸气外露，并且眼神凶狠起来，让我想起那只掐我脖子的手，我忍不住打了个寒颤。陈牧从来不看我短信，不看我电话，我说男同事约我吃饭，他让我只要别喝酒，回家给我打电话，还让我多吃点。只要我说的话，他全相信我。甚至陈牧说，如果你觉得别人更好，你就跟别人，但是别人得比我强很多才行。我也不知道是因为陈牧不够爱我，还是因为他心胸宽广。对比之下，王浩让我有点害怕了。难道我也要挨个见见前男友嘛，甚至包括以前暗恋喜欢过的。

总共也没有几个，有些人我觉得我这辈子都见不到了。从幼儿园开始算吗？呃，不过我没上过幼儿园，我的童年，都是被父母反锁在家里度过的。那从小学，我小学喜欢的小男孩，学习最好，不过后来据说连大学都没考上，还是个小胖子。我去校内看了一眼那个小胖子，一点感觉也莫有。中学，我喜欢的男孩是个脸特别白的家伙，说话特别文雅，现在好像在一家事业单位，也是戴着眼镜，挺斯文的。大学，我的初恋，一场误会，几个月的恋情，鸡飞狗跳地结束，两人分手后看对方都特仇恨，现在想来挺可笑的，没有啥可怀念和怀恨的。

只有陈牧，才是我真正的初恋。我很想见他，又怕见他，但是我俩一直没有一次真正的"决裂"，就很难开始新的恋情。我和陈牧约在希望广场 406 车站见面，一起坐公交车去看电影。陈牧穿着我们一起约会时候经常穿的衣服，我们见面后都没说几句话，就上了公交车。

车上的广播在说："406，从希望广场，开往百合山庄。"

记得以前我和陈牧坐406，听到这句话，心里特别高兴，好像我们的关系，从希望开始，以百合结束。但是现在看来就是我的个人yy而已。

我们像往常一样，喜欢坐在公交车最后一排，只是，我没有趴在他的肩头。我俩谁也没交流半句感情上的事情，只是讲看什么电影，什么场次。是一场3D电影，坐在那里，想起我认识陈牧以来，所有的约会，几乎都要看电影。陈牧和我轻松地谈论电影的话题，可是3D眼镜掩护下，我的泪水忍不住地流。我那么爱你，你爱我一次你会死啊。是我情绪化，是我任性，不对，我全认错好不好，你干吗不给我机会。我可以忍受你长时间不理我，可以忍受你总也不提结婚的事，只要和你在一起，只要看到你我就很开心。我被自己卑微的想法吓了一跳，不对这不是我，即使我可以忍受，我真的就开心吗，你就开心吗？别的人都分分合合纠纠缠缠，为啥咱俩一分就干干净净。幸好我没画眼线、睫毛膏，否则，我要成为一只可怜的熊猫。我没有看进去任何一个电影的情节。好在我在电影结束前，恢复了情绪。

陈牧边走边说："以后有机会我再请你看电影。"

我说："以后恐怕不能和你看了，我快有男朋友了。"

他也愣了，但随即就没心没肺地说："是吗？人怎么样，靠谱吗，有没有我帅啊？"

我说："靠谱不靠谱谁现在又能说得准呢。"

陈牧转过头，回避我有点刻意冷漠的目光，然后好像鼓起很大勇气似的，对我说："晓达，我希望你好好的。"

我哭了。

陈牧吓了一跳，拍拍我，"你干吗啊，为什么那么喜欢哭。别人还以为我欺负你呢。"

"你本来就一直欺负我。"

"别这样，我心里难受。"

"太恶心了，难受你干吗还要离开我！把我变成前女友！"

陈牧沉默了。

我继续哭，"以后不许联系我，我的事儿不用你操心！"

陈牧一下子拉住我，也有点生气地说："晓达，我和你在一起的时候，真的很想认真的。但是我就是这样自我的性格，而你又很需要人关心，我总让你不开心，不多说了，对不起。"

可是，你老是认真不了吧 。

我推开他，说："咱们以后还是当陌生人吧，我讨厌你这样。"

陈牧很无辜地说："晓达，我只能说我希望你好好的。"

算了吧。我转身走了，陈牧追着我拉着我。我扭头看了一眼他，用一种厌恶的口气说："我有别人保护了，再见。"

陈牧鼓足了很大勇气似的，继续拉住我，很认真地对我说："我真的很想和你好好谈恋爱的，我知道你非常好，又对我非常好，但是那种感觉始终都不对。我以为时间久了会对，我每次见到你的时候都很开心，很高兴，但是每当我一个人回到家里，一种内疚感就涌上来，告诉我，你不是我想要的，我不喜欢这感觉，而且每次我想和你再进一步发展的时候，我就感到很害怕，我觉得我最后不会负责的，我试过了，我累了。”

哦，我终于听到了让我死心的一句话。我甩开他，打车离去，他没有追上来，我去找王浩了。

在出租车上，我忽然回想起一幕，在一家书店，我蹲下来找东西，陈牧爱怜地摸了摸我的头发，说我就像个小猫咪一样，我想那个时候他是喜欢我的。我也忽然想起，那阵我说陈牧穿黑色衣服很帅，当时他说我一点品位也没有，他才不喜欢黑衣服，但是他每次见我就只穿黑衣服，直到我说他颜色单一为止。那个时候他也是喜欢我的吧。

可是我这些都有点太无力。他亲口说的感觉一直不对，实在是可以推翻我一切的 yy 和幻想。自始至终，陈牧都是一个善良的人，不想伤害我，和我在一起的时候，都是精心呵护我，只是他一直在逃避，不是很喜欢我的事实，我也不愿意去面对。虽然我觉得他欠了我不少。但被爱的人不用道歉。我打起精神，我要去找王浩。

斗智斗勇，其乐无穷

“咱俩好吧。”

我见到王浩第一句话就是这个。

王浩连头都没抬，不慌不忙地整理文件，过了一会，抬头看了我一眼。让我感觉我像个 SB。王浩指着凳子让我坐，让我喝水。

我那股子劲儿又上来了，我说：“你不是让我考虑吗，我考虑好了……”

王浩皱着眉头看了我一眼，然后一种戏谑的口吻说：“你还是再考虑考虑吧。”

我脸上的表情肯定很像 2B。

王浩继续戏谑地说：“你脸上有一种英勇就义的表情，我可不喜欢。”

我马上真诚而且娇羞地说：“咱俩在一起吧。”

“把这些文件整理一下，你这助理呀！”

王浩不理我，转身就走，把我一人留在办公室了。接下来，他两天都没搭理我。就和当初他不搭理我一样。

我靠，我觉得这老男人心眼太多了。他是告诉我，过了这村没这店呢，还是当初就是他一时冲动。靠。

王浩终于想起给我打电话的时候，我居然有点惊喜，但是他说他的包落在办公室了，他在万宝请人吃饭，让我给他送去。哦，对对，我还是他助理嘛。

我进了万宝，果然是金碧辉煌，马上俩服务员就特别殷勤地上来了，“女士，哪个房间，我来帮你拿包吧。”

我说：“不用，不用，我就是来给人送包的。”

我去了包间，王浩和两个女人在吃饭，只有他们三个人，但是桌上摆的东西大概够5个人吃了，真浪费，大龙虾真大。气氛暧昧，但也似乎没啥，一个女人很年轻，很傲慢，大长腿，另一个女人岁数比我大不少，但是气质很好，穿的衣服很贵。也比我好看，我好像见过，哦哦，对，晚宴那天的丁姐。

王浩用一种使唤下人的口气说：“小李，过来，我给你介绍一下。”

他和其他两位女士，优雅地说：“这是我助理。”

然后指着年长的女人对我说：“丁姐，你见过的。大名鼎鼎的商界女强人。”

我机械地点头问好，露出职业的微笑。

丁姐不动声色地说：“别给我戴高帽子了。”

“这位美女是京城有名的平面模特，我们宣传片的女主角。”王浩指着年轻美女说。

那年轻女人从头到脚看了我一下，看得我很不舒服，她凑近王浩说了句话，两个人都乐了。弄得我很不爽。

王浩抬眼皮对我说：“小李，把包放那就行，没事儿就去忙吧。”

我尽力压制心里的不爽，说：“王总那我走了。”

我转身就走，走到大门口的时候，万宝好几个服务员特别惊恐地走过来说：“女士，怎么这么快就走了，是不是我们服务不周。”

唉。我说：“不是，我其实，我其实就是个送包的。”

我走在回去的路上，骂了王浩一百零八遍，然后想对策。王浩这是在告诉我，我不要觉得自己很了不起，他有权势，他有钱，他会讨女人欢心，他想要什么样的女人就要什么样的。他在挑衅我，当然也有可能我先让他不爽了。我觉得王浩看上我，不代表什么，如果我智商情商不够高的话，一样被他抛弃得很惨，他说他不喜欢游戏，累了，可他这样的男人，永远不会满足平静如水的生活。我和王浩大概是属于知己那一类，能清楚地看清对方的目的。我要很多很多钱，一个安全的身份和社会地位，我发现我从心里呐喊了这么一句声音。如果没有许多爱的话。陈牧都TM不爱我了，我还什么豁不出去。王浩啊王浩，好戏才刚开始呢，别得意得太早。和我斗，你知道我最擅长小白兔吃大灰狼的游戏了。

送包事件第二天，王浩来上班的时候，特意跑我那屋转了一圈。

我向他露出职业性的皮笑肉不笑，我买了一身特别下血本的衣服。是我大早上不惜迟到，上商场赶紧买的，那套衣服在橱窗里搭配得很好，但太贵，我一直没舍得买，但是这回我豁出去了。没有任何情绪，我认真工作。他就是希望看到我失落的样子，我偏不。而且当我不知情的同事说，我今天穿得那么漂亮是不是去约会的时候。我模棱两可地含糊应对。我用余光注意到王浩意味深长地看着我。我觉得如果让我保持精明状态，我是完全可以的，只是如果周围环境让我感到舒服，我就会傻傻的，但如果我感到了危险和挑战，我会变成另一个人。

王浩倒是没话说，半天他才看人都不在，说："昨天不好意思啊，让你跑了一趟。"

我说："本来就是助理该做的，王总客气了。"

王浩被我弄得没啥可讲的，挺尴尬地走了。

下午开小组会，我做的发言也很精彩，他不知道，我是熬夜到3点才整理出来的，为的就是让王浩看看，我不是吃白饭的。

自打我和陈牧分手后我变成了一个工作狂，而王浩说他看上我之后，我更加地努力。我觉得我没办法再当个小女人了，只有在自己最爱的男人面前，你才是个小女人。

王浩给我发了个短信：晓达，晚上陪我逛街吧。

示弱了示弱了，男人有时候就是这样，他征服打击不了你，他就被你制服了。

我说晚上得加个班。

王浩给我座机打了个电话。我当着好几个人的面接。

王浩："小李吗，王总特批你可以不用加班，晚上陪我逛街。"

我说："哦，不行啊，这个任务很紧啊。"

王浩："你怎么个意思？闹什么意见。"

我说："哦，王总，我保证把计划书赶紧做完。再见。"

我马上挂了电话，哼。越是遇到王浩这种男人越要拽一点。

晚上，我留在公司加班，王浩进来了，给我带了一杯奶茶。

"这奶茶，王氏特有风味，尝尝看，你可能不会喜欢。"

这句话怎么像《猫の报恩》里面男爵说的，呃。

"不喜欢我干吗喝，找刺激吗？"我很拽地说，说完我都担心王浩被我惹火了。

结果根本不是，他反而很温柔的有点腼腆地说："我好不容易为你一个人泡的，你就尝尝嘛。"我发现他略微害羞的样子，特别像王然。奶茶很好喝，王浩很生活嘛。

我轻轻一笑。王浩说："我等你，一会儿陪我去逛街。"

"可我还另有约会啊，怎么办。"我在挑战王浩的耐心。

"把约会退了，陪我逛街。"王浩换了一种命令的口气，不容置疑地说。

"明天吧。"我也不容置疑地回答。

"那好，明天看看吧。"王浩很不爽地嘟囔，然后他转而来了一句，"你晚上是要在哪见谁啊。我送你过去。"

"一个朋友，不用了，他来接我。"

王浩直接出办公室了。不搭理我了。

我以为王浩会继续不搭理我几天，但是……

第二天早上，他一见到我就嬉皮笑脸地说："晓达，今晚不许有事儿了，陪我逛街吧。"得饶人处且饶人嘛。我还是去吧。

我俩乱逛，王浩突然说："你看看你喜欢什么，我给你买。"

呃，富二代开始砸钱了砸钱了。哈哈哈哈哈。我从小被我妈教育，男人的礼物还是谨慎地收，还是不太习惯，但是单靓说得有道理，给你花钱的男人未必爱你，但不给你花钱的男人必然对你没兴趣。

我看到了一个很可爱的卡通包，3000 多块钱，我轻描淡写地说："那个蛮有意思的嘛。"

我觉得对于王浩来说根本不贵啊，买太便宜的反而不合适。

王浩一看价格就说："和大菜市买的一样，就要三千啊。"

他压根没意思给我买，不过他不是说，我想买啥给买啥吗。真是的说话不算数。其实王浩有个富二代的身份，但其实他经历过富一代吃的一切苦，非常珍惜自己的劳动成果，他觉得不值得的东西都不会买，可是……

虽然王浩请我吃了顿大餐，送我回家，但是我因为卡通包的事儿，有点耿耿于怀。但单靓问我怎么了，我就说身体不太舒服。我承认，自从我打算和王浩耗下去的时候，我就开始对单靓有所隐瞒了。这一点，虽然很无奈，但我觉得我和单靓讲太多王浩的事儿，不是事儿。现在单靓家里落败，她心理落差本来就大，我现在再说这些像是炫耀一样，可单靓觉得我因为王浩和她有了隔阂，变得不坦诚。但是我还是很喜欢她的，这一点毋庸置疑，如果王浩和她，有天非得做个选择，我会选小单。但不是非得选择的话……

如果陈牧和单靓做个选择，我就不知道，我大概会重色轻友。想到这里，我隐隐觉得我不算一个特别好的朋友。我觉得我和单靓比起来的话，可能没那么光明磊落，很多事儿我喜欢在心里盘算，虽然本质上我不想招惹任何一个人。

单靓倒是不介意和我讲她和王浩以前的事儿，她说王浩送东西很大方，还想送她车，都领她去了，单靓当时就不想和他发展，就坚决没要。大方是大方，单单我就知道，当初小 90 后喜欢蒙奇奇，管王浩要，王浩觉得那玩意儿没意义，王浩觉得蒙奇奇长得像怪物又不像，尽管如此，他还是给她买了五六个蒙奇奇。

这就是我为卡通包的事儿耿耿于怀的原因，王浩肯定觉得我太经济适用了，这可不行。那怎么办，和他闹别扭吗？就为了个卡通包？那他也太瞧不起我了吧。忍着，那王浩就会以经济适用的标准对待我。不过，我和陈牧在一起的时候，他请我吃拉面我都觉得很好吃。

我第二天下班的时候，自己去把那个卡通包买下来了，虽然我对那个包兴趣一般，我觉得花我工资快四分之三，买大菜市到处都有山寨的包，确实挺扯淡的。我就是想来给王浩看看，嗯。我是告诉王浩，你不给我买的东西我自己也买得起，你也没什么了不起。王浩看见我那个卡通包，愣了一愣。

这一招儿果然好用，王浩在这周约我吃饭的时候，"漫不经心"地送了我一个 LV 包，回去一查两万多，如果他没买高仿的话。嗯，但是我不太开心，因为我本来就不是包控，我觉得背着上班太张扬了，况且，没人会觉得是真的。Dcup 说这个包好像是真的啊。囧

王浩今晚又来找我。

他递给我一些吃的，“吃点吧，给你带的港式点心。”

我确实饿了，嗷嗷地吃，不过我给单靓留了一些。

王浩说：“哎哟，晓达，你是我见过吃饭最香的人了，像个小耗子！”

为什么是耗子，你就不会说我像小兔子、小猴子神马的吗？

“是吗，我跟饭最亲了。”我继续吃。

王浩摸了摸我的头，说：“挺待亲啊。”

我马上做出一个被大叔宠爱的大龄萝莉应该有的表情，卖萌。

王浩笑了，想了一会儿说：“晓达，你有过、有过几个男人？”

咦？有男人是指谈过恋爱的吗，还是……我觉得王浩问的是后一种。

“你在问我的情史吗？”我又吃了一口，甜兮兮地问。

女人发嗲虽然会被同性所鄙视，异性还是蛮吃这一套的。

“哈哈，算是吧。”

“嗯，我谈过，我官方谈过两个男朋友？”

“哦，那还有民间的吗？”王浩继续语气柔和地说。

“有啊，暧昧过的，朋友介绍过，约会过短暂的，都不能算。”

“那你怎么定义这个官方？”

“呃……大家都知道的，彼此都承认的，还有接过吻的！”

“哈哈，我觉得接吻还算靠谱，但我觉得没上过床就不算深交。”

王浩大抵就是想问我是不是那啥吧。可我就是不告诉他。

我摇了摇头说：“真心喜欢过的，就都算男朋友吧。”

王浩想了想说：“不管怎么说，像你这样的小朋友，我有点下不去手。”

是啊，我至今莫有 x 生活，但这有什么奇怪的，也没什么装纯的，该懂的我都懂，我觉得有了也未必爽，不是说中国女性很多都不性福吗？我可不是什么封建主义，只是因为第一我恋爱的时间都短，第二我觉得得给一个互相都深爱的人，反正我交往过的男生，没一个给过我这种安全感，包括陈牧。

“该你说说了，别老问我。”我抬头看他，继续发嗲。

还是转移话题吧。

“你想知道啥？”

“你谈过多少次恋爱？”

“7 次。”王浩迅速说出了这个数字。

靠，我连七仙女、葫芦娃神马的都没排上，不过可以算八仙过海了。

“那你有过多少女人？”我想王浩的恋爱和那啥不是一回事。

王浩想了半天说：“大概，大概有二十六七个吧？”

我靠！！你也太那啥了！你是种马吗？

王浩继续说：“不过大多集中在我跟我舅舅开始做生意的那一年，有点太放肆了，后来我就收敛了。”

“那七个女人和其他二十来个有什么区别。”

“我打算认真，且现在都记得住。”

“那剩下的都是一夜情，小姐？”

“我从不找小姐，也不找一夜情，都是安全可靠的，你情我愿的，好了，不和你说这个了。”

我忽然觉得这是个问题，王浩经验太多了，“108 式”他估计都见过了，都倦了，我还停留在看 A 片观摩阶段，经历如此不对等，会有很大问题的。

我还是抛开肉体，问感情的问题吧，“那你点评一下那七个女人吧，你给我讲讲她们吧，比如用情最深的之类的。”

“你答应做第八个，我就讲。”

“你保证不会有第九个我就答应。”

“我可保证不了，”王浩狡黠的一笑，“难道我们李晓达怕了吗？”

“你还是讲讲吧。”

王浩想了想就讲了一些，他的初恋很简单，两人是初中同学，感情挺纯的，后来那女孩高中去了国外，两人就渐渐不联系了，后来她定居国外，已经结婚生子了，王浩出国有一次还和她一家吃过饭，对她一直印象很好。还有是家里或者朋友介绍认识的，王浩觉得可以发展的，比如单靓和那 90 后小姑娘，总共 4 个人。这就 5 个了。

王浩说还有一个是他生意上的伙伴，比他大 8 岁，那女人离婚了，但那个女人很有魅力，很成熟，她给王浩影响力很大，但后来两人都觉得不合适，还是分了，分了之后还是朋友。

王浩说到这，突然说：“那女人你见过。”

哦哦，就是万宝我送包那个年长的女人丁姐，确实是半老徐娘，比我更有看头。咦？我怎么觉得他俩还是有猫腻。

王浩说初恋和那年长女人这两段儿的时候，说得挺多，满怀着一种怀念的感情，而其他人一嘴带过，尤其说单靓和 90 后的时候，他语气讥讽，我怀疑，是因为这俩女人都劈腿了，王浩不能容忍，虽然之前王浩一直在我面前表现出对单靓“买卖不成仁义在”的大度，但其实不是。

“那还有一个呢？”

一朵阴霾从王浩脸上飘过，但很快消散了，他说：“哦是吗，那就是 6 个，我记错了，再没有了。”

我觉得，他不至于连 6 和 7 都分不清吧。

正在我怀疑的时候，王浩说：“其实你已经是我女朋友了，你不都说了，接吻就算吗？”

是，我都和他亲了那么多次了，再说不算，也太假了。王浩不容我再想，抱住我给了我一个吻。依然是侵占力极强的吻，不顾我感受的。但是也蛮爷们儿的嘛。可是我的大脑，已经为王浩设定了一级防线：危险。所以我不能用心去接吻。

暗地妖娆

在对付男人方面，有些经验确实得从单靓身上学。

她的理论我记得很清楚，主体思想是，不要让对方拎着你的神经走，你要有主心骨，否则就被人弄得七荤八素的。她还有个“主体思想”就是要同时找好几个，不过这一点不适用我这种菜鸟级的。单靓曾经警告过我，“不要在王浩面前掉以轻心，王浩会一直冷静地暗中观察你。”

这一点其实挺让人累的，真是的。

以前我上班的时候，只要穿的没大问题就行，只要不奇怪就好， 现在上班的时候都要想想穿什么，精心打扮，觉得化了妆显得老，卸了又觉得没精气神儿，搞得自己快迟到才跑到办公室。

王浩表现得也很正常，甚至更严肃，在外人面前都不怎么和我讲话。不过他会给我打座机，和我瞎聊天，顺便说两句肉麻话，我还得当着同事的面装得特正经地和他对话。

比如：

我：“喂，王总你好。”

王浩：“干吗呢，想我没？”

我：“整理了文件，好的、好的王总。”

王浩：“嗯，晚上咱们是吃饭呢，还是遛弯呢，还是去逛街呢？”

我：“行，一会儿就好了。”

王浩：“你今天才穿那裙子不错，我挺喜欢的。”

我：“谢谢王总。”

王浩：“下午我要出去开会，下午见不到你了，我会想你的。”

我：“好，王总再见。”

我都听见他那头的坏笑了，他故意的，故意在人最多的时候给我打电话。

这位大叔真的是骚在骨子里啊。

这天午休，好几位男同事都在，只有我和小凤两个女的，他们都不怎么敢开小凤的玩笑，都在一个劲儿地挤兑我，我也跟着嬉皮笑脸的。

王浩突然从角落冒出来，和他们一起挤兑了我两句。然后他就回办公室了，随即他就在 msn 上蹦出来了。

王浩：同事们怎么都爱拿你开玩笑。

我：哦，可能我挺随和的吧。

王浩：算了吧，你看人小凤，就没人敢，女人还是矜持点好。

真事儿！就是大家爱和我开玩笑，这个也是毛病啊。王浩看上我，不也是因为我随和吗，怎么刚刚的，他就管起我来了。不过这是我现在的想法，当初的时候，我觉得王浩是吃醋了，我还觉得挺甜蜜的。像我这号女的，从小学到现在，也没被男的这么“哈”过，挺容易沦陷的。再理智型的菜鸟也是菜鸟啊。

我去王浩办公室的时候，他大多时候都是不在的。我一个人偷偷在他办公室东看看西看看，把我喜欢的小摆设买来，给他摆在桌子上，然后坐在他的椅子上，想象王浩坏笑的神情。

我正在想象呢，王浩推门进来了，我赶紧弹跳地起来了。

王浩忍住笑，走过来低声说：“在那yy什么呢。”

我特别尴尬，吐了吐舌头，然后王浩就抱住我，我们打了一个特别特别长的kiss，我几乎要缺氧窒息了，他才放开我。然后他吐了吐舌头，装作很正经地说：“李晓达你回去吧。”

我不知道该说什么。整理好情绪，匆匆离开了办公室，低着头刚想回座位，还是去了卫生间，照着镜子，脸上红红的。

哎哟，我觉得我又谈恋爱了。呼呼。咦？我怎么这么快就被搞定了。这可不是啥好现象。

王浩成了我男朋友，不过这事儿，也就我俩自己知道。

我本来想告诉Dcup，结果她告诉我了一个更震惊的消息。

“我妈怀孕了，我又要当姐了。”她讪讪地说。

“啊？”

“哎哟，我这兄弟姐妹缘分可真大，除了同父异母的，现在又要有同母异父的。”

单靓酸酸地说。

我感觉她挺不痛快的，本来她妈就不怎么关心她，现在晚来得子，更没她的份了，单靓的表情就和七八岁的独生子，听说家里又要有个新成员的吃醋样儿一样。

“我妈本来让我去新加坡陪她，现在也不让我去了，说是养胎，唉。”

“多个小弟弟、小妹妹也挺好玩的。”我试着安慰她。

“那倒也是，不过吧，我妈这么大岁数生孩子，也替她捏把汗。”

单靓的妈据说最近和她继父婚姻有危机，她妈为了抓住钱，不惜高龄怀孕，生一个，单靓给她老妈打电话，教育了她妈一顿，说要注意吃这个那个的，还说给她妈从国内寄点好的中药。那口气，她俩的身份反了过来。

“你说我妈怎么那么不靠谱，生个孩子，还去打麻将，一天天坐着，差点没流产，真是胡闹。”

看着单靓在那滔滔不绝地数落她妈，我把王浩这事儿给咽下去了。

说到兄弟姐妹这问题，王浩就特别爱数落王然。王浩从心里吧，是非常疼爱他这个弟弟的，我怀疑我在王浩心里不及王然的一半地位。但王浩从来不在王然面前表扬他一句，老是觉得这个不行那个不行的。

今天王浩就当着我面在办公室说王然，他俩昨天去参加一个类似家庭聚会。王浩就说王然就知道在那和一群年轻人聊天，不管舅舅那帮朋友，特别死板，不会做人，太单纯，什么都讲。王然就在那嬉皮笑脸地听着，我觉得王然这种人反倒挺招人喜欢，就算他不懂人情世故，我也稀罕他，倒是王浩太精了，让人有戒心。唉唉，我要是王然女朋友就好了，哈哈。王然显然也不知道我和王浩的关系，他走的时候，还嬉皮笑脸地过来和我打个招呼走了。

王浩看着王然走了，忽然说："对了，他怎么老穿这一套啊，是不是最近经济有问题？这个孩子老是把钱借给别人。晓达，你帮我试探下他，没钱了我再给他点。"

他的脸上刚才那种严肃的表情没有了，有一种慈爱的关心的表情。

"你就不能当他面好好点吗，老说他干吗，你是他哥，又不是他爸。"

我突然意识到我犯了王浩的忌讳，他就不能当他面提他爸，王浩脸色变了，我连忙说："对不起，我……"

"没事儿，"他挥挥手，"你干吗和我那么见外。"

我勉强地笑了一下，我觉得其实我还是觉得王浩是我老板，不是我老公。

"王然，太单纯了，但这个社会实在是太复杂了……"王浩忧心忡忡地看着窗外。

"可是他活得比你开心啊。"我淡淡地说。

"嗯。是。我在意的太多了。"他轻轻的说。

忽然我挺心疼王浩的，一个人，总是一个人在承受全部。一瞬间我想好好对待这个男人，把他的痛楚都抹掉。但我也可能高估了自己，甚至，这痛楚转移到了我自己身上。

有惊无险

我的精力都投入到了王浩身上，他从那天后，约我，找我，但也不谈和我在一起的事儿。

我都不知道小单天天在干什么，也自打那以后，我和小单各睡各的床，我们住在一间屋子里，却各自忙碌着，小单工作很辛苦，常常回来就睡，或者喝得醉醺醺的。其实她也挺单纯的，我指的是在外面工作这件事上。她和我说的那个老想占她便宜的上司，我一直提醒她要不就别干了，她没太当回事。

果然出了事儿。

正巧的是，王然不是近期又回国了吗，他和我吃饭，显然他还不知道我和他哥的事儿。他给我讲了很多他这些天去埃及、去迪拜旅行的趣事儿，我听得心情也蛮好的。在上厕所间歇，我发现我有 10 个未接来电，给我吓了一跳。前几个都是单靓，后几个都是大狼。我赶紧给单靓打电话，没电了。又给大狼打。

大狼要疯了，“李晓达！你怎么不接电话，小单出事儿了！”

我当时差点在厕所摔了一跤：“怎么了？”

“她给我打电话，声音特别微弱，说她可能被她老板下药了，我问她在哪，她说找晓达在酒店，然后我再问，电话就打不通了！！你要急死我啊！！我都报警了！我在派出所呢！”

我脑子嗡嗡的，小单早上告诉我她在付家庄一个酒店吃饭，我赶紧告诉大狼地址，然后我跑回去找王然，说：“快快，开车去 xx，小单出了点事儿。”

王然大惊，我俩飞快地上车，我们到了的时候，大狼和一个民警也刚到。

饭店的服务员说，是几个男人和一个女人来吃饭的，走的时候，女的好像喝醉了，被他们扶到车上了，是一辆黑色 suv。我靠！问题很严重啊。

“是什么时候！”王然都要疯了。

“就你们前后脚。”

还好还好，我们几个马上跳到车上，四处寻找。

大狼也要疯了，他俩认出了对方，大狼对王然到没有什么，但王然很不爽地看着大狼说：“你是怎么照顾她的！”

“你俩别闹！”我快疯了，我问民警，“同志怎么办啊？”

民警劝我们别慌，然后问我们还知道什么详细的，我告诉他小单公司的情况，王然和民警一起打电话，找各种关系，查这辆车。民警说估计就在这附近的哪个酒店。果然，就在这饭店附近发现了这辆车。酒店人员说他们在 10 楼。

我们箭一般地冲上去，让服务员把门开了。里面几个男人惊恐地看着我们。小单身上衣服被撕的一块一块，脸上都是伤，她还在挣扎，周围几个男的脸上也都是伤。王然上去就抱住小单。民警出示了证件，让所有人都别走。大狼指着一个男的问，“谁他妈是主使！”他们唯唯诺诺，大狼气得抓起一个就打。那男的也还手。民警喝住大狼，但是大狼根本不听。王然把单靓交给我，也加入了战斗……我靠，我也要上去踹他们几脚。

……

5 个小时后，王浩费了好大劲儿把我们三个从公安局带回来了。我脸上也有伤，王然和大狼鼻子全出血了，看得出王浩很不爽。等大狼下车后，王浩火了，“你们两个逞什么强，李晓达，你扯上王然干什么！”

“哥，不怨晓达姐，当时真的很急，你不知道小单她……”

“她自找的，一个女孩子不知检点，和几个男的去喝酒，能有什么好事儿，你们怎么……”

“她那是为了工作！”我非常不高兴王浩这么说话。

“她是被下药的，她要是不知检点，能被他们打成这样吗！”王然也非常不高兴。

王浩没话说了，“好好好，那王然，既然都已经把人给救了，你干吗那么冲动，在公安局留下记录，对你有什么好处！”

王然气呼呼的不理他，说：“那我回去继续被拘留好啦！”

王浩缓和了一下，“对不起，刚才我也是挺生气的，小单还在家里休息吧，晓达你去看看她吧。”

我准备下车，王然也要下，“我也去。”

“不许去！”王浩大声喝住王然。

王然不听他的。我说：“王然，你真别去了，她觉得这事儿挺丢人，别去了。”

王然没跟来。大狼已经在我家了，小单给他换药。我觉得他俩在一起还挺和谐的。

我觉得我没接到她电话，很是愧疚，小单看着我俩，虚弱地说：“多谢你们啊，要不然老娘就被轮……了，这帮垃圾，我一定饶不了他们！”

大狼想了想说：“单靓你别出去工作了，我来养你吧。”

这句话把我俩都镇住了。

单靓好像想哭，但又乐了，“大狼啊，你别泡了（表吹牛），我可能花钱了，你养不起。”

大狼又说：“小单，那你换个轻松地工作吧，不用那么拼的。”

单靓说：“别老觉得对不起我似的，那事儿没啥。”

大狼走了之后，我给小单做了很多好吃的，我觉得我差点辜负了她奶奶对我的嘱托。心里十分后怕，她是开放，但是也不会接受被人侮辱的事儿。

“好好躺着吧，唉，我那阵真没听见你电话。”

“没事儿啊，这又不怪你。”过了一会儿，小单好像无所谓地说：“王然今天问我，我出事儿了为什么不找他。”

唉。我还是挺自责的。虽然王浩帮忙把我们接了出来，但他说小单那个话，真让我挺不爽的。小单上次出事儿，她一直没和我讲到底是怎么回事，但从那天后，她也不怎么上班，一个人懒懒的，在家睡觉。

大狼天天往我家跑，给小单送吃的啊，陪她玩游戏啊。王然也会在每次见到我的时候，都问我住的地方冷不冷、安不安全之类的。王然应该是真爱小单吧，大狼是愧疚。小单不排斥大狼，他来了，小单还和他嘻嘻哈哈，就像俩人没那事儿一样，但是王然，只要听到这名字，她就会郁闷半天。所以我基本不提这名字。

我这次和她一五一十说了我和王浩的事儿，光靠我的情商，我怕搞不定王浩。

单靓说：“其实吧，我真的不好说啥，找王浩不是不可以，但是第一他不一定真的能娶你，第二，你和他在一起，心胸得大，得非常大。你得有正室的范儿，要不然你就完了。”

我觉得小单不太希望我和王浩好，她应该是为我好。

姐妹淘妯娌

我知道王浩几乎每隔一段时间，会和那位比他大的姐姐吃饭，那女人姓丁，商界女强人，丁姐。至于他们除了吃饭还干点什么别的我就不知道了，丁姐反正还经常给王浩介绍女孩子，上次那个年轻的女的，就是丁姐带来的。难道他们是萨特和波伏娃的关系？共享“好友”，反正我觉得乱糟糟的。而且王浩走到哪里，都会有女人贴上去的。一来他不丑，甚至在很多女人眼里他很有成熟男人的魅力，二来他确实有钱，第三他真的挺会哄女人的。当然了这三个条件，有钱是第一位的。

我还在公司，王浩经常在上班时间给我打电话，故意低声说些肉麻的话，我只好装作公事公办的口气回复他。靠，cosplay 吗？玩得还挺带感的。

陈牧一直也没找我，我也没打算再找他了，和王浩玩得挺开心的。

这一天王浩又带着我去兜风，期间他接了四个电话，都是女人打来的。口气都暧昧不明。

当他挂了第四个电话的时候。我压抑住不爽的口气，用一种关怀的声音说：“开车打电话容易出危险。”

王浩把电话扔给我，无所谓地说：“那你帮我接吧。”

我直接把手机扔后座了。

王浩说：“晓达，你辞职吧，你要是还想工作的话，我给你介绍个清闲的地方。”

“再过一段时间吧。要辞职我也自己找好了。”我语气严肃地说。

“嗯？不高兴了？”

“王浩，我觉得既然你我已经在一起了，就和以前撇清一点。”我恶狠狠地说。

“哦？你说刚才那些电话啊，那都是生意场上的应酬而已，正常社交。”

“那丁姐也是你正常社交吗？”

“丁姐？丁姐和我现在可没什么，她当年帮了我很多，而且她还说你不错呢。”

“哎哟，我和你在一起，连你妈都不知道，她就知道了。”我语带讥讽。

“你这算吃醋吗？”王浩把话叉开了，“咱们上哪吃，我饿了。”

“我想吃火锅，我要吃 xx 那家的。”

我和别人在一起的时候，每次遇到吃饭的问题就很犹豫，哪都行，我没啥主意，别人高兴就行，我无所谓，但是可能因为这个，别人觉得我挺没个性的。所以在王浩面前我要改掉这个坏毛病。

王浩不爱吃火锅，但是从了我。哇哈哈。王浩肯定特别后悔，他本来以为我属于小白兔的。

我忽然觉得和王浩在一起也不错，虽然前面有很多场战斗，但是……新时代的女性，不就应该打得过小三吗？人就怕高估自己哦。我脑海里闪过一个念头，难道王浩这个“浪子”就在我这条小阴沟里翻船，“重新做人”了吗？能吗？

我和王浩吃得老香了，虽然他之前不太爱吃火锅，但是我吃得太香了，感染他了，他说其实他找我有个原因，就是每次看我吃饭，他都挺有食欲的。王浩说他和别的女的出来吃饭，他都不放松，和我一起就不那样。陈牧以前说他和他喜欢的女孩在一起的时候，都是挺紧张的，和我放松，所以他觉得他不是很喜欢我。王浩说陈牧是太年轻，其实找一个让你放松的人实在是太难了。

忽然王浩的手机又响了，他看了我一眼说：“你接不接。”

“你自个儿接吧！”

“喂，”王浩接了电话，说瞎话张口就来，“哦哦，刘哥啊，我在张总那里活动呢，脱不开身，嗯嗯，等我明天找你哈。”

王浩一点也不像撒谎的样子，看得我真有心理阴影。

他放下电话，我说：“哪个相好的啊。”

王浩说：“不是女人啊，你没听那么大嗓门的大老爷们儿么？”

“我也没问是不是女人啊，呵呵。”

王浩没坐住，他吃了几口就出去了，显然这个电话，让他心神不定。

算了，好奇害死猫，我不问了。

我和王浩在一起的一个月，我从公司辞职了，不管和王浩下文如何，我在公司都不能待了，跳到了另一家，自己养活自己还是靠谱一点。

王然听说我要辞职，特别惊讶，非要再找我吃个饭，我也很惊讶，他居然不知道我和王浩的事儿，莫非我和王浩都好了快一个月了，王然完全不知道？

饭吃了一半，王然说：“我可能毕业后就定居在加拿大了，不打算回国了。”

我愣了愣，王然继续说：“她好吗？”

我说：“她挺好的。”

她不太好，可我不能告诉你，我以前认识的从来没有隔夜愁的 Dcup 自从和你分开后，会开始失眠，会看着你的照片，哭到崩溃。

王然想了一会儿，给了我一个小盒子，“一直想送给她，你帮我保留吧，如果哪天她提起我，说想我的时候，你再给她，要么你就自己留着吧。”

“好可爱的项链。”我惊叹。

王然略带伤感地笑了一下，但还是很阳光，让我想起了陈牧。虽然陈牧让我伤过心，但是他给我的感觉一直是阳光的，我和他在一起，自己心中充满阳光，陈牧生活态度一直是很积极的，很少颓废，也很少在意鸡毛蒜皮的破事儿。他像太阳。而某些人像黑洞，你明知道这很危险，也看不清前方，但是你还是会被情不自禁地吸引。比如，那个光头男。

我和王浩在一起的时候，我也变得不像自己了。我觉得我其实压根也不了解王浩。

天蝎都是善于伪装的，尤其是成熟的，他们会让自己在外人面前很完美，在自己人面前很挑剔。我知道这样不好，但是我老是情不自禁地拿他和陈牧作比较。

第一点区别，一个控制欲强，一个随你便。

王浩逐渐渗透在我的生活各个角落，无所不至。他什么东西都想管一下。之前我感觉他还蛮欣赏我的，经常说，眼光不错，这衣服挺好看的，行啊，办事儿挺明白的之类的。但是我俩在一起后，王浩老说我这个不行那个不好的，得听他的。

王浩观察力特别强，就连你鞋侧面一块小污点他都看得清清楚楚，然后他就受不了让我赶快换掉，陈牧就是大大咧咧的，我每次都故意打扮得特别夸张，他才会诧异地看着我说："喂，这样是不是太夸张了？不过也蛮可爱的嘛，哈哈。"

他不仅管我，还管王然，他对王然特别大方，自己不舍得买的东西都一堆堆地给王然，但是他老是板着个脸教育王然，只有和我提王然的时候，他的脸上充满了兄长的慈爱。

陈牧好像除了原则性问题他神马也不在乎，他对陌生人很淡漠，对熟人却很容忍，很宽厚。

第二点，一个老提过去，一个只字不提。

王浩和我在一起，会讲各种各样他投入过感情的女人，初恋，90后，丁姐，似乎不怕我吃醋，甚至有时候也提 Dcup。

陈牧不提，即使是他最喜欢那个女朋友，他也只会轻描淡写地说："都忘了，谁还记得啊。"而且王浩提起过去的时候，不管他说什么，我都会被他情不自禁地感染，感到非常的难受。

他身上有一种魔力，会让我跟着心情抑郁，为他而悲，为他而喜。

陈牧也有一种魔力，会让我懒洋洋地和他一起在太阳下晒太阳，什么也不想想，什么都不想做。

第三点，呃，时间太短了，容我再总结总结吧。但是我有一点肯定，就是我能感受得到，我和王浩在一起的时候，我真真切切感受到了灵魂的碰撞，而不是和陈牧在一起的时候，总觉得少了什么的缺憾。

我好像特别懂他，他也懂我，以至于彼此都不用多说什么，但这样的话，我也会很快察觉他心里的阴暗，也会很快的不快乐。

我和陈牧在一起的时候，虽然时常觉得他不够爱我，但我很信任他，绝不怀疑有什么第三者的成分，我觉得他坦荡荡，可是王浩，我觉得……我可能一辈子都不会信任他。

停止比较吧，我反复告诉自己，像王浩这样有点钱还算有魅力，又没结过婚的男的，还对自己感冒的男的，我这样的平凡女上哪再找啊，要牢牢抓住才是真的。其实那些乱七八糟的事儿，平凡的男人也会摊上，何不睁一只眼闭一只眼呢。

呃，王浩看中我，是不是也看中我这种能不闹事就不闹的阿Q精神?

单靓说得对，要有很大很大的心胸才对。

该说说单靓了。自打我换工作后，和王浩见面不频繁，反倒有时间和她混在一块儿了。不过我约她出去逛街什么的，她也不像以前那样，一拍即合，而是推托有些应酬什么的。她自打上次事件后，有点破罐子破摔的迹象，天天在家不化妆，穿睡衣，看电视，喝酒抽烟，睡觉。但是近期，她又开始活跃在淘宝网上，现在她知道省钱了，基本都淘宝，各种打扮各种试。我猜哈，她是有情况了，但是她不承认。我也不太说我和王浩的事儿，我俩心怀鬼胎。

这一天下班，我想去买个外套，给单靓打电话，正在通话中。要不我还是找王浩吧，但我不爱和他一起买衣服，这样我穿给他看的时候就没有啥新鲜感了，呃，要不我找王然陪我逛街，很有品位的小男生哦。我给王然打电话，正在通话中。

呃。呃?

我忽然有预感，他们在通话。

过了一会儿他俩前后脚电话都来了，我先接了单靓的。"喂，干吗?"

"哦，找你逛街啊。"

"嗯，行啊。哪见?"

我们定了地方，我又给王然发了个短信，说按错了。

显然单靓逛街兴致比我高，看这个看那个，我忽然拉住她，阴险地说："你是不是有情况? 是不是王然?"

她也狡黠地看着我说："你和王浩到哪步了?"

哼哼。

我俩忽然对视大笑，我说："我靠，我看你以后得叫我大嫂了。"

"靠，有你这个妯娌，我怎么这辈子摆脱不了你了。"

哈哈，笑完了，我们俩忽然开始毫无顾忌地讲。

我把我和王浩的事儿都告诉她了，我说我和陈牧待一起快一年的那一套循序渐进，和王浩一个月就都火速完成了，但都还没有进行到全垒打，这一点我还是很谨慎的，尤其是和王浩。

单靓表示她虽然支持我早日拥有性生活，但她非常同意我尽量谨慎和王浩上床。但她觉得王浩这样的男人，不会甘心过柏拉图的日子，他虽然不和我那啥，自然外面有别的床。我表示无所谓。单靓说我还是很传统最后还是受不了的。

至于单靓本来她真打算放弃的，但上次出事，见到王然，觉得自己还是很难忘，而王然突然前一阵来找她了，说他神马都知道了，他俩情不自禁又好了，单靓说这次不管家里怎么反对，也要坚持到底。

她又说："谢谢你，把实情告诉了王然。"

"啊? 可……可我没告诉啊。"

那……我和单靓对视了一眼，“大狼？”

我联系了大狼。

嗯，原来真的是大狼找到了王然，大狼说我是她故意用来气你的，她当初离开你是因为你家里反对，单靓对你是认真的。但大狼没提他和单靓一夜情和宫外孕那事儿。

单靓脸色不太好，“我知道大狼是好意，可看来王然不是什么都知道。”

“那你也不惜告诉他得了，反正大狼和我都不能说的。”

“可……”

“可什么可啊，王然既然喜欢你，肯定知道你是什么样的人，有过什么样的过去，你只要以后和他好好过就行，别什么事儿都告诉对方。”

但是单靓还是心事重重的，她觉得王然接受不了。

“哎哟，你就开心谈恋爱吧，我还指望和你成为妯娌呢。”

“唉，我觉得吧，咱俩其实都挺悬的，不是我悲观……本来我家没出事儿，还有点戏，出了事儿，唉。”

“别瞎担心了，你怎么比我还纠结？”

“对了，王浩和你好，公开了吗，我咋都没听说过，他家知道吗？”

这可问到问题了，王浩和我在一起这事儿，貌似就我俩知道。连王然都不知道。靠。我 2 了。我怎么还那么天真的以为王浩真能顺顺当当的把我弄进“豪门”呢。我还没想完这个问题，王然的电话就来了，单靓腻腻歪歪接电话，给我弄出一身鸡皮疙瘩。其实我想象了一下，我和单靓在厨房一起做饭，和老太太还有王浩哥俩一起吃饭，场面其实也挺温馨的。只不过我估计我和单靓都未必过得了王浩他妈这一关，还有他舅舅。我也未必过得了什么丁姐之类的这一关。

我没想到其实最难过的一关就是王浩。

Chapter 8

爱情

三次“中东”战争

亡命之徒

无巧不成书

纠葛

一脸卸妆油

拥抱与信用卡

胸袭恐怖事件

千里走单骑

狐狸的纠结

婚前昏后

大闹婚礼

日记

私奔

三次“中东”战争

单靓和王然出去约会了，两人都不着家。大狼还来问他俩怎么样了，我倒是想问问大狼怎么样了。我感觉他自从那次之后，对单靓怀有难以说清楚的情感，也不知道是喜欢还是愧疚，反正他挺上心的。毕竟也是他的第一个女人和第一个“孩子”的妈。

我觉得哈，我比较熟悉的这三个男的，陈牧、王浩、大狼，现在看其实大狼最靠谱。他喜欢谁就是喜欢谁，嗷嗷地追，付出一切也不在意，不喜欢就是不喜欢，都懒得和对方讲话。仗义负责，又细心体贴。

靠，当初我为啥不把他给收了。

王然其实也挺好，虽然年纪太小了。

我妈又给我打电话，让我去相亲，看来她也开始不淡定了。

我吞吞吐吐地说：“我已经有男朋友了。”

我妈马上激动了，赶紧问情况，我妈说：“干啥的啊，人怎么样啊。”

我说：“就，就我以前公司领导王浩。”

“啊？你可不能找个离婚的啊！”

“他……他一直没结婚呢。”

我妈马上给我讲了一顿长篇大论，意思是咱们家也别攀什么高枝，找个靠谱适龄小伙，就最好，别被人骗了，顺便又问了我很多王浩的情况，然后说，要不哪天我和你爸去大连见见他吧。

我犹犹豫豫地说：“再说吧，时间也不长。”

我妈说：“不行，这个我得早点见见，给你把把关。”

王浩终于想起来找我约会了，我俩聊了几句之后，他突然说：“王然和单靓在一起了吗？”

我下意识地撒谎，“没啊，不是早分了吗？”

“哦，没啥，我看王然最近像是谈恋爱了，出去约会了，我怀疑……”

“是吗？”我装出很好奇的神情。

“看来你不知道啊，那没事儿。可别他俩又整一起了。”

“其实我觉得，他俩吧，也就是年龄差了点，其他的都挺好的。”

王浩摇摇头。

我试探性地说：“我父母过一阵来大连看我，也想见见你。”

“哦？来玩啊，见我？我觉得……见家长这事儿还是晚点再说吧，省的……”

王浩面露难色，虽然在我意料之中，但，我就继续问，“那我和你在一起这事儿，你家里人知道吗？”

“哦，还没告诉，不过我自己的事儿，都是我自己做主。”

“是不是所有人都不知道！”我有点急了。

王浩摸摸我的头，“可我也没有刻意隐瞒啊，难不成我要发表个通告，昭告天下不成啊？”

“王浩！我爸妈都说要见你了，他俩过来，又不是让你和我回家，吃个饭不行啊。”

我第一次用特别急躁的口气和他交谈，我可是见过他对单靓家里人那个殷勤劲儿，他要是不见我父母，那我俩真不能交往了。

王浩模棱两可地说：“来了就好好安排呗，看看时间，说不定过一阵要出差。”

切！他就是怕麻烦。我一路上都板着个脸。

王浩突然把车停了，托起我的下巴用调戏的口气说：“给大爷我笑一个。”

我冷冷地看着他。

他迅速也变得冷冷的，“李晓达，你变了，和那些女人都一个样。”

“对！一个样，你现在后悔还来得及！”

王浩很不爽地说：“我已经后悔了！”

他掏出烟就抽，我一闻烟味就咳嗽，之前当他助理的时候，他都会尽量不在我面前抽烟。

一根接一根。

我打算离开，但是这车停在这荒郊野外，我往哪走。

我说：“别抽了，对你身体不好。”

他不理我，继续抽。我火了，抓起香烟，自己点了一根，放嘴里就抽，给我呛得快哭了。

王浩马上把我的烟夺下来了，“你干吗？我最讨厌女人抽烟。”

我不理他，又拿出一根抽。

王浩死死抓住我的手，说：“你别这样。我不后悔，我都上了你的贼船了，下不来了。”

这是我听过的最动人的情话，我心软了，王浩说，“见就见呗，有什么的。”

我俩又重归于好，在这个荒郊野外，互相温暖地看着对方笑。

王浩说：“真美。”

呀！我羞涩的一笑。

王浩说：“我说的是我的心，不是你的脸，哈哈。”

靠。但是他又说了一句话，“你留心下单靓，看看她是不是真的和王然在一起了。”

我马上又不开心起来。在王浩见我父母之前，我问了下单靓当初王浩见她家人的情景。

单靓说王浩就见过她的姑姑、姑父，那阵两人去大连玩，王浩把他家一处地界很好的房子腾出来，还订了一处金石滩那块的宾馆，说两个地方随便住，这些天王浩对姑姑姑父十分尽心，让他俩赞不绝口，还嘱咐单靓，就找王浩没错。

单靓蔑视且叛逆地说："所以我就偏不找王浩。"

我觉得王浩肯定会在我父母面前挺礼貌的，但是未必又对单靓家里人那么殷勤，因为，你们也懂得。

我爸爸妈妈平日都是很朴素的，虽然工资倒也能让他们买点上点档次的衣服，但是他们也不愿意，就知道省钱，这回吧，他俩还穿得蛮贵的，就是不太搭配，我看到他俩就想乐。其实我压力特别大，我怕王浩看不上我父母，我也怕我父母看不上王浩，任何一种，我都很为难，更怕王浩让我父母难堪。

我和王浩去火车站接的我爸爸妈妈。他表现得挺有礼貌的，只是我觉得他的礼貌缺少一点真心，不过也许是我太敏感了。然后直接去订的宾馆，王浩没提让我父母住他家房子的事儿，我告诉自己别攀比，但是还是隐隐有些不快。

王浩说："在楼下，咱们吃个饭。"

我爸妈有点拘谨，王浩倒是挺放得开，我妈还是忍不住问王浩很多家里情况，我妈说："你爸爸现在还出来工作吗？"

哎哟，我怎么都没和我妈说，别提他爸的事儿。

王浩也没太过激的反应，他说："哦，我爸，我爸走得挺早的。"

我妈马上开始感叹一番，我爸就和王浩扯目前的国际形势，王浩其实应该对这个话题没啥兴趣，不过他尽量表现出挺爱听的一面。

我心里稍稍的松了口气。

突然电话响了，我看了一眼，"丁……"是丁姐，王浩接了，然后说："伯父伯母啊，我有个朋友车坏了，我得去帮个忙，你们先吃，我一会儿再回来。"

"行，你去吧。"我父母都没啥意见。

王浩就走了，这顿饭吃完，过了好久他也没回来，我心里不舒服。我爸妈倒没觉得怎么样。

我爸爸还没退休，他们住到第二天就回去了，王浩说公司有事儿，第二天也没陪我们玩，但是给了我一张卡，让我们随便玩，走的时候，过来给我父母送回去了。

我妈偷偷和我说："你这个男朋友吧，也挑不出毛病，条件也挺好的，只是，我老觉得不踏实。先处处再说吧。"

我觉得我父母都是希望我过得舒心，他们说得对，就是不踏实。

在回来的车上，我还是板着脸。

王浩不高兴了，"又怎么了，我也见了、陪了，你又怎么了！"

"没怎么啊。"

"那你那个死脸给谁看的啊。"

“没有，丁姐她那么有钱，找谁不能找，为什么什么事儿都找你啊。还有当初单靓她姑姑一家来大连，你是怎么招待的，到我这怎么就打了5折了！”

我知道抱怨的女人最难看，可我忍不住。

“丁姐当初帮了我多少忙，你知不知道，要不是她我当初都快活不下去了，还有别听单靓瞎说，我那阵不是有求于他们家吗？有可比性吗！”

“是啊，我家里无权无势的，当然没有可比性！”

“李晓达，我开车呢，别来烦我！”

我在座位上，觉得自己现在越来越不淡定，越来越不开心，可能王浩选择和我在一起就是因为我淡定和开心，现在我在失去这个优势，我开始害怕有一天我失去他。我的眼泪呼呼地流下来。当王浩把车停了，他看到了一个泪流满面的我。他动了怜悯之心，他把我的眼泪擦干，然后把我的嘴捏成笑容状，他说：“不许哭了。”

我更忍不住，哭出声音来了。

我哽咽地说：“我怕失去你。”

他抱了抱我说：“你只要对我忠诚就好，不要爱上我就不会怕失去我。”

“你不希望我爱上你吗？”

“不，喜欢就行了。我害怕女人爱我。”

我觉得王浩可能也不是爱我吧。

我和王浩吃饭的时候，单靓给我发了个彩信，是她和王然的情侣装：妯娌，这一套好看吗？刚买的，哈哈。

我会心地一笑。

王浩说：“有啥好玩的事儿？”

“没，没什么。”我有点口吃。

“晓达，你不知道你不太会撒谎吗？”

王浩抢过手机，我尖叫，“你干吗！”

王浩说：“哦，本来我就是和你逗着玩的，你这个反应，我偏要看。”

他看了，然后他的脸色变绿了，他凝重地和我说：“你在骗我。”

他起身就走了，留下忐忑不安的我。

我追了上去。我追上王浩的时候，他压根也不想理我。

我说：“我不是故意要瞒着你的，我只是觉得他俩挺不容易。”

王浩说：“那你就和别人站一边，来骗我，让王然又和那女人搅和到一起了！”

我也火了，“那女人？那女人你以前不也看好过吗，怎么了，你气量就那么小吗？”

“她不适合王然！我不希望我弟弟被人骗了！”

“单靓对他是真心的！就算不合适，你也无权干涉！”

“像她那样生活糜烂的女人，能是个什么好货！”

我真的生气了，“生活糜烂？你以前就是个好货？你有什么资格指责她！”

“我是男人，浪子回头易，婊子从良难。”王浩被我激怒了。

“混蛋！”王浩用这么难听的字眼形容单靓，我气愤到了极点。

“我不是那个意思，我是说，单靓她改不了，王然太小了，我想保护他而已。”王浩意识到说得有点过分了。”

“你们男人想玩谁玩谁，最后来句累了，又装个好人，单靓只不过是不受世俗约束而已，她现在想好好生活，就这么难吗！伪君子，你太虚伪了！”我大声骂他。

王浩不想和我对话，照着墙就是一拳，把手都快打出血了。我觉得王浩就是心里有太多的压抑，经常会在没人的时候，自我发泄，他的手上经常是青紫的，我终于知道来历了。可是我被他弄得又生气，又心疼。我现在觉得王浩就是个混蛋，可最 TM 倒霉的是，我还很在乎这混蛋。我也疯了，我照着墙也是一拳，疼得我眼泪就下来了，“看咱俩谁能打。”我又是一拳。

王浩害怕了，抱住我，说：“晓达，咱俩不能好好的吗？”

“你答应我，放过他俩吧，好吗？”

“可我妈更不能同意，我不能让我妈被气倒啊。”

“求你别掺和这事儿好吗？”我不管他说什么就重复着一句。

王浩没说啥，用沉默代替了回答。

我回到家里，单靓兴奋地给我展示她的情侣装，但我寡淡的样子，让她很扫兴。

她突然看到了我的手，“天啊，怎么弄的，怎么回事？”

我说：“撞的。”

“王浩！不是王浩弄的吧！你给我说实话。”

“不是啊，他就算是变态，打手干什么。”

“我还是觉得有事儿，到底怎么了？”

我就说和王浩闹别扭了，他砸墙，我也砸，没提王浩知道他俩的事儿。

“我靠，你俩都疯了啊，我看你自打和他好了之后，就不正常了。”

我也冷静地想了一想，我不能这样下去，我得恢复我冷静的本色。我看着她给我看的去玩的照片，希望单靓和王然这对小朋友，可以多在一起一些时间。

单靓说：“告诉你件事儿，王然和我说，如果家里再不同意，他就带我出国，我俩私奔。”

唉，这多好，我也想抛去一切去私奔。我心里好苦好闷，又没办法和这个幸福的小女人诉说，我在 QQ 上和大狼瞎扯。大狼也不像以前了，大狼说：她现在挺好的吗？

我说：是啊。

大狼说：那我就安心了。

你幸福了，我就安稳了。

我忍不住问大狼：陈牧好吗？

大狼说：就和以前一样啊，只不过更爱玩游戏了。

嗯，我的离开，也不会对他产生任何影响吧。

大狼说：哈哈，陈牧也问过我，你好不好，你现在干吗呢。

我忍不住把我和王浩的事儿告诉了大狼。

过了好一阵大狼才说：我觉得不太合适，不是我打击你晓达，你还是找个靠谱点的吧。

这一晚我失眠了，关于王浩，我想了很多，他复杂的过去，老成神秘，阴魂不散的丁姐，他的狂躁，他的占有欲。可我又想起来，王浩是把我一路带起来的贵人，王浩对我说的，为我做的，虽然可能不是最好的，但比其他男人为我做的都要多得多。

我不想离开。但一个念头闪过。

王浩“遗嘱”提到的医院那个人到底是怎么回事？

亡命之徒

我在床上翻来覆去，把单靓弄醒了，她用垫子砸我，“干什么啊！”

“你知不知道xx医院，王浩有什么亲人朋友在长期住院吗？”

“嗯？不知道啊。”

我把这事儿讲给她听了。

单靓说：“我倒不知道，可艾果她姐以前就是那个医院的，你问问她好了。”

对啊，孙雅娟啊。

第二天晚上，单靓就把孙雅娟约出来了，和我一起吃饭，孙自从离婚后，气色好多了，那阵她已经再婚了。我就和她提这个事儿，不过没告诉她我和王浩在一起了。

孙雅娟叹了口气，“唉，你算是问对人了，我知道，那个女人也挺可怜的。”

那女人，现在是植物人状态，已经住院好多年了，是王浩的同学，好像一直挺喜欢他的，王浩的初恋出国之后，和王浩分了，王浩可能空虚无聊，索性就和她在一起了。

王浩家里出事儿之后，他性情大变，自己做生意，也好几次差点破产，他舅舅不太管他，我估计丁姐这次帮了他不少忙，王浩有点玩世不恭，和很多女人都……但是那个女人特别贤惠，对王浩一直很好，王浩只有在她面前才会流露真性情，比较狂躁，甚至还有轻微的暴力，但她一直默默守护他。

靠，还守护呢，孙雅娟大概觉得这女人和她当年一样傻吧。但是王浩和刘斌不一样，他觉得不想在一起了，不如早点分了，他给了那女人一笔钱，明确地说要拉倒。

后来不知道怎么了，那女人就自杀了，没死成，成了植物人了。那女人家里人都要疯了，要和王浩拼命。而王浩给了她家里一笔巨款，当时几乎他自己都快倾家荡产了，那女孩家里还有个弟弟，家里人可能觉得既然女孩也救不好了，再说也是自杀，也就作罢了。而孙雅娟说，好像王浩从那次之后，就收敛了很多，而且那女人出事儿后，他就把自己关在家里三天三夜，去了次普陀山，剃了光头。

哦，我还以为他是秃发才……但是王浩从她住院后，虽然承担了所有医疗费用，但就去过医院一次，平日都是托人去看。主要也是因为，女方家属也不希望看到他，看他一次，女方父母就要崩溃一次。

听完这个故事，单靓和我半天没说话，单靓说："那女孩，是个什么样的人。"

孙雅娟忽然看着我说："和小李一样，姓李，也叫李晓什么的，长得也有点像，性格也有点像。"

我不禁胆寒。

晚上，单靓和我说："唉，你可得想开点，一旦被甩了也没什么哈，我怕哪天你也植物了。"

"不能，我一直是动物人，我想去看看那女人。"

我真的去了，我从孙雅娟那里得到地址，说是那女人同学的妹妹，过来送点东西。他们家就有个护工在那看着，她让我看了一下。她睡得很安详，呼吸机下看不清她的长相，病床上写着"李晓红"，我心里又胆寒了一下。虽然叫李晓神马的满大街，但是我想起来王浩第一次听我的名字的时候，愣了一下的神情。我心里默默地为她祈祷，我想起王浩对我说的话。

"李晓达，你觉得我是个好人吗，我可是比刘斌，还要混蛋十倍。"

"李晓达，你只要对我忠诚就可以了，不要爱上我，我害怕女人爱我。"

姑娘，你身上究竟发生了什么，让你有勇气去死呢。我真的不想问王浩。天啊，我的男朋友是个什么样的人啊。是个多么可怕的人啊。我靠，不仅是种马，腹黑，还能把人逼死啊！他选择了我，是不是有一种想弥补李晓红的心呢。对啊，一定是。

"甭管他为什么选择了你，既然你和他在一起了，就两条出路，一条赶紧离开他，一条好好过，别琢磨！"

单靓干脆地回答了我的问题，然后继续看英文书。

喂喂喂，现在就准备私奔了。其实我觉得单靓最适合王浩， 她不琢磨，要么她就离开，要么她就没心没肺的爱。王浩伤害不了她。我这种纠结女，就会把对方烦死，把自己弄死了。王浩，到底有多少事儿我还不知道？

从医院回来后，我整个人就有点恍惚，我去王浩住处看他，他这几天感冒了，我给他送了点我熬的中药。王浩说我体贴他，这一点没错，即使你是大灰狼，也需要吃药吧。

王浩好多房子，但实际上他最常住的地方也不大，其实再有钱的人，也只能在一张床上睡觉，王浩穿着睡衣，脸色不太好。

他打开门，让我进来，然后鼻音很重地说："离我远点，别传染了。"

"哦。"本来我也想离他远点。

王浩放了一首歌，Desperado，老鹰乐队，很有感觉。

“我觉得你挺像那个亡命之徒的。”我突然说。

“哦？”

“李晓红是怎么回事？”

他愣住了，然后半天说：“你总是问我些我不想说的问题。”

“不想说就算了。”

“那好，其实我一直想和你说，”王浩把音乐放低了一些，慢慢地说：“因为你近期的表现很像她，我不希望你走她的老路。”

我不放声。

“她很爱我，可那时候的我是最不值得爱的，我热衷报仇，崇尚赌博，喜欢刺激，就是个混蛋，她一直在我最郁闷时候，默默鼓励我，我见不得她对我那么好，我不想耽误她。于是我和她提分手，但是她不死心。”

王浩忽然把头低下去，“为了让她死心，我找了各种各样的女人，甚至，我和别的女人上床的时候，把电话打给她，让她听到声音。”

他沉默了一会儿，我皱皱眉头，他继续说了下去。

“她就喝酒，喝好多的酒，后来被送到医院，原来她怀孕了，我俩都不知道。流产了，她就得了抑郁症。我当时不知道抑郁症有多严重，我觉得既然已经对不起她了，不如更绝情些，让她以后过得更好，我给了她很多钱，然后我消失，她怎么着也找不到我。”

王浩把头抬起来了，脸上都是泪水，吓了我一跳，“她自杀了，而且没死成，永远躺在医院里，也让我永远活在愧疚里。”

“你真是个混蛋。”我忍不住也泪流满面。

“是，我就是个混蛋。”他看着我说。

音乐在循环着这首歌“you better let somebody love u, before it is too late.”

王浩说：“歌词写得真好。”

“嗯。”

“你想离开我吗？”

“不。我爱你。”我不知道为什么要说这么一句。

他愣了半天，他说：“你在企图拯救我吗，这句话太吓人了，哈哈。”

不是，是我发现明知道他是个混蛋，我还不想离开他，我觉得我不在乎那些钱了，也不在乎什么丁姐，我只是纯粹的心疼他，哪怕他的眼泪是鳄鱼的眼泪。

王浩走过来，抱了抱我，“晓达，答应我，不管我是个怎么样的混蛋，都要开心地活着。”

我们接吻，我闭上眼睛，第一次用心地和王浩接吻。然后我们有点不好意思的相视一笑。这很温馨，但又很短暂。

王浩温柔地说：“看来你要被我传染感冒了。”

我从他住所走了，路上收到王浩的短信：我居然把你放走了，我想要你。

看得我脸红心跳，可是我还是不敢放心大胆的和他开始。他真让我害怕。但我忽然产生了一种圣母的错觉，我觉得我可以给他很多的爱，让他从各种阴霾中走出来，即使这以牺牲我为代价。我苦笑着摇摇头，心想自己大抵被躺在床上的李晓红附身了吧。

无巧不成书

单靓今天生日，别忘了祝福她哦。我一早上就被王然的短信给吵醒了。

这小子挺心细的嘛。

我估计单靓她自己都忘了生日。

我懒洋洋地对已经醒了的小单说："生日快乐啊。"

"有礼物吗？"

"没！哈哈。"

她跳上我的床掀开被子，用她冰凉的手捏我，我嗷嗷大叫。

单靓说："今天好，正好周日，中午一起吃饭。"

"为啥不晚上吃，噢噢噢，你要和王然……哈哈哈。"

她堵住我的嘴，说："我想请陈牧和大狼，你不介意吧。"

"我靠，先别说陈牧的事儿，先说说你想让大狼和王然在一张桌子上吃饭，太扯了！"

"没事儿，陈牧你想见吗？"

"问题是我觉得他不能来，再说你找他干吗啊。"

单靓不回答我，直接就给大狼打电话。

真扯啊。陈牧真的要来吗？那我得收拾收拾啊。我跳下床看衣橱。

"李晓达，我真的弄不明白你，你干吗还那么在意陈牧啊。"

"输人不输阵，我得让他看看我过得挺好的。"

"其实吧，我觉得陈牧人挺好，起码你和他在一起都是小不开心，你和王浩一起就像变了个人似的，大不开心。"

中午到了，我，王然，还有单靓，等了半天，陈牧来了。居然陈牧来了，大狼没来。

我好久没见到陈牧了，他还和以前一样，淡定随意，他给单靓一个大盒子，"大狼带给你的，他今天公司临时有事儿，不能来了。"

我觉得，大狼是不想来了吧。

单靓倒无所谓，"那陈牧你就不想送我点啥吗？"

陈牧从口袋里又掏出个小盒子，“嗯，生日快乐啊，美女。”

单靓乐了，说：“陈牧，你和李晓达坐一起哈。”

扯什么嘛。陈牧看了我一眼，有点不好意思。我淡定地笑了一下。

我们庆祝生日，点蜡烛，吹蜡烛，然后单靓来切蛋糕，切到蛋糕，忽然她惊喜地叫了一声。

蛋糕里有戒指。好浪漫啊，不过这还怎么吃啊，真是的。王然单膝跪下，求婚了。

王然说：“找你俩来就是给我们做个见证。你说你害怕婚姻，可我想给你一个家，你可以慢慢想。”

我和陈牧忍不住忽悠她，“答应吧，答应吧。”

单靓说：“戒指这么好看，我就收了，但是求婚，等我再想想吧。”

看来王然是真爱她，起码现在是。

下午，单靓和王然去单独行动了，我想先撤了，陈牧说：“好久也不见了，请你喝杯东西吧。”

我俩坐在咖啡店里。

陈牧说：“听大狼说，你有男朋友了？怎么样。”

“挺好的啊，你呢，也有女朋友了吧？”

“单着呢，不知道该找个什么样的。”

“别太挑剔了，差不多就行了，比我好看点就行。”我调侃他。

陈牧笑了笑，忽然他说：“你已经挺好看的了。”

真的假的，好看你还不要我。

“哼哼。”我冷笑。

我俩没聊几句，有点尴尬，就都往外走了，这个时候，咖啡店进来三个人。

我一下就看见光头了。

王浩，还有个年轻漂亮的陌生女孩，还有一个……丁姐。

靠，丁姐是拉皮条的吗，老领各种年轻女孩给王浩认识。

王浩也看到了我。王浩看了一眼陈牧，没放声。陈牧好像意识到了什么，奇怪地看着我们，丁姐看到了我，说：“这不是小李吗？”

我冲丁姐礼貌地一笑。

丁姐看着陈牧，“和男朋友出来喝咖啡啊。”

我看着王浩，王浩面无表情。我说：“是哦，丁姐，我们要走了。”

王浩对丁姐说：“去楼上吧。”

他手里还拿着丁姐的包。丁姐冲我挥挥手。那个年轻的小美女傲慢地看着我们，转身也上楼了。我狠狠地瞪了王浩一眼，王浩连多看我一眼都没有。

我和陈牧往外走，我一直想控制。总不能在前男友面前流露出过得不好的样子吧。但我越想越来气，忍不住还是哭了。

陈牧说：“怎么了怎么了？你怎么一见我就要哭啊。”

“和你可没啥关系。”

“那和刚才的人有关系吧。”陈牧还挺聪明，但可见他居然连他前女友顶头上司王浩也不认识，他以前也太不关心我了吧！

我不说话，继续哭。

陈牧想安慰我又不知道怎么办才好，粗声粗气地推推我，说：“晓达，你不要哭嘛，谁欺负你了。”

我觉得陈牧着急的样子还蛮好玩的，我想笑，但想到王浩刚才又很想哭。我告诉陈牧，刚才那个就是我男朋友，我也顾不上丢人了。

陈牧糊涂了，“那是怎么回事啊，是他误会你和我了吗，你俩怎么一点也不像男女朋友啊。”

“我，我就没找到过像的！”

我觉得我和陈牧当初也不像。

陈牧说：“你得问问他！弄清楚怎么回事啊。”

我不哭了说：“没事，我会解决的。”

陈牧不乐意了，“我以为你这回找了个靠谱的呢，还不如我呢，我看……”

我刚想反驳他，觉得我太惨了，连续找两个不靠谱的，真是前脚送走了狼，后门迎来了虎，兔子的命运真是很悲惨啊，我就继续哭。

陈牧说：“他要是敢对你不好，我是不会饶了他的。”

“和你有神马关系嘛！”我不服气地说。

“你当过我女朋友，我就要负责到底。”

狮子男就这样，你只要当过我的女人，就一辈子都是，就算我不和你在一起了，别人也不准欺负你。靠，其实你最欺负我了，装什么大尾巴狼了现在。我不理他，陈牧不放心我，坚持要给我送回家。

一路上，我耷拉个脑袋走，陈牧每隔一会儿就推推我，我没有反应，看到路边有好吃的好玩的，就买给我，我不搭理他，他就在手里拿着，等我回到家，他硬塞给我一大包乱七八糟的东西，从水果到小吃，再到头花、发卡。

我头发那么短要发卡干毛啊，我转身回去了，陈牧又上来拉住我，想了半天才说：“回去睡觉前别想太多，否则醒来会变成疯子的哈。”

我苦笑一下，回去了。

我回到了家里，发现单靓人早没影了，上网看她用手机改了QQ状态：*奶奶，有人向我求婚了。*

唉，幸福的小女人啊。

王浩一天没任何回音。第二天也没有，我也不打算找他。第三天，第四天……我就吃了几口饭，瘦了不少。单靓这几天压根就没回来。第五天我去原来公司了，正好我有点钱还得回公司领。王浩却不在。

高瑞看见我了，老远喊，“李晓达，你回来了，来来来，中午一起吃饭。”

他难得破天荒请我吃饭，问了我一堆新工作薪资待遇之类的。

高瑞说：“王总又换了个助理，丁姐给介绍的，长得可好了，哈哈，王总有福了。”

我一听，心里一惊，我说：“丁姐和王总关系真是铁啊。”

“那是，经常两人就去外地旅游，老情人，互相还都不吃醋，难得啊，能不铁吗。”

我以前觉得他们现在只是朋友，看来我太天真了。下午的时候，我又去了原公司继续办手续，终于看见王浩了。他正在和属下谈笑风生，看到我笑容僵住了。他示意我，在他办公室等他。

我等了一会儿，他进来，他说：“出去说。”

我俩往外走，谁也不理谁。他一直带我回到他的住处。

王浩冷着脸，压抑住火气说：“说吧，解释一下。”

“解释？”我觉得蛮好笑的，“我解释什么？”

“和你前男友喝咖啡，还骗我说是给单靓庆祝生日？”

“我没骗你，中午是庆祝生日了，后来她又去别的活动了，正好我前男友就和我喝杯咖啡。倒是你要解释一下，你和丁姐！”

“我也没什么好解释的。你没看还有另外一个人吗，我少个助理，丁姐给我介绍个。”

“公司的人都传你和你那个新助理……”

“李晓达，咱们不是没有共事过，你也知道我不喜欢和下属乱搞的，如果真有感情，我就让她辞职了！”

王浩很不高兴我怀疑他，但是明显他很怀疑我。

“丁姐？又是丁姐，你真是州官放几把火都行，我这百姓连个手电筒都不让点！你们孤男寡女老出去玩，难道就没有问题吗？”

“我和她的感情早就超越肉体了。”

我气得就想走。

王浩把我按住，说：“别走，谁不知道你念念不忘那个前男友啊。我怎么都是错。”

我盯着他看，恶狠狠地说：“别自己做了亏心事，把屎盆子往我头上扣，我和他真没啥，而且人家比你真的是强太多了，从来没这么对待我。”

王浩用一种恶毒的眼光，上下扫了我一眼，“是啊，可人家从来没把你当盘菜，你一直在闹，我对你够好了，你说你没准备好，我就从来没强着你来，我可是个正常的男人。”

我觉得我说陈牧这句话激怒了他，王浩特别不喜欢我说别人比他强，他听不得这个，他按我在墙上，一顿强吻。伴随着牙齿的碰撞和舌头的搅拌，有一种很生硬的感觉，有点屈辱。我极力想推开他，被他按得死死的。

王浩喘着气，以一种狠毒的口气说：“今天咱们把事儿给办了，就今天。”

我晕。

我说："不行王浩！我不能和你……你还没打算和我结婚呢。"

王浩戏谑地看着我，把我抱了起来。

我也知道，逃不过这一天。但是没想到王浩还喜欢 sm，他把我反手绑在椅子上。我反抗了 20 分钟无效，累得一点劲儿也没有了，然后他去洗澡了。

我靠，咱去床上舒舒服服躺着不行吗，大哥。再说我还想洗澡呢。我对于那种事儿的概念就是女的在下面躺着，男的在上面瞎捣鼓，女的只负责叫唤。逃跑？王浩住的地方都没邻居，我真是喊破喉咙也没有用，我还是想想避孕吧。

我曾经在药店门口，看过一对小情侣，特别小，估计才十五六岁。

男的说："就买毓婷哈？是吧。"

女的点头。然后男的进去买了，当时我心想这帮孩子都完了。

单靓和我说："这俩孩子起码还有点知识，像你，估计连安全套都不会用。"

当然了，王浩肯定经验丰富。

我记得有一次，我和陈牧单独在他家，挺甜蜜，后来他有点忍不住了，不过没有强迫我。陈牧又一次说漏嘴了，他说其实他也没用过那个套套。

哄哄，我和陈牧在一起的时候像两个懵懂的少年，都在摸索阶段。

王浩这个老油条。

虽然我看过 A 片，但是那更加重了我的恐惧感，特别猥琐的男的和装得挺爽的女的，放大的某些部位，让我觉得其实挺丑的，还不如看欧美限制点的电影唯美。我脑袋想这些的时候，王浩已经洗完澡了，上半身赤裸了，身材还好，略发胖。

我喊着说："我也要去洗澡！"

"不用，我就喜欢没洗澡的。"他的表情像个变态一样。

"能把绳子给解开吗，咱来点传统传教士姿势的好不好。"我反倒也不害怕了，像个女流氓似的和他叫板。

王浩乐了，他说："唉，被你逗得没啥兴致了，怎么办。"

"那更好啊。再说我大姨妈也来了，哈哈哈哈。"

"那我就检查一下，看看你的大姨妈。"

王浩可不管这一套，放手就过来。

我咬了他一口，把他吓了一跳，"大哥，不得先有个前戏神马的，你干吗上来就脱裤子啊。"

王浩拿我没有办法，说："这不让你有个新鲜感吗，和你特好的前男友区分开。"

"其实我是个处女。"我说，然后我哭了。

我觉得这句话让我想起了很多事儿，我妈对我的"教导"还有 Dcup 说，既然这么多年都 hold 住了，就别轻易……我想起我和陈牧都情不自禁的时候，陈牧说："还是再忍忍吧。"

这么多年都坚持的一件事儿，忽然要失去的时候，心里是有很大的恐惧和失落。

王浩异常惊讶地看着我，他只知道我男朋友交往的不多，还真不知道我没有……

“我其实没有处女情结的，你不用骗我。”

“可我真 TM 是啊！”

他解开了绳子，轻轻地吻我，喘着粗气说，“没事儿，我会很温柔的。”

我趁着这个机会，反手给他一拳，然后想逃跑，结果这一拳实在被他抓了个正着。王浩说：“你总也得有天变成个女人吧，面对现实吧。”

王浩专业地轻吻着我的脖子和耳朵，伴随着专业脱衣服的顺便上下其手的娴熟手法，我毫不怀疑，王浩给超过 20 个姑娘脱过衣服。

此时此刻，我并不是特别紧张，也不是特别兴奋，我只是非常非常的迷茫，迷茫到我觉得其实真和他上床了倒也没啥，能有啥？只要不怀孕，不就是少个膜嘛？那些封建卫道士说女的失贞就去死的人都是 2b，说不准我体育课的时候，骑自行车的时候早没了，现在你说你是处女，都没几个人信，能怎么地了。但是我真和他上床了，我忽然也非常的犹豫，我真的是小心保护了二十五年，一直坚信一定要和彼此相爱的人分享，我连陈牧都没给，那么……

当他把我外套脱得七零八落的时候，我还是忍不住紧张的颤抖，我问了一个傻 b 问题，“王浩你爱我吗？”都说床上男人的话最不可信，但他没有像通常男人那样，说爱死你了宝贝，他忽然停止了一切动作，然后起身，把衣服盖在我身上，去洗手间了。

我愣住了。半天他从里面出来，湿淋淋的，呆呆地说：“晓达，你先回去吧，你让我想起李晓红了。”

靠。为神马我还蛮撕落的。不过我还是赶紧走吧。我忽然从失落到后怕的庆幸，我觉得我内心深处还是不太想这么和王浩上床。

靠啊靠。我赶紧把衣服整理好，有点屈辱的赶紧跑了。

这叫什么事儿啊。

纠葛

我“虎口脱险”后，查看手机，发现小单给我发了个短信：十万火急，速回家。

啊？难道说王然也……不会不会，只有王然被 Dcup 推倒的可能性。

我给她打电话，她在那头挺 high 地说：“好事啊好事，你赶紧回来。”

搞什么嘛。我回到家，看到陈牧和大狼坐在沙发上，大狼冲我龇牙乐，陈牧面无表情，我产生了一种错觉，仿佛回到了去年，我们四个还是纯友谊的时期。

单靓说："犯瘾了，特别想打滚子，正好周末嘛，大家打一局。"

我滴天啊。

我给她使眼色，我俩去厨房洗水果，我压低声音说："姐姐啊，你这牌瘾也太大了，你怎么把他找来了，你这不是给我添堵嘛？"

小单说："我就在QQ上发了个状态，想打滚子，你也知道王然这孩子根本不会，结果奇怪的是陈牧就给我打电话，非要来咱家打滚子，还把大狼拽上了，来就来呗，什么时候你还怕上了？"

大狼在客厅喊，"麻利点哈，你们两个磨叽啥。"

小单拉着我回来了，然后说："我提前说好了哈，我不和李晓达做对门。"

大狼也说："我也不和李晓达做对门，打得太臭了。"

真是的一点义气也没有，我下意识地看陈牧，他也在看着我，我抢先一步说："我不和你当对门。"

陈牧微微一笑说："你也没的选了。"

切，大狼似乎又恢复了没心没肺的本色，对陈牧说："你们完了，不怕像鹰一样的对手，就怕晓达这样猪一样的队友。"

"打滚子还是你教我的呢，就你这个师傅太差劲了。"我对大狼表示不满。

"别磨叽了哈，开战开战。"

第二局，我和陈牧就让人喝了9张血，不过陈牧也不说我，没想到我一下抓了三个大令，大狼要反给我进贡9张，大狼和小单气不过，大狼说："晓达以前玩什么打得都是最烂的，可偏偏总是能抓到好牌，这就是命啊。"

小单接了个电话，口气十分嗲，肯定是王然。

"打着呢，你赶紧学哈，你四不四大连银了，不用，你自己吃吧，不用送了，嗯嗯……"

大意是王然打算送点吃的给我们四个，小单说我们自己叫了外卖了，唉同样是一个爹妈生的，他哥怎么那么那啥，我忽然瞅了一眼大狼，大狼表情有那么点失落，不过他很快恢复了没心没肺。

我居然凭着一手好牌和陈牧的出色牌技，赢了大狼和小单一锅。

中场休息，正在吃水果的间隙，忽然陈牧发话了，"晓达，你和你那男朋友谈得怎么样了。"

我愣住了，你什么意思啊，当着朋友的面，这么问我。

大狼接过话头说："陈牧把那天的事和我们讲了，我觉得你那个男朋友不靠谱。"

小单说："我只是提供参考意见，王然到现在都不知道你和他哥谈恋爱，我觉得问题很多。"

陈牧做总结性发言，"你还是当断则断，赶紧和他分手吧。"

如果是大狼主动挑起这个话题，或者单靓劝我，我或许会好好冷静地思考一下，和朋友交流一下，但是陈牧……你凭什么管我，一股火气就上来了。

“和你有什么关系，难不成我分了和你再好。”我翻着白眼，语带讥讽。

“我支持，我觉得陈牧和你还是蛮配的哈。”大狼在那推波助澜。

陈牧微微红了脸，不知道是不好意思还是有点激动，他说：“我不是因为想和你在一起才这么说的，我是出于朋友的关心和必要的良心，我希望你过得好，不要和这么个人在一起。”

“谢谢您了，用不着。”

“你不要赌气。”

“犯不上为你赌气。”

这个时候，王浩突然给我打电话了，虽然我对他几个小时前的强迫未遂事件有些生气，事后想想不能那么轻易和他再联系，但是，当着陈牧的面，我接了起来。

“在哪呢？晓达，我开着车在你家附近呢，给你送了点东西，要不，要不出来一趟？”

王浩的声音极为的柔和和谨慎，不太像他一贯的作风，我清楚王浩，他这个人一直活在伤害别人和事后反思中，觉得他做过分的话，他从不道歉，如果你这个时候指责他，他反倒会恼羞成怒，拒不认错，如果你这个时候沉得住气，不闹也不笑，他会用他的方式给你道歉。

我挂了电话，对单靓说：“王浩开车来给我送东西，我出去一下。”

不顾他们仨的冷场，抓起衣服往外走。

“不要去。”陈牧当着我的路，然后坚定地说：“或者现在和他说分手。”

“你是不是管得太多了。”我也坚定地看着他。

小单拉住了陈牧，“天要下雨，前女友要嫁人，你别管她了，她这个人和她的牌运一样，没啥事儿。”

陈牧妥协了，他说：“可能你不接受我的做法，但我只希望你过得好。”

如果你真的希望我过得好，你就应该坚持和我在一起，努力爱上我，发现我的好处，当我的老公，但是你既然“忍受”不了你所谓的“没有感觉”，我只能另寻别处。我心里暗自想着这些，笑了一下。我转身走了，红了眼眶。其实我没想到一向事不关己的陈牧真的会做出这种事儿来，可见，王浩这个人有多人渣，连前男友都看不过去了。但是“人渣”现在看起来却很贤良的样子，他看见我，远远的就下了车，拎着了好几大包东西。我对他有戒备，没上他的车，双手插兜，站在他面前。

王浩低眉顺眼地说：“我几个朋友从外面玩刚回来，带回来一些东南亚水果，还有在香港买的一些护肤品，据说挺适合你这年龄的女孩，还有几件衣服，我刚才去逛的时候，觉得你可能会喜欢的，我眼光也不行，但……”

他每次觉得把我惹火的时候，就给我买东西，但是这一次的低姿态却是少见的，可能他真的觉得自己挺过分？但他几乎只字不提几个小时前，我俩你死我活的打斗，互相骂对方那些难听的，好像我俩感情一直非常平顺一样。他总这样，“对不起”这三个字，不存在王浩的字典里。我拿了东西，转身就走了，一句话也没说。不说话是不知道说啥，拿东西是我想给陈牧看，我找的男朋友比你强多了。

我回去的时候，他仨都还没走，我把水果放在桌上，小单上来扒拉东西看。

“王浩朋友从香港、东南亚带的东西。”我口气轻松地说。

“这衣服不是香港买的吧。不过挺不错。”小单倒是见多识广。

“嗯，衣服是他逛街买的，没想到还挺有眼光的啊。”

小单这个人吧，不太喜欢让别人太尴尬，她转移话题和我提衣服化妆品，好像很喜欢我那堆东西似的。大狼和陈牧两人一句话也不说。

王浩又给我打电话，“晓达，我在外面等你，你朋友走了之后，你出来呗，我想和你吃晚饭。要是他们留下吃晚饭，我就请大家一起好了。”

这是王浩第一次说要请我朋友吃饭，但是他们仨肯定不会去的。

“哦，再说吧，你先回去吧要不。”

“不，我就在外面等你，你今天不出来，我也不走。”

哎呀妈呀，你什么时候还执著起来了。

“咱们继续打滚子啊。”我打起精神，强作欢颜。

“不打了，我先回去了。”陈牧面无表情地说。

“那不送了。”我也面无表情。

我以为我会和他做朋友的，但发现实在是太难了。我送走了陈牧和大狼，小单看着我，干笑了几声。

“你乐啥？”

“我发现啊你衣服领子好像是被撕开了。内衣带似乎也没弄好。”

“瞎扯，我只是……”我赶紧低头整理。

“你放心，大狼和陈牧这种粗心男根本看不出来，你不会是……”

“差点就……”

我给她描述下我下午的惊魂。她一边听一边乐，乐得肚子都疼了。

“靠，别乐了，大姐，你第一次经历这个你就不害怕吗？”

“别提了，我初恋现在做鸭子了，估计现在挺专业，不过他刚上手那阵技术极差，还是我现场指导的，那阵我俩才上高中吧。”

“你一个小处女居然还能现场指导，那疼不疼啊？”

“不怎么疼，甚至也没流什么血，看来我天生就是 sex 女王。”她猖狂地笑。

“我靠，那和你那些男人，哪个技术最好。”我无耻地探讨这个问题。

“别说得我阅人无数好不好，总共也没超过 10 个，我 20 岁之前，都没啥舒服的感觉，越到后来越感觉爽，但做完那个手术，就有点那啥了，马上不就三十如狼了么。只要注意避孕就好了，像我和大狼那次就太倒霉啦。”

“你和王然和谐吗？”我来了精神。

“相当和谐，虽然刚上手，其实你可以试试王浩，他们老王家可能都挺强的，哈哈哈。”

“大狼怎么样……”我问出了我一直想问的问题。

小单有点火气，掐了我一下，“以后少提这事儿哈，大狼……那天我喝得醉醺醺，哪里还记得那么多，但是我见过的男人，大狼是……size 最大的。”

啊？？？？比长发男还要……我想起 Coco 姐博客里对长发男的“详细描述”。

“我没见过长发男的，大狼真的是挺……算了，小坏孩，和你说这个干啥，我把大狼一直当成朋友，现在是亲人。”

大狼同学居然如此神勇……我以后见到他不免要刮目相看了。

我忽然想起王浩可能还在外面，我从窗户往外张望，看到了他的车。都这么晚了，他还不走啊。我出去找他了，敲敲车门，他似乎在里面睡着了。半天也不开，他不是一氧化碳中毒了吧？我吓得不行，一边一个劲儿地敲打车窗一边掏出手机想报警，突然车窗被摇了下来，王浩调皮样儿看着我，“上车吧，我饿死了，你行行好陪我吃个饭吧。”

我一身鸡皮疙瘩全起来了，没办法，我没有坐在副驾驶，我坐在了后座。

到了附近吃饭的地方，王浩真饿了，一个劲儿地吃东西。我看着他哭笑不得。

他一个劲儿地给我夹菜，让我多吃。他又说一会儿要给我送回去，我这回放松了警惕，坐在了副驾驶。

开着开着，王浩忽然狡猾地笑，他说：“哎呀，我又来了感觉了，要不然咱们回去把未完成的事业做完吧。”

“大哥能不能不那么露骨，不行！”

“和你开玩笑，咱们转一圈就送你回家，其实吧，那种事儿没你想的那么可怕，可能第一次呢，会比较难受，但是有我这样的高手呢，会让你相对比较舒服的，那第二次第三次呢，你会越来越爽的。”

王浩一副精虫上脑的样，据说天蝎都是没那事儿会死的人，但似乎他还处于自控良好的状态。

“你是没尝过开发过的好处，其实我真的挺强的，不尝试会比较可惜。”他继续在那露骨地讲，开车倒出来的一只手也不老实起来，我以前和他当同事的时候，他连个黄笑话都不在我面前讲，从来没和我有半点的接触，我一直都觉得他特别正人君子。

我甩开他的手，“老实开车！哪个男的不吹自己强的，你以前不这样啊，连个黄笑话都不讲。”

“以前？以前你和我也不是男女朋友啊，我才懒得对我没兴趣的女人下手呢。我准备以后一天给你发个黄笑话，开发你的情商。”

“不必了，那些我早听过了估计！”

“哈哈，我真喜欢你这样的，晓达，你这个小脑袋瓜子里其实什么都明白，但是你还是要装出特别正经的样子。我跟你说哈，男人只有好色和非常好色的，我觉得我还属于自控力非常强的人，不能沾的我绝对不碰。”

“拉倒吧，比你正经的有的是，比如……”

“比如什么，你那个前男友，或者你那些前男友？他们没和你上床不代表他们就真的正经，可能那阵他们太小了，处男和处女一样，顾虑都比较多，也大多忍得住，但是你等着十年之后，看他们，一样。说实在的，你今天还真的是楚楚可怜，但是也别有一番小不正经，我现在想起来挺有感觉的，咱们还是开车回去继续吧。”

我知道王浩在吓唬我，明明是往我家里开的，王浩这个人，说好了送我回家，他就不会改主意，但是我也不能任由他这么调戏我。

“那么，你的处男生涯是在哪个女人身上结束的呢，初恋？丁云？”

王浩一下子就收敛了，他就这样，调戏我无极限，一到他自己的问题，他就不爱说，他不爱说的事，你问他一百多遍他也不说。

他半天才说：“我和初恋没有过，毕竟那阵太小，是和李晓红。”

沉默。

“那你爱她吗？”我不是吃醋，我是真想替那个为他毁灭自己的女人问句话。

“她反正是我说过爱她最多的女人，”王浩声音低下来了，“我们最开始的十几次，每次她都要问我爱不爱她，我那阵满脑子只有那种事，我就说我爱你我爱你我爱你。后来我再也没和别的女人说过我爱你。顶多是说想你，喜欢。”

“那你真的爱过她吗？”

“这问题有意义吗？不喜欢的话怎么会在一起，除了那种纯肉体的关系，只要当男女朋友了，就肯定是互相喜欢的，用得着说吗。”

“你到底爱她吗？”我故意的，我知道只要提到李晓红，王浩就忍不住良心发现。

毕竟，这个女人是他第一个女人，陪他渡过难关，也是他未出生孩子的母亲。

“我不知道，我只知道她最爱我，你们都不是真的爱我，只有和她在一起，我才觉得我是安全的，被爱的，后来的女人都太精了，为什么我喜欢那个90后，我觉得她会单纯地爱着我，后来发现不是，现在的孩子可一点也不傻。”

王浩似乎挺沮丧地说：“直到失去她的时候，我感到了家里出事一样的难过，但是我并不觉得她做得对。”王浩又突然很愤怒，“她凭什么这么轻贱自己的生命，凭什么让我一直为她内疚。当然，她得了抑郁症，也许她身不由己，否则的话，她一定不会这么做的。”

又是一阵沉默。

王浩的一只手又伸了过来，不过这回不是咸猪手，他握住我的手说：“老天爷把你送给了我，我和你在一起，也有那种被爱的感觉，但是你绝对不是她，你爱你自己超过爱我，这一点很好，我知道，你一定会自己活得很好，我打不败你，但是请不要离开我，我非常需要你。”

“你还是好好开车吧，天天说话和电视剧一样。”我调侃他，掩饰我一瞬间的感动。

“真伤心啊，不过算命的说我是个命硬的人，克至亲之人，父母，晓红，我害怕……”

他担忧地看着我。

“说不准我也不是你的至亲之人，再说我一向都走狗屎运。”我故作轻松的和他讲话。“不过你为什么很少去看李晓红，只是安排人去给她家里钱。”

“她家里人也不希望见到我，还有，每次想起她，我都意识到自己是个特别不好的人。但是对别人无所谓，生意场上的人，用不着心慈手软，那些想从我这里捞点什么的女人，也不用惯着她，只是……只是她，她是个天使，我记得我爸爸说过：‘你可以不对对你好的人好，但你不可以向对你好的人不好。’这话虽然有点绕嘴，但是，我确实是做错了。”

是啊，你可以不对对你好的人好，但你不可以向对你好的人不好。

“那我是啥？”

“你是个好人，但没那俩翅膀。”王浩乐了。

“切，我想吃可乐鸡翅了。”

“你这是什么逻辑！”

“你好好开车，手往哪放！”

“唉，我需要暖暖手，胸怀这个地方温度比较高。”

“别闹了，再乱摸把你爪子剁掉，好好开车。”

“谁乱摸了，我摸了半天也没找到胸。”

“去死！”

一脸卸妆油

Dcup 这两天很烦躁，因为之前那些“名媛”又要聚会，还邀请了她，不过她现在没钱，有些捉襟见肘的滋味，但还是挺想出去装装样子。

“虽然那帮贱人知道我家破产了，但是我也不想太寒酸，你那些王浩送你的东西能不能借我用用……”她和我绕弯好久，终于问出了这一句。

“没问题！包和手表随便拿，不过衣服你穿不上吧……”

“嗯，我穿不上……你怎么长那么小啊！不争气。”

我问她，“王然不是老给你买东西吗？”

“我不太管他要这些，况且他也没多少钱，钱都把在他哥手里，他哥知道我俩恋爱，每个月零花钱少得可怜。对了，你是不是也要出去聚会什么的。”

“是啊，今天还要赶两场呢，陪王浩去。”

“我觉得是个好兆头，他之前从不带你去参加聚会。”

……

就这样，我和小单就分别行动，去见“贱人们”。

小单就是输人不输阵的典范，我是能装弱就装弱。王浩领我去参加一个会所的小型聚会，就那几个人自己搞的活动，肯定又是一群装b老爷们儿老娘们儿。王浩真正的朋友品位都不高，都挺像暴发户的，其实他也挺俗的，只不过我感觉他还知道自己俗，所以低调些。老远看到一位烟熏妆女子，见到王浩甜笑不已，王浩见到她也笑得眼角皱纹一堆，我也冲她笑，她没理我。我扭过头去，看见几个人在打桌球，中间的红衣女子特别引人注目，她穿一件红色的类似旗袍的晚礼服，却显得行动自若，打球精准，我再一瞅，丁云，晕。我马上看王浩，王浩也看了我一眼，我俩眼神交流了一堆信息。

我心里在想：妈的，到哪都有她，她来你找我来干吗。

王浩大概在想：你给我老实点哈李晓达，微笑微笑再微笑。

其实丁姐长得真不错，在一群化妆都差不多的假脸美女中有气质，球打得也好，还会做生意，完爆我，若不是她比王浩大11岁，还有个女儿，真是王浩结婚的最佳对象。

丁姐此时却忽然不打了，助理给她拿来黑色的貂皮披肩，她气场十足地往外走，王浩说："怎么了，见着我来你就走了啊。"

"别臭美了，有点儿急事，你们好好玩。"丁姐瞅了一眼王浩，然后冲着我礼貌地笑了一下，匆匆就走了。

王浩也没太在意，我感觉似乎看不出他俩有过好几百腿的样子，他带着我往里面走，坐在他几个朋友那，刚坐下，那个烟熏女就来了，斜坐在王浩身边。

"呦，情人节快到了，王哥你和谁过啊。"

我本来觉得此女就挺有青楼气质，你不要那么贴切角色好不好。再给你一个手绢配合你得了。

王浩指着我问说："我要是和别人过，你批准不？"然后他抬着头对大伙说："这是我女朋友，李晓达。"

周围朋友嗷嗷的兴奋了，他们大多见过我，"哎呀，有一套啊，这不是你那前助理吗？Blabla……"

结果这个时候烟熏女居然说了一句，让我十分意外的话，她说："哎呀，我还以为王哥你能找个什么样的呢，现在真是真相揭晓了啊。"

真是不给我面子啊，我没理她。王浩干笑了两声，大概也挺尴尬。然后就是吃饭喝酒唱歌喝酒喝酒喝酒跳舞吹牛逼要彪。烟熏女无视我存在一个劲儿在王浩面前露大腿露胸，王浩似乎也不是很喜欢此女，他借机会好多次坐回我身边。王浩手机响了，他抓起来一看，嘿嘿地笑了，然后偷偷扔给我。

那个烟熏女给他发了一条：你品位退步了，这女朋友真难看，眼睛像没睁开似的。

王浩狡猾地看着我笑，似乎在挑衅我。

我站起身直接去卫生间，给Dcup打电话。

"喂，晓达啊，对对，好，我正和姐们儿玩呢，什么，好好，我过去哈。"

还没等我说啥，她就哇啦说了一堆，过了一会儿，她似乎出来了。

"哎呀你救了我一命，那群贱人太烦躁了，你怎么了。"

我把刚才的事儿学了一遍。

Dcup 气愤地说："操，那女的脑残吧，心里怎么想的嘴上就怎么说啊！"

靠！

她又说："我知道那是谁，那个女的一直追王浩，我和王浩好的时候，她也酸了吧唧的，她说我胸太大，不协调，奶奶的，其实她卸了妆死难看，我看还赶不上你呢，泼她一脸卸妆油！"

"好主意。"

"我靠，你不是真要……"

我挂了电话，打开小包，把卸妆棉拿了出来，然后倒上厚厚一层卸妆油，气势汹汹地往外走。

王浩爱怎么想怎么想，因为这事儿我俩黄了也罢，我就是被此女还有王浩身边层出不穷的挑衅女给气积累起来了，算这个女的倒霉。

我走到烟熏女身边说："你刚才给王浩发短信，说我长得丑了？"

周围人都愣了，王浩往这边望。烟熏女刚想说什么，我直接把她假睫毛给拽下来了，疼得她嗷嗷乱叫，我上手把卸妆油抹了她一脸，她疯了一样打我，但是她眼妆花了看不见我，涂的满脸都是，惨不忍睹。

王浩冲上前来，拉住我，大声呵斥，"干什么！多丢人啊！太无理了！"

然后他关切地冲烟熏女喊一句，"对不住了哈，我教训她。"

王浩拉着我就往外面走，边走边怒气冲冲。我俩一路走到外面，把我塞进汽车，他不说话，把车一溜烟开出去了。沉默了五分钟，王浩忽然把车停了，然后阴沉沉地扭向我，死死盯着我。我突然有点后悔刚才的举动，我刚想说抱歉。

王浩爆发了一阵狂笑，怎么也止不住，王浩说："你够狠啊。"

过了好一阵他才缓过劲儿，然后说："你怎么这么猛，怎么我以前没发现，哈哈哈。"

"别笑了，别笑了哈。"

"就为这个你揪人假睫毛，疼不疼死了啊。"

"谁让她这么无视我。"

"唉，我以后还敢带你去聚会吗，反正这女的闹心，喂，我其实挺喜欢你这种的，咬人的狗不叫。"

"你才是狗呢！"

王浩显然因为这件事对我另眼相看，对我态度好了很多，我觉得他这个人也蛮怪异的，想找个贤妻良母，但骨子里还喜欢特叛逆厉害的选手，我可不是投其所好，生气到极点的话，我就会发飙，而且是比一般人更厉害的那种。他喜欢强者，就算是不讲理的。

我一回家，Dcup 八卦十足地说："我靠，姐们儿你出名了，你泼艺柔一脸卸妆油的事在我们那里传遍了哦。"

哎哟哟你们这帮绯闻女孩，传得可真快。

拥抱与信用卡

泼油事件后，我成了Dcup那个圈子的名人……据说我做了一件很多人想做又没敢的"壮举"，但是我却因此后悔了很久，倒觉得挺对不起那个烟熏女的，说实在的她也只不过说了几句风凉话而已，这次行为和我一贯坚持的能吵就吵不动手的原则违背，甚至我怕她找人来扁我，额。

王浩和我说："喂，他们都说我这次找了个泼妇唉！"但是他说这话的口气好像和"喂，这次他们都说我找了个大美女唉！"一样的自豪。

我表达了下我对那天行为的歉意，但是我重申，王浩为何没有在那女的挑衅我的时候给我辩解两句，反而还来把短信给我看刺激我，他是泼油事件的元凶。

"元凶？你去参加司法考试得了。"他撇撇嘴，然后说，"其实我也有很多讨厌的人，我真希望当面给他们几拳，但是碍于各种面子，不敢，你倒是真厉害。"

"不过如果每个人都随心所欲的给讨厌的人一拳，这社会也就乱了，这次真是我做得过了……"

"既然坏事儿都做了，还后悔什么，不过大家似乎还蛮赞赏你。"

赞赏？泼妇值得赞赏吗？他们圈子的人可真奇怪啊。

王浩想了一下，说："每个人骨子里都是欺软怕硬的，你弱，自然有人同情可怜你，但仍有一种冲动继续扇你哭哭啼啼的脸两巴掌，或者保持轻视你的权利；你强，你不讲理，让你利益受损的人会尝到厉害，时而久之，就没人敢去惹你，尽管会背后非议你，但他们心里，骨子里，他们畏惧你，服从你，这就是人。"

我长长地舒了一口气，"你有时候可真是个哲学家啊……其实我想给那女孩道歉来着。"

"不用道歉，错了也不用，你知道为什么有的女人抢了人家丈夫，也没几个人骂她吗，比如那个朱莉，布拉德皮特那老婆，因为她做事做了就做了，而且够强势，够聪明，有的人只要当了一天小三，甚至还不全是她的错，也会被人说，就是……"

我摆了摆手，"错了就是错了，不过我也没法道歉，我也不能让她当众给我卸妆来着。"

王浩的强者生存理论显然不太适用他弟弟，王然一点也不喜欢和生意人打交道，又去做义工去了，甚至还拉上了Dcup，小单这个人倒是挺喜欢帮助别人的，只是之前也没见她怎么投身慈善事业，两人去给孤寡老人送东西，干活，去给贫困学生捐东西，去公园参加捡垃圾活动。

王浩对他弟弟这些举动虽不反对，但也不支持，他觉得王然太单纯，容易被人骗，他也常常捐钱，只不过是捐钱总出现在各大媒体的版面上，或者在陪同领导的时候。这次他又要捐不少钱呢。

“王总，我想知道你是真想捐点钱呢，还是想要个名声呢。”我试探地问。

“中国人好多是你这样的，”王浩似乎还挺气愤，“反正我是捐了，老质疑动机干什么。”

说起这事，我想起来了，小单邀请我明天周六去参加一个志愿者的活动，不过在这之前，今天晚上，我得陪王浩去参加另一个慈善晚宴，主题是关于帮助贫困大学生的。

慈善晚宴，听着略显别扭，一半是慈善，一半是晚宴，但也许王浩说得对，动机并不重要，能帮助到需要的人就好。晚宴在香格里拉酒店举行，还是挺有排场的，但人不多，王浩领着我坐到一桌，这些人我都不认识，比他平日的朋友显得有修养不少，过一会儿，王浩和桌上人寒暄差不多了， 他端酒起身往前座走，前面来了一些官面上有头有脸的人物，而且我还看见丁云了，她真是无处不在啊。

丁云向别人引荐王浩，她说这是她弟，王浩也真如小弟一般跟在她身后，他很注重和政界的关系，笑得和孙子一样。

一会儿晚宴正式开始了，主持人说完一堆话后，请出了10名大学生，他们都是今年夏天考上清华北大的贫困生，学生们依次上去介绍自己，大屏幕播放他们的贫困家境，确实是挺不容易的，很多女士流下了眼泪。然而我觉得很别扭，我注意到了学生们脸上异样的神情，我相信，越是学习好的孩子，越是很敏感，如此这般台上台下的对比……

宴会结束后，我问王浩，“为何一水的清华北大生，别的学校的孩子就不管了？”

“宴会也只喜欢强者而已啊，其实我也很佩服他们，在这种贫困的状态，可以考到国内最好的大学，这种人值得帮助。”

“可是不觉得，这样挺伤人自尊的吗？”

“是吗？你想得太多了吧，再说了，我觉得年轻的时候伤点自尊是件好事，以后他们该知道，自己有本事挣钱是件多么重要的事，而不是仅仅是念书好。”

我们陷入了沉默，不知道明天和小单他们参加活动又是如何的光景呢？

为了和小单参加那个义工活动，周日凌晨5点，我就被她叫起来了，她给了我一件长袖大衫，印着志愿者LOGO——一双手，一颗心。她说这个是王然自己设计的，去找人印的，自带了面包和矿泉水，给郊区学校带去捐献的书籍，并看留守儿童。时光倒流到我刚和她“同居”那阵子，我真是想不到她还能当义工。某个义工大叔免费提供了车辆，一行20来人挤上大巴，我发现三张熟人脸。

王然，大狼，还有陈牧……

以前也没听说陈牧和大狼还参加活动来着，都是被小单拖去的，王然显然对参加本次活动很兴奋，甚至还在车里给大家唱歌，自打回国之后，他那点零用钱基本上都捐给公益事业了。一行人年龄有老有少，有的看起来条件不错，有的似乎也不是太好，但总体上，大家氛围不错，我也受到了感染。

我和大狼坐在一起，大狼一个劲儿地给我讲恶心的笑话，比如下水道食人鱼什么的，恨得我想把矿泉水瓶塞他嘴里，大狼突然说："昨天看报纸，你那男朋友还捐了不少钱呢。人其实也挺不错的。"对呀，不过也不是他捐的，以他们公司名义。我发现大狼挺单纯，他觉得捐钱了就是好人，其实吧，怎么说，唉……

这个时候陈牧忽然走过来说："大狼，咱们换个座位。"还没等我反应过来，大狼就站起来跑了，真是的。陈牧--屁股坐在我旁边，我把头扭过去，过了好一阵，他捅捅我。我没好气地看他，忽然发现，是一张面具，给我吓了一跳，差点叫了起来，陈牧带了个小怪物的面具。

"哈哈哈。"他把面具摘了下来，然后小声说："晓达，上次那事儿听说你一直挺生气的，是我考虑不周，对不起了。"

哦，我表示其实也没什么了。

"你那男朋友，听小单说，对你后来也不错，如果能好好相处的话，祝福你们。"他想了一阵，说了这句话。

"谢谢。"然后我俩似乎没啥话题了，尴尬地坐在那里，大狼适当地回来了。

陈牧刚走，大狼就八卦地凑在我耳朵边说："你知道不，自打小单生日那天，陈牧他就没怎么开心过，一个劲儿地担心你，我觉得哈，他还是喜欢你，只是他没意识到而已。"

拉倒吧，谁他妈喜欢谁他自己还能不知道啊。我才不信呢，陈牧这种人就是这样，他觉得是他提的分手，我后来找的人如果对我不好，就是他的错，他责任感未免太强了，他担心我，只能说他的内疚感太强了，也就是说他当初对我也没几分真心，想到这里，我回答了一句，"你喜欢小单吧，你自己不知道吗？"

大狼被我噎住了，掐了我一下，"人男朋友在这呢，别瞎说。"

经过两个多小时的车程，又下来走了好一阵，才到目的地。学生父母很多都出去打工了，学校是新修的，校舍倒也不错，只是地脚很偏僻，之前教学楼都是危房，老师也没几个，现在给增配了不少老师，条件要稍好一点了。学生们见到生人还挺兴奋，都穿着校服，挺黑的，一看和市区内的孩子确实不太一样，但毕竟也都是90后，思维什么的倒也挺活跃的，我们把捐赠的书分发到各个班级，然后再赶往下一所学校……就这样一天的时间，去了五所中小学，捐出去半车的书，和学生们交流到嗓子都哑了，大家都累虚脱了，但是感觉很充实，比昨天的晚宴更让我有参与感。

回到市区，义工组织的大叔给大家讲了一些下次活动的时间和注意事宜，就各自解散，我要去找王浩，小单和王然走，大狼和陈牧撤了。我冲着他们摆了摆手，扭头走的时候，我看见陈牧的眼神有不舍。

靠，不会大狼说的是真的吧。我甚至怀疑陈牧来参加活动就是为了见我。不会不会，我一开始就觉得陈牧喜欢我他不好意思承认，后来在一起我还是觉得他喜欢我，他就是不善表达……结果事实证明全都是我自作多情！

尼玛一个人如果喜欢另一个，会含蓄到让另一个人感觉不到吗！

我累得虚脱了，几乎躺在餐厅的沙发上，王浩看了我半天，说："我很好奇……"

好奇什么？

"你在床上的时候会是什么风格。"王浩压低了声音，甩出了这么一句。

你大爷的，时刻不忘调戏老娘。

我刚想说啥，王浩继续说："其实吧，我觉得咱俩挺难得的，互相想什么对方都知道，你给我的感觉更像红颜知己，如果咱俩真的有了那种关系，这种感觉会不复存在，忽然挺不愿意的。"

嗯嗯，自打上次事件后，王浩更喜欢调戏我，给我讲黄笑话，但急三火四的肢体接触行为锐减，也不催着我赶紧破处了，倒是越发喜欢和我聊天了。亲娘咧，这还没怎么地呢，你就想和我柏拉图了。虽然我排斥他操之过急的行为，但我也不想当蔡琴啊……5555。

"那你这几个月是怎么解决的。"我懒洋洋地问。

"自己动手，丰衣足食。"他也懒洋洋地坏笑。

"鬼才信呢。"

"说真的，自己动手感觉也不错，有时候女人挺麻烦的，而且吧，我觉得我没以前那么需要那事儿了。"

我靠，他不是不行了吧，55555。

王浩瞬间看出来我的反应，他装得很生气地说："我还行着呢，只是能控制得住了。"

我忍不住笑出声来了。

王浩忽然认真地说："说真的，你从心里想找个什么样的人陪你过一辈子？"

什么样的人？其实除去乱七八糟的外在要求之外……

"在我不开心的时候，不多说，给我一个宽容的拥抱。"我在说这句话的时候，想起来陈牧，他从来在我闹别扭，没信心，难过的时候，会给我一个拥抱，不多说，但是……

唉，我还是挺想他的。

"你又追忆过去了。"王浩真他大爷的神了，我心里想什么他都知道。

我不打算隐瞒，我抬着头，看着王浩说："是，我曾经有个男朋友，在我难过的时候，会给我一个拥抱，但是我也并不感到安心，那你能给我什么呢？"

"我会给你一张卡，告诉你随便花，但实际上也有限额。"王浩说完就忍不住笑了，"但你会发现，卡比拥抱更能解决问题。"

他说这句话的时候，就真的给了我一张卡。我没接，我忽然感觉挺难过，无论是陈牧的拥抱，还是王浩的卡，我都感觉不安心。我想要什么呢？

"你怎么不问我，想找个什么样的人。"王浩还有点小别扭。

其实有时候我觉得王浩挺像个小姑娘的，爱闹别扭，每次我还得哄他。

“那你想找个什么样的呢？”我装作很真诚地问他。

他不说话。

“亲爱的，你又生气了。”我阴阳怪气地逗他。

“想知道吗？”他吃了一大口东西，又喝了一大口酒。然后他死死地盯着我一字一句地说：“我想找的就是你这样的，所以你不许离开我。”

我目瞪口呆，一瞬间眼泪差点流了下来。

王浩突然狂笑，“女人啊，女人，果然是很好哄的，你真信啊？我自己都不信。”

我有那么点生气了，我说：“你想找个什么样的我知道，外面要像丁姐那么得体能干，家庭背景要像小单家以前那样显赫，在家里又贤惠的要命，要像李晓红那么爱你，又不能自杀，还得像我这样对你那些破事不管不问的！”

王浩破天荒的没生气，他乐了半天，说：“对啊，你说的倒确实是我的梦中情人，前些年我很挑剔，符合标准的女人估计只有机器人，但我现在想明白了，其实我要没那几个钱，估计谁也不稀罕我，况且我也不算很有钱，我想找个让我感觉很开心的人。虽然你经常惹我不高兴，但是你还是蛮有趣的，你长得这个样吧，是个笑脸，我一看就挺高兴。”

“这么说你对我很满意喽。”

“60 分吧，继续努力。”

“你……”

“对了你不爽的时候，我也没少抱你啊？”

“你那是抱吗？”

“哈哈哈……”

胸袭恐怖事件

事物的走向都是平衡的。

就在我和王浩的感情已然上升到“柏拉图”的境地的时候，Dcup 和王然则到达了“罗马帝国”后期的水准。我俩最近的经济状况有了好转，又找了两室一厅居住。

她基本上已经天天出去“happy”了，或者王然会偷偷留宿在我家，我装作不知道，他虽然还是一副很青涩的样子，但是我已然从他眼神里看到了男人的气息。处男的气质和非处男还是很不一样的，说不上来。他长得越来越像他哥了，有一天我大晚上回家，看见王然在摸黑看电视，给我吓了一跳，我以为王浩跑我家来了。他这个年纪正处在荷尔蒙急剧扩散的时候，Dcup 也处在女人某种巅峰期的开头……他们虽然还是很有公德心的尽量不在我眼前 happy，但是……没什么但是了，我只能在角落里暗自吐槽一下……

我和王浩已经一个月没打仗了，当然除去他出差的二十来天……他这个几乎都不用 QQ 的人，居然赶时髦地注册了个微博，发了一张出差无聊的拍得极差的风景照片，下面居然有 80 个回复。

奶奶的，果然是高富帅啊！

我一看，该 80 个回复除了刘斌等狐朋狗友问他在哪爽了，剩下的都是女的，还有版聊，有的王浩没太搭理，但有的也调情了蛮久。包括他的那 90 后前女友，两人互动还蛮开心的，不都说天蝎男记仇，劈腿会被他活活折磨死吗？记仇个屁啊！他就记我的仇，我上个月说一句让他不高兴了，他保准这个月哪天让我同样感受一次。

我索性也发了一张自拍照，过了两天，一个回复，大狼：大半夜看到被惊了，一宿没睡着！

交友不慎！太桑心了。

我突然起了八卦心，从大狼微博翻出来陈牧的，想看看究竟……

这厮只发了三条微博，还都是转发体育赛事之类的。

人肉搜索爱好者最讨厌你这种人了，不过 Dcup 也挺讨厌的，她注册微博就是为了看王然的。

对了 Coco 姐！！那个新加坡豪放女啊豪放女……果然够豪放，她转发了一个男人赤裸上半身的照片，评价是：我炮友，超级强，可以试试。

老公不懂中文果然牛 b……

我在嗷嗷玩微博的时候，王浩给我打电话了，“哪呢，我回来了，饿死我了，能给我下碗面条吗？”

王浩对我做的面条的热爱让我都有点不理解。

他咣咣咣地在我面前吃了两大碗后，说：“我就是个穷人命，在上海那么多贵的，吃了老坏肚子，还是女朋友下面好吃。”

……

我猥琐的表情被他捕捉到了，王浩大笑。

“过来让我抱抱哈。”

“不去。”

“你不是说你喜欢拥抱吗，前男友抱得，我抱不得啊。”

他连拖带拉，把我抱在他大腿上，然后耳语说：“女朋友下面……”

无耻三俗流氓！

正当我俩狼狈为奸、郎情妾意的时候，王浩忽然说：“晓达，你搬出来住吧，和我一起吧。”

还没等我说话，王浩继续说：“你要是不想和我住，你就去我以前的住处，反正别和那谁再搅和在一块儿了。”

“什么‘那谁’？”

“就那小单，以后少和她来往。”

这句话马上让我俩的温度从80摄氏度直降到零下23度。

我推开他，站起来，他也马上变得正经起来。

“不行，小单就是我亲姐妹，你不喜欢她可以，但你不能干涉我和她的交情。”

“我本不想干涉，但是王然是我亲弟弟，你明知道我不希望他俩在一起，你还替他们保密。我已经都不追究了。”

还不追究呢，你以为你是正义先锋啊。我觉得我俩又要打起来了。他狐朋狗友的一个电话打断了僵局，一个局，让王浩去。王浩问我去不去，我说不去。

王浩说：“那个局有好多高级小姐，你不怕我被勾搭去吗？你去不去？”

我还是去吧！我不是为了监视王浩的，我是想看看到底多高级……

狐朋狗友有一个戴“僵尸蓝盾”的富二代，很猖狂的样子，“哎呀，王哥，出来玩还带着助理呢。”然后另一个劳力士狐朋狗友提醒他，这就是你那王哥的女友。僵尸蓝盾挑剔地看着我，无语的笑。看什么看，姐长得比你身边那个整容前好看。

劳力士猥琐地和王浩说：“王哥，你对女人可真好，今晚上都是名角，一水的北京来的大学生。”

王浩应酬式地笑笑。

王浩对小姐倒不是很鄙视，他老说出来卖的都是迫不得已，但他说他从来不找小姐，他怕得病。所以有小姐出场的情况，他就找一“女朋友”，不管是正式的还是临时的。因为大家都嫖的情况下，你也得……除了王浩，每个男的旁边都坐着一位或者两位“名角”，但是却很规矩，王浩说哪有在KTV里就乱来的，这些男的天天不缺女的，也没那么饥渴了。

这时候门开了，进来一个人，王然！！！

他来干什么？王然也很诧异，有点蒙，王浩喊他来，“王然过来过来，我弟。”

王然看见我倒不奇怪，因为他一直以为我在王浩的另一个公司继续做他的助理。

劳力士迅速介绍了两个大美女给王然，这些女的见了别的男的都是应酬式微笑，见了王然是真心的微笑。王然有点不知所措。我明白了，王浩你故意的吧？很显然，劳力士把最风骚的两位介绍给王然，这俩女的都快贴他身上了，弄得他很不自然。

王然努力的想摆脱她俩，和我讲话，结果王浩这厮把我拉到另一角。

“你干吗让王然来这种地方？”我问他。

“男人嘛，见识见识也蛮好的。”王浩气定神闲的。

就在这个时候，小单给我发短信：晓达，你在哪？

我一瞅，风骚女的胸都快贴在王然身上了，我叹了口气回复说：和王浩吃饭。

就你俩吗？又二人世界啊。

我怎么回复她，我说还有王然和很多大胸女？这样她不是生王然的气就是生王浩的气，干脆撒谎算了，也没啥大问题。

对啊。啥事？

小单没动静了。

过了一阵子，王然找个借口溜了，大胸女们还想要他电话，估计他没给，果然是好孩子。王浩倒也没阻拦。那帮人吃吃喝喝的，有点群魔乱舞的意思，我找机会去洗手间透透气。待了半天。

王浩给我发短信：你回来吧，咱俩准备撤了，有人喝多了。

我回包间去取外套，王浩在门口已经帮我拿好，我刚要走，听见里面的声音——耳光和女人的哭声。

我忍不住要看，王浩拦住我，“少管闲事。”我还是推开门看了。

一个姑娘，长得比其他人要清秀和出挑，刚才我印象蛮深的，捂着脸，半蹲在地上。僵尸蓝盾和另一个男的，一边打一边骂。

僵尸蓝盾：“当婊子还立什么牌坊，你还只卖艺不卖身啊，不知道被人 x 了多少遍了，在这给我装纯，看不起老子是吗？”

妈呀，为什么逼良为娼的男的就会说这么一段，一点创意也没有啊。

那女孩可怜的求：“对不起我错了，我真是出来挣点学费的，那种不行。”

僵尸蓝盾显然是喝大了，他猖狂地说：“x，那你刚才说那脏话干什么，你长不长狗眼，今天算你倒霉，带你走，找一帮兄弟轮 j 你。”

其他女的吓得不敢动弹，被打女孩哭着求情。

我转向王浩，“他们怎么这样啊，咱们帮帮她吧。你去说说情啊。”

王浩冷漠地说：“出来混就得付出代价，和咱们没关系。”

“那如果那被打的被侮辱的是我，你会怎么样。”我有点被他的冷漠所激怒。

“我会让他们死得很难看，敢动我的人。”王浩很坚定地说。

我不怀疑，王浩自打家里出事后，他说他暗自发誓，只要是他保护范畴的人，谁也别想动，王然那阵在美国读初中的时候，被白人孩子欺负，校方不管，王浩直接飞到美国花了大钱找律师，给学校好顿告，校长亲自道歉。我想目前他在意的人是他妈妈、弟弟，还有那些患难时帮助过他的朋友，包括丁姐，或许还有我？但他对陌生人或者一般人非常冷漠。

“那你也没保护好李晓红啊。”我挑衅地说。只要一提到李晓红，他就良心发现，他瞪了我一眼，说：“真他妈拿你没办法。”

他走了过去和僵尸蓝盾等人低声说了几句话。

僵尸蓝盾马上就软了，说：“臭婊子，今天运气好，王哥给你求情，你赶紧滚。”

女孩捂着脸就跑了。

我和王浩兴致索然地匆匆道别，刚要开车，那个女孩跑了过来。

“大哥，我是来谢谢你的。”女孩惊魂未定，满脸眼泪。

“别谢我，谢她吧，她让我去求的情。”王浩指指我。

“姐，太感谢你了。”她欲言又止，“你俩走了，我怕他们会……”

“上车吧，帮人帮到底，我们送你一程。”我说。

女孩上车拉住我的手，不断地表示感谢，然后说：“我叫白颖，姐你怎么称呼。”

“叫我晓达好了，你干吗出来挣这个钱啊，太危险了。”

“没办法啊，生计所迫。对了，大哥，你是不是叫王浩。”

“是。”王浩吱了一声，继续开车。

“哎呀，你老有名了，姐妹们都说你人老好了。”

看来王浩在“姐妹”中很有名气啊。

靠啊靠。

“哎哟，别瞎说啊，小姑娘，你嫂子可能吃醋呢。”王浩乐了。

我们给她送到她的住处，王浩就把我送回家了。

我一回家，一股子烟味就把我熏咳嗽了。Dcup 好一阵都不抽烟了。我点开灯，给我吓了一跳，她面沉似水地坐在沙发上，表情呆滞。

我刚想说什么。

她说：“王然劈腿了。”

“啊？不可能啊，你听谁瞎说的！”

“人都把彩信发给我了。”她晃了晃手里的手机。

我快步走上前一看，妈呀，这不就是刚才那大胸女吗，大胸女胸袭王然，从侧面拍像两人鬼混一样，但是其实我在旁边看见王然挺规矩的啊，这肯定是王浩发的，太他妈阴险了，趁我不注意。

“这个是陷害，别信啊。”我赶忙说。

“什么陷害，我给他发短信问他在那干吗，他居然说和他哥还有你一起唱歌，我马上问你，根本不是那么一回事。他劈腿还撒谎。”

呃。

“你怎么那么不相信他啊，就不能是我瞎说的啊……”

“不可能，你怎么可能骗我，男人果然都一个样。”她愤愤不平地说。

“是真的……”我吞吞吐吐把今天事儿讲给她听了。

“李晓达！你居然对我撒谎！”Dcup 表情从极度颓废到愉快，再到愤怒，愉快的是她男朋友真没对不起她，愤怒的是王浩千方百计的想拆散他们，还有我联合骗她。

“其实我觉得我和你说这事儿，只会让你闹心，还会让你和王浩矛盾加深，所以……”

“我现在和王浩是水火不容，你看着办吧哈！他太坏了，我从来不对你说半个瞎话，还有我白信任你了！”她气势咄咄逼人，还用大垫子砸我。

是，只不过这一水一火我都挺在意的。

我也生气了，“我真没帮他忽悠你，我帮着你看着王然呢。我是没你诚实，但是我这样是为你好，干吗什么事儿都告诉你啊，我这人就这样，该说的说不该说的不说！”我也用大垫子砸她。

砸着砸着我俩就乐了。

Dcup忽然问，“勾搭王然那女的胸有我大吗？”

呃……

千里走单骑

我和Dcup在沙发上坐着，门响了。

她说：“是王然，刚才我电话里骂他来着，他上门解释了，咱俩吓唬吓唬他哈。”

王然来了，小单面沉似水，王然一脸的着急，一见我就开心了，“晓达姐你在太好了，你和她说是怎么回事。”

“什么怎么回事。”我一脸严肃，“错了就是错了，扯上我干啥。”

“你，你怎么能这样呢，晓达姐！”王然气得憋得脸通红。

“哈哈，逗你玩呢，她都知道了。”我没忍住。

“李晓达！你怎么这么快就露馅了！一点也不好玩！”单靓气得哇哇大叫。

“你忍心让我着急啊。”王然可怜兮兮地看着她卖萌。

单靓上去就给他一个大拥抱，又亲又啃，“刚才气死我了，那女的把你怎么着了，我去撕了她！”

我咳嗽了两下，“那个什么，我先回去睡觉了哈。”

他俩谁也没理我。由于白天太累，我还是很快入睡了。恍恍惚惚，我站在公交车里，406路，车里人很多，我好像看见小单、大狼、王然，似乎还有王浩，但是我还是找啊找啊找。

我终于找到陈牧了。

陈牧和我说：“我要去外地工作了，可能以后很少回来了。”

我看着他，眼泪流了下来，我把手放在他的脸上。

陈牧说：“晓达你别这样。”

我说：“我很想念你，但是你再也不会和我在一起了。”

一种难言的心酸，一种近乎绝望的难受瞬间吞噬了我，以至于我醒来的时候，这种感觉仍然在。

可是今天白天，我明明觉得，我对我目前的感情生活抱着良性的态度，我和王浩的关系在往好的方向发展，我应该是喜欢和王浩在一起的，除了打仗的时候。我为什么会做这样的梦？也许王浩就像是良家妇女在酒吧里遇到的艳遇，刺激新鲜，让人成熟，却没有安定的感觉，也许是分开还不够久，我还是不够甘心而已。我以前也交往过男朋友，也有过喜欢的人，但是他们随着时间或者新的喜欢对象的出现，都淡化在历史舞台里，陈牧是个例外。有一种人，让你前所未有的认定，他就是你今生的挚爱。可是最可悲的是，只有你自己这么想，人家没认定你，他还要再寻找。

我也喜欢王浩，但王浩似乎是第二选择。感情像个向下抛物线，当你达到顶峰的时候，只能在走下坡了，可惜我感觉陈牧就是我的顶峰。

我怀着内疚的心理去赴王浩的约会，今天早上那种心酸仍然存在，我强作欢颜。

"你知道，我前几天和我初恋还联系了。"王浩不知道为何提这一茬，"其实有时候吧，你和一个人在一起如果时间不够长，回忆还没有特别恶心的东西，日子久了会变得模糊和美好，所以我和晓红、丁姐她们在一起的时候总有摩擦，我觉得初恋最美好，其实我也蛮恋旧的。"

我震惊地看着他，他好像读心术般的知道我的心思。

王浩喝了口奶茶，微笑地看着我说："小姑娘，心里要是有事儿的话，脸上表情会很难看的，还有如果想什么事，不想让别人知道，最好不要在微博发什么情绪。"

还好，他这回没发飙，我说："是啊，可是恋旧也回不去啊。"

"嗯，你知道就好，就比如你 20 岁的时候一件晚礼服，很贵很好看，但是你弄丢了它，只穿了几次，现在如果你 30 岁了，你找到了它，你穿着也不合适了。"他继续吃他的东西。

我觉得王浩有时候粗俗到令人鄙视，有时候又哲理得让人仰视。我笑了笑，我觉得王浩确实有比陈牧好一点的地方。

王浩有点酸溜溜地说："我觉得你像关云长。"

"啊？"我愣了。

"我则好像曹操啊，无论我对你多好，只要人家刘备想找你了，你肯定会千里走单骑去找人家，不过我只希望你在华容道的时候，还能记得我。"

"胡扯啥呀，你真是新版三国看多了吧？"

王浩递给我一串车钥匙。"送你的赤兔马，雷诺。"

"啊？"我心里想雷诺是个啥。然后我想大抵是个车吧，我说："我不会开啊，送我干啥？"

王浩被我的反应弄得很扫兴，"那你马上就去学车去，你起码给我点惊喜的表情吧。"

"挺贵的吧，我不能收。"

"其实吧，我对自己的钱很爱惜的，我第一次送女朋友车，我觉得咱俩的关系太无约束性。"

"怎么讲？"

王浩脸上忽然又出现了那种讥讽的表情，他说："咱俩第一没有肉体关系，没上床，您那层膜还在呢，我要是甩了您，我也不欠您什么。"

他的口气像手机贴膜一样……

"这第二呢，"他继续说，"咱俩也没啥金钱关系，我没送过你什么大件，给你卡你也不要，你就收过衣服，包，手表之类的，也没见过你用过几次，您要是把我甩了，您也没蒙我，但是既然您不想婚前上床，我也不强迫您，但您得收件我的大件，一旦您把我甩了，我还能背后骂骂您不是。"

"你这是什么逻辑……"我被他说的无语了。

"总之呢，你现在就去学车。"

"我怕被骂……"

"我给你找一教练，保准不骂你，喂，您那么笨，将来咱俩那孩子不能智商不高吧。"

"靠！好歹我念书还不错呢，对了，您还真想过和我生孩子啊？"

"废话，你当我是玩啊，我要玩的话，干吗找你啊，你没屁股没胸的！"

"王浩！"我气得不知道说啥好。

王浩哈哈大笑，然后温柔又猥琐地说："其实还是有点的，就是小了点，还没我大。"

Dcup 听说王浩给我买了一车，然后说："行啊，我发现你现在基本都混上美女待遇了，富二代买车，下一步就买房了哈哈。"

"但是我心里不太愿意收。"

"你知道为啥吗？你还是不放心他，我知道你这人，不太爱占别人便宜，你心里没把他当自己人，再说车给你也是浪费，你这技术水平估计害人害己。"

"拉倒吧！我一定会是个好司机！"我怒，然后又贱贱地笑，"你可以指导我开车哦。"

"哈哈，晓达，我觉得吧，我要是男的，肯定被你迷住，因为你像小狐狸。"

"骂谁呢！"

"不是狐狸精，你是那种没有狐媚劲儿，安分守己听话善解人意的狡猾的小狐狸，你不像我，我和母狮子母老虎一样的，但是吧，我发现其实我异性缘好过你，哈哈。"她得意地笑。

"是呀，胸大……"我不服气地说。

"是，在勾起男人性欲方面我确实比你有先天的优势。"她又得意洋洋地摸了摸胸，"但是主要是后天的，因为现在的男人喜欢强势一点的女的制服他们，你这种小狐狸，他们觉得没挑战性，不过喜欢我的人大多没我有主见，其实王然就挺没主见的，我觉得喜欢你的那种，都是心里特有主意的人，比如王浩和陈牧。"

陈牧也有主意啊，还有他喜欢我吗？

"他除了在你这磨磨唧唧之外，我看他在事业和生活上蛮有主见的，他不喜欢你和你待那么久干吗，他只不过喜欢的不够深罢了，陈牧挺像狮子的，狮子太懒了，就关注不了小狐狸了，但是你俩其实很适合啊。”

这个说法倒是挺新鲜，“那王浩像啥？”

大狼，我俩同时想到了。

“对呀，狼，所以狐狸和狼才老打架啊，哈哈，不提王浩了，对我来说，他唯一的优点就是有个好弟弟，哼！”

狐狸的纠结

我一直没和王浩提他“陷害”王然的事儿，虽然心里有诸多不满，但我的和谐意识还是蛮强的。人人网上，陈牧又加了新好友，俩女的。一个白羊座，一个射手座，都是他的情侣星座，貌似是刚认识的，还有不少互动，一瞬间，我预感，他可能有情况了，他和我好的时候从来不和我互动……虽然只是预感而已，但一股无名火上来了，我一想到陈牧对别人大献殷勤，对我若有若无的，还是很受不了，我干脆把他删除。这就是我不想和王浩干仗的原因……我自己没做到对他一心一意，又何谈对他的要求呢。

这个时候我收到了一条私信，说：晓达姐，还记得我吗，我是白颖，能给我个联系方式吗，有事找你。

是谁呢，我看了微博照片，好一阵才想起来，就是 KTV 我“救”过的那个姑娘。我给了她 QQ。

她向我诚恳地表示，她毕业后，不顾家里反对，离家和男友在这边闯荡，男朋友劈腿和她分手了，她学历不算高，也没啥工作经验的，家里也不肯帮她，没脸回去，不得已才去 KTV 想攒点钱做点小生意，现在觉得太危险了，她说希望能推荐个工作给她，打扫卫生的都可以。

我觉得这个姑娘还不错，就约她见面聊，周末在我家附近的咖啡厅。她没化妆素颜，长得还蛮好看，一口一个姐的求我，我觉得其实她倒也挺利落的，办事儿应该没问题，做个前台肯定还行，她很高兴，我就说我帮你问问，不过我也不能做主。

小单没参与我们的谈话，坐在一边看杂志。她走后，我给王浩打电话，说我朋友的一个小妹找工作，我觉得还不错，有没有前台之类的。

王浩很忙，他说：“你觉得还行的话，你给高瑞打个电话，让他安排面试，他缺个助理。”

唉，高瑞啊，高瑞就高瑞吧。

我给高瑞电话了，他肯定听到了什么我和王浩的事儿，对我特别热情，他说没问题，是美女就更OK了。

我给白颖电话，“小颖吗，我晓达，我有个同事叫高瑞，缺个助理，最近人事会给你打个电话，差不多的话应该能上班。”

“谢谢姐啊，太感谢了，我真是太感谢了，唉，不知道说啥。”

“嗯，不过那个高瑞有点……你和他一起小心点哈，别被他骗了……”

我挂了电话，Dcup看着我冷笑，“你应该告诉高瑞，别被这女的给骗了。”

怪不得她在那看杂志不放声呢，原来是看人不爽。

“怎么了，我觉得这姑娘挺好的啊。”

“眼神不纯良，再说没钱还穿什么大牌啊，她那个包可是真的，还用iPhone呢，虽说落入风尘身不由己，但多半也是虚荣心造成的，你看我那阵家里没出事的时候，我爹妈给我的其实也不多，我的奢饰品都是我家里他们嫌弃不用给我的，现在没钱了，我也不花那个多余钱，她能去干那行，混那么久，还装得那么纯，把你这个小狐狸都骗了，不是简单的角色啊。”

“她不是不想在风尘里面待吗，要真不怎么样，那天也不会被人打了。”

“哼，你说那个打她的男的，是个变态，一带人出去就把人弄得遍体鳞伤的，那帮女的都不爱和他出去，再说这个小颖一看就是傍上一个固定的，她才不想随便被人玩了呢，我看她还不如那帮真卖的呢。”

是吗，虽然我也觉得这女孩不简单，但想过得更好总没有错吧，再说给人一条向上的道路，这总是一件好事吧。刚说到这里，大狼给我打了个电话，“晓达吗？中午咱们几个一起吃个饭吧，陈牧要去外地工作了，送送他。”

啊！我的梦真的成真了？我的心情一下子无比复杂起来。

四人组又集合了。

吃吃喝喝，吃吃喝喝，陈牧一直和小单讲话，大狼一直和我讲话，好像挺尴尬，不像以前那么好了。还是友情更长久，爱情难存活啊。

“我这次去新疆呢，可能要待上很久，”陈牧说，“可能我回来，你俩都生娃了，结婚的话我飞回来参加。”

大狼呛了一口饭，他对上次让小单进医院的事儿一直耿耿于怀。我没控制住，我一下眼泪流了出来，我赶紧掩饰。还是被小单看见了，小单冲着陈牧，拍着桌子大声说：“陈牧！我一直把你当个爷们儿看，但他妈的你对晓达也太不爷们儿了，你给我个话，你到底心里还有没有晓达，没有的话，现在就说，别让人家心里老惦记你。”

我连忙掐她，“你干吗呢，你干吗呢。”

大狼抢话，“这个话，我三个月前之前问过陈牧，他说晓达现在有男朋友，看见人家有男朋友再说不是君子所为，而且他觉得他给不了晓达想要的，可我觉得他心里还喜欢你，我当时看晓达好像挺喜欢现在的男朋友，我就没说，但是我看晓达这么舍不得你，陈牧，你要喜欢你就直说。”

我怔怔地看着陈牧，害怕他说是，又怕他说不是，我现在也给不了答复，这属于劈腿行为。陈牧复杂地看着我，转向 Dcup，“分开后我仔细反思了一下，我没有用心去爱她，晓达非常好，以至于我一直怀念和她在一起的日子，但是她现在有男朋友，说什么都是不恰当的，而且，我也有了新目标了。”

哦，有了新目标是吧，那祝你们幸福吧，开开心心，白头到老……我心里是那么想的，我该这么说的，可我的行动却截然相反，我站起来，喊了一句，

“陈牧你就是个混蛋！祝你他妈的幸福！”

摔门走了。

擦，果然是新目标，估计还是情侣星座，挺配，这下不用淡定了，可以天天献殷勤了，送花什么的，宝贝什么的，求婚什么的，所有和我一起没有的，他的新目标都会有的。我有什么好难受的，我有个巨有钱的男朋友，还号称要和我结婚，也不着急和我上床。可是眼泪止不住地流，怀念他的好，仅此而已。

我给王浩打电话，他接了。

“喂，王大叔，我想你了。”我腻腻歪歪地说。

“你怎么了？”他严肃地问。

“想你不行啊。”

“你到底怎么了，你在哪。”

“我在家。”

“小单在吗？”

“不在。”

“我去找你。”

王浩不等我说完，就把电话挂了。不一会儿，他就来了，看到了已经洗过好几次脸的我。

“怎么了？哭什么。”

“没事……”

“哎呀，小姑娘，你的表情，就和被小朋友欺负找爹一样。”

王浩忽然把我的衣柜打开了，一个劲儿地找东西。

“你干吗呢？”

王浩拉出来一个大袋子，里面是王浩送给我的全部奢侈品。除了一个香奈儿的小包，其他东西我都原封不动的放在袋子里，我心里想的是，一旦有天和王浩分手，就全还给他。

王浩瞪着我说：“你把后路都想得挺齐全啊。”

他迅速看出了我的企图。他拉出包和衣服，掏出瑞士军刀就剪，就撕。妈呀，太浪费了，我赶紧拦住他。

王浩恶狠狠地对我说：“你不用，还放着干吗。”

“那你也不能糟蹋东西啊。我就是舍不得用……”

“我告诉你哈，李晓达，别和我来这一套。你今天到底怎么了，又有一种被人撅了来找我的感觉，我他妈的不是鸭子，别在别人那不开心了，来找我。”

我确实挺过分的，但是王浩的神情吓坏了我。我嗷嗷地哭起来，涕泪横流。我和陈牧在一起的时候就老哭，虽然我不是个爱哭的人，我哭是因为他不重视我，我和王浩哭，多半是被他突然地凶狠给吓到了。陈牧看我哭，就会安慰我，王浩就冷冷地看着你哭，然后说你哭相很难看。但是这一次他没有，他递给我一张纸巾。

他叹了口气说：“别害怕，我的命也不好，虽然女人很多，大多为了钱，初恋不是为了钱，但她还是和别人结婚生孩子了，丁姐也不是为了钱，但她也不止我一个人，晓红不是为了钱，她还只爱我，我他妈作孽了，你也不是为了钱，但你也不爱我。”

忽然我觉得王浩也蛮可怜，我也蛮过分的。我上去抱了抱他，他身上有一种浓烈的烟草味道。他有点不习惯女人的安慰，想摆脱我，但又接受了。嗯，就让陈牧去新疆和新目标吃葡萄干吧，长蛀牙吧！

人生没有绝对完美的。

我常常想，把陈牧和王浩的优点结合起来，有一位王牧或者陈浩出现，当然最好不是陈浩民……

我大概会无耻的既不惦记陈牧，也不搭理王浩，奋不顾身地投入王牧或者陈浩的怀抱。问题是没有这样的人，就算存在的话，那他也早被一群女的瓜分了。

Dcup 说我太贪心，有这样的人的话，那也得有个单晓达，或者李靓来配。

“比如这个单晓达拥有我的大胸，我的脸，我的屁股和你的小瘦腿，我的豪迈风范和你的谨慎狡猾。”

靠，弄了半天，我只有小瘦腿完胜。

小单真是时时刻刻不忘打击我，不过换了别的女的早就火了。呵呵，我只是学着柯南面对小五郎叔叔冷笑了两声。

陈牧，一个人品靠谱的，让我一见就心情大好的，但对我没深刻感情，不打算和我结婚的男人。

王浩，一个人品不靠谱的，经常和我闹别扭，但打算和我结婚，拥有丰富物质和成熟经历的男人。

感情真的不能做优劣势分析，两者非要选一个的话，我之前肯定还是选陈牧，但是在听到陈牧说有了新目标后，我脑海里出现了各种的场景。比如陈牧在各种社交网站上秀恩爱，就像他和前女友一样，比如陈牧积极地把女朋友领回家见父母，比如陈牧积极地去见新目标的朋友，焕然一新，完全和我在一起懒洋洋的死样子截然不同。想到这个我就依然很来气，而且很可能，他那个新目标在我眼里还不如我。

我从那天才意识到不是我选不选陈牧的事儿，陈牧已经用他不愿意直接伤害人的方式告诉了我，我被他 pass 了。但王浩还给我机会让我选，而且我对王浩是有感情的。

我说过我爱他，这也不是虚情假意，是当时情境下的一个心灵感应，而且和王浩在一起，某些时候，居然会产生已婚妇女偷情的感觉，囧，虽然我还没有类似体验。王浩对我挺有情义的，他甚至认为我属于和我上床之后，他不和我结婚，我就会自杀的类型。当然了我也没那么……不过他确实是这么认为的，于是他现在也不催促我了，而是真的在考虑和我结婚的问题。比如，他让我接近他妈妈了。但他也没有真的把我当儿媳妇介绍，而是作为助理，陪他妈去大悲寺上香。

听 Dcup 说他妈很难搞定，之前两个相亲女，王浩处的都还不错，他妈看不顺眼，虽然王浩这个人很有主见，自己认准的事，不会改变，但相亲女家世也不错，受不了这气，就都黄了。

这个老太太当年也是个女强人，后来出事了，就开始信佛，但心里未必清净，反倒比一般富家夫人更难对付，她心里有根刺。我之前和他妈有过一些接触，我的感觉是，他妈和王然在一起的时候，像母子，和王浩一起的时候吧，她妈心理上是依赖王浩，家里什么事现在都靠王浩，又有点排斥他，因为王浩这个人吧，他不听话，有主见，又有点阴冷，要我有那么个儿子，我也会敬而远之。老太太现在喜欢佛学，研究茶道，这我之前是一窍不通。但是在陪他妈去大悲寺之前，我已经成了一个"知道分子"。

我现在的班是有一搭没一搭地上，我现在的公司老板和王浩是朋友，我想来干活就来，不来就拉倒，女人就是这样，一旦觉得自己有了所谓的保障，事业心就减弱了。

王浩知道我在研究茶道和佛学的时候，颇为高兴，他说："晓达，虽然你经常挺气人的，但是你这一点好，肯花心思去取悦我重要的人，现在好多女的都在强调你要怎么怎么对她，却压根不知道她该怎么怎么对你。"

陪"老佛爷"出巡的那天终于到来了，说实话我还是硬着头皮。

老太太吧，虽然腿脚不利索了，但是穿的依然讲究。她对我不陌生，对我蛮和蔼，不过不代表我以后要是她儿媳妇了，她就会接受我。当你不知道如何和中老年妇女沟通的时候，就说她的孩子，尤其是她喜欢的孩子。我就提王然在公司实习怎么的优秀，怎么讨人喜欢，顺口也随便表扬下王浩。她果然很开心，和我探讨了半天。但是她话锋一转，"不过他太单纯，找女朋友上眼光不准啊。"

呃。以后有小单受的啦。

"阿姨，这种事都是子女自己的缘分，随缘好了。"

"话是那么说，但有些孽果余债需有慧根的人帮他消，镜花水月终究散。阿弥陀佛。"

晕，Dcup 知道肯定气死，她都上升到孽果的地步了。上香参拜吃斋饭，倒也庄严肃穆。

在大悲寺附近待了三天后，返回大连。老太太发现一个对茶道和佛学有兴趣的 80 后，很是高兴，她说王浩和王然都不爱听她说这个，难得有我这样的孩子，我俩讨论甚欢。她突然问我有没有对象，王浩有个同学在银行上班，想介绍给我。

妈呀，您果然和王浩是母子，这不是潘锦嘛……我表示还是不太着急。

她略有深意地说："其实不找也好，找了真是闹心，如果王然的爹还活到现在的话，指不定他现在的老婆是谁呢，幸好她生了两个儿子，还算有保证，这一点王浩像他爹，王然倒不像。"说完这句话，我俩气氛怪怪的。

老太太又说："找了他们这种人呢，这女人就不能太自我，那种女孩子和他们过不到一块，再就得生孩子，有了孩子，你就有保证了，照看孩子，念念佛，时间过得倒也快。"

我刚动了想嫁给王浩的心思被他妈这句话给打破了。我还想过那种两人真心相爱，三口之家其乐融融的生活，真的，这就是我的理想，虽然好多人都不信了，虽然好多事儿告诉我这理想不现实，但是，我还不想这么早就放弃了。

从大悲寺回来，我就开始学外语了……其实我外语一直处于一坨……的水平，虽然我过了六级。貌似我一觉得人生有危机，要奋进，要充实自己，就开始学外语……

王浩倒是对我越来越另眼相看，他觉得我可以搞定他妈，他自己常常搞不定！陪我的时间也越来越长，对我也愈加的有耐心，减少了好多应酬。

他的靠谱状，让我外语又没学成……Dcup 也很好奇，我居然能和他妈这种人在一起待上三天！她觉得三个小时她都快疯了。她俩之前谈过一次，Dcup 天不怕地不怕的人害怕这老太太。其实没什么可怕的，透过现象看本质，总归是个女人，总归是个母亲。不过我觉得老太太对王浩女朋友要求真不高，只要她听话懂事儿生孩子安分守己就行。但对王然女朋友要求可高了。学历家世长相性格清白样样不少。

我和 Dcup 都愤愤不平的。

"你说你和王浩真结婚了，你能受得了他三天两头整事儿嘛？"

"靠，你别说了，你不怕你和王然差那么几岁，变数太多了吗，再说你能对付得了他妈吗？"

我俩互问之后，彼此都大为郁闷，喝了好几罐子啤酒。我还是学外语吧，亲！

婚前昏后

这些天我产生了一种错觉，就是王浩已经深深地爱上我了。

他的眼神，他的言语，他的行为，都变得温顺且关注。然而王浩忽然和我讲，"劳力士"也要结婚了，女方家里没他家有钱，他俩签了个婚前协议。婚前财产公证，如果男方有过错或者男方主动提出离婚的，五年内，女方分得 200 万和一处房产，五年以上女方分得两处房产和 500 万，如果有孩子的话，女方会按照孩子数量每个孩子追加 1000 万，但孩子要归男方所有。女方在婚后有大过错男方提出离婚，或者女方主动提出离婚的，有孩子给 100 万补偿，没孩子的给 20 万走人。

听起来貌似挺多的，不过“劳力士”的一辆车就700万。我觉得不太可能接受的是孩子的条款，孩子横竖都得归男方，做母亲的还是会很在意这个吧。但是王浩觉得很好啊，他旁敲侧击地说：“其实婚前协议对双方都有保障，不过我觉得对女的来说，钱太少了，男人嘛，还是该多给点的。”他一点也没烧昏了头，他精着呢，他才不会轻易让别人分他一杯羹呢。

他似乎看出了我的心思，他说：“其实女方带个孩子，以后生活也不顺利，生个女孩的话，再改嫁也不安全，不如交给男方养着，对双方都好。”

靠！

“王浩。”我调皮地说，“你知道森林动物园前一阵有个趣事儿。”

“什么？”

“他们打算给动物们打预防针，唯独狼怎么也不肯打预防针，工作人员费了七天七夜，费了各种劲儿，它就是不上钩，最后给它打麻醉针了，其实工作人员谁也没想害它，是它太多疑了。”

他愣了愣，然后也笑了，说：“你知道，我每次去的时候，特别喜欢看小狐狸，它们在地上到处打洞，其实它们根本也跑不了，但是它们没安全感，就不停地打洞。”

好像王浩和Dcup想法一样，我就是小狐狸，而且是跑不出去的小狐狸。

“哈哈哈哈。”我俩同时都笑了，然后都不做声了。

我们今天的约会早早结束，我匆匆回家休息了。

回到家里，就听见Dcup对着电话吼叫，“你今天不许去，不许去不许去！去了就别再找我了！”

然后她愤怒地挂了电话。

怎么着了。

王然以前的女同学，两人关系很不错，从国外回来，王然明天还要和她吃饭。

“你不是一向都不管男的嘛。”

“王然不是一般男的，他是我的！”Dcup怒气冲冲的。

果然女的真的爱上别人就患得患失小心眼。可我和陈牧在一起的时候，我就坚信，陈牧不会对不起我，就算他不爱我了，也是先和我分手，再找别人。事实证明他果然是按照这个路数来的。但眼下的问题是他不是不爱我了，我怀疑从来就没有爱过……

不想了不想了，我强迫自己不想这个，然后把陈牧和我有关联的东西都删了。删除他QQ和手机号都很有快感，因为是我先删的。在删除相册的时候，每删一张，我的心就揪一下。直到他小时候的照片，我删不下去。

陈牧小时候长得很可爱，我把这张照片要了过来，我和他说：“以后你惹我生气了，我就看一眼他，就会原谅你了。”

圆圆的小脸，阳光的笑容，和现在一样的淡定和有精气神。但是小朋友，20年后，你把我害惨了。我没有删除这张照片，因为陈牧在我心里，永远有个位置。

我不知道为什么，大狼曾经两次疯狂爱上两位根本不搭理他的女生，每次我都大声骂他，真不知道你图个啥，那女的也没多好，但是他就是喜欢，无怨无悔。我觉得我还不如大狼呢，起码人家还疯狂地爱了两次。既然是这样，我为什么不能接受和王浩的婚姻？大概是我内心深处，期望有个人能让我产生一样的喜欢，一样的信任，而不是王浩这样，可能注定充满欺骗和风险。要不我找王浩说分手吧，其实我同样舍不得王浩，对他的不舍，更像是对一个战友，一个臭味相投的老伙计的感觉，我心疼王浩，理解他，喜欢他，同时又提防和痛恨他的某些地方，但是和陈牧比起来，这种爱太不单纯了。而无论是王浩的家庭、朋友圈，还有他这个人，都给我一种无形的压力和一种不想参与的感觉。我一直都觉得王浩和我在一起，没有对不起我，我如果现在离开他，真的是很没道理，但是……

还是分开吧，我应该勇敢地当断则断。

王浩这几天和我联系我都给推了，再不就支支吾吾，他倒也没追问什么。

我想了好几天，给王浩发信息，说我在咖啡店等他，他说开会会很晚，我说，今天很想和他谈谈。

王浩半天回复我：那好，等着吧。

他见到我的时候，我心跳得厉害，分手居然和表白一样，更让人激动和害怕。

“王浩，我觉得……我觉得……”我的心快要跳出来了，他不会一会儿发飙把我给杀了吧，不会的，他还爱惜自己的命呢。

王浩做了一个手势，他挡住了我的嘴，然后说：“等一下，别着急。”

他掏出香烟就抽，然后皱着眉头说：“你等会儿再说。”

这时候服务生跑了过来，“先生对不起，这边是无烟区。”

王浩把烟灰缸照着地上狠狠一摔，所有人都看着他，服务员吓得花容失色。

“那这放个鸟烟灰缸啊！放着不就是让人抽的嘛！”王浩的吓人劲儿把小姑娘吓哭了。

店长朝这边跑过来。王浩瞬间恢复了常态，他捡起来碎渣子，对服务生谦和地说：“小姑娘，对不起，我女朋友打算把我甩了，我心情不好，这个我赔。”

靠！今天一定分手，要不然以后我就是烟灰缸。不过他果然猜到了我的心思。

“咱俩是在这继续丢人还是换个地方？”王浩面无表情地甩了一句话。

为安全起见，还是在这吧，到外面我怕他掐死我。

“你先别说。”王浩又制止了下我，然后说：“我就两次被人甩了，一次是小单，一次是你，我和小单属于相亲，连手都没拉过，不算我的女朋友，你是第一个想甩我的女朋友。”

哎哟，甩甩更健康嘛，何必嘛。

“我来猜一下，是婚前协议吗？如果是的话，我和你说，我不会亏待你的。我也相信你，你也得相信我。”

我摇了摇头，那只是其中一项而已。

“你爱上别人了，还是旧情难忘。”

似乎也不是。虽然我难以忘记陈牧。我继续摇摇头。

“那到底是怎么回事！”他拍了桌子。

周围人又围观了……

“你太暴力了……”我弱弱的挤出这句话。

“哈哈哈。”王浩冷笑，“我是今天火大了，因为我觉得我掏心窝子对她好的人，这么不领情。但是我之前哪曾对你有一点亏待，欲加之罪何患无辞！”

靠，我常常会被强势的人带着走，再说一会儿，我会觉得王浩说得对了。

“可是我想分手，真的！”我试着强硬的口气对抗他。“我觉得我对你的感情……真的还没达到……想和你结婚，放心和你过日子的地步。”

“行啊，分吧，我也不是死缠烂打的人，那好咱俩各回各家吧。”

王浩忽然又轻松愉快起来，好像刚才发怒发飙的不是他。

我满腹狐疑，刚想起身，王浩忽然说：“李晓达，想送你一句忠告，看人看事不要太单纯了，你除了对付我谨慎之外，对其他人太没防备了。”

这是什么意思。我果然被这句话吸引住了。王浩看了我半天，拿出手机，递给我看：

王哥，我从那天见到你之后，做梦都是你，我真的不奢求什么，只想报答你一次，我是干净的人，希望你不要嫌弃。旁边一张女人的半裸照片。

“这女的已经勾搭我半个多月了，你仔细看看是谁。”

我仔细一看，居然是白颖。

“谁让你把这种女的弄进公司的，你以为助理也是什么人都能当的吗。还说什么朋友的小妹。”

我瞠目结舌，大脑一片空白。

“那你有没有……”

“没有，我王浩最他妈讨厌不讲义气的人了，好歹是你救了她，你帮她找工作，她不能报答你也该记着点恩情，和恩人抢男人，算个什么东西。李晓达，你知道我喜欢你什么吗，就是我再怎么看不上小单，你还是力挺她，我一向不相信女人有什么义气，你让我相信了，我刚把她给辞退了。这个世界上一堆的烂人，你以后别太单纯了。”王浩很激动，一股脑说了好多。

我俩一起的时候，我老想把他改造成真善美的好人，他老是冷笑地告诉我这个世界假、恶、丑。我没改造好他，自己反倒开始相信丑恶了。但是我还是要坚持我的理论，我说：“那我也做了件对的事，我帮助她，是善因，得善果，你没有上钩，她种恶因，得恶果，让你很鄙视她。”我大抵是和王浩他妈待三天待的。

王浩的神情很复杂，谈不上他悲伤愤怒还是无所谓。

我问，“你没和白颖上床是因为鄙视她，如果她是别的什么姑娘呢，咱俩在一起这么多日子，也没有……那你难道就没有和别人……”

“怎么可能没有。”王浩脱口而出，毫无愧意。

一瞬间，一种万箭穿心的感觉，我感受到了，一直以来我都觉得，王浩肯定不缺女人，否则怎么可能后来对我如此尊敬安心，而且他这个吃荤的怎么可能坚持吃素，就算我和他真的那啥了，他怎么可能满足我一人，但这些只不过是我的猜想，王浩从来不漏痕迹，没想到他这么坦荡荡地告诉我，他和我在一起的时候，和别人上床，怎么可能没有。我没想到会这么难受，我的心脏似乎被击中了，我捂着胸口，喘不过来气。

“晓达？”王浩害怕了，“你怎么了。”

我刚想说什么，一种从来没有过的感觉袭击了我，一瞬间，我失去了知觉。

据说我昏迷了5分钟左右，所以我还在咖啡店，救护车还没来得及到。店里的人今天是大饱眼福，从男的摔烟灰缸到女的昏厥过去都是戏码。

我躺在沙发上，王浩关切地坐在我身边，抓着我的手说：“晓达，晓达。”

我浑身上下一点力气也没有。

王浩说：“晓达，你别着急，一会儿救护车来了，我带你去医院检查一下。”

“不用，我没事。”

“没事也得去。”

我被王浩连拉带扯地送上救护车，救护人员看我似乎没啥毛病，奇怪的把我们送到医院。

一顿照片子，抽血，医生说没发现什么大毛病，可能是休息不太好，再加上情绪激动。

王浩扶着我上车。我靠在副驾驶座上，慢慢地说：“送我回家吧。”

王浩刚要开车，听到这话忽然转过来抱住了我，抱得我喘不上气。

他说：“我刚才真的很害怕，真的，我没想到我这么害怕。”

我感觉好虚弱，但是这一次，我感觉得到，王浩没骗我。

他轻轻放开我，然后吻我的额头，慢慢说：“我是为了气你的，我觉得你不在乎我和谁怎么样，真的，我……”

是吗？我有点悲哀地说：“是真的吗？”

“是，我没有和别人……”这句话他说的一点底气也没有。

“我不相信你。”说这句话的时候，那种嫉妒和难受又袭击了我。

我也没想到我会这么生气，我低估了我对王浩的感情。

原来嫉妒才是最好的春药。

“你就当是真的吧，干吗……”他眼神闪烁，然后又害怕地看着我，“你不需生这么大的气了，谁让你先来气我的，其实自从上一次我对你很过分那次，我就真的再没有……”

哦，那之前的几个月还是有吧。

“是那些模特吗？”我无力地问他。

他摇摇头。

“是新助理？”

“不是。”

“是丁云吧。”

他没有回答，然后继续抱着我说：“以后再也没有了。”

“是吗，我发现我没法相信你了。”但是我真的确认了一件事，我现在喜欢的是王浩。

王浩好像和我同时确认了一件事，我在他心里很重要。

但是……

我也知道，以后童话故事不现实。可那又怎么样，刚才的拥抱很真实。我仰靠在座位上流泪了，不是嗷嗷的鼻涕四溅，也不是悲伤的眼泪，是知道了自己在乎的人也很在乎你。至少在此时此刻，这是我活了25年第一次感受到的。

我也悲哀地意识到，我对王浩的信任从不高降到负值。王浩没有说什么，他抱着我用他的胡子扎我，就像陈牧一样。一种豁出去了的感觉席卷了我。好像他也是，他说：“你不要哭了，我爱你。”我也爱你。所以我才想哭。因为我有一种预感，我和你迟早要分开，就算不是现在。

我从心里是容忍不了我爱的人的背叛的，从今天开始，如果再有一次，我们就完了。他说过，自打李晓红之后他就不说我爱你了。

“我想回家。”我止住泪水。

“我不想让你走。”王浩像个不想让妈妈上班的小孩一样，继续抱着我。

我也不想离开你，但是这和我的原则相违背。趁我还能离开你之前，我想走。

“别走。”他抱着我，用一种哀求的口气。

王浩从来不求我，也不求别人，这次的破例让我似乎也动摇了。我俩在车里纠缠了两个半小时，我妥协了，我答应了他不分手，他也答应我不给我整事儿。

“我还是处男的其实。”王浩又开始得意扬扬了。

……

我就不该那么饶了他，后患无穷。

我带着复杂心情回到家之后，发现Dcup在那做针线活儿——她居然在给王然修补衣服！

“这孩子把大学珍藏的球衣给弄坏了，心疼得不行，我帮他补补。”

“裁缝铺不是有的是吗？”

“他都不知道在哪，再说我就给他补了得了。”她温柔地一笑。

一瞬间一种母性光辉照亮了全屋。

王然是在国外待了好久，生活自理能力还算凑合，不过他似乎对国内很多事儿都摸不着北，Dcup倒是大包大揽，一开始吧，他俩还挺像情侣的，时间一长，我觉得和姐弟一样。

这个时候，“母性缝补者”接了一个电话，口气一下变凶了。

“喂？是谁，猜不出来！我靠，你怎么有我电话？你结婚啊，你结婚告我干吗，我现在没钱给你送红包，嗯，我觉得不伤感，希望你老婆嫁了你别伤感！”

Dcup 啪地摔了电话。

“谁呀？”

“估计你认识，沈凯！他家卖轮胎的那个。”

沈凯？哦哦，就是那个“劳力士”，一个劲儿给王然介绍美女，和他老婆签婚前协议那个人。

“啊？听这意思，你俩之前还有一腿啊。”

Dcup 压低声音：“这个是我人生最大的败笔啊！恶心程度仅次于开饭店那个，就我俩分了之后，他到处印手册那个。”

“那个还不够恶心啊，沈凯比他还厉害啊？”

“你不知道，”Dcup 继续压低了声音说，“他和陈老师有同样的爱好，只不过他偷拍，而且他还喜欢玩变态的，这人特冷血，还虐待动物，幸好老娘够强硬，要不然早被他恶心死了。”

王浩身边怎么都这些个人啊，我现在觉得潘锦算是人品最好的了，怪不得他和他妈都想介绍这人给我。这时候王然突然从我身后出来了，拍了我一下，吓了我一大跳。

“我的天啊！他在家你告诉我一声啊！”

“嘿嘿，晓达姐，故意吓你一跳。”王然冲我一笑，把我的不满笑没了，怪不得刚才小单说话声小了。

“我是不是该出去转转啊。”我阴阳怪气地问他俩。

“不用，嘿嘿，晓达姐，我做了些好吃的，咱仨一起吧。”

三人共进晚餐，小单问王然周六干吗去，王然说要去参加一个哥哥朋友的婚礼。小单和我对视了一下，我俩啥也没说。

王然走后，小单陷入了低沉，她突然问我，“你要去吗？王浩带你过去吗？”

“王浩和我提过一嘴，我对此没兴趣，他也没多说。”

“要不晓达，你去一趟吧，我有种不祥的预感，沈凯这孙子那张破嘴不知道要和王然说点啥，还有你家王浩肯定搓豁子。”

好吧。

大闹婚礼

王浩知道我要和他去参加婚礼，倒是觉得有点奇怪，不过他也没太多想。最近王浩发现了我的软肋，腰上痒痒肉，他以此为乐，经常抓住我，我一挣扎他就大笑。

“劳力士”婚礼终于开始了。

豪华婚礼，气派异常，空气中有一点暴发户的气息，掩盖了新郎新娘的某种不和谐气氛。新娘似乎有些焦虑，一面要显示出幸福美满的样子，一方面似乎不知道在担心什么。“劳力士”有点心不甘情不愿的样子，看见美女来宾就眼睛发光。

王浩说，其实新娘是怀孕了，而且书香门第家世清白，以前“劳力士”也踢过无数的孕妇女友，但是这一回他也快 35 岁了，他父母不干了，逼他结婚。

室外婚礼，王然规矩地站在角落里，他看见我还挺意外，“晓达姐你也来了啊。”

“对，她陪我过来办点事。”王浩直接替我回复了。

现在王浩不介意在朋友圈公开我的身份，但迟迟不正式介绍给家人，王浩在公开场合从不和女友秀亲密，甚至连手都不挽。因此天真的王然这么久都没看出来我和王浩的关系。

一位 50 多岁的男子领着二十出头的小姑娘走了过来。

“刘叔！哎呀，宝贝姑娘吧，小丹！”王浩热情打招呼。

“对呀，小丹，这你王浩哥，这是……王然。”那个刘叔上上下下看了王然半天。

王然也礼貌地打招呼，那个叫小丹的姑娘，打扮得潮爆，长得也蛮可爱。

“王然，你不记得我了？咱俩一个小学的呢！我是丹妮。”

“啊？刘丹妮？你现在在哪呢？”

“我也刚从美国回来呀。”

“老同学相见啊，挺好，刘叔，我和你谈谈事，让这俩孩子叙叙旧。”王浩和刘叔相对一笑。

哼哼，我要在这当电灯泡。

这个时候沈凯拉着老婆过来了，他已经喝醉了，过来敬酒。新娘子没喝酒，她看见我估计也不认识，就打招呼。我们几个说恭喜恭喜。

沈凯盯着王然看，忽然说：“听你哥说你和单靓在谈恋爱。”

王然很意外，他点了点头。

沈凯拍了拍王然，然后说：“你有福气了，她……”

我立刻抓住沈凯的手，转移话题，“沈公子，大婚，别喝那么多，一会儿还得洞房呢。”

沈凯却继续对着王然说，“早 TM 洞过了，单靓床上功夫真是一流，当情人真是顶级，当女朋友就算了，都 TM 被人上烂了。”

一瞬间，众人进入了“冰封状态”。

王然抓住沈凯，压制住火气说：“你赶紧道歉，不许这么侮辱我女朋友。”

新娘子也来拉她老公：“别闹了，大凯，你别生气啊王然，他喝高了。”

“小伙子，这种女人值得你和哥动粗啊。”沈凯抓住王然的手。

去你大爷的！我照着沈凯的鼻梁就是一拳。

我发现我这个人有潜在暴力倾向，平日从不动手，胆小怕事，真来了事儿，不商量我就动手。沈凯被打懵了。他只防着王然了，他不知道我和单靓认识来着。结果他老婆几乎下意识的反手给我一拳，打得我眼冒金星。她说："你干吗呢！耍什么泼妇，大凯你没事吧。" 贱人都凑对儿。看你是个孕妇我不还手了。

这时候大家几乎都往这面看了。

"操你哪门子的女人。" 沈凯也火了冲着我喊。

"你太过分了。" 王然也动手了，他和沈凯像摔跤一样的掐起来了。

"王然你干什么！" 王浩在人群中大喝一声，上前拉开两人，甩了王然一嘴巴子。

王然捂着脸，怒气冲冲地看着他哥，转身走掉。丹妮也跟着走了。我想跟着走，被王浩死死拉住了。

沈凯说："哎呀，王哥，我这婚礼被你带这俩人给搅和了，你找这女的不白给啊，又能泼卸妆油，又能打人的，差点把我媳妇孩子给闪了都。"

真他妈恶人先告状。大抵他想让王浩再当众给我一巴掌。你敢打我？你试试看看。我怒视王浩和沈凯。

"哎哟，大凯、还有夫人，真对不住了，这姑奶奶吧，喝一点酒就分不清东南西北，行为举止完全不受控制，我改天给你赔个不是。" 王浩拉着我就走。

"唉，王哥，别生气嘛，都是一家人，别走啊，吃完饭再走啊。"

沈凯上来挽留王浩。王浩在圈子里不算最有钱的，却是最神通广大的一个，也是最有威信的一个，谁也不敢惹他。

"不走不走，我得把这姑奶奶给安置了再回来，省的她又发飙。"

沈凯意识到我不是王浩随便带来的女人，而是王浩也不敢惹的"人物"。

他连忙嬉皮笑脸地说："美女，你肯定练过，打得我现在头还晕呢。媳妇，赶紧给人道歉。"

孕妇新娘心不甘情不愿的。我说："算了，刚才冲动了，您二位挺般配，好好过日子，您以后嘴上积点德。"

王浩拉着我，"你还来劲了，走。"

王浩拉着我走出会场，他说，"怎么着了？"

我简要地说了两句，没说太细。

王浩捂着手心疼地说："刚才打王然挺重的，他不能生气吧。"

"你不分青红皂白就打自己弟弟，换谁不生气啊，你赶紧给他打个电话。"

"不行，我刚才不那么做行吗。我不打，你给他打个电话，问问他在哪。"

王浩这个人就是挺纠结的，一方面强权不讲理，一方面踩了别人还挺内疚，但死不承认。

王然的电话关机。

呃。

"王浩你身边都是些什么人啊！以后少来往吧。" 我表示不满。

"这事儿你不懂，他们是挺糙的，可当时对我挺好，几百万几千万的借给我，要不然我他妈早死了。”

王浩很反感我说他那帮人不好，虽然他自己也觉得他们挺奇葩的。

“你给王然打电话，找找他，劝劝他，我回去参加婚礼，你俩真够能闹腾的，肯定又是小单的事儿，唉。”王浩说完这话，转身又回去了。

我一直找不到王然。我猜想他也许去了我家。

等我回去的时候，Dcup 坐立不定，“晓达？王然在哪？怎么关机了？”

啊？

我佯装没事，我说：“参加婚礼还看见了，他可能手机没电了吧。”

“没啥事吧，我眼皮直跳。”

“别迷信了哈。”

她的眼皮还真灵光啊。Dcup 一直打电话一直打，我也在厕所偷偷打，都是关机。msn，邮箱各种联系方式留言，一直到半夜。

Dcup 来敲我房门，她严肃地说：“王然每天都会和我联系的，你给王浩打个电话，问问王然在不在家，我怕他出事。”

唉，我其实刚和王浩联系过，没在家，王浩自己也在等呢。

Dcup 看我吞吞吐吐的样子，火了，“李晓达，你是不是有事儿瞒着我！赶紧说，老娘我都要急死了。”

我只好把事儿说了一遍。Dcup 大骂沈凯一百八十遍，然后特别着急地说：“王然不会不理我了吧。他不会不理我了吧。”

“不可能吧，你俩感情没那么脆弱吧，再说他主要应该是生王浩的气吧。”

“那他怎么不跟我联系一下。他生我的气没事，只要他没事就好。”

呃？我突然想起，当时刘丹妮跟着王然一起走了。

我赶紧给王浩打电话，“你问问刘叔，丹妮知不知道王浩在哪。”

王浩一会儿打过来心情愉快地说：“丹妮之前和他爸爸说去酒吧陪王然了，现在也关机，估计他俩一起出去玩了，没事儿了。”

我也放下心来，“他和刘丹妮在酒吧呢估计，没事了。”

“怎么没事！这他妈是大事！”Dcup 火了！

呃，我忘了，刘丹妮是个年轻漂亮的并和王然青梅竹马的小姑娘。

Dcup 穿上衣服和鞋。

“你干吗去啊。”

“我去各个酒吧找一找，最好他们现在还在酒吧而不是宾馆。”

酒吧是挺容易出事的，比如上次她和大狼。

“我陪你吧。”

“好！沈凯这个王八蛋！”

夜色阑珊，我和 Dcup 穿得乱七八糟到处拦出租车去酒吧。司机师傅觉得我俩不是啥好鸟，不时对我俩投来鄙视的目光。我们一个酒吧一个酒吧地找，没有，没有，还是没有……这辈子我都没去过那么多个酒吧。

还要一个宾馆一个宾馆地找吗?

……

我和 Dcup 在夜色中，辗转于一个又一个活色生香或者冷清的店面，心情从焦虑到失望，好几个人过来搭讪，被 Dcup 的死眼神给吓了回去。

来到一个小酒吧，天都快亮了，Dcup 和我无力地坐在椅子上，她要了两瓶酒。

“陪我喝两口。”

我知道她心情不好，也不多说，陪她喝酒。

“其实王然就算因为这个和我远了，和别人好了，我也不怨他，出来混就得还，而且那姑娘肯定比我更适合他。”

“你别太灰心啊，王然对你的感情没那么容易动摇的。”

“但我俩确实不合适。”

“什么合适不合适的，你觉得我和王浩就合适啊? 我和陈牧倒是合适了，不也分了嘛。”

她喝了一口酒，说：“我发现你是个乐观主义者，不管是陈牧还是王浩，都打击不了你相信爱情的心。”

“信或者不信，我不是很在乎，其实生活都是一样的，既然如此，信总比不信过得要自在一些，如果这个人不值得信，就换下一个，没什么大不了的。”

“真洒脱。你做得到吗? ”

“做得到，爱陈牧死去活来的，他不喜欢我了，我也照样和王浩好了。我现在也挺喜欢王浩的，哪一天这孙子真让我伤心了，我觉得还会有别人。离婚带孩子妇女一个个过的都挺 high 的，何况我们这些没牵挂的女人呢。”

“咱俩好像反过来了。我觉得你每次都很认真，但抽身的也无所谓，我几乎每次都玩，认真就死定了。”

“姐你又不是离了男人活不了，怕什么。”

其实我心里也隐隐担心王然和她的走向，Dcup 这个人属于不动情则已，一动伤筋伤骨的，她不像我，我看着弱不禁风的，心里硬着呢，她正好反过来了。但愿王然只是生他哥的气，但愿他和丹妮只是去喝了杯咖啡。

“这个酒吧是我和大狼那次的地方。”单靓冷不丁的说了这么一句。

……

大狼居然像有心灵感应一般给我发了个短信：你在干吗呢。

……

我在你破处之前的那个酒吧和你的一夜情对象喝酒排解她男朋友可能和别人去一夜情的郁闷。当然，我没那么说。

我回复：要死啊，这么早给我发短信。

大狼：早什么啊，都8点多了。

啊，外面都8点多了呀。

“咱们回去休息吧。”我刚说完这个，发现单靓已经趴在桌上睡着了。

还是她更没心没肺一些，我都被闹得没困意了。

大狼又给我发了个短信：王然在我家呢。还有另外一姑娘。

啊？

我去推单靓，“你的男朋友和一个女孩在你一夜情对象家呢。”

刘丹妮貌似也在大狼家。我打电话细问，大狼说昨天他去酒吧，看见王然和一个女孩在那喝酒，王然闷闷不乐，他就加入了，那女孩和王然喝的都超多，大狼没办法，把他俩都弄自己家了，女孩在大狼那个小屋，王然和他在陈牧以前住的大屋。慢着！话说大狼现在都经常去酒吧喝酒了？小单知道后松了一口气，但她却不急着去大狼家了，她说她要回去睡觉，让我去。什么人啊！不过我知道她有点不敢面对王然，唉，我打着哈欠去吧。

王然还在睡，大狼也一脸困意，那女孩也在那儿呼呼大睡。我悄然进了陈牧的房间，我把王然拍醒。

王然懵然睁眼，看是我，连忙坐起来说：“莉莉来了吗？”

莉莉就是单靓。

“她没来，她昨天很担心你，我们找了你大半夜。”

“哦，我昨天心情不好，我这就去找她去。”他一股脑爬起来，就要走。

我松了一口气，可见他还是蛮在乎她的。让他去吧。

我就在陈牧这床上睡一觉吧，大狼你就在客厅待着吧。大狼家两个屋的两张床就被我和刘丹妮一人霸占一张，可怜的大狼在客厅插耳机看电影。

我又梦见陈牧了，大抵是在他房间的缘故，陈牧可怜兮兮地问我还爱不爱他，我说不爱了不爱了不爱了，这个梦特别解气，以至于我醒来的时候整个人都很振奋。

呃……

外面怎么那么黑啊，原来是下雨了，客厅传来大狼的鼾声。我环视周围，陈牧本来东西就不多，他去新疆后，屋子里基本没啥了，但是书架还在，放着陈牧的书啊本啊，我走过去，随手翻了一番。

突然，我看见了一本日记。

看人日记是不对的，但……

我插上了门，心跳得厉害，打开一看。

陈牧这个懒人，几乎每天只记一两句话，最多不超过三句。但他居然每天都记。

我翻了大半本都是我俩在一起的时候，他居然一个字也没提过我。

除了开头那天我们在一起的时候，他写道：“会是一个新的开始。”

哼……

“和晓达说分手了，想起我被甩的那次，我知道很难受，但是我必须对自己忠实。”

……终于提我名了！

日记

分手第一天：内疚，不适，难过。

分手第二天：内疚，不适，难过。

分手第三天：想她，内疚，难过。

分手第四天：希望她找到真正爱她的人。我做的是对的，还是难过。

……

分手第n天：和晓达见面了，终于说出了我的原因，我觉得很轻松，但是却失眠了。

你这么想我你怎么不来找我，你找我会死啊！你这么内疚，你还坚持认为你是对的，你是不爱我的，那你想我干啥？在想这个的时候，我忽然原谅了陈牧，至少我在他心里不是一个无关紧要的人。

接下来的日记，好长时间他没再提过我，也许他真的做到放下这件事。

小单生日，见到晓达了，她为了新男朋友哭，感觉她过得不好，气愤。

我晕，我发现陈牧的日记风格就是把事情写出来，加上简短的心情。

哎哟那天还有呢：我忽然意识到，她现在在乎的是别人，不爽。

接下来很多天他都没写日记。

我不知道她是不是还爱我，我也不知道我是不是爱她，既然搞不清状况，不如就不要再祸害她了。

她说我是混蛋。

这是最后一篇。

真是混蛋，写什么日记。为毛还被我看见。你丫怎么这么纠结，你是不是狮子座？唉，我如果早看到这个日记一个礼拜，我肯定和王浩拜拜，去新疆找陈牧去。但是我现在知道，我喜欢的是王浩，我唏嘘不已。希望你在新疆过得幸福。你本来就不是纠结的人，是我让你如此的好人难做，坏人难当吧。希望你遇到一个让你确认你很爱她，她也很爱你的女人，那就不必这么纠结了。

我在日记下面加了一段话：对不起，偷看了你的日记，你不是混蛋，你给了我一段非常好的回忆，我们的感情曾经纯真真实的存在，现在也真实的不存在，无需内疚，我过得很正常，努力幸福，祝福你。

小单和王然怎么样了。我连忙打开门，看见大狼在客厅睡，那屋刘丹妮也睡得蛮香。呃，我把他俩留在这好吗？嘿嘿，不管了，我走鸟。我蹑手蹑脚地撤了。

我回到家的时候，小单不在家，给她打电话，她给我回了短信，说和王然在一起。我没多问，等了很晚，她才回来。

看不出啥来，我凑到她眼前说："怎么回事。"

她叹了一口气说："王然说希望我把以前的事大体说一下，他说如果不愿意说的话，也不勉强，但是他昨天忽然很想知道。"

"你不是都说了吧。"

"没，我说，我和沈凯谈过恋爱，把他甩了，他记恨我在心，天天给我泼脏水。他信了。"

"其实这也是实话……"

"但是我没敢说我是因为劈腿和玩玩才和沈凯在一起的，王然特别不喜欢劈腿的人，他说这不诚实。之前王浩和他说，我和王浩相亲的时候，还和别人恋爱，王然觉得相亲那种不算恋爱，他觉得没啥。"

我俩沉默了半天。

单靓说："他很相信我，他说他早该知道沈凯是来抵毁我的，他不该对我产生怀疑，我本来想把我以前是个什么人过着什么样的生活告诉他，但是我忽然怂了，我怕他接受不了，我怕他嫌弃我，我只好撒谎。"

但是只要说了个谎，就要用很多很多的谎去弥补。Dcup 以前是做的有点过了，但是她真没伤害过什么好人，沈凯之流本身也不是什么好鸟，他们当时也都是单身，她从来没勾搭过已婚男，也没骗过淳朴的男人，现在她想过正儿八经和爱的人在一起的日子，难道就没有机会吗？"浪子回头易……"我想起王浩说的这句混蛋话。不过这浪子也不见得就真回头了，他来回扭呢，估计！

正想着，浪子来电话了。

"王然和你联系上了没？"王浩口气开始焦虑，"怎么刘丹妮也一直不开机？"

"找到了，在他和我都认识的一个朋友家。"

"哦，让他赶紧回家！"王浩匆忙挂了电话。

唉。

"王然说要搬到大狼家住一段时间。"单靓说，"他说他受不了他哥那么管着他了。"

叫我我也受不了，王浩从不给他好脸，怎么做他都不满意，他愣是把弟弟当儿子训，谁能受得了啊。我去劝劝王然吧。

我去大狼家的时候，刘丹妮醒了，在那叽叽喳喳地围着王然大狼说话，我赶紧上去把王然拉出来，让大狼陪着她吧，哈哈哈。

我说："怎么了，听说你要和大狼同居啊，想成为好基友啊？"

王然苦笑了一下，"晓达姐，我和大狼挺投缘的，他这正好也有空房间，他和陈牧说好了，我就在这住，到时候房租我也出，我妈经常去外地疗养，我在这里挺自在的。"

"那也没在自己家自在啊，大狼这么脏……呃，你还生你哥气呢？"

王然沉默了一会儿说："我也不是小孩子了，我哥有时候太……"

我拍了拍他说："你哥是真的稀罕你，每次都在我们面前夸你学习好，心眼好，只不过你哥这个人吧，你也知道家里出事后，他心理压力太大，他这个人吧死要面子活受罪，他是真的想给妈妈和你创造安全舒适的环境，你要理解他。"

王然点点头，"我知道这个，我不生他的气了，其实家里没出事儿的时候，我哥也这样。"

唉，某人的控制欲和坏脾气真是天生的啊。

"那你给他打个电话和他报个平安吧，他找你找了一天多了。"

王然想了一会拨开了电话。结果王浩愤怒的声音大得都把我镇住了。"你想干什么！你赶紧回家！胆子肥了哈，一天一宿没个信，还领着人家刘叔女儿都不给家里报个平安啊！你……"

王然挂了电话，无奈地看着我。

唉。

我见到王浩的时候， 他脸色有点憔悴，还残留着火气。

我想说点啥，他叹了口气，"看来我真得娶你，我妈和我弟弟都喜欢和你说话，胜过我。"

我还想说点啥，他突然又问我，"假如我有一天，破产了，你还能跟着我吗？"

我说："我相信凭你的本事，很快还能挣回来。"

"哈哈哈，"他笑了，"果然很会说话，你知道你要说会跟着我，我不会相信，你说不会，又挺伤人的，你这么说又顺道表扬了我。"

"只是你觉得我很会说话，很会办事，以前没几个人那么说。"我淡淡地说。

"因为我每次见到你，我的火气就变小了，我觉得你能理解我，不用大声嚷。"

本来我想批评下他对王然的态度，但是他沮丧的表情让我心软了。我轻轻地走过去，摸摸他的头。

"别弄，我感觉我像你养的一条狗似的。"王浩绕开我。

他不习惯温情，每次和人打交道不是虚情假意就是硬碰硬。我不理他，继续摸摸他的头，把他当成一只小动物。他安静下来了。

私奔

王然和大狼的同居生活显然让小单有些担忧。

好在大狼嘴很严，基本上那件事就烂在我们仨肚子里。

王然和大狼俨然像一对好基友了，估计大狼都把陈牧给忘了。

“刘丹妮老去他们家找王然。”小单突然和我反映了这么个情况。

小单对刘丹妮的态度并不是很敌意，她对丹妮有一种对她妹妹小珊的态度，有点自卑。但是换了我我就不乐意，凭什么你老来找有女朋友的人啊。

我得和她说说。我和小单都有点别人的事特别有能耐，轮到自己就怂了的意思。

这天傍晚，我去大狼家，果然见到刘丹妮在和大狼王然打游戏。我把她叫出来，嘻嘻哈哈的和她说话，说话间提到了几句王然和单靓。

丹妮满怀羡慕地说：“王然好喜欢他女朋友啊，单靓这个名字磨得我耳朵都出茧子了。”

呃，那你还……

我想了半天，才吞吞吐吐地说：“那你老来找人玩，不怕人家女朋友误会啊。”

“啊？”丹妮脸红了，忽然她调皮地笑了一下，“这家里可不止王然一个男生哦。”

啊？！

她看上大狼了？她不好意思地点点头。

大狼！你命中注定就是和富家女有着剪不断的缘分啊！在王然这种高富帅面前，居然白富美还喜欢你？看来我和丹妮是同道中人，当初我喜欢陈牧的时候，也是从大狼下手的。我和丹妮兴奋的八卦了半天大狼，丹妮说：“不过大狼哥哥对我好像没那个意思哦，我都说我好喜欢他了，他也没啥反应，还说小孩别闹。”

“估计是觉得你开玩笑吧。”

还大狼哥哥呢，哎哟喂。大狼这个傻子，换了别人早冲上去了。不过这下小单该放心了吧，哈哈。

没了丹妮这一层威胁，Dcup也没安心多少，自从那次婚礼事件后，她就开始纠结，倒是我反而相信了“王浩是个好男人”自我催眠的论调，变得有安全感起来。

“李晓达。”她半夜敲我的门。

要死啊！

“如果有天我不在大连了，你会不会想我。”

“大姐，咱俩又不是好基友，啊？你要去哪？国外？”

“是那么想来着，不过去国外之前，王然和我想去云南。”

“还惦记‘私奔’这事儿啊。”

“之前我觉得不靠谱，现在觉得就算私奔也可以，只要和他在一起。”

“你不是想去海南吗？”

“可王然喜欢丽江啊。这次去争取生个娃再回来。”

……

估计王浩知道了能气死，他最讨厌身边的人不受控制了，本来王然是个乖孩子，但是遇上单靓这种有主意的，就不听他的了。我不知道该支持还是反对，但我不想让她天天担惊受怕再纠结了。

“你要是走的话，也得过得好，你什么时候走，有什么需要联系我。”

“王然说要走也得等他妈去加拿大疗养半年的时候，我知道，你最够意思了！”

唉。忽然很失落，陈牧去新疆，Dcup 和王然去云南，大狼被富家女喜欢……难不成我身边最后就剩下光头了？

我在公司基本无事可做，老板从不给我活，但是弄得我蛮空虚的，其实我事业心还是蛮强的，唉，我只好和大狼瞎聊天。我一个劲儿地八卦他和丹妮。

大狼说：“我觉得她这孩子闹着玩呢，就图个新鲜，我觉得我和她不合适，我不能和她瞎闹。”

“怎么不合适了，你还看不上人家不成。”

“不是，她各个方面高我好几个档次，我觉得是真不合适，再说，其实感情也需要感觉的，就是没啥感觉。”

忽然我有点小释然，丹妮这么好看，国外名校，年轻，性格活泼，富家女，大狼一样没感觉，是不是陈牧对我没感觉也不是因为我不好呢。可感觉值什么钱啊！人家姑娘什么不图，就是喜欢你，还去你家给你收拾家！不过感情这种事嘛，谁说得好呢。

王浩这几天忙着办他妈妈出国疗养的事儿，也就是意味着，单靓和王然私奔的日子就要到了。

为了防止王浩看出破绽，这几天索性我也不和他约会了。我觉得，他俩走了也好，也许真生个孩子回来，别人再也不能说什么了。可是……

我相信王然，不会让小单伤心。这件事就我和大狼知道。王然还没和大狼同居几天呢，就撤了，临走我们也没吃什么散伙饭。

“姐还会回来的！”Dcup 没心没肺地向我挥手，“我到了那边换号再和你联系。”

嗯，但愿灰太狼和红太狼带一只小灰灰回来。

我和大狼从飞机场走出来，我注意看着他，他的表情很复杂。大狼这么简单的人，很少有这样的复杂，可见他的心情，也很不一般吧。

“大狼，我觉得吧，过去的事儿就让他过去，现在小单和王然走了，你也没啥好内疚的，我真的觉得丹妮不错，你就考虑一下吧。”

“你看你那一脸媒婆样，唉，我不是内疚啊，我是……我舍不得她。”大狼来了这么一句。

“啊？”

“我！舍！不！得！她！”他朝着天空大喊，周围人全来看我们。

白羊座不要那么冲动好不好啊！话说回来，送自己喜欢的人和别人走，大狼确实够郁闷的……王然走的时候给王浩发了个定时发送的邮件，这我知道。也就是说，明天的这个时候，他就好朝我爆发了，因为其他人他联系不上……

王浩果然来找我了。

“好事儿啊，好事儿，我还怕他俩不来这一招儿呢，”王浩又气又笑，“偷偷摸摸的时候，人都感情好，这整天厮混在一块儿，指不定就分了呢。”

也是，我以前初中老师，把有早恋倾向的同学都调成一座位的，结果都散了。距离产生美啊。

我不说话。

“李晓达，你别告诉我这事儿你不知道！”

我还不说话。

“我不生气他俩跑了这事儿，我生气的是你！你帮她瞒着我，你知不知道什么是自己人？”

王浩转来转去的，嗷嗷砸墙。我现在倒也不害怕他了，这人就会砸墙。

“我知道你够义气，我也一样，那帮哥们儿有点什么破事我都帮，你看沈凯和王然打仗，我二话不说打王然，那是因为给他面子！但是有一点我分得清，要是他真把王然打个腿断胳膊折的，我第一个找他拼命。你对她够意思，可你对我你够意思吗？够意思吗？这么大的事儿，瞒得我一点也不知道，你赶紧说话！”他凑到我眼前，气急败坏地说。

我一直在想怎么对付他，我只好装可爱，“你不要生气了嘛，我一直以为他们出去旅游来着……”

“那他们去哪了，你倒是说说啊！别装了，够恶心的！没关系，他们跑了，我让他们没钱花，看他们还乐个屁！”

估计王浩马上就会想办法冻结王然的信用卡。正在我和王浩僵在那的时候，忽然高瑞进来说了个大事儿。

“浩哥，浩哥，哎哟，不得了啊，沈凯刚娶那媳妇，还有四个月就生了那个，从20层楼上跳下去，自杀了！”

啊？！

我和王浩都傻眼了。

一下午，我们才初步搞明白，沈凯的老婆，貌似是撞见沈凯在乱搞，激动地冲上去，被沈凯的其他女人们（果然是乱搞）给打了，貌似沈凯没制止，他老婆羞愤不已，本来就有点抑郁症的前兆，现在大着肚子自杀了。

现在女方的家里在闹，男方闭门不见。

“这女的也太想不开了吧，就算要离婚，不还有个孩子吗，就算有什么婚前协议，也有一堆赡养费呢，离婚再找个人，日子不一样过吗？真想不明白你们女人！”王浩愤愤地说。

我也想不明白，其实我被沈凯老婆打过一拳，但现在我全然不恨她了。王浩不明白，一个女人倾其全部把希望建立在一个男人身上，破灭后的崩溃感。

一周后，王浩说是要去参加一下葬礼，送点钱之类的意思一下。

“我也想去。”

“你去干什么，多晦气啊，别去。”

我坚持要去，王浩拧不过我，就带我去了。

沈凯家出的钱弄的葬礼，但正儿八经的亲戚都没到，沈凯一家都神秘消失了，女方的年迈的父母都哭不出声来了。看着那张笑容灿烂的照片，我不寒而栗——但愿你在下边过得平静幸福。

王浩看着我呆呆的样子，他谨慎地说："就算男的再怎么不对，女的也不该自杀是吧，再说了，这种事，婚前不就早该知道对方是个什么样的人嘛。"

但是要是真的被男的气出抑郁症可真就身不由己了，很多人自杀自己都控制不了的……婚前不就知道你是个什么样的人吗?

回来之后我就病倒了，低烧不退，食欲不振，检查也没见大毛病，但就是不好。小单不在家，王浩把我接到他住的地方去了，请了个阿姨照顾我。阿姨和王浩说，说不准我在葬礼上沾上了不干净的东西。

"对，你和她生前有冲突，说不准你就……"

我不信，这玩意儿要是有报应，沈凯这孙子怎么没事儿，但王浩信这个，他坚持要带我去见一位高人。什么高人? 我才不信呢。我这是兔死狐悲物伤其类。

Chapter 9

离别

谁是有缘人

可惜不是你

破镜能重圆？

失踪的人

谁是有缘人

王浩坚持开车带我去吉林见高人了，一路上给我讲了好多玄乎的事儿。

他说，大凡算命真准的人，绝不会在大街上拉着你说，那都是骗钱的。真准的人，其实要符合三条中的至少一条：1. 先天残疾。2. 绝后。3. 永远攒不到钱。这个高人，就是残了一条腿，而且和老婆结婚多年也没有后人，算是符合“天谴”。王浩说他曾经也不信，但那阵想送王然出国，都流行去算算，他就带王然去看看。他们刚到，王浩反问高人，“你猜我们来为什么事儿。”高人就说了四个字，“漂洋过海！”给王浩镇住了。

后来高人说王然会先去一个国家，后来又去另一个，后来都符合了。王浩他妈也去算过，把他家出过的大事儿都算出来了。但是高人就是不给王浩算命，他说王浩这个人特殊，一般人算不出来，天机不可泄露。

我们终于到了吉林的一小县城，靠近延边。来不及吃什么特色冷面，我虚弱的需要王浩搀扶，我们好不容易找到一个高大的瓦房院子，一个农妇打扮的人给我们开了门。屋子里坐的就是高人，开口就是东北腔，听得我想乐，却咳了出来。显然我不特殊，他给我算了。王浩被支开了，他算命只一对一，而且每个算命人只给 10 分钟，然后五年之内都不再给此人算命。

“女施主没大碍，无非是些心魔，想得通透些便好了。”

这句话说得还挺佛教范儿，虽然还是东北腔，不像江湖术士的。

既然来了，不如多算算，“师傅再给我算算姻缘吧。”

他问了我八字，又看了我手相面相，沉吟一会儿说：“女施主，命中有个有缘人，已经出现，你俩是三生修的缘分，但你们多有波折才能修成正果，缘分颇深，线路却模糊，这个有缘人，近期有一场大劫，若他能逃过此劫，你和他今生就有佳果，躲不过，施主只好碌碌过此生了。但你还不能告诉他此事，泄了天机就要遭报应。”

啊？“那师傅此劫如何化解，谁是有缘人，带我来的那个？”

“我只能算出有此人存在，断定不了谁是有缘人。施主，时间到了，不好意思，送客。”

真是一寸光阴一寸金啊，估计王浩给了他好多钱。

我们往回走的时候，我晕车很厉害，吐了好多塑料袋，把车弄脏了，不过王浩没计较这个，他挺担心我，问我师傅说了啥，我说天机不可泄露，但是我还是隐约担心他怕他有什么大劫。

回大连之后我马上发了高烧，折腾了一宿，烧终于退了，虚了几日，渐渐能吃能睡，也不知道是高人指点还是病就该好了，我怕王浩有大劫，老让他别酒驾之类的，不过他近一个月也无大碍，搞得我倒有点郁闷，难道他不是有缘之人？Dcup 还是蛮精的，她知道我和王浩经常在一起，她也不给我发短信、打电话，而是给我发邮件。

那就看看这老娘们儿写的是啥吧。

第一封：

小胸女：

想我没？我们前几天总是在客栈暂时落脚，现在是旺季，人多，刚找了个长期落脚点，给你回信，想我可以到我柜子里拿件内衣，睹物思人啊，而且看我的内衣，对你也是励志哦，哈哈。

老处女，不知道你和老王头同居了没，反正要爽也要讲措施，不过我希望争取你早日生娃，省得老王天天惦记把他弟弟领回去。

其实我带王然出来，我觉得吧，我又养一儿子，真的，女的吧，还真不太能找比自己小的，要不然老想着照顾他，王然生活倒是挺能自理的，可惜他只会做西式快餐，也不太能吃苦，还得姐姐我亲自下厨，不过嘛，我俩的“生活”还是蛮和谐的，呃，反正和他在一起，我觉得我以前找的都是傻 b。

不过我略有愧疚，王然和他妈关系特别好，我把人宝贝儿子拐跑了，也蛮难受的。

对鸟，我妈不是也生了一儿子嘛，整天发烧感冒，她这回可多长点心吧，要不我那弟弟可就惨了。

等我给你寄点当地的好吃的好玩的，不过可别被老王头发现，我准备寄到大狼那儿，你俩分点。——小单

第二封是三天之后。

亲爱的晓达达：

昨晚梦见王然和别人结婚，给我在梦里吓醒了，然后我就给王然好顿打，他觉得自己挺无辜的。但是心里一直不舒服，总觉得我俩没啥好结果，但是怎么办，过一天是一天。

我昨天和我妈联系了一下，我和她说，我俩想去国外，她说可以帮我忙，但是她不是很看好我们，说实在的我也不是很看好，但是现在我真离不开他，这孩子也离不开我。

你家老王估计恨死我了，说实话，当初我和老王认识那么几天，还真没看出来他心思这么重，我挺怕他对你不好的，不过你俩居然谈了超过半年的恋爱，应该说他对你还是有感情的。

你老是困惑说你不知道王浩喜欢你什么，你喜欢他什么，我觉得你身上有一种魔力，反正我遇到你之前，特别颓废，认识你之后，我挺想当个好人，好好谈恋爱的，你家老王之前老说我和他很像，都是那种往死里作的人，你和他在一起后，他心态变好了。

至于你喜欢他什么，自然王浩也有他的好处吧，说实话，我觉得陈牧还是挺让人放心的，除了他磨磨叽叽的样，大狼其实也挺好，早知道最初我撮合下你们，但我知道你现在肯定嫌弃他被我“用过”了，大狼是个好人，我真没恨他，希望他过得好。

但是，还是那句话，别玩啥地下恋，他要真喜欢你，应该领回家问问老太太，这个你可不能姑息他，他做不到就和他拉倒吧。嗯，我要和我家小王睡觉了，哈哈哈，晚安！——小单

这个大胸女，我还真想她了，不过我可不会去拿她内衣“睹物思人”其实我倒是隐约的担心她。我该回我俩的家看看，拿些衣服什么的。

当我独自一人回到楼道里的时候，蹿出个人，给我吓了一跳。

一个特别憔悴的女人，拦住我，“晓达姐，你还记得我吗？”

我看了半天，才认出来，“白颖？”

她点点头说：“晓达姐，前几天我终于敢出来找你，可你总不在。”

我感觉很厌恶，警惕地说：“你来干什么？”

“咱们去外面聊聊好吗？”

“有什么事就在这说了吧，没事就算了吧。”

“晓达姐，我知道我挺不要脸的，但是这事儿真的我得告诉你，就借你 10 分钟。”

她求了我半天，我答应和她坐在小区外面的椅子上聊几句。

她吞吞吐吐地说：“我不知道王浩是怎么和你说的，他肯定告诉你我勾引他来着。”

“难道不是吗？”我忍住愤怒。

“是，晓达姐，我恩将仇报，我不要脸，我不是人，可是王浩他更不是人，我不知道他是怎么和你说的，他当时让我去他的住处，和我上完床，还给我拍了一堆不堪入目的照片，最后告诉我，我是个婊子，羞辱了我一番，警告我说，要是敢把这事儿说出去，我就没有好下场，他太狠了，太恶毒了。晓达姐，这就是个魔鬼啊。”

我听完之后，浑身打了个冷战，我很不想相信她，但这个做法确实很像王浩的作风，要是这样的话可真的够恶心的。但是我记得王浩当时很肯定地告诉我，他没有和这女人如何，因为他瞧不起她，王浩虽然好色，但是有一种别扭的贞洁感，就是他不会和他看不上的女人发生关系。可是眼前这个女人她哭得梨花带雨，她指天发誓，“我是不要脸，坏，但我说的句句是真，他真的把我玩了，他这个人太可怕了，我要说半句假话，让我出门被……”

她发了各种毒誓，反复就一句话，王浩真的先玩了她后耍了她。

沈凯媳妇的惨剧，外加白颖这件事，让我无从判断，一个声音在说，“李晓达，离他远点吧。”但是另一个声音又告诉我，“爱他就要相信他。”但不管怎么说，我不能在这女人面前乱了阵脚。

我严肃地说：“王浩他不是这种人，你不用挑拨离间了，我相信他。”

白颖拉住我，继续说：“他卧室的床头上放着仙鹤，他有件睡衣是紫红色的，他……”

我装作没听见，我要控制自己。我转身走了，她居然冲着我跪下了，哭的撕心裂肺，“姐，我说的都是真的，你得信我，得信我。”

你在我这已经没有信誉度了。王浩在我心里呢？我也不相信王浩。但如果你不相信你爱的人的话，真的是件很痛苦的事儿。

我想白颖下那么大力气也要把王浩在我心里弄臭，起码王浩肯定对她做了很过分的事儿，让她想同归于尽了。我不喜欢太决绝狠毒的人，有些时候，杀人不过头点地，王浩不懂。我已经无法理智思考了。我的手在颤抖，该去问他嘛，我再晕了该怎么办？如果他承认了，我就能离开他吗？如果他不承认，我就会相信他吗？Dcup在该多好，大狼，大狼。

我忽然觉得大狼像我的救命稻草，我认识的男人，我最信任的反倒是大狼，比陈牧还信。

我在大狼面前哭掉了三包纸巾，手还一直气得直抖，他也不知道该说什么。

我说："你什么也不用说，我只是想想，想想我该怎么办。"

我希望我不要纵容王浩，我曾经对自己说，如果我知道他再有对不起我的事儿，我一定会走开的，但是我觉得我好像做不到，但我又无法当成没事儿一样。

"直接问他，看他怎么说。"大狼扔出了这句话。

是，我必须勇敢。

我打电话让王浩来我家找我，口气尽量保持愉快。

挺晚的时候，他开完会，有些疲倦地来了，他进来之后，嬉皮笑脸地说："唉，怎么了，还来你家，是觉得我家阿姨在不方便吗？"

我忍不住上去抱了抱他，问完这个问题之后，我也许就再也不想抱他了。他也很奇怪，他被动地接受了拥抱，疑惑地看着我。我刚想问，眼泪滚下来了。

王浩皱着眉头，"我的天啊，你又怎么了。"

我咬着嘴唇，忍住眼泪。

他意识到了问题，口气舒缓，"怎么了，什么事儿？"

我用尽力量推开他，"你和白颖有没有……"

过了一小会儿，王浩急躁地骂道，"那不要脸的去找过你了？她真是不想活了！"

"有没有！"我抬高声音，看着他。

"我记得我告诉过你，没有。"王浩很平静地说。

我不说话，眼神充满怀疑。"那她怎么知道你家那么多细节。"

"因为她来过，但我没和她怎么样，就这样。"王浩继续很平静。

沉默。

他讥讽地说："可你就是不信是吧。那我可真没办法。"

他不想作任何解释，就这么看着我抓狂，好像无动于衷。我不知道该如何是好。

"我们分手吧！我实在是他妈的受够了每天定时炸弹一样的生活！"我歇斯底里说了这么一句。

王浩愣着了一下，转而哼了一声，转身摔门走了。我希望他给我合理的解释，但是他没有。

我大脑一片空白，眼前一片模糊。行尸走肉一般，干坐了不知道多长时间，有人敲门了，"是他回来了吗？"我跳起来，就开门，忘了看看是谁。

是个男人，他提了一堆吃的、喝的，但不是王浩。这个人有我喜欢的眉毛、眼睛，笑起来有种没心没肺气死人的阳光，很像陈牧，但是比他黑。这个人果然是陈牧，晒黑版的陈牧。

怎么会？

“晓达！”陈牧用手在我眼前晃悠，“不认识我了？”

“你不是……”

“我回来了，给你个惊喜，昨天我就来了，你不在家。”

“找我干什么？”我失魂落魄地问。

陈牧对我这个反应略显失望，但是他没太灰心，他说：“我想你了呗。”

我还是没从刚才和王浩的事儿回过神来，呆呆地看着陈牧。

陈牧也不灰心，他说：“听大狼说你过得不开心，我就更要找你。”

哦，不过这和你没关系吧。

陈牧不由分说地进来，看着我家说：“唉，你家现在比以前整齐多了呀。提出表扬。”

我呆呆地坐在沙发上，不知道该和他说什么。陈牧说：“我以前不会做饭，去新疆还学了一门手艺呢，等一会儿我给你做着吃。”

我终于从我的世界反应过来了，我说：“不用了，我不想吃，你回去吧。”

“我想陪着你。”

哦，这句话如果当初听到，我会不会幸福死，现在我只是觉得很奇怪。

“我有男朋友啊，不用你陪呀。”我冷淡地说。

“你家的锅好多天都没刷了呀。”陈牧一点也不管我说啥，自顾自地在厨房战斗起来。

他一做饭，就是大阵仗，我们家厨房已经阻止不了他了。他做了一堆好吃的，海鲜，牛肉汤，狮子座就是喜欢讲排场，摆的很好看，看着都十分豪华，他去新疆前连个土豆都不会炒，才多久啊，就能做一桌子了，怪不得我以前喜欢他，确实很聪明，我可没心思吃，我忽然觉得我可能真的误会了王浩。

王浩这个人是这样的，他做了坏事他不怕承认，他被自己人误会就懒得解释，而且很会搞冷战。陈牧给我盛了好多好吃的，放在我面前，给自己也盛了满满一大碗，胃口很好的胸有成竹地吃着。

“怎么样。”他问我。

“还成吧。”味道其实挺一般的，但是架势和大厨真的是一样的。

“哈哈，我就知道，我随便一做就是大厨水平！”

“你到底想干啥，你这是唱的哪出戏？”我就想打击他那个高兴劲儿，永远淡定，永远就是高兴，别人都要死要活了，他老这么让人嫉妒。

陈牧愣了愣，他忽然脸红了，他有点腼腆地说：“晓达，你知道吗？我把工作辞了，就为了回大连见你。”

我张张嘴刚想说啥，陈牧打了个手势，止住我：“我知道你现在可能已经不喜欢我了，但有件事我必须告诉你。”

“什么？”

陈牧避开我的目光，开始说：“十几天前，我在边疆的路上，遭遇了暴雪，困在那，当时特别危险，我觉得我快要死了，就在那一刻我脑子里居然只有一个念头，我这辈子可能都见不到李晓达了，但是好多事儿我都没为她做。”

他开始盯着我，倒是我开始回避他的目光，陈牧有点动情地说：“然后在那接近昏迷的几个小时里，咱们在一起所有的日子，突然在我脑海里活了，之前它们都是灰色的，忽然这段回忆被上了彩色，我后悔没有给你送过花，没有说过我爱你，什么都没有，只会让你伤心，如果这次我可以活着回来，我一定要把这个告诉你。我靠这个力量支持我，等到了救援。”

他特别激动，说得我也很动容，只是，“可是陈牧，太晚了。”

“我知道，我知道你和别人在一起，我不耻挖墙脚这件事，但是你明知道我对你不好还坚持喜欢我那么久，我也要为你做这件事，你和别人不开心的话，我可以等你，而且，其实我真的。”陈牧涨红了脸，然后突然很用力敲了敲桌子说：“我真的想把你抢回来！”

这种激动的陈牧是我第一次见到的，但我脑子里还是希望是我误会了王浩，等王浩和我联系，给我个解释，然后我俩重归于好。太晚了，真的，陈牧，有些感情存在的时候很真实，失去的时候也很难回来了。当你曾经真心想要一个人的真心，求而不得，等得太久，快乐也不快乐了。

“她曾经很想等他，但是现在她不想再回去了。”我淡淡地说。

“我可以等她！”

我们仿佛说着别人的事情。我尴尬地沉默。

陈牧继续说：“我想为你做很多事儿，你和谁好都没关系，就当补偿当初。”

我发现陈牧也有固执的一面，就是他认准的事儿，他不管你什么反应，他就这样。而且他很自信，他觉得自己可以搞定你，搞定一切，我觉得他比王浩自信。他似乎一点也没被我的冷淡打击到，觉得他回来找我，我一定会再次和他在一起。凭什么嘛。

“你是不是和你现在的男朋友吵架了，说说听听。”他又开始没心没肺地吃饭了。

我的天啊，他这个转换也太快了，他想顶替大狼当我男闺蜜啊？那就讲讲吧，我把这事儿都告诉他了。

“我觉得吧，首先，这个女生和你现男友比，她算是外人，而且做过不太好的事儿。如果你真的误会了你男朋友，他肯定会觉得你宁可相信不靠谱的外人，也不相信他，我反正不相信，你现男友能做这么跌身份的事儿，不合常理。你应该先调查一下这个事情，实在调查不出来，应该用客观的方式和他好好讲，而不是一下子就上来逼问啊。”

你不是要把我抢回来吗，还要帮王浩说话啊。

陈牧很庄重地说：“要抢就光明正大的抢，背后损人的事儿，不是我的作风。要拼实力，你男朋友给你做过饭吗，有我做得好吃吗？”

“别说得那么正义了，您这是男小三。”

“嘿嘿。”他笑的还挺开心。

我忽然想起那个高人了，他说我命中的有缘人，近期有大劫，莫非陈牧在新疆遇到危险就是，我的天啊，我的心里忽然很沉重。我现在希望那个人是王浩啊，不是他啊。

正说呢，有人砸门来了，我的天啊，正主儿来了，我该怎么解释啊。

我可真着急了，“男小三”可一点也没慌。“小三”悠然地就把门打开了，正主和他面面相视。王浩的表情想要杀人一样。妈呀他俩别打起来啊，我还没到红颜祸水那个级别吧？

陈牧气定神闲地说：“我从外地回来，过来看她，看她失魂落魄的，正给她做个饭，在此期间，她一直念叨着你，心情很差，我建议你们好好沟通。”

王浩的死脸瞬间变成一团笑意，变的真够快的，他走了进来，看见满桌子吃的，“哎呀，生活可真好啊，兄弟，谢谢你刚才帮我照顾她。”

我知道，王浩只有遇到他看得上或者求得着的人，才会这么说话。王浩一直都是气场十足的，高瑞说每次见到王浩，他都感觉一阵劲风飘过，但似乎比他小将近 10 岁的陈牧可以与之抗衡。

“不客气，其实我是打算把她抢回来的，不过她一直表示她现在爱的是你，老让我回去，我在这挺碍事的，你好好珍惜，要是你有什么过激的举动的话，我可就在附近。”

陈牧拿起外套，悠然离去。

“放心吧，兄弟，我对自己女人都还是很温柔的。”

王浩望着他背影半天说：“这就是你那前男友吧，怪不得你惦记了好久，这小伙是比我招人喜欢。”

我想象中的大战，变成惺惺相惜了，呃。王浩身边的，陈牧这个年纪的小伙，都是他属下，都对他点头哈腰的。陈牧不是，陈牧这个人吧，不管见了谁都是一副气定神闲的样子，端着风范。但王浩马上又补上一嘴，“他早干吗了，现在得瑟个什么劲儿啊。”

王浩扭过脸来，又恢复了吓人的阴冷，他扔给我一个录像带，说：“我早就料到有这天，我都准备好了，你看看吧。”

“是什么？”

“我和那白颖的奸情证据。”

“我不看！”我扔到一边。

“看看怕什么，你总该面对一下再下结论吧。”王浩把录像带塞进机器。

他太过分了，我捂着眼睛，要跑回屋子，王浩一把抓住我，死死地按到电视机前。

“你放开我，我不看！你赶紧给我滚！”我火了。

“滚？”王浩托起我的下巴，捏着我的嘴说：“这个字这张小嘴不适合说，也不适合对我说。”

应该是偷拍的画面上，白颖风骚地坐在王浩家床上，王浩的声音：“那就把衣服脱了吧。”

白颖风情万种地脱衣服。

王浩又指挥她变换各种姿势，看得我捂着眼睛大骂他。

“你耐心点好不好，还没开始呢，只是个前戏。”他按住我，任由我的心被刺激成碎片。

录像里的王浩突然变换声调说：“就你这烂身材还在这瞎扭个什么啊，白给我上我也不要，赶紧滚。”

白颖大哭，狼狈离开。

“看见没有！”王浩说，“我都是为了给你出气，我是涮了她，可我没和她上床，但你肯定看着不乐意，所以我一直没告诉你的。”

“你这样也很过分了。”我不生气了，倒是我蛮郁闷的。

“我这样怎么了？我最烦你这样了，她对不起你，我帮你给她点颜色看看有什么不对！”

“我不是可怜她，我是担心你。”我语重心长地说：“其实她勾搭你，你不理她，把她辞退不就得了嘛，你这么做是把小人逼上绝路，迟早会遭到报复的，谁活着都不容易，你不能老那么绝。”

王浩冷冷地说：“我知道，但不用你操心，我今天来是想告诉你，这件事我没错，不是来和你求和的，现在我来问你刚才你前男友和你共处一室，你们做了什么呢？”

“我俩什么也没有啊。”我着急了。

“那有录像吗？有证据吗？”他逼问我。

我的天啊，谁天天录像玩啊。

“我俩真的没啥啊，他光做饭了，哪里……”

“那吃完了呢？吃完干点啥呢？”王浩死死盯着我，像个警察。

我快被他逼哭了。

他看着我着急的脸，笑了一下，说：“你也知道被人冤枉的滋味了吧，其实我相信你没做什么，而且刚才我见到你前男友那个人，我觉得我不会看走眼，我相信你们，可你不相信我，这就是个大问题。还有‘分手’俩字你真的说得够顺溜的。”

他转身就走了。我追上他，让他别带着气走，我拉着他，可怜兮兮地看着他。他不理我，径直走掉了。

唉，其实我也知道怎么对付他。第一种方法就是这几天不断地去他家讨好他，让他各种的讽刺你，冷漠你，等他觉得自己过分了，他就好了；第二种是我也不理他，很多天后，他忽然找到你，俩人就像什么事儿也没有一样重归于好。第二种是很省力也符合我以前的做法，但是我动了真情了，用不了这一招儿了，我怕他真不找我了。其实按照王浩以前的作风，他肯定不理我好多天，让我胡思乱想要死要活的，才会找我给我录像看，现在他匆忙就回来找我解释，这说明其实他也没那么淡定了。嘿嘿，那就第一种吧，贱就贱点吧，闹别扭的王浩什么的最萌了。

我天天上他家，在阿姨的帮助下，做好吃的，王浩和阿姨说话这几天特别客气和热情，就是不理我。我做的东西他也不吃，也不肯给我好脸色，待了几天，真是太虐人了。凭什么受你的气，哼，不过陈牧这几天每天早上给我送早饭，他磨的豆浆之类的，我让他别送，他也照送不误，送完就走，也不废话。王浩虐我，我虐陈牧，陈牧你就在家虐大狼玩吧，这是生物链嘛。

我在王浩家的办公区域，又布置盆景，又插花的，王浩在我后面看文件，我偷偷地看了他一眼，结果发现他在偷看我，然后他马上继续看文件，哈哈。我马上来了精神，贱兮兮地给他送了一杯茶。

在我马上就要火的时候，他说："不过苦茶去火嘛，不错。提出表扬，过来抱抱。"

哈，这还差不多。

我装作很正义地拒绝了他，我俩正在闹的时候，王浩的男助理给他打电话了，王浩听了就皱着眉头，然后他说："你在我这玩着哈，我有点事儿先走了。"

真是的！

不如我趁王浩不在，给 Dcup 打个电话吧。过了好一阵她才接，声音懒洋洋的。

"你咋了。"

"别提了，在昆明呢，做了个产检，今天拿报告。"

"啊？恭喜你啊。"

"什么呀，很多天都没来那个，丽江的医院却说没有怀孕，正好想去大医院看看，结果不是，说是吃点药，过一阵就来那个了。正好做个身体检查，看看有没有问题。"

"那怎么样啊。"

"还好倒是，上次那个手术没太大影响，王然我也让他查了，也没啥问题，不知道怎么回事，就是怀不上啊。"

"这东西顺其自然吧。别着急。"

"能不急吗，这次离开家，估计王浩也没敢告诉他妈，他妈去加拿大疗养，再过一段时间可能就回来了。"

可惜不是你

我和小单闲聊了几句，在王浩屋里打了会游戏，困得想睡觉，忽然王浩匆匆忙忙地回来和我说："赶紧帮我联系上王然，我妈进医院了。"

“啊？”

“提前回国了，不知道谁告诉她这事儿，被王然气得高血压，去医院一检查，发现她心脏也很脆弱，需要动手术，医生说很危险，他要是还想见到妈，就回来！你赶紧和他联系！”

我看王浩铁青的脸，也只好赶紧联系王然。王然接到我电话，在那头都急疯了，说马上回来。他俩第二天下午就回来了，王浩和我去接的人。

王浩全程铁青着脸，王然说：“妈妈呢？”

王浩说：“你跟我去医院看，晓达，你陪单靓回家，我妈现在不想见她。”

单靓不看王浩，和王然说：“别担心，快去看看吧。”

王然握着她的手说：“我去看看妈，你别担心，我给你打电话。”

他哥俩走了，单靓和我说：“你见到他妈妈了吗？要不你去看看，我也挺担心的。”

“嗯。我也去看一眼吧。”我到了医院，却被告知，根本没有这个病人。完了我被王浩骗了。我打电话给王浩，王浩说他在住处。我去了住处，发现王浩把王然给关起来了！王然在楼上的房间里砸门。

“王浩，阿姨呢？”

“她没事儿，她还在加拿大呢。”

“你居然骗我？”

“我的人打听到他们居然去昆明做产检了，正好那里的大夫是我手下的熟人，幸好还没怀上孕，我真是大意没想到，以为他们就是闹着玩呢，你说这女人心眼真多啊，要是先斩后奏，我们家还真得娶她过门了！你回去告诉小单，门儿都没有，除非我死了！”

我不知道说啥好，我也挺生气和内疚的，打电话告诉了单靓。

单靓火了，“王然都这么大了，他还想把他关起来啊，走，我要去找他！”

单靓打车就过来了。

王浩让我们进来了，王然还在楼上砸门，单靓冲到王浩前面说：“你凭什么把他关起来，他已经成年了！”

王浩也恶狠狠地看着她说：“小单，我在给你留脸，你别不要，你有些东西，在我手上。”

单靓和我都愣了一下。

王浩说：“我告诉过你，别再和我弟弟纠缠了，你不听，还把他带走了。”

他扔给单靓一张照片，单靓脸绿了！

她压低声音问他：“你怎么有这张照片？”

“钱可以解决很多问题。”

那张照片肯定也不是什么好内容。

王浩步步紧逼，指着一个文件包说：“这张还不算过火，还有不少呢，你以前的男人收集了你不少好东西，除了沈凯，还有别人呢。”

单靓看着王浩眼里都冒出火来了，我在一边目瞪口呆，我和王浩在一起待了那么久，我居然都不知道他在暗中收集 Dcup 的过去！是我很在意的两个人的对决，王浩似乎根本没注意到我。

单靓说："你不用威胁我，王然知道我是个什么人！"

王浩也轻蔑地看着她说："小单，咱们以前都关系处的不错，我也不想这样，我了解男人，他知道是一回事，看到了照片又是一回事，而且你还在和王然相处不久的时候，还去做过宫外孕手术，居然就是王然那个朋友的，他要知道你们把他一个人蒙在鼓里，他会怎么样？"

单靓嘴唇发紫，但没动摇："你想干什么？"

王浩说："一会儿我带你上楼，你和他分手，永远离开他，这些东西我就永远不给他看，也不给别人，还有这是一张卡，我知道你现在缺钱。"

单靓咬咬牙说："行，钱我他妈的不要，照片你他妈的要敢给他看，我和你一起去死！"

"王浩，你要是敢这么做，咱俩就完了！"我忍不住爆发了。

我站在王浩和单靓之间，又气又累，我预感，我会失去其中的一个人。

王浩说："晓达，你有一天会发现我是对的。"

然后他带 Dcup 上楼了。门一开，王然就往外冲，看见单靓了。

他过去拥抱小单，说："咱们走，远走高飞。"

过了一会儿，小单慢慢地说："王然，我想过了，其实吧，我这个人挺没长性的，你说的那个结婚生子的日子我过不了，还有你家里这么反对，我也觉得也挺没劲儿的，我不想和你全国到处跑，你哥刚还给我一笔钱，其实我现在还蛮缺钱的，咱俩分手吧。"

王然愣住了，松开怀抱看着她。

王然说："你骗我，上次你就这样，他给你钱，我以后也会给你的。"

小单说："你要和我在一起，家里一分钱也给不了你，我还和你待个什么劲儿，分了吧。"

小单面无表情地推开他。

王然不放手，然后对着王浩吼："你和她说什么了！说什么了！"

然后，王然转向单靓说："咱俩不是在丽江说好了吗，我一定要娶你的。"

单靓声音有点哽咽了，"王然，我真的……"

王浩咳嗽了一下，示意那个文件包，单靓马上收住情绪说："王然，我真的不想和你在一起了，太累了，我也够了，放了我吧。"

然后王然呆呆地放开了她。

单靓说："真的真的别来找我了。"

然后她转身就跑了。王然要去追她，王浩劲儿特别大，一下就把他拽进房间。

王然砸着门对我说："晓达，过几天我再去劝劝她，你先陪她回去吧。"

我说："好。"转身就走，走到王浩身边的时候我恶狠狠地瞪了他一眼，王浩一把把我拉住，"别走。"

"咱俩完了。"

王浩继续拉着我不放，"别闹。"

我甩开了他，我从他眼里看到了不舍，可是你当着我的面伤害单靓，你没有考虑过吗？如果要二选一的话，我还是会选择单靓。

王浩再次拉住了我，说："你为了她，就要离开我吗？"

对，"义气"两个字，是我最看重的，而且你太阴了，我看不透你。我甩开了他，朝单靓的方向跑去。不知道跑了多久，我才撵上她。她哭得眼线全花了。

我说："我和王浩分了。"

说完我也哭了。

她说："你不用为了我离开那个混蛋。"

"你都说混蛋了，我干吗和他在一起。"

哈哈哈，我俩又哭又笑。

一瞬间，我俩都没有男朋友了。只不过她爱的是个天使一样的男孩子，我爱的是个魔鬼一样的男人。

我说："其实，小单，我觉得王然知道这些他也会坚持和你在一起的。"

"或许吧，可我不想冒这个险。"她苦涩地一笑，"我不想把这些给王然看，再说了，其实王浩也是在保护他弟弟，他的家人这么反对我们在一起，我怎么能自私的让他跟我私奔呢。"

"那你能忘记吗？"

"又有什么是忘不了的呢。其实王然就是温室里的花朵，我们出去那几天，我已经感觉他不能适应那种平淡漂泊的生活，而今后呢，我宁可留个美好回忆。我宁可死也不想让他知道我和大狼的事儿，真的，这孩子太单纯了，我不想这样。"

我俩去超市买了一大堆一大堆的吃的，看啥拿啥。购物是女性发泄的好途径，去超市而不是时代广场是明智之举。以防让你还信用卡的时候，有在伤口上撒盐的感觉。

我俩累得说不出话，才回到家。

真是屋漏偏遇连绵雨。躺在床上都快睡着了，忽然梦到了下雨，而且有一滴还滴在我鼻子里。我醒了，妈呀，楼上漏水了。我推醒单靓，天花板上好几处漏水的痕迹，滴得很严重。我俩披着小棉袄，上楼去找，楼上正在忙着扫水，一个劲儿说不好意思。

我俩下楼，单靓说："直往床上滴水，怎么睡啊。"

我看楼上一时半会也扫不干那水，可我俩困得要死。怎么办，我灵机一动，用透明胶把加长卫生巾给贴在漏水处，果然不漏了。

单靓看着好几个卫生巾贴在天花板上，忍不住狂笑，"老李你太有才了！"

笑着笑着，她就哭。

我用垫子砸她，“大姐，不就是艳照门外加失恋吗？不至于啊。”

单靓忽然不哭了，说：“偷拍照片的这几个孙子，我不能饶了他们！我不能一辈子被人捏住小辫子！”

对。

“都哪几个孙子啊，大姐。”

“沈凯，妈的还有开饭店那个！他们居然都搞偷拍！”

我支持Dcup玩死沈凯。

我俩不睡觉，把悲愤化为力量。

“那你想怎么弄。”

“我就想扇他们两个大嘴巴。”

我们觉得在家住的憋屈，去酒店开了一间房住，索性把手机也关了，小单是怕王然找她，我其实是怕王浩不找我，我开了还郁闷。

我把工作也辞了，那个工作是王浩给我找的，我不愿意待了。

过了几天，我和单靓打扮得尽量性感，来到了那个饭店。前男友也在。那个前男友看到单靓，露出了好久不见咱们还能再打炮的表情。单靓露出了，居然是你的表情。

前男友说：“好久不见啊，什么时候回国的？”

“回挺长时间了，你来吃饭啊。”

“不是，这家店就是我开的，喜欢吗？我按照你喜欢的风格装修的。”

他深情款款地说。要不是我知道那些破事儿，我还觉得这男的挺好，王浩调查过单靓，他肯定也知道，在这装傻充愣的。

单靓压低了声音，妩媚地看了他一眼，“那些照片……？”

前男友得意洋洋地装傻，“什么照片？”

单靓说：“唉，你这个人啊。”

前男友说：“我想死你了。”

他抬头看了我一眼，我装没看见。

他压低了声音对单靓说了一句话，单靓拍了他一下说：“明天晚上有时间吗？”

前男友说：“去我家还是如家。”

“你好意思带我去如家吗？”

“富丽华，不见不散。”

单靓和我往外走，我说：“那贱人和你说啥了。”

“他说他想我那对大咪咪了，×！恶心。”

“那你真要去富丽华啊。”

“他以为我有把柄在他手上我怕了，其实吧，把柄这个东西，怎么不好弄呢。”

哈哈。

同样，单靓用座机给沈凯这孙子打了个电话，邀他去富丽华。沈凯俨然忘了自己刚死了老婆孩子，欣然前往。

下一个场景，就是沈凯和饭店男，双双只穿个裤头，被人按倒在地上暴揍的场景。并被一顿拍照。我一直在旁边房间看着监视器，小单不让我露面，她说不想把我暴露在危险中。单靓在外面混了这么久，还是有几个能打、能吓唬人的，下手重的朋友。

饭店男比较软，直说好话，说照片底板全给你，绝不外传。沈凯在那骂单靓，说你等着，等我出去非弄不死你。

单靓说："王浩说得对，钱能解决很多问题，你以为你就没有把柄在我手里吗？"

单靓扔了两张照片，沈凯看完傻眼了，是他和一个女人亲密逛街的照片，两人又亲又抱。

单靓说："咱俩共同朋友那么多，你这些年那点破事儿我也都知道点，军哥的女人你也敢乱泡，你怕不怕他知道。"

军哥据说是一心狠手辣的大哥，沈凯挺怕他。沈凯马上不敢放声了。

单靓说："我不想怎么为难你，就一件事，我那些照片你全给我删除，如果我在别人那里再听你说什么，看什么，你那些破事儿，我全给你抖搂出去，还有，找人爆你菊花！"

我想乐，沈凯只好点点头。

单靓继续看着饭店男说："你呢，你勾搭的有夫之妇更多，他们要都知道了，这些富婆们自己就能把你给杀了灭口了，你觉得呢。"

饭店男赶紧求饶。这俩人自己写了个忏悔书，拍了个断背山的照片，才被放走了。

打手、单靓全笑场了。

打手说："单姐，有什么事儿还找兄弟们帮你出头哈。"

小单谢了他们。

我过去找她，她愣在那里，我拍了她一下，"行啊，这下解气了吧？"

她哈哈大笑，忽然笑中带泪，她说："就为了这么几个破人，把王然弄没了，多他妈的不值啊。"

我们打开了好几天没动的手机，Dcup 的信息铺天盖地，她的全是王然的，王然对她各种找。

单靓把手机给我，闭着眼睛说："你都给删了吧，我准备换号了。"

我拿过来看，最近的几条是：我好想你，不管你想不想分手，你回我个话好吗？

唉。我也收到了五条短信。

第一条是大狼：你俩怎么老关机，不是煤气中毒了吧。

第二条还是大狼：我靠，你俩都不在家啊，我都找房东把门砸开了。

第三条是陈牧：你哪去了。

单靓说："对了，忘告诉你了，我期间用 IC 卡座机给大狼和陈牧打过一个电话。告诉他咱俩出去玩了。"

第四条是 10086 的。

第五条，是王浩。

王浩：你在哪？

看到这里的时候，王浩的电话来了。我想了半天，还是接了。

“我接到发送报告了，你终于开机了。”王浩压抑怒火的声音。

“咱们没啥好说的了。”

“你在哪？”

“无可奉告。”

“对不起。”

“晚了。”

可我也没想到王浩居然会说对不起。

“你告诉小单，那些照片我会全烧掉，让她别担心。”

“哦，那真谢谢您啊。”

“我只是觉得他们不合适，用这个方法，让他们看清彼此。”

“哦，您说完了吗？”

“你要怎么样才算原谅我？”

“我不知道……”

“我不阻止王然和单靓了，这样可以吗？”

“问题是……”

“王然这几天很难受，他一直不肯吃东西，我们都差点强迫给他注射葡萄糖，我不希望失去这个弟弟，还有……我很想你。”

一瞬间我的眼泪就流出来了。我还是挂了电话。而且换上了新的手机卡。

我说：“王浩说了，他不阻止你们在一起，还向你道歉，说照片他会销毁的，你赶紧找王然吧。”

单靓叹了口气说：“你原谅他吧，看来王浩是真的爱你，要不然他绝不会妥协。”

“那你赶紧找王然啊，他肯定会想死你的。”

刚说完，王然的电话也打过来了。单靓接了，电话那头很激动，声音很大。

单靓默默地听，过了好一会，才说：“是，我知道，你哥说他不阻止了，可是我们去丽江的那几天，我发现你就是个小男孩，我想要的是个大男人，我觉得其实我们并不合适，真的王然，你哥这么一弄，我忽然看清事实了，是我太想谈场纯真的恋爱，却不是我真想要的生活。就这样吧，王然，再找个好姑娘，再见。”

她挂了电话，脸上没有表情。

“你真的舍得啊？”

“是，我宁愿死，也不希望看到他先不爱我的那一天。”

我愣了愣。

单靓看着我说：“你去找王浩吧，真的，他对别人极差，但对自己人很好，我看出来了，你就是他的自己人，不要管我了。我姑让我去北京，给我奶奶扫墓。”

小单自己去北京了。

我想了一天一夜，在凌晨2点的时候，我试着打了王浩的电话，又马上按死了。这真是个了断的机会，我一想到和王浩分手，很多顾虑和担心的事情就烟消云散，我很轻松，可我真想和别人说说话，因为心里还是放不下的。我想到了大狼，我刚想给他打，他给我打了。

“我靠，大狼，咱俩心有灵犀吗？我刚想给你打电话。”

“哦？我还以为你肯定骂我一顿，把你吵醒了。”大狼哈哈地说。

“你干吗？”

“心里空，我听她说了你们的奇遇，挺感慨的。”

“唉，她还真对你啥也不隐瞒啊。”

“对啊，我就是她知心小弟，唉。晓达，别和王浩好了，真的，咱就找个实实惠惠过日子的人吧。”大狼语重心长地说。

“我本来觉得陈牧是，可惜人家对我始终就没怎么投入过。”

“你别说哈，陈牧现在天天套我话，问你喜欢什么，在忙什么，我觉得他和以前不一样了。”

“拉倒吧，我俩在一起的时候，他都没啥感觉，分开反而会有？”

“我也不知道，他这人感情反射弧超长。”

“大晚上，你给我打电话不是为了八卦我吧。”我调侃他。

“唉，我听说小单和王然又分了，她又没着落，我心里啊……我希望她能好，一旦她过得不好，我就很内疚。”

“行啦大狼，我知道你是好人，可这事儿吧，过去了就是过去了，别老给自己那么大压力了吧。那个丹妮怎么样了。”

“她倒是老约我，我也挺稀罕这小姑娘的，但是不是那种，我觉得我像她哥哥，朋友，但就是没有那种感觉。”

“什么感觉不感觉的，你要啥自行车？”

我俩七嘴八舌说到挺晚，最后我不知不觉睡着了。但早上5点半，我又饿醒了，我睡眼蒙胧去早市买吃的。我神情恍惚的走出小区，感到一阵的寒冷，忽然有个人拉住我，是陈牧。大概是大狼和他说了我的事儿，他坐不住了。我叹了口气，打了个喷嚏。

“很冷吗？”陈牧问我。

我点点头不太想理他。

“很冷很冷吗？”他继续问我。

我有点烦了，大早上你来干啥，我继续往前走。忽然他拉住我，在后背抱住我，用外套和体温把我裹得严严实实的。这样的温暖，我和他在一起的时候，他从来没给过我。我没推开他，现在的我，忽然也很想自私的享受被人爱护的感觉，但是我脑子里只想着，如果是王浩，他肯定直接骂我："要死啊！得瑟什么，穿那么少，感冒就活该！赶紧进屋套件衣服！"然后我真的感冒的时候，他扔给我一堆药和吃的，然后继续碎碎念，"要死啊，得瑟什么，不许感冒了，省得传染我了哈！"

想到这里，我忽然哭了，陈牧拍拍我。我推开了他，我说："是很冷啊，我回屋穿件衣服。"

破镜能重圆？

单靓从北京打电话说要住上一段时间。我也没过多问什么，房东来催房租了。我才意识到，我和单靓都没工作了。虽然她还有不少积蓄，可也不能如此，不过我去投个简历吧。等了两天，终于来了个0411的座机。

"喂，您好，是李晓达小姐吗？恩这里是xx公司，通知你明天下午3点钟到xx大厦807面试。"

这公司我就随便一投，不过也去看看吧。我到了807，忽然发现这公司名字蛮熟悉，又一时想不起来。

前台看到我说："是李小姐吧，请到807室。"

嗯？门口好几个小姑娘等面试，怎么我后来的还让我先进。奇怪。我进到了办公室，对面一个人背朝着我坐着。

我说："您好，我是来面试的。"

那个人转了过来。是王浩。我目瞪口呆。

王浩说："可让我好找啊，老邱说你投了他们公司简历，要不然我就动用我公安局的朋友找你了。"

我想走。王浩上前拉我。

"我已经答应不干涉他们的事儿了。"

"不是，王浩，我觉得，我觉得和你在一起，太多危险了，太多我无法掌控的东西了。"

"你是没有自信，没有自信可以控制我。"

"对，我驾驭不了你。我也不想驾驭，王浩，我其实就想找个普通小伙，过平凡日子，你对我来说，太好了，我高攀不起。"

"你明明就是瞧不起我了，说什么高攀。"他戏谑地说。

"是，你某些做人的品质，让我也很怀疑。"

"可是你说你爱我。"

“哈哈哈，你太自负了，爱容易，不爱也很容易。”我故作轻松。

“那你干吗要哭呢。”王浩盯住我的眼睛。

我没忍住，眼泪刷刷的流，王浩抱住我说：“回来吧。”

我又没原则了。

当断不断，是我这个人最大的毛病。非要撞得头破血流才收手。我有预感，王浩这孙子还会让我再次，多次大开眼界的伤心的。我的预感很准的，我觉得我们这次即使在一起也会分开。可是我不怕，因为我自愈能力也蛮强的。

呃。

那就不怕。我爱他吧。不过我谁不爱？两次都还蛮投入的。

囧。

“明天晚上，几个朋友有聚会，都带着家属，跟我去吧。”王浩抱住我，温柔地说。

我想起了很多偶像剧，一个又有钱，长得也不丑，又有魅力的 30 来岁王老五，对一个平凡女孩，用情深深的故事，原来真的发生在我身上？靠，其实我觉得我一点也不平凡，我忍不住沾沾自喜了。平凡女孩长得会像兔斯基一样吗？只能说，王浩口味挺卡通的，哈哈。

王浩之前从来不带我去参加这个圈子的聚会，这也是我对他不爽的原因之一，我当他助理的时候，我很清楚，他每隔一段时间都要和那帮人聚一次，也要带上个小美女。那帮人才是真正的“上流社会富二代”，而不是王浩那些暴发户朋友们。为了这次聚会，王浩领我去采购了一番，又去砸钱造型了一番，我也不希望给他丢人。

王浩看完我说：“唉，我还是觉得你像助理耶。”

弄得我很丧气，他马上又说：“我的意思是你好职场干练啊，完全不像我以前带去的花瓶。”

哼哼。

不过他说的倒是真的，姐的气质非常职场，虽然上了职场也是个饼子。王浩在富二代里算是很低调的，他只开黑色的车，连白的都不考虑，其他人都开橘黄神马的。这些富二代都是有点地位的，有点本事的，不是什么执行董事，就什么青年才俊。但是他们要是没那个爹，估计这么年轻也做不到这个位置。他们领的女人，也都很有感觉，而且都不怎么说话。男人们谈笑风生，并且嬉笑怒骂，他们说的都是慈善，政治，说的都是冠冕堂皇的场面话，顺便互相套点商机。对了，忘了说地点了，就是富豪装 b 最好去处，高尔夫球场。

我和几个不会打的女人，在一边坐着。看远处的王浩潇洒的挥杆。嗯，我男人还是蛮帅的，只是肚子现在越来越大了。

呃。

这个时候，我看到了一个白色衣服的女人来到了球场，王浩马上过去打招呼。

“这不是丁姐吗？”我旁边一个女人对另一个人说。

“嗯，哎哟，真年轻啊，她哪像 40 多岁的人啊。”

靠啊靠。

我看着这俩人情意绵绵地打高尔夫球，看了一个多小时。这群人才想着饿了，要去吃饭。王浩帮着丁姐拿着各种东西，走到我这。

丁姐看了一眼我说："小美女，我今天让司机先走了，跟你们混车吧。"

我微笑地点点头。

上车了，丁姐直接坐在在副驾驶室，我坐在后面，像他俩是一对儿似的。丁姐和王浩兴奋地探讨刚才的球。我觉得我挺多余。但是我想起前天王浩在807深情款款的话，我相信他是在意我的。但想起他们曾经的恋情，和王浩对丁姐一直的重视程度，真是让人很受不了。

吃饭的时候，我、王浩、丁姐坐在一起，有几个人意味深长地看着我们。男人们讲话，喝酒，女人们温柔地笑。除了丁姐，她一样喝酒，说话，男人们也让她三分，可真是个女中豪杰啊。喝着喝着，绅士们就豪放起来了，富二代那种天然的优越感和略带的嚣张就开始了，一些女的也没绷住，也开始豪放起来了。

丁姐靠着王浩的肩膀，醉眼蒙眬。我不知道王浩心里是怎么想的，我脸一黑，瞅了他俩一眼，就去上厕所了。

我出来的时候，发现丁姐也在洗手间，她看着我神秘的一笑说："想做王浩的女人，度量还不太够啊。"

"您没喝醉啊。"我讥讽地说。

"有件事儿你必须清楚，我和王浩的感情是经历生死考验的，不管他找了谁，我和他都会保持现在这样的联系。"

"现在什么样的联系？"

"我不反对他找女孩子，甚至我还给他介绍我看上眼的女孩子，但他心里，我永远有不可取代的地位，我觉得不行的姑娘，他是不会娶的，不管他是结婚了还是生子，我们还会是永远的朋友。"

喂喂喂，您干吗不说炮友呢。

"那么丁姐，您的意思说，王浩和您情同母子了？"虽然不想拿年龄说事儿，但我也想打击下她。

"小姑娘，你看不出来吗，我不会威胁你的地位，可你最好也接受我和王浩。"

丁姐恶狠狠地看着我。

"否则，你就嫁不了他。他的钱你一分钱也别想要。"

"哦。"我平淡地回应了一声。

丁姐又说了一句，"王浩每周都会和我约会一次，即使你们结婚了也一样。"

我靠。但是显然，王浩一直没有停止和她的关系。也有可能是和我重合的。如果我没爱上王浩前，我可以接受。

丁姐说："李晓达，你只不过是王浩之前那个女朋友的影子，他有愧于她，把补偿给了你而已。你以为他真的会和你结婚吗，他只会找个和他身家差不多的女人。”

我忍住情绪，淡定地说：“结婚太远了点，但比起旧人，王浩还是喜欢新欢更多些吧。”

我离开了洗手间。然后坐到王浩身边，把头靠在他肩膀上，说：“亲爱的，我累了。”

他吓了一跳，我一般在聚会场合从不对男朋友撒娇。不管对他还是对陈牧。

他说：“别呀。”

“丁姐可以，我为啥不可以。”

我抬头，看见面色凝重的丁姐，我嚣张地笑。一杯接一杯地喝酒，直到王浩来制止我。

我以我喝酒喝得非常难受为借口，让王浩陪我离开。我俩都喝酒了，就打车回去。一路上我没和他讲话。

快到我住处，我说：“咱俩下去走走吧。”

他说好。

走了一会儿，我说：“我和丁姐之间你选一个吧。”

他愣了，然后说：“开什么玩笑，你是女朋友，她是我的朋友，没有可比性。”

“可你俩还照常上床呢，这也叫朋友吗？”

“谁告诉你的，别瞎猜，没有的事儿！”

“丁姐自己说的！她还给你介绍女孩子，我靠，老鸨加头牌啊。”

“不可能，她绝不可能说这个话。你不要太小心眼，那些都是逢场作戏，你不要当真。”

我借着酒劲儿，继续发飙，“王浩，我告诉你，别觉得我好糊弄，你是有钱，你是有很多女人爱，那又怎么样，你和我好了，你就得只和我一个人好。”

“别闹了。”

王浩的样子一点也不像那天说想我的时候的深情款款。但是他大抵吃定我了，上一次我没舍得离开，这一次也够呛了。我抢过他的手机，上去就删丁姐电话。他想抢回来，又没管我。我看着他的通讯录，凡是像女人的名字我都删了。

王浩说：“喂，别把自己的也删了哈。”

我删了好多号码，把手机扔给他。

王浩说：“真笨啊，不知道我还有备份吗？”

我气得要死，还要抢过来。

王浩说：“李晓达，你真的变了，你以前从来不这样。”

是啊，我淡定冷静，沉默，懂事儿。可TM的是因为以前你是我老板，现在你是我男朋友。我现在不和你上床，所以你要和别人上床，你明目张胆地告诉我，丁姐是你心里特别重要的一个人，你还会和她保持关系，但是不会影响我俩的关系。你明目张胆地告诉我只要我乖乖听话，你就会和我结婚，有好多好的钱，也会对我很好。你有什么可牛b的。

我冲着王浩一直哭喊。

我说："我就不该几天前又和你好，你对我不好，你看不起我，你也看不起我家里人，你也看不起我朋友，你觉得我好欺负好糊弄，你找我当个听话老婆，你做梦。"

王浩就说了一句话，"那你是自卑，这都是想象出来的，被害妄想症。"

我继续喊。

王浩说："这太丢人了，回家去再哭哈。"

他把我拖到我住处，放在床上，我说："别碰我，我不和你这混蛋上床。"

"我现在也不想要，你以为我稀罕。"王浩冷冷地说。

虽然我醉了，但我记得他的话以及他的语气。

我继续说："你也没什么了不起的，你那些钱都是你爸给你的，你就是个寄生虫！"

"不要提我爸爸。"王浩恶狠狠说。

我不知不觉地睡着了。当天夜里，我做了个梦，我梦见了陈牧。

陈牧问我："晓达你现在还爱我吗？"

我说："可能不爱了吧。"

陈牧说："那你开心吗？"

我说："不开心。"

陈牧过来抱抱我，就像我每次要哭了之前，他都挺舍不得的。我抱着他，忽然王浩从天而降。

王浩说："好啊，原来还和前男友纠缠啊。咱们分手吧。"

我就吓醒了。醒来之后，我发现我在床上舒服地躺着，已经是中午了。

王浩呢。我像个醒来发现父母不在身边的小孩，光脚跳到地上，找王浩。

"王浩，王浩！"

屋子里空空的，我的心也空空的，我后悔昨天晚上解酒撒泼，我记得王浩冰冷的口气。

"王浩，王浩。"我都快哭了。

"怎么了。"一声低沉的声音，从客厅的沙发传过来。

王浩一脸倦容地站了起来。

"你，你在沙发上睡了一宿？"

"不是一宿，你闹了大半夜，我好不容易捞着睡。"王浩平淡地说，"昨晚你睡的时候，我出去买了些吃的，你饿了先吃点。"

我像个做错事又没被指责的孩子一样看着王浩，眼泪掉了下来。

"干吗哭啊。"他温柔地说。

"谢谢你。"

"嗯？哦，其实是我该说对不起啊。老让你这么不开心。"

"闹太套！"我一下子 high 了。

“以后不许那么情绪化。”王浩想生气又被我弄得挺无奈的。“我有个重要的会议要开。”

他整理好东西匆匆地走了，我给他送到车上，他拍拍我的脑袋，他走后，我忽然觉得王浩其实是爱我的，否则他肯定不能那么容忍我。

“晓达！”单靓的电话来了，“我下午就要回大连了，我妈来看我了！”

她的口气十分的兴奋，据我估计她能有五年没见过她妈了。我也很想单靓啊。我直接打车去了机场，单靓下午 2 点的飞机到，她妈晚上到，我俩见面后留在机场等。单靓和我讲，她妈前一阵不是生孩子吗，生了一个胖小子，和她继父的关系缓和了不少，生完孩子后，高龄产妇的她妈的体重一直下不了，还有点高血压。

“这次你那弟弟也跟着来吗？”

“不能，他太小了，我后爸快高贵死他了，哪舍得让他来。”

我俩终于迎来了传说中的单靓她妈。天啊，一位看起来只有 30 来岁的穿着白色大衣的高挑女人向我们挥手，推着黑色小行李箱。单靓上前像个女流氓看到另一个似的打招呼。

“老赵你可算来了啊。”

“哎哟喂，宝贝，你黑眼圈怎么那么重，年轻人注意节制点哈。”

服了。

她妈走到我身边，说：“这宝贝就是李晓达吧，单靓老说你。”

“嗯嗯，阿姨好。”

“别叫阿姨，叫我赵蕾。”

我面露尴尬，单靓说：“我妈不喜欢把她叫老了，你就叫她姐得了。”

真晕，她是我姐，你是我外甥女啊。

“走走，去你家啊，累死我了。”

“……我家前一阵装修，咱们去宾馆住吧。”单靓吞吞吐吐地说。

“甭忽悠我了，我都知道了，你把房子给人家了，真是够傻的。咱就去你现在住的地方。”

“别了，那地儿可小了，住不下，宾馆宾馆，都订好了。”

边走我才发现，这“赵姐”，也是个 D 罩杯，果然遗传的好啊。我们三个先回了宾馆，“赵姐”请我们在附近吃了一顿大餐，我觉得该让她们母女好好团聚，我就回去了。我在单靓脸上看到了孩子般的神情，只有见到妈妈才有的表情。马上就要新年了，阿姨是回来陪她过这个元旦的，单靓大概盼望母亲陪她过这个节日已经很久了。第二天，“赵姐”让单靓把我找出来，陪我们逛商场，给单靓买了挺多东西，也顺便送了我一些东西。

“赵姐”问我，“宝贝，我家莉莉有没有男朋友，她老不告诉我。”

我摇了摇头。

“那连比较好的男性朋友也没有？”她用一种八卦的眼神看我。

不会她也怀疑单靓和我是百合吧。

“那倒是有好多，单靓她眼光高，一般人看不上。”

“那叫一个来一起吃饭啊。”

“哎哟妈，你可真行，晓达，你让大狼来吧。”

我晕，不知道单靓她妈知不知道大狼是她未出世就夭折的外孙的爹。这位赵姐挺有活跃气氛的魅力，本来，我，大狼，单靓，单靓她妈这个组合就怪怪的，但是后来大家吃得都挺 high。正在 high 的时候，赵姐忽然出去接了个电话，回来脸色就变了。她拉过单靓说了几句话，单靓脸色就很难看。

“那家里那么多人看着，你就大后天再回去呗。”单靓不满地说。

“不行啊，我今天就得回去，这么小的孩子，我怎么放心，宝贝，你跟我去新加坡，咱们一起过元旦。”

“我不想见你老公。”

单靓拂袖离去。

赵姐尴尬地对我和大狼说：“我今天下午就得飞回去，家里打电话，说我那个小宝宝发烧了，我不放心啊。我知道莉莉肯定和我闹意见，我又没答应她，好好帮我哄哄哈。”

赵姐到底是走了，单靓赌气没去飞机场，我和大狼把她送上飞机的。

我俩回去之后，发现她在客厅里坐着发呆。

“别闹脾气了……”

“我没事儿，我妈上飞机了？”

“嗯。”

单靓再没说啥，无聊地换台。大狼想没话找话说，小单忽然又没心没肺地问他，“听说你和刘丹妮在交往？”

“没呢，”大狼还蛮局促的，“别听李晓达瞎说。”

切！

大狼马上把八卦转移到我身上，“小单你知道吗，现在陈牧都开始信星座了，他刚搞懂 12 个都有什么，就为了和晓达有点共同话题。”

“是吗？晓达你把王浩甩了和陈牧好了得了，我还能放心点，是不是啊大狼。”

嗯嗯。

“有你们这样的嘛！王浩说还要和我结婚呢！”哼！

“是，王浩和谁在一起都想着要结婚，其实谁他也结不了。”

真是的。

这个时候，我收到了一条短信，是以前的同事赵娜，约我出来，让我挺惊讶。赵娜脸色很憔悴，虽然和我当时关系不错，但我离职后就没太联系过，她比较内向，主动约我出来，我也蛮意外的。她吞吞吐吐和我说，前几天，她犯了个工作上的失误，让公司损失了不少钱，估计要被炒鱿鱼了，她在公司做了 6 年，也不想离开，也不想丢这个人，她想让我和王浩说说情。

赵娜试探地说：“听说，你现在和王浩在谈恋爱。”

唉，真是没有不透风的墙啊。赵娜当初对我一直很好，作为一个职场菜鸟，她给了我不少帮助。我对赵娜表示，让她别担心，我会尽力帮她的。

我就找到王浩，和他说这个事儿，王浩不置可否地说：“哦，我看看吧，这事儿我不一定做得了主。”

不过我觉得王浩保她，应该没有问题吧。过了几天，一直没有赵娜的消息，我忍不住给她打了个电话。

“喂，晓达啊。”赵娜没精打采地说。

“你那个事儿怎么样了？”我一听她那个声觉得不对。

“嗨，我辞职了。”

“啊，不是怎么……”

“公司是没给我炒鱿鱼，但是全公司通报批评，还给我的工资降到了实习生的档，我干吗还受这个气。”

“天啊，王浩没……”

“晓达，别提王浩了，就是他下的决定。”

“赵娜，我……”我不知道说啥好，哽在那里。

“他还和我说犯错误就应该承担后果，别想着找什么人。”赵娜语气平静，我听着心如刀割。

放下电话，第一件事，我就给王浩打电话。他不接。他应该是在开会。我继续打他关机。给他发短信，好几条，质问和责骂他，你为什么这么做，你让我颜面何存，赵娜对我有恩，你为何把我推到不仁不义的境地，你答应我为什么要阳奉阴违。我要气疯了。

我把所有对王浩的不满，包括他说了好多次结婚也没有进一步的行动，包括我对他的各种怀疑，包括……我不知道为什么很多件大的事情我没有抓狂，这件似乎和我没关系的小事儿，却让我如此崩溃。

失踪的人

当我开机，收到无数条发送成功的报告后，手机死一般的沉寂。我给他打电话。电话那头响起悠长的彩铃，反复。我挂了手机，忽然觉得我和王浩之间隔得太远，可能我从前从来没有真正了解他。他没有一句解释，我有种预感，王浩不打算理我了。

过了一会儿，我又打电话，关机。我又给他发短信：王浩，你别当缩头乌龟，想分手当面说。

过了一会，我又打，关机。我又发短信。

据我事后回忆，我那天给王浩发了20多条短信。口气从淡定到愤怒到抓狂到哀求。我知道他暂时看不到，但是我心里无从找到。我上网，给他msn、QQ、邮箱各种留言。没有回音。

晚上的时候我发现我在他黑名单里了。我不明白，如果他不喜欢我了，为什么参加聚会醉酒那阵还好好的，他为什么，怎么可能变脸会变得如此之快。我忘了我想指责他的这件事，只想他和我说得明明白白，如果我们的恋情是一场折磨，希望对方亲口给我个交代。我忘记了王浩最害怕女人这样，女人抓狂。

在各种非见面方式联系不上后，我去公司找他了。公司的人说，他去国外休假了！

我靠。

我在百般无奈下，打了王然电话，我说："我想找你哥。"

他说："我也联系不上他，不知道哪去了，晓达姐你为什么找我哥。"

我哭了，他慌了。唉，小帅哥，我差点就是你嫂子了。我和王然见面了，他对我和王浩在一起的事儿表现出了极大的惊讶。

王然说："不过我哥从来不和我说他感情的事儿，也没有带女孩子回家过，难怪我不太清楚。"

我和王然说："你见到你哥，你一定想办法通知我，我就是想，就是想当面问问他。"

王然担忧地看着我说："晓达姐，我哥这个人做事儿都是这样的，看似突然地行动，其实他心里早就盘算了好久，你以前老劝我的事儿，我想说，其实你和我哥，也不适合。"

是啊。王浩说过，他会在心里给人留机会，一次，两次，到了他的底线之前，他会稳住，过了之后，也许很突然，他就离开你了。可是你就这样一走了之，连和我说句话的机会都不给我吗？难道我们之前所有的东西都他妈的是假的吗？我也不想找工作，在家待着，没日没夜地看电视，困了就睡觉，单靓倒是找了新工作，上班，下班回来给我做饭，然后踹我两脚，叫我振奋一点。

这一天，门铃响了，我奇怪地去看，居然是陈牧和大狼。我打开门，失魂落魄的。大狼想乐，又没敢。

陈牧担忧地说："你是不是病了，脸色好差啊。"

我说："干吗？"

大狼说："单靓说你再这样在家待着会发霉的，咱们几个出去玩玩吧，打打排球也可以啊。"

他眉飞色舞地说上次水垫儿漏水的事儿。我都笑不出来了。

大狼说："不就是失个恋吗，你上次和老陈分，我看你也没这样啊。"

我瞅了他一眼。王浩做得太决绝太突然太意外了，这和我一向温情的套路不同，其实我还是比较能接受陈牧这样的，分手，虽然都挺恶心的。被人甩了，难道不恶心吗，承认吧。

我看着一旁看着我不说话的陈牧，我说："陈牧，你来了也好，你说说我身上都有什么毛病，让你就是看不上我。"

陈牧说："晓达，你真的挺好的，是我……"

"别给我发好人卡了。你就照实说吧。"

"我真的觉得你挺好的，可能就是太好了吧。"

我靠。

陈牧继续说："晓达，没什么，我听大狼说，这个男的不怎么样，离开他是好事。"

他说的时候还蛮气愤，好像自己姊妹被人欺负了似的。

我乐了一下，说："就像你怎么样似的，一路货色！"

陈牧低着头。

大狼说："对啊，陈牧给你买了好多好多好吃的，你先吃吧。"

我在美食里，忍住悲伤。

大狼和单靓找个借口出去买东西，就剩下我和陈牧。

陈牧看我憔悴的样子，问我，"你和我分手的时候也这样吗？"

"不是！我和王浩还没分呢。"

陈牧和我分手，我是嗷嗷地哭。王浩和我分，我是欲哭无泪。他果然一分手就闹失踪，让女的怎么也找不到他。怪不得李晓红会自杀，我真他妈也想撞墙死啊，这是怎么个意思，那么多大事儿，我俩都好好的，这么点小事儿，就说翻脸就翻脸啊，你妹啊，你给我个说法啊。

分手给我个痛快话！

我不搭理陈牧，在那上网，他也不走，脸皮真厚。

我发现王浩写了博客，题目是《一个人的旅行》，内容主要是他玩得挺开心，他还是单身，什么时候能遇到那个她。底下一群女的留言。

我扭过头，和陈牧说："你现在不是我前男友了，是前前男友。"

"哈哈。"他乐了。

"乐什么乐。"

"其实分手也没什么嘛，失去一个不够爱你的人，不是挺好的。"

我继续不理他。

"李晓达，咱们一起看个电影吧。"他坐下把我挤到一边，就开始下载电影。

一个个都是把我甩了还理直气壮的死样！我把对王浩的所有愤恨发泄到陈牧身上，我用力一推，抓起他的胳膊咬了一口。

"啊！！"陈牧嗷嗷地叫。

我松开了他。

“其实一点也不疼，嘿嘿。”

我真想走。陈牧拉住我，然后他做了个奇怪的举动，他把我抱在怀里，像抱个小孩一样，然后他低着头说：“晓达，我是不是有机会了。”

“你别和我来这一套。虽然我分手了，但是也没那么饥渴。”我用力推开他。

“其实我早就等你分手呢，你当我女朋友好不好。”

“大哥，你要闹哪样啊。”

“那你心里还有我吗？”

“没有！一点也没有！”我斩钉截铁地说。

“那也先看电影。”陈牧倒是一点不着急上火。

“你早干吗了，早干吗了。”

“你这男朋友前仆后继地来，走了一个来一个，不是好事儿吗？”

“我还没见过像您这样不要脸的……”

“那我重新追求下你怎么样。”

“您不是说没感觉吗？咱俩在一起那么久都没感觉，现在怎么可能又有了。”

“突然就有了，很奇怪。”

“您肯定是贱的，看我这心有所属了。”

“我现在觉得他还不如我呢。”

“您先把我放下先！”

陈牧放开了我，我气呼呼地看着他。

“是不是一直没什么姑娘稀罕你，寂寞了。”我语调讽刺。

“不是，我知道，我当时是个很不好的男朋友。”陈牧低着头不好意思地说。

唉，“其实还行吧，虽然你很不用心。”

“我就知道。”陈牧又得意扬扬地说：“我不用心就可以达到还行的效果，只要我这回用心，我肯定是世界上最好的男朋友，比你前男友更好。”

……

这个时候大狼和单靓回来了，大狼喊：“屋里的衣服穿好了哈！”

真是的，你以为我和陈牧像你和单靓啊，把持不住啊。

“大狼，你赶紧把陈牧给我领走。”我怒气冲冲的。

“嘿嘿，你真可爱。”陈牧弹了弹我的脸，撤了。

大狼和陈牧走后，我把这事儿告诉了单靓。

单靓轻飘飘地说：“好事儿啊，你就和陈牧复合得了。”

“怎么？我贱的还不够啊？”

“你在感情上不一直都是这么随波逐流的嘛，我觉得王浩、陈牧你都喜欢，王浩不成，就换陈牧呗，再说我看他现在的贱有你当年的神韵。”

王浩你这个混蛋，你在哪呢？

我一直没联系上王浩，而陈牧倒是天天联系我。陈牧建议我赶紧找个工作，要不然在家就更完了。我的积蓄快要花光了，我的情况都没告诉家里。我确实该工作了。我开始投简历，但一直也没有合适的。

转眼过去了一个月。单靓前几天又去了个北京才回来，她说她妹妹回来了，知道家里的事儿，挺受打击的，外加她姑姑，一直一蹶不振，她陪了很长时间家人……而她爸爸，有可能提前释放。

王浩，你在哪？我不想打你的电话，不想和你联系，但是停不住地想你。哪怕你当面告诉我，不喜欢我了，不再需要我了也好。

这些天我一直在和陈牧谈，像祥林嫂一样地说王浩，我知道，这个时候找 ex 来说 ex，绝不是个好办法，可大狼和小单也不听我讲这个。我只想从陈牧身上知道，一个主动提分手的男人，他在想什么，他会难过吗？陈牧就是听，和我说，其实男人提分手也会难过，但是男人比较理智，他想分手，就一定有足够的理由，而且大多数男人不想看到女人的难过，他们宁可躲避。

“其实我和你分开的时候，也犹豫了好久才决心见你一面把事情说清楚。”

陈牧安慰我，“并不是厌恶你，是怕看见你动摇了决心。”

动摇什么决心，和我分手就这么义正词严吗，要排除万难吗？

“我觉得他一定是在乎你的，要不然不会躲，但是每个人处理方法不一样，我就不会躲，但……”陈牧在听我讲完 1000 遍王浩后，慢慢地说，“但我也会怕，可是晓达，如果他还在乎你的话，是不会任由你在这里瞎猜瞎想，他还是会意识到你对于他很重要，会回来找你，而你……”

是吗，可你丫的过了快一年才来找我，我那阵都爱上王浩这混蛋了。

“我觉得他不会回来找你了，你俩也不合适，晓达你清醒一点吧，你可以爱别人嘛，比如我。这些天听你讲别人，我已经很不开心了，其实你就应该是爱我的，对不对。”陈牧别别扭扭地甩出这么一句，带着羞涩，带着小愤怒。

艾玛。什么叫我就应该是爱你的。是，陈牧这个人像冰水，热得很慢，要人用尽力气燃烧，等到别人心灰意冷的时候，他却冷得也很慢，会怀念曾经炽热的爱，就如同我给他的，特别莫名其妙的迷恋。

其实没有王浩，陈牧也很好，忽略不计他当初对我的淡漠，陈牧这个人，各个方面都是我喜欢的。但是感情的事，没那么多理智，我脑子里现在只有光头，只有一个问号，光头为什么不爱我了，光头你这个孬种，好歹和我说清楚。

日子在一天一天的想念中过去，我半年没有上班，没有怎么出门，靠那点积蓄过活。百无聊赖的时候，电影，电视，电脑是我最好的朋友。

有天我看了个电影，开头很精彩，中间很悬疑，结尾却匆匆的很狗血，我深深怀疑，是预算不够了，或者是编剧无法写下去了。但其实有时候生活也是这样的。

那一天和平日完全一样，忽然有人敲门，我以为又是陈牧，打开一看，是个女人。

白颖?

我靠，你又来干吗?我想关门，她拦住我，声音挺大，“Dcup 出来。”

“你来干什么!我靠你肉紧欠揍是吧。”Dcup 极为鄙视白颖。

白颖神色慌张地看着我说：“姐，我来就想告诉你一句话，你赶紧告诉王浩，注意安全，有人要杀他。”

什么，我连忙拉住她，问，“到底怎么回事?”

白颖看着我说：“王浩有个仇人买通了我，让我勾引他，再想办法害他，结果没成功，我也没什么利用价值了，但是他们没死心，我刚听说，他们在王浩的车上动了手脚，还要制造人为的车祸。我冒死出来给你报信。”

啊!天啊。

“那你为什么告诉晓达!”Dcup 稳住慌乱的我，质问她。

白颖看了看我们，说：“姐，我就和你说一句话，信不信由你，人在江湖身不由己，如果不是真的迫不得已，谁会去做那么多下贱事儿，我对王浩没什么感情，他死不死的和我无关，但是姐你当初帮了我，你是个好人，我知道你应该很爱他，我不想让你失去他。你赶紧联系他，要不然就晚了!”

天啊，天啊，我打了。居然不是关机。在很多声响后，有人接了。非常急躁的陌生声音。

“喂，你谁!”

“是王浩吗?”

“我是路过司机，机主出车祸了。”

“啊!在哪，人怎么样?!”

“在滨海路，我们几个已经叫 120 报警了，车被撞得不像个样，里面有俩人，我们也不敢动啊，手机都被甩出来了。”

我当时顾不上害怕，“在哪块儿，在哪块儿?”

“滨海路 xx 处。”

我告诉自己，王浩这孙子福大命大一定不会有事儿的。但仍然忍不住，吓得不知所措。

“怎么了!”单靓在旁边问我。

“王浩出车祸了!不知道是死是活。手机被路过司机接了!”我又哭又叫。

“啊?你赶紧给他舅舅打个电话啊。”但还是手在颤动，对了我想起，应该给他舅舅打电话。我告诉了郭总，他也很震惊，他说王浩上午和王然一起开车出去了。他马上安排去抢救。

我放下电话说：“王浩和王然都在车上。”

单靓嗷的一嗓子，就往外面跑。我倒是镇定了下，我拿了钥匙和手机还有卡，追上她，打车走。

“你先走吧！”我冲着白颖喊了一嗓子，她也没跟上来。

我在出租车上和单靓一直互相拉着手，心里想，不管这混蛋是不是甩了我不要我，我希望他活着。单靓在胸前画着十字，我觉得她也没比我好到哪去。我又给王浩的司机打电话，但没人接。我们沿着路开，看到前面的警车和围观的几个人，我们知道就是这了。地上已经画线了，正在拖车。

单靓拉住警察：“人呢，人呢？”

警察说：“120 来了，送医大二院呢。你们是家属，去医院看吧，我还要记录现场。”

还好还好，人还在。我看到了和警察交谈的我前同事，郭总的一个属下，我上去问他，“人……人怎么样了。”

他说：“我来的时候，他们已经被送医院了，郭总直接去医院了，据说伤得都很重，有一个肠子都出来了。”

我们出租车到的时候，正看到，急救车在底下停着。

单靓和我跑过去问，“是不是刚才滨海路车祸的两个人？”

对方大叔说：“对啊，有一个送到这就死了，还有一个在抢救。”

我和单靓同时都疯了，我忍住悲痛说：“死的是哪一个，他有没有头发？”

对方还没说话，单靓就晕过去了。

Chapter 10

结局

爱我别走

面朝大海，春暖花开

爱我别走

我和救护车那个大叔连忙把她搀扶起来，摇了半天她还没醒。大叔叫来小护士。

大叔说："唉，你看看，我也不知道是谁，你自己去 ICU 看看吧。"

我告诉自己不要乱，我先把单靓送到急诊去，自己往 ICU 走。

一路上，我多希望躺着抢救的是王浩。可王然呢，难道那么阳光和善良的他，就该死吗？他死了小单怎么办。可是我还是希望王浩活着，我还想讨个说法。命运为何如此不公平。我走到 ICU 的时候，看到了一群人，郭总、郭总夫人、王浩的男助理。郭总夫人在那哭，郭总面色凝重。我过去，站在边上的男助理看到了我。

我说："里面是谁？"

男助理说："王总，他弟弟走了。"

我满脑子都是干净得像初夏太阳的王然，我有点站不稳了。

男助理继续说："太可惜了，他妈妈要是知道这事儿，肯定活不了了。"

"那，那王浩呢？"

"抢救，据说伤得也很重，不知道能不能活过来。"

"怎么回事，肇事司机呢？"

"唉，郭总在调查这事儿呢，被人发现的时候，就已经被撞了，据目击者说，一辆大型车，突然冲过来，撞了他们的车，就跑了，所以啊，我怀疑这事儿是蓄意的。"

我倒吸了一口冷气。肯定就是那个仇家，那个仇家应该就是被王浩死整的宿敌。

这个时候出来个大夫，一群人都上前了，大夫对着郭总说："你签个字吧。"

是一个类似病危通知单的东西。我踉踉跄跄地回去看小单。

她醒来了，躺在床上，她一看到我就坐起来说："王然呢，王然呢？！"

"在 ICU 抢救，你躺着吧。"我骗她。

"那，那王浩死了？"她瞪着我。

我无力地摇摇头说："都没死，那大叔瞎说。"

"不对！"单靓嗷的一嗓子，"王然死了！你骗我！"

她拔掉吊瓶，冲了出去。我在后面追。因为太着急了，我摔了一跤，半天才爬起来。等我到的时候，小单已经接近疯的状态。小单又哭又叫，被几个人拉去打镇定针。

她看到我，忽然拉住我，问我："晓达，你生病了吗，咱俩为什么来医院了？"

啊？怎么了？

周围人给我使眼色，我说："啊，对，不太舒服，咱们去那边看看。"

"哦，不对，王然死了！"她又大叫，我们拉着她往下走。

过了一会儿，她又平静了，"你们怎么了，一个个脸色都挺差的。"

"没事儿，都不太舒服，去楼下看看大夫。"

"嗯，你和王浩最近还挺好的吧。"

"嗯。"

"不对！王然呢，王然。"她又爆发了。

我们好不容易强行让她去了精神科，大夫给她打了安定，她睡着了。大夫说是她受了极大刺激，短时间失忆，估计过一阵就好了。王浩那边大夫说，还在抢救中，情况不容乐观，过得了今天就还有希望。

我打电话给大狼，"大狼，大狼。"我哭了，哽咽地讲了一遍这个事儿。

大狼听说了这事儿，赶来了，陈牧也来了。单靓不吃不喝地坐在那发呆，大狼不断地和她讲话，逗她开心。

陈牧坐在我身边，安慰我说："晓达，他不会有事儿的。真的。"

而我的脑海里只有一个声音：无论你爱不爱我，你都别走。

晚上的时候，ICU外来了好多人。其中还不乏我认识的。丁姐，甚至那90后也来了，还有一个好像就是王浩的初恋，回国来北京玩，听说王浩出事儿了，坐飞机赶过来的。王浩前女友都聚好几个了。丁姐脸色不比我好，她谁也不理，坐在那念佛。90后哇哇地哭，和我说："兔斯基姐姐，大叔他不会有事儿吧。"

初恋也在安慰郭总，也是满脸的着急。王浩啊王浩，看来女人们都在为你担心啊。一瞬间我觉得，其实不和你在一起也没什么，只要你活下去。我也在担心，阿姨知道这件事，还能活下去吗？整整抢救了三天三夜。

郭总夫人身体不支，晚上就回去了，一些下属都是轮流来，90后来了两趟，初恋赶飞机。在这一直待着的，就我和丁姐。一直也不走。

单靓住院了，大狼也一直没走。

对了，陈牧除了白天上班，晚上也过来陪我。每次大夫出来的时候，我都特紧张。

这几天ICU总共去世了4个人，看到他们失去亲属的伤痛，我也感同身受。

男助理偷偷和我说："初步调查结果出来了，和你说的一样，蓄意谋杀。"

就是那个杀了王浩父亲的大佬的一家，王浩把他们一家都整进去了，他们要报复。这世代仇怨真是化不开了，只可惜，无辜的王然。

大夫又出来了，说："病人脱离危险了，身体仍然十分虚弱。"

ICU外大家松了口气。大夫说过几天才让探视。

郭总说："大家都回去休息吧。"

我和丁姐也不走。我忽然想和丁姐说话，我刚想说话，丁姐说："你想听听我们的故事吗？"

我点点头。

丁姐说她是个富家女，又嫁了个有钱人，生了个女儿，对方太花心，离了婚，没了爱人，但有了一笔巨款，她很有经济头脑，不久就成了富婆，那个时候王浩才刚刚二十出头，做生意失败，不想管舅舅伸手，像个孙子一样到处借钱，丁姐看到了他的潜力，给了他很大的帮助，后来王浩和她恋爱，王浩一直很迷恋她，听从她，但是一年之后，她提出了分手，但两人一直纠缠在一起，不管他和谁在一起。

他们的故事，倒很像王然和单靓。

“你这么在意他，那你当初干吗不和他在一起呢？”我问。

丁姐看了我半天说：“因为我觉得，我不适合他，倒不如留个美好回忆。”

我们沉默。

丁姐又说：“其实他对我，当年也许是真的迷恋，但后来，估计就是感恩吧，而我知道他对你是认真的，自从你们交往后，他就再没有，他没有，你明白的。所以我才会嫉妒地来和你交涉，是你太不相信他了，他又不屑于解释。”

我心里疼了一下。我真的不应该不相信他。我觉得其实可能丁姐更爱王浩吧，还有李晓红。我去看单靓，她还是呆呆的，我怎么和她说话，她都不理我。

过了一会儿，陈牧和大狼端了东西进来，对我俩说：“你们别把身体弄坏了，吃点东西吧。”

小单呆呆地看着前方一点反应也没有。

大狼忽然上前扇了小单一个耳光，把我们都打愣了，我和陈牧都想火了。

大狼说：“为了他，为了自己，好好活下去！”

单靓捂着脸，好像回到了现实中，她不看大狼也不看陈牧，她盯着我说：“晓达，我心里好难受。”她哇的一声哭了出来。

唉，她终于哭了出来，我松了口气，我陪着她一起哭。

陈牧轻轻地拉开我们，给我们每人一份餐巾纸和吃的。

单靓一边吃，一边哭。但是她终于肯吃东西了。终于能轮到探视王浩了，只有20分钟时间，平均到每个人时间更短。我穿上了探视服，轻手轻脚地走进去。王浩虚弱地躺在床上，绷带让我几乎认不出他。被分手之后，第一次见，居然是这种形式。

他小声说：“李晓达，他们都说王然还活着，你告诉我实话，他是不是死了。”

我摇摇头，“没呢，干吗咒他啊，他也在治疗呢。”

“不是，他死了，他是我弟弟，兄弟连心的。”

“没死呢。”

我忍住哭泣，结束了探视。

王浩的情况逐渐好了起来，大夫说估计半年左右就能恢复，这和他平日锻炼有很大关系。

我又一次去看他。

王浩已经能坐起来了，他看着我说：“我弟弟火化了吗？”他已经知道王然去世了，我摇摇头。

我说：“交通队还在调查，遗体在冷冻，你不要担心了，郭总他们都会安排的。”

“我妈知道这事儿吗？”

“还没敢告诉呢。”

“人抓住了吗？”

“肇事司机还有背后的黑手。”

“这帮孙子！我要一个一个地折磨死他们！”王浩突然发狂了。

过了好久他才埋下头。我走了过去。他抱住我，哭了。

他说：“我这么拼命干什么，我弟弟都死了，他什么坏事儿都没做，他是个好小孩。都是我害的，都是我害的，都是我的错，我不该管他那么多，我不该不让他谈恋爱，我不该那天开车带着他……”

我说：“王浩，王然不会希望你为他报仇的，你要好好活着，你还有妈妈啊。”

他哭的脆弱得像个孩子。

王然的葬礼上，王浩坐轮椅参加了，王然的母亲因为这件事突发心脏病，在医院里，虽然抢救过来了，但是也生不如死。满目苍凉，单靓很坚强地坚持参加完了葬礼。

王浩把轮椅推过来，对单靓说：“对不起，我拆散了你们。他很爱你，希望你幸福快乐。”

单靓很凄凉地笑了笑。王浩伸出手来，想和她握手，单靓接受了。也许王然知道后会很欣慰，自己最爱的姑娘终于被哥哥认可了。

我们俩在家里，默默无言，半夜的时候，她和我说：“晓达，你知道我最后悔什么吗？当初王然送我的东西都让我扔了，现在我连个念想也没有，什么也没留下，我好想他。”

我忽然想起一件事儿，王然给过我一条项链，说如果单靓提起他，说想他，就把这个给他，后来他俩虽然又复合了，我就忘了这事儿。我跳到地上，找到了那个盒子，把这个事儿告诉了她。她拿着项链，沉默了好久，给自己戴上。

项链上是一只很漂亮的天鹅。

单靓说：“我不想在大连待着了，看到什么都会想到王然，太难受了。”

她要走了，去哪她还没想好，她说她先去北京，看看有没有落脚的地，虽然她并不喜欢北京。

我在网上告诉大狼小单要走了，可能暂时离开一段日子，可能再也不回来了。大狼没回应。过了一个小时，大狼和陈牧来了，带着鲜花。我们愣了。

大狼走到单靓面前，单膝跪下，说：“嫁给我吧，你现在可以不答应，我会坚持的。”

我俩都傻眼了。

单靓说：“大狼，你不用因为那一夜的错误，这辈子都赔给我吧？”

大狼说：“当初可能是因为愧疚，对你一直关注，希望你开心，后来你家里出事的时候，我发现你特别坚强，你把房子让给你后妈，我觉得你特别善良，你对晓达一直那么好，我觉得你特别够义气，王然这件事我觉得你是个心里有爱的女孩子，我渐渐就爱上你了，但是我知道你不爱我。王然现在走了，我知道你很难过，可是我觉得你需要个爱你的男人保护你，如果你想离开，我想带你去海南，你说开个家庭旅馆是你最大的梦想，这几年工作的积蓄，还有家里给我的一笔钱，虽然不多，但是我想和你一起去。"

单靓想了半天，说："大狼你这段话，背了多长时间，挺顺溜的啊。"但是她忍不住哭了。陈牧和我也很动容。

大狼说："你不用现在就同意，但是我决定了，你想去哪我就去哪。"

我插嘴："大狼说过他喜欢有海又暖和的地方，小单你也说过。"

单靓说："你知道，我过去是个什么样的人吗？有过多少个男人吗？"

大狼说："我知道。"

单靓说："那你心里不会犯病吗？"

大狼说："如果我那么小气的话，我不会跪在这里求婚，你过去是个什么样的人，我不管，我只想保护你的现在和将来。"

单靓说："好，我正好想嫁人了，咱们下周就去领证。"

啊。我和大狼都挺吃惊，她会这么爽快。

面朝大海，春暖花开

我还记得我那天见到王浩的情景，也是在病房里。

我们隔着距离，王浩突然问我，"当初我要死了，你害怕吗？"

我说："我相信你不会死的，因为好人不长命，祸害活千年。"

他放肆地笑，然后悲伤地说："如果可以的话，有时间和小单去王然那里看看，扫扫墓，我想他会想念你们的。"

我点点头。

我说："关于分手，我还是想知道，到底是为什么。"

他皱皱眉头，说："李晓达，你明明知道答案，干吗要穷追不舍？"

"我想听听你的说法，在一起是两个人的事儿，我想知道原因。"

"你还太年轻，想要的东西又太多了，我给不了，还有你太像李晓红了，你让我感到……害怕。我觉得你和我在一起，最后会给你带来不幸的，当然你不必感激我，因为我也是为了我自己，我想找一个情绪稳定、平淡温馨、信任我、支持我的人，你也不是。"

"你没后悔过吗？"

“没有，但是我后悔失去了个好助理。”王浩忽然笑了。

“我不是个好助理其实。”我吐了吐舌头，“你是不是早就下了决心？”

“是，其实在你那天醉酒骂我的时候，我忽然意识到，之前把你追回来可能是个错误的决定，但是我不愿意承认。”王浩叹了口气，“李晓达，你知道你适合干什么吗？你有一种魔力，会感染别人向上，你适合去更广阔的地方发展自己。”

“嗯，我会考虑的。”

“那个叫大狼的吧？我觉得其实他蛮适合你的，那小伙子不错。”王浩继续说。

“我靠，大哥，你就别为我操心了，那小伙子有人要了。”

“其实虽然我不想承认，你的前男友，哦，前前男友也很好，他是第一个让我看到感觉自卑的小伙子，他看起来总是很开心的样子。”王浩若有所思地说：“晓达，你总会找到一个很适合自己的人的。”

“嗯，你也会的。”

“我不会，你知道，算命的说我是个命硬的人，一开始我不信，后来爸爸，妈妈，弟弟，晓红……不得不信。”王浩叹了口气。

“那些都是扯淡。”我鼓足勇气问了他一个问题，“你那些女朋友里，有你最爱的人吗？”

他看着我说：“我不知道，时间最长的最感激的是丁姐，记忆最美好的是初恋，最难以忘记的是晓红，物质付出最多的是单靓她们。”

我叹了口气，没有我什么事儿。

王浩又很认真地说：“我和你在一起的时候，是我这辈子，活得最真实最开心的日子，其实你一直都很懂我。”

这就够了。

“你真的应该多去看看李晓红。她才是最爱你的人。”

我转过身去。

王浩说：“李晓达，我们不要再见了。我看见你会想起王然。”

嗯，我也不想见到你了。可是在我就要走的时候，王浩从后面拥抱了我，在我的后脖子上吻了一下，用力之大，估计会留下吻痕，很疼，我以为只有女人才会在离开的时候，咬自己心爱的男人一口，但我没那么做，他做了，他松开了我。

我知道他是想让我留下来，他这个人就是这样别扭，要的时候一定说不要，非得你死皮赖脸他才肯要，但我不想这样，我其实很自私，我觉得我们再纠缠在一起，我会很惨的，或许是我想得太多，他只是想给我留下一点印记而已，我忍住一切想留下的冲动，推门走掉了。身上似乎还有他特有的烟草味道。脖子后还隐隐作痛，他这个人啊，说是想让我忘了他，好好地生活，又非要在我脑袋里留下印记。

我在外面转了好大一圈，似乎想把王浩留下的味道消散，直到很晚，我才回去，单靓在收拾东西。

“你要去哪？”

“海南啊。”

“我靠，你来真的啊，你真现在就去。”

“要我在这待着难受吗？我准备下周和大狼领证。”

“你想好了，嫁人了吗，你别冲动。”

“你以前一直劝我赶紧嫁人，现在又让我别冲动。”

“你爱大狼吗？你能保证你对他能一心一意吗？”

单靓放下了东西，慢慢地说：“我觉得我很难找到一个，知道我全部过去，还想对我很好的男人，而且肯给我做饭，肯说养我的男人，我觉得王然也未必做得到，所以我就嫁了。”

好吧，这样也挺好的，真心的祝福他们。

生活根本没有结局，但是小说可以有。

我去了别的城市，走之前，刘丹妮居然约我吃了个饭，她和那些装的富家女不太一样，真的挺可爱的，言谈中，她对大狼还带着淡淡的悲伤，但我相信，时间一长，她自然会有自己的幸福。

“晓达姐，你干吗离开大连呢？”丹妮不解地问。

是啊，但是你若想忘记一个人，最好的办法就是离开你们共同的回忆。

这城市比大连更大，没有王浩，没有小单，没有大狼，没有回忆。但是有陈牧，他跟着我一起来到这个城市工作，虽然我说了好多次不要他来。

我换了新工作，业余时间我在试图写一个感动我的故事，可每次写的时候，某种悲伤会涌上来，让我马上用粗糙的文笔去遗忘。

单靓和大狼真的到了海南，他们遇到了很多没想过的麻烦，但是一年之后他们真的开了一家家庭旅馆。他们给我发了很多照片，邀请我去看看，我想，下一个年假我会去看看的。有一张他们的合影，面朝着大海，笑容很甜。单靓的脖子上依然戴着王然送她的天鹅项链。但我相信，她脸上流露出淡淡的幸福，不是勉强。大狼是我认识的最靠谱的男生，很高兴，小单和他走在了一起。

陈牧还在追求我，我看到了一个很热情的陈牧，和以前的完全不同。说实话，我觉得如果真的要找人结婚的话，陈牧可能还真的挺适合我的，尤其是越来越成熟和有担当的他。只不过我也开始和他搞暧昧，迟迟不答应，也不拒绝。我不是想折腾他，我是在问自己，还有没有感觉。

我再也没有见过王浩，只是听说他的事业开始风生水起。听说撞他们的人以及幕后指使者，都得到了法律的制裁。

我的生活恢复到了平凡，唯一不平凡的也许是和王浩在一起的时候，他送我的手表和包包。不过我背它们挤公交车的时候，没人觉得是真的。同事都说这个太像真的了。

那天我回大连办事，遇到了王浩的男助理，他说，王浩的母亲思念儿子过度，前几天去世了，我不仅替王浩心疼，这个世界上，他再也没有特别亲的亲人了。

那次我还碰到过一次丁姐，在大连一个非常好的私立初中的门口，看见丁姐和一个中年男子接女儿下课。丁姐俨然一副慈母的样子，旁边的男子，也许是她的新男朋友，很靠谱的样子。我没有打招呼。我想她也不愿意这辈子都和王浩纠缠在一起了吧。

陈牧已经把自己当成了我的男朋友，不过我也没有太反对，他每天下班都要去我住的地方死皮赖脸地待到10点多，我们一起看电视的时候，看到《非诚勿扰》，我的心就突然揪了起来，那个主持人，俨然就是王浩的影子。陈牧就会把台换掉，他就会装作很生气的样子说："不许看《非诚勿扰》了，不许想你前男友。"

我不理他，他就捅捅我说："喂，五一咱们回大连吧，我妈妈想请你回家吃饭耶。有好多好吃的，你去不去啊。"

"不去，我为什么要去你家吃饭啊。"我懒洋洋地说。

我看着他那个着急的样子，忽然想起了"高人"的那句话，是你的就是你的，不想要也是你的。

某些东西如果注定属于你，就像一个圆形轨道一样，即使离开你，也会回来的。而有些东西，即使你离他曾经无限接近，但就是两条直线，一旦相交，就再也没有重合。

我觉得其实在内心深处，我是一直喜欢陈牧的类型，但是也许和我爱得更疯狂的人，完全不是我的菜，我现在也是喜欢陈牧的，只是这种喜欢比起当初的纯粹和非他莫属比，理智和淡定了好多。

是遗憾，也是好事。

此时，我接到了一个电话，居然是我的前同事高瑞，他说他要结婚了。他还不知道我都离开大连了。哈哈，真是匪夷所思。谁家的姑娘那么倒霉啊。

这个时候电视台播放了一条辽宁新闻，还是大连的。

大连医院，一位昏睡多年的女病人，突然在以前男友探视的时候醒了过来，甚至现在可以简单地对话，那个男友表示说他要娶她，要好好照顾她一辈子。

我忽然觉得那么的熟悉，想再看一眼的时候，突然停电了。

在黑暗中，我听到了陈牧的粗声粗气的声音，"喂，晓达你在哪呢？你不要怕，有我呢。"

我终于感觉到了一种暖意，就笑了。

这个故事终于讲完了，谢天谢地。

番外篇

回忆之前，忘记之后

——王浩的自白

2004年。

普陀山。

据说这里很灵，但如果你拜过一次，就最好每年都来。我曾经什么都不信，自打家里出事后，母亲就开始信佛，为了哄她开心，我也佯装看看经书。但此刻在佛面前，我的心是虔诚的，这是几个月来，我第一次感觉到宁静。

走出寺庙，烦恼依然挥之不去，但我却注意到一个女人。淡雅的一身，戴着墨镜，年纪不轻了，有挡不住的风韵，名字就在嘴边，却叫不出来。

她也注意到了我，“这不是小王吗？”

哦，丁云，舅舅生意上的朋友，三十出头就有几亿身家，女强人一个。江湖上总有她的粉红传说。

我在她面前，只是一个愣头小子而已，但他乡遇故知嘛，坐下谈谈好了。

咖啡馆里，摘下墨镜的丁云有些憔悴。但比起我现在的样子，她的气色算是好的了吧。我想她肯定听说了一些传闻，她轻声细语地旁敲侧击地开导我，让我突然产生了强烈的倾诉欲。

四个月前，20点左右，李晓红，我的前女友，从8层楼住处一跃而下，摔在了3楼挡板上，就是这个挡板救了她一命，或者说让她生不如死，她成了植物人。5个小时后，我来到了急救室门口，我想晓红的母亲、弟弟肯定不会饶了我，就连她去世的父亲，做鬼也不会放过我。但我还得来，在大家看来，是我把她逼到了这一步，但是他们只是哭，晓红的母亲，这位每次见到我都很热情的阿姨，只对了我说一句，“晓红要是死了，我该怎么办呢。”

善良是遗传的，晓红果然是她的女儿，这让我的内疚感更加放大。

李晓红成了植物人，这个爱我爱到我都不理解的姑娘，就这么生不生死不死地躺在那里，一直提醒我，我是个混蛋，是个坏人。我记得出事前的一个小时，她给我打了89个未接来电，我换成静音，置之不理，如果我当初肯接一个的话，她也不至于就这样……

我把目前仅有的50万和车卖了，给了晓红一家，但内疚感没有因此被弥补。

“那你即使接了，也许她几天后还会出事。”丁云淡淡地说：“爱到偏执的人，除非你能同样的爱她，但你做不到，所以……”

我低头不语，闷头吸烟，丁云似乎为了缓解我的尴尬说："我离婚了。我老公一直想生个儿子，我生不出。他在外面有人，我不甘心就离了。"

这件事儿我听我舅妈说过很多次，女人嘛，圈子里总是在嚼舌头根，舅妈他们提起丁姐，总是一副又同情又艳羡又略带嫉妒的口气，谈论她离婚后的种种风月。但此刻我是感激她的，她用她难堪的故事，缓解了我的难堪。

我们相对无言，我一根接一根地抽烟，丁云带着略有沙哑的嗓音说："听你舅舅说你最近在投资一个生意？"

还不容我回答，丁云说："我觉得你是个成大事的人，我也想算一份，正好我也想投资。"

啊？我有点惊愕地看着她，这明明是个坑，我都被坑得不行，她难道不知道吗？

丁云猜到了我的心思，"听说现在是遇到了一些困难，我觉得你就是缺乏经验而已，不如和我先说说。"

她接着轻声细语地引导我说出很多，又用清晰的思路帮我理清方向，我的斗志渐渐被点燃。我也第一次对女人的能力产生了极大的敬佩。眼前的这个比我大七八岁的丁姐，似乎是上天派来解救我于困境之中的，这是第二次我被女人安慰。

第一次是家里出事，烂醉如泥的我，不知道为什么，打电话给李晓红，也许是我知道她一直喜欢我，也许我也是喜欢她的，弯眉细眼的清秀，淡淡的如沐春风的姑娘。男人遇到痛苦的时候，寻求女人怀抱里的安慰，或许是一种比较可耻的本能吧。我把她变成女人的那天晚上，我迫不及待地脱掉她所有衣服的时候，记得李晓红一直问我，"你爱我吗？"

那天，她也把我变成了真正的男人，那个时候，我的脑子里只有男欢女爱，我说："我爱你我爱你我爱你。"我说爱的时候，脑子里大概只有做爱。

如果我知道后来的事儿，也许我的理智会阻止欲望，我不知道一个看起来如此温柔娴静的女人，爱起来是那么的不要命。我什么也给不了她，或者是我根本不想安定，不想满足她想象中的，平淡的幸福，如果我不成功，如果我不能像我爸当年那样成功，那我不如去死。而女人，我是不缺的，我喜欢女人，喜欢和她们在一起的短暂快乐，但我厌倦那种长期的责任，或者说，这责任让我感到害怕，我知道，和李晓红在一起，对她是不公平的。

这大概也是遗传的，爸爸活着的时候，外面总是有女人的，好在我妈早就想得开，因为我爸不会离婚，所以她不哭不闹，吃斋念佛，和富太太们打麻将、健身，还有就是逗我弟弟玩，但我猜她心中是有恨意的，她不止一次说我阴着脸坐在那里的样子，特别像我爸爸。所以这也是她不那么喜欢我的原因，和我说话的时候，总是客客气气的，不太像母子。

我是个混蛋，但我觉得李晓红年纪轻轻，条件也不错，如果我给她一笔钱，她离开我也会过得不错，既然这样，不如绝情一点吧。

可我没想到，那天我故意找来女人气她走的那次，她怀着我的孩子，孩子没了，她也得上了抑郁症。但我依然没想到，她会用这么惨烈的方式告诉我，我欠她的，这辈子也还不清。

我诉说了这一切，然后醉在丁云的面前，心里隐隐地觉得我和她也会发生点什么，她是我喜欢的类型，又属于不用我负责的类型，这种女人是混蛋的最爱，但丁云很淡定的让司机照顾好我，就离开了。

从普陀山回来后，我剃了个光头，并且决定永远保持这个发型，我强迫自己记住，自己欠一个女人一条命。

忍了一群狐朋狗友的嘲笑，但我该感激他们，这群从小玩到大的“酒肉朋友”，都在我最困难的时候，给了我帮助。和舅舅他们，和我爸当时的“朋友”比起来，他们强太多了，也许他们都是富二代，没有自己打拼过，对别人反倒是很慷慨。

我还该感谢丁云，是她像帘子后面的女高人一样，一步步指点我如何运营，为我周旋，带我去见各色的人。

在那些人暧昧的眼神中，把我和丁云早就看作是一对儿情人，但实际上，我们还真的是清清白白，我也敬重她，我认她当姐，不敢再有非分之想，而那段时间我也很老实，与之前夜夜笙歌的迷乱生活相比，我的日子只有生意，应酬，吃饭睡觉。

我和丁云每周会见至少一次，丁云会开玩笑地谈我的初恋，比起晓红，我和初恋的事儿，反而轻松和浪漫许多，初中时候的青涩懵懂，高中她就全家移民了，如果不是我家里出了这档子事儿，也许我们还真是门当户对。

初恋是个高挑白皙的姑娘，很清秀，李晓红也很清秀，看来我喜欢的女孩子，都没有太浓烈的长相。初恋在我心里已经模糊不清，只记得隐约的美好，没有什么狗血，也没有被破坏过。

“男人嘛，得不到的，够不到的总是好的。”丁云忽然有些酸酸的戏谑，然后又恢复了常态，这一瞬间，我忽然觉得，她其实是喜欢我的。如果她不喜欢我，干吗这么帮我，男女之间或许有友谊，不过我不信。

我厚着脸皮问，“姐，你吃醋了吗？”

她的脸一红，然后假装生气地说：“小毛孩子，敢调戏姐姐，我去接我闺女去了。”

哈，“我陪你去接咱闺女。”我继续没皮没脸。

她没反对，我们到了幼儿园，却看到一个泪流满脸的小丫头。丁姐对女儿，是极为溺爱的，有时候我都忍不住提醒她不要惯坏了孩子，这小孩子，从来不曾受过什么委屈，丁姐一看就花容失色，上去一把搂住孩子。老师也不知道为什么，就说小孩子互相吵了起来。

我开车送她们娘俩，一路上，小丫头低着头，就是不说话，丁姐就一个劲儿地问谁欺负她了，半天，小孩子蹦出一句话，“他们说我没爸爸，说我爸嫌弃我，不要我。”

丁姐一瞬间气得脸色发青，那个幼儿园的孩子都是有钱人家的，那些小朋友父母可不都是丁姐常打交道的那帮人吗？小孩子很快被哄好了，睡了，丁姐把孩子送回她父母那里，我看出她情绪极为低落，就说：“要不，出来喝杯酒吧。”

她同意了，她喝了很多，然后哭了，她说：“我从小到大，什么都不输给别人，唯独婚姻，本来是精挑细选的，结果是这样，我想就算我一个女人，我也不能让孩子受一点委屈，但是怎么样……”

她的样子很脆弱，完全不像罩着我的姐姐，我不知道算不算乘人之危，但是我真的很想安慰她。一个男人安慰一个女人，最好的办法就是给她拥抱。除了拥抱呢，她醉倒在我怀里，喃喃地对我说："和你在一起，我觉得我老了，是不是？"

一点儿也不老，直到现在，我还记得她那天面色赤红的风情和泪流满面的柔弱。

该发生的事情，终于发生了，我们在她的另一个住处，一次又一次。依稀，我仿佛看见了李晓红，自从那件事后，每次我和别的女人在一起，我都会看见李晓红，因此我几乎戒掉了女色，但这次不同，这不是女色，这是和我喜欢的女人在一起。丁云对于我，也是一个谜，我喜欢她，仰慕她，愿意保护她，同时我也知道，我们不会结婚。

一想到这里，一切似乎轻松起来了，是的，混蛋不喜欢负责。

第二天一早，丁云穿着藕荷色睡衣，点着香烟，坐在床头上，淡淡地说了一句，"我们还是朋友。"

我在轻松之余反倒有些失望。

丁云确实是这样，那天之后我们的关系似乎没有什么变化，生意合作伙伴，丁云说得对，我是个好的潜力股，虽然之前完全不通，但是我父亲的遗传，在我身上发挥了作用，我也没有浪费她的投资，她从我这里也赚了不少银子。

我妈说我和我爸一样，心眼多，会演戏，还不爱说真心话，也许这就是一个奸商应有的素质，也许是这样，她更喜欢弟弟，和我不太亲近，我爸是个好商人，好父亲，不过不算是个好老公，而我们家，我弟弟明显比我更像一个好孩子。

弟弟王然在加拿大读书，为了让他不至于辍学，不喝西北风，做大哥的也必须撑起这个家，还清欠债，不过王然很争气，总是拿各种奖项，也从不乱花钱，只是他太憨厚，很容易被人欺骗，所以我真希望他能像我一点。不过我也反而会羡慕他，一个总是在阴暗处徘徊的人，对在阳光下肆无忌惮笑的人是向往的。不过像我有什么好，只有和丁云在一起的时候，我才能说说心里话，因为她很聪明，我说半句，她就理解了，我喜欢这种感觉。我们每周都会心照不宣的秘密约会，约会的事项也只有一个，但除了那天，我们都像普通朋友一样，谈心，说事，彼此不干涉生活。

我知道除了我，她还有别的男人，有的是生意上的必须，也许一个女人出来混社会还真不是很容易，有一些是她的玩具，年轻精壮的小伙子，我不愿意把她想象成荡妇，我也不愿意觉得自己也是个玩具，她对他们，和对我，我觉得是不同的。

只有一次，我感到嫉妒，那次我想给丁云一个生日的惊喜，去了她家，不巧看见她衣冠不整地从卧室里匆忙阻止我进去，门口放着一双男人的鞋。我什么也没说，铁青着脸放下礼物，离开了。

丁云给我发短信：我们是朋友不是吗？难道你会娶我吗？

是的，我不会，我不会娶一个比我大 8 岁的有孩子的女人，我家里不会允许，我自己也觉得不合适，既然这样，我有什么资格吃醋。但是那种难受让我意识到，我也需要找一个女朋友了。

李晓红从不会让我吃醋，这一点，我当时不知道珍惜，这就是作孽，只要我的情感不顺利，我就会自然的想起，这是李晓红给我的报应，就如我的光头，也许看起来滑稽，但人们也会逐渐习惯他。

门当户对，找一个像我初恋那种，可以结婚的女孩子。相亲是最好的选择。

30岁之前，我遇到过两个心动的相亲对象。都是我初恋那种类型的，家世殷实，清秀，温柔，都交往了半年。我克制而理性的交往，你们明白我的意思，因为这种女孩子，如果你不想结婚的话，最好别太深入，否则，不管是我的良心，还是她们的父母，都不会放过我，虽然我是混蛋，但李晓红的事之后，我还算个有良心的混蛋。可很不好意思，我现在居然记不起来她们的名字。

心动是心动，但这心动持续不了多久，就变成一种无聊的想要逃避的感觉。

或许我更喜欢一周和丁云在一起的日子，刺激，无须负责，很轻松，这两次一旦我觉得其实她们在我心里比不上丁云，我就会断开这段关系，好在，这两次我都没作下什么孽。

我的事业风生水起，自己有了两家公司，在我舅舅公司也有了一笔股份，做到了副总，舅舅是个精明的生意人，虽然当初我快破产，他比较吝啬，但毕竟也给了我不至于饿死的钱，他看出来，我并不是个败家子，而他是一个得力的助手，所以他对我另眼相看。

32岁生日，和丁云躺在一起，我抚摸着她的脸，忽然看到了很多皱纹，我意识到，她老了，我也不年轻了，我有那么多的女人，莺莺燕燕，都没人能取代她在我心里的位置，但是也许我喜欢的不是她的容颜，而是她的脑子和那种风情，那一瞬间，我忘记了年龄，忘记了种种，什么不合适都去死吧。

我说："你嫁给我吧，琳琳以后就是我闺女。"

丁云脸上的反应不是我想看到的，是吃惊，她坐起来，背对着我，不让我看到她脸上的表情。

丁云说："我觉得我们现在这样很好，你舅妈最近认识了一个女孩，家境很不错，长得也应该是你喜欢的类型，你去见见吧。"

唉，我第一次求婚，就这么拒了，我转换口吻，轻松而猥琐地说："胸大吗？"

"还真不小呢，有名的好身材。"丁云语气平静。

看来她是真把我当"好朋友"看了，我苦笑了一下。

果然挺大……

这女孩坐在我对面，一脸不屑，一副马上就想找理由跑路的样子，倒是让我感觉有些有趣。她化着很浓的妆，一副不妥协的样子，这神情像极了当年的我。

"大哥，我真的是应付家里差事，我这样的估计你也看不上，咱们就喝口东西的啦。"她一副小太妹的样子。

"小姑娘，我就这么不招你待见吗？"我微微一笑，"吃个饭又不是让你和我成亲。"

她被我逗笑了，然后吐吐舌头说："我叫单靓，叫我小单，不好意思啊，哥，刚才挺不礼貌的。"

让我心动的女孩子这些年倒也有几个，让我感到有趣的，却很稀少。

我们开始了中规中矩的相亲交往，但是我感觉得到，她对我的警觉和排斥，她很像当初的我，非常的自我，又不爱妥协。

我知道，小单家里并不好，虽然很有权势，却自小是单亲，她妈不太“着调”，基本不管她，她爸找了后妈后又生了两个孩子，偏偏这俩孩子又生得人见人爱，又听话懂事，她爸对她也是没给过什么父爱，她生活应该是很荒唐的。

朋友提示我，这种女孩子找了，头上难免要绿一绿的，但我始终太自信，我觉得，女人一旦爱上我，是不会再喜欢别人的。

这是李晓红惯的我，让我以为女人都这样。而且丁云也开始紧张起来，每次我打算认真的时候，我和丁云的关系就自然断开，这次认真的时间超过了两个月，她也忍不住打听着小单的事儿，这不禁让我感到莫名的高兴。

我一直喜欢和我性格截然相反的女人，丁云和我某种程度上像，小单也是，和旗鼓相当的女人谈恋爱，也蛮过瘾的。

为了打动小单，送东西，讨欢心，无所不至，后来李晓达告诉我，天蝎男看中一样东西，不管他是不是真的喜欢，都会拼命迅速行动起来，确实是这样吧，虽然我不信这玩意儿。

哦对了，那个李晓达，并不是李晓红的亲戚，而是小单的舍友，我还比较奇怪，小单为什么还要和别人合租，她家的钱不够多吗?

我记不得第一次见到她的印象了，李晓达并不是那种会在第一时间给男人留下很深印象的女人，只是觉得或许很好相处吧，微笑着的一个人。

讨小单欢心，请她和舍友吃饭，也是一种方式。

李晓达和小单完全不是一类女孩子，她一点也不豪放，显得很拘谨，默默地吃，得体地笑，但她和李晓红，和我初恋那类的女人也不一样，她吃的时候，很投入忘我。她的话不多，可随便说出来一句，我就很想乐。

我清楚地记得我和李晓达第二次见面的情景，我必须得承认，她的名字让我打了一个寒战，除此之外，这是个很有趣的姑娘，和我以前认识的都不太一样，难以归类。

我觉得我该娶一个，我要努力才能压制住的女人，这样，我才能安心过日子，可见，小单是个好的选择，虽然我知道，她和我交往的期间，肯定还有另外的男人，至少一个。但好在她和丁云不同，她年轻，没结过婚，没孩子，而且她还在我能够控制的范围当中。

可惜我又低估了女人，在三四个月的猛烈攻击后，我又求婚了，只是她惊慌的迅速和我分手了。

没面子。

我的反应就这三个字，很好，我并没有真正的爱上这个姑娘。但是还是没面子。

顺便说一句，小单的舍友李晓达，倒成了我的下属，这也是一件挺没面子的事儿。

为了挽回面子，最好的事儿就是表现出自己是个最好的男人，很绅士，很大度，让她后悔去吧。

嗯，我确实是个小气还装大方的人。

也许是为了挽回面子，我又找了一个很像小单的女孩，这次她更小，90后。和小单不同，这小孩，还是对我很感兴趣的，只是我不知道该怎么和她沟通。

我把这任务交给了我的助理，李晓达。

李晓达的性格明显不适合这个助理的职位，但我见到她，就觉得挺开心，我总得找个让我看着开心的人，在身边晃悠吧。

我还是挺喜欢这90后的小孩子的，一举一动很可爱，用他们的话说就是萌，估计我是上了岁数，对这种萝莉小女生也没太大的抵抗力。也许我和她结婚，自己也会轻松自在一些，也会更有责任心一点。

我好久没想起李晓红了，但每次觉得自己谈恋爱了，就还是会情不自禁地想起她。

你后悔吗？为了我这么一个不值得的人，把你的青春浪费在病床上。

我还是很后悔，如果有来生，我会还欠你的债。

要这么说的话，我身边有个人，和你还真的很像。李晓达，对，名字像，样子像，只是性格不那么像。可能是因为你，可能是因为这个姑娘实在是憨厚和有趣，集中憨厚和有趣两点的女人可真不多，我对她格外照顾，另眼相看，甚至给她介绍了两次男朋友。我觉得这样的女生，和谁在一起生活，都会很开心的。只是，貌似她的男朋友不那么想，对她不冷不热的。女人遇到这种情况就该果断地分手，我太清楚男人了，不那么热，就是真没那么喜欢。即使很喜欢，他们也未必会对你多好，又何况不太喜欢的呢。

和90后的恋情还是失败了，还是没面子。

当我受到挫折的时候，我和丁云就还会恢复一周一次的约会。

那天，她摸着我的脸说："老王，咱们就这么过吧，要不你娶我好了。"

我愣了，我忽然意识到，每次我感情受挫的时候，我才会去找她，与其说是一种依赖，不如说，我在期待，我期待有一个女人比她更适合我，我找到她后，就和丁云撇开关系。

我被自己的混蛋想法吓到了，我从心里是感激丁云的，我也不想伤害她。

丁云看出了我的犹豫，她又坐起来，不让我看到她的表情，然后说："开玩笑呢，我家琳琳可不想找个小爸爸。"

我知道她一定很失望，很抱歉，我又让女人失望了。

说到琳琳，我忽然无比想拥有自己的孩子。从小到大，家里人都说我是个孤僻的人，算命先生说我命很硬，自己会大富大贵，却很克人，这大概是我妈不太喜欢我的原因之一，我和谁也不够亲近，包括幼弟王然，虽然我一直视他为自己的儿子。

我想有个孩子，那我就该结婚。

我对和我"门当户对"的女人都失望了。她们要么是特别适合过日子的清白女孩，但对我来说，无趣。要么像小单这样游戏人生的，对我来说，超出了控制，我不能容忍。我要找一个能和我长期轻松相处，又没那么多复杂历史的合适的人。

这样的人是太难了。

哦，其实有一个人，我观察了好久，就是我的助理李晓达。

我发现她是个很善于自娱自乐的人，又很顺眼，是的，顺眼对于我来说很重要，其实我是个很挑剔的人，很多人，在安全距离之外，甚至包括我那帮朋友，我对他们都是很宽容的，但那时如果关系够近，我就是最难搞的刺儿头。

我很爱我的家人，但是我总是能挑出他们的毛病，他们总让我不爽，或许这也是我妈不喜欢我的原因。但这个姑娘，让我忘记了安全距离这东西，我很信任她，即使她骗我，我也觉得是好心的，这个人有本事，让我卸下防备，因为我觉得这个人没有私心，或者说对世上的很多事儿根本不上心。

她属于那种会一本正经过日子，但又不会很无趣的女人。虽然我眼里她的毛病数不过来，但奇怪的是，她没有让我不爽，反而让我觉得有趣。这太难得了，我觉得这也不是爱，什么爱不爱的，一个奔四的、什么没见过的男人还会真的爱一个人吗？

这就是稀罕，大连话说的，对一种人，一种事物，从心往外地喜爱，甚至不掺杂男女之情。我动了结婚的心思后，扫视了一圈，让我信任和稀罕的人，又在控制范围内的，只有李晓达。

如果不是黄先生，一个生意上的熟人，40 多岁，忽然和我说他对我那个助理李晓达，挺感兴趣，想让我介绍给他，我不会着急向李晓达表白。

黄先生身家比我多不止 5 倍，人虽然年纪大了，但修养不错，为人也算靠谱，对李晓达这种普通家庭的女孩子，找他也是不错的选择。

“那个女孩子笑起来很温柔，仿佛能包容一切。”

黄先生这么说她，我心里隐隐有些舍不得，如果他们在一起了，李晓达就不是我的助理了。

我不动声色地转述了黄先生对她的喜爱，她的反应却很淡定，她觉得黄先生年纪和她差得太大，有代沟，而且家世差得太多，不合适。在这笔财富面前，她还是很冷静的面对自己的婚姻大事。

这一点，我对这个姑娘有了尊敬，既然她不爱黄先生的钱，也不会爱我的。我很少遇到不爱钱的女孩子，所以我只找像小单这样也不缺钱的人，也许这样单纯些。

这样合适的女人，就在眼前，我还等什么呢。我怕她真的会被人抢走，我可能要再等很多年才会遇到这么一个合适的姑娘。

男人能给女人最实在的东西，只有三样：名分，金钱，肉体。

这三样我都可以给她，我自信，我能给的都很好，除了爱。

爱最不实在。

我仿佛已经看到李晓达一定会欣喜地答应，因为我还有种感觉，这姑娘，对我有好感。但迟疑和拒绝，是我表白后，她的态度。而且这种拒绝和迟疑，我感觉并不是故作矜持，她说我并不了解她，她也不了解我，我们未必合适，也感觉不到，我有多喜欢她。

确实是。

不得不承认，自从她拒绝我之后，我真正对她产生了兴趣，那种想讨她欢心的兴趣。

丁云说得对，我就是一个征服欲望很强的人，或者说，我就是挺贱的吧。

那天在办公室，只有我们两个人，我借着酒劲儿吻了她。李晓达果然和我想象的一样，是那种很压抑自己的老实姑娘，但这种人一旦爆发，会非常的有激情。她回应我的时候，我感觉到了那种激情，我觉得我没找错人，我是觉得她会是个乖巧的妻子才选的她，但我内心里还是喜欢那种热情似火的女人，这个女人就是。然而，她还是很克制的，制止了下一步的行为，这很好，我觉得，那天之后我才真的喜欢她。就算是喜欢吊胃口，这女人也该是这样的路数，才让我更有兴趣。

我也该吊吊她的胃口才是。

我约了丁云吃饭，她又带来一个姑娘，介绍给我。约在万宝吃饭。

这两年，丁云不断地给我介绍美女，我不知道她这是个什么心理，她老说我该有个家有个女朋友，但实际上她介绍的那些人，只是长得好看，其实脑子里都塞了一坨东西，来路也不是很正，她也知道我根本不可能娶她们。

我不缺女人，再说，也不会和丁云介绍的女人乱搞。我知道，我要真的和那些女孩怎么样了，不爽的又是她，我不太想伤害丁云，不管怎么样，她对我有恩，也是这么多年，陪伴我最久的女人，我给不了她承诺，但也不想让她太不好受。

也许就是每次我和丁云说，那些女孩我不喜欢，别介绍了，她就会很开心。

这大概就是原因吧。

吃到一半，我才发现我没带钱包，赶紧想让秘书送过来，忽然我想起李晓达来了，她还是我的助理呢，让她来好了。

女人都是有嫉妒心的，我追她，她这种不置可否的态度，我就给她一点催化剂。我要让她看看，我的女性朋友很多，我根本不缺女人。

李晓达平静的送来了包，顺从地走了，但我从她脸上还是看出了不高兴。

嗯，那我就高兴了。

不过丁云不高兴了。

她反复问我，刚才送包的女孩子是谁。

女人真可怕，直觉很准，还是我表现得太明显了。

李晓达没有像我以前遇到的女孩一样，指责我为什么追她还去见别人，或者闹任何情绪，她只是不理我，她像脱胎换骨般的打扮起来，并且开始对我冷若冰霜。嗯，我知道我捅了马蜂窝，前女友跳楼前，说过一句指责我的话，也是唯一的一句，她说，“你太自我了。”换句话就是自私，根本不考虑别人的感受。

其实也不是别人，是我对真正喜欢的女人，通常都是那么的差。逢场作戏的话，我倒是个好演员。 但是李晓红出事后，我就时常反思自己，为什么一定要别人不开心，自己才开心，难道就是为了证明，别人在乎自己。

我应该真诚一点，既然喜欢这个人，就做好真诚交往的打算。

当我很久之后，看到她写的那些东西的时候，我不得不说，男人和女人思维上可能是不太一样的。

我没有她想象的那么复杂，但也没有那么单纯，我真的是想找个人，合适的过日子，但真找到这个人，一切似乎又很难。

关于她没写到的，或者她并没有理解的，那些她所不知道的事儿，我也想在这里有一个说明。

首先，一开始我是认真的，我只是觉得或许晓达这样的姑娘，对我来说，做一个妻子很合适，因为我和她在一起感到放松和信任。但是没有太多爱的东西在里面，真的，我这样见多了的男人，对于美色和性感都见怪不怪了，还会喜欢一个略带青涩的小丫头吗。但我真的认真过，比之前的对好多女人都要认真，我是在和她的“交手中”感觉出了她的聪明，或许能被我看透的聪明，但也有被我看透的真诚，还有我被她对小单的情义打动了，我一直觉得女人之间，根本没有什么友谊，但晓达和小单真的就是很好，她甚至可以为了小单不惜和我决裂。

我要补充一句，我并不是有多讨厌小单，但是，她真的不适合王然，我也不希望我的弟弟和她这样一个有复杂的家庭、复杂过去的女人搅在一起，我不想他最后后悔，但没想到这是我最后悔的事情，如果我知道他如此早的离开我，我一定会让他在这个世界上，想做什么就做什么，哪怕像那群无恶不作的混蛋富二代一样，也好。

我是在那次控制不住自己差点把晓达给那啥的时候，想对她一心一意的，因为我觉得她太像李晓红了，也许是迷信，我觉得这就是上天给我的赎罪的机会，我好好对待晓达，就可以赎回对晓红的伤害，所以也就是那一次，我开始疏远丁云，我们还是像朋友一样，会见面，会聊天，但没有那一周一次的约会，不再有了。

我知道丁云是不开心的，但是她就是这点好，很有风范，让我看不出来她的不开心，晓达却是很介意她，我只是觉得这么多年，我欠丁云的也很多，既然已经断了，我就更该好好地对待她，丁云说什么就是什么，她想干吗我就陪她做，只是底线就是不背叛我现在的女朋友李晓达就是了，但这些话，我没办法和晓达说，说了她也不会理解。

如果说之前都是一种赎罪心理的话，那次李晓达忽然说要和我分手，我真是要疯了，我觉得我对她够好了，够真了，我以为她一定很爱我，结果都是假的，我口不择言地说恶毒的话伤害她，因为她真的让我感到不爽了，但没想到，这些话真的有用，她居然昏过去了，昏过去的那一瞬间，我感到了害怕，像当初听到父亲破产自杀一样，像当初听说李晓红跳楼一样，甚至比那些还害怕。

她是世界上最懂我的人，我忽然意识到了，我真真切切地爱上了这个姑娘。

可我的爱就是那么的别扭，或许我爱的只有我自己吧。我让我们两个人发生了很多不愉快，而爱这个东西，有时候会让人变得奇怪，晓达就是，越来越患得患失，越来越神经质。

我知道这一切也不是她的错，但我还是选择离开她了，只是我在一次次的犹豫。

好多事情都让我感觉，她太年轻了，而我又是一个不喜欢别人折腾自己，却总折腾别人的混蛋。我的家庭，我的环境，都会让她以后很痛苦的，我不能保证对她的忠贞，真的，我也不能保证以后对她一直有兴趣，就像我后来又不喜欢晓红，又不喜欢丁姐一样。但我觉得她有资格过得很好，像正常女孩子一样，遇到一个正常阳光的小伙子后结婚生子。

这样听起来极为恶心吧，分手是为了她好，也许在分的那一刻，我已经没那么喜欢她了，但是我知道，她很懂得我，因为懂得，所以彼此心照不宣的时候，更为恶心和痛苦，因为她能看得到我心里在盘算什么。

这也让我害怕。也许我需要的真的是那种，只喜欢花钱，不在意情感的大大咧咧的姑娘，我不需要别人懂得。

大概在犹豫了很多次后，我终于下了决心分手，我需要排除一切干扰我做出这个决定的因素，我不想听到她的任何消息和任何声音，我不想看到她企图挽留我，或者向我讨个说法的样子。

我希望李晓达和我当初认识的一样，即使很伤心，也能很快好起来，我相信她一定不会像晓红一样怎么样。她不知道，那段时间，其实我雇了好几个人，在她住的附近，暗中跟踪她，确保她的安全，听说她不怎么出门，只是天天叫外卖，我想她一定很难过。但是能吃下东西，就说明，她总有一天会好起来。而且会过得比和我在一起好很多。

我只是没想过还能遇见她。

这姑娘和我想象的一样，很讲义气，即使我那么对待她，在我出事的时候，会第一时间冲过来看我。

她和我想象的一样，恢复了勇敢和淡定。这让我有些不淡定，我真希望，她能像个助理一样，永远陪我左右，哪怕只是个普通朋友，但我知道，某些关系一旦前进，就不可逆。也许当初我就不该把她变成我的女朋友。我会怀念她，在我奔四的“高龄”仍然动了一次感情，而且我坚信，她爱我，不比晓红差，只不过她懂得，怎么去爱自己，这一点，我很欣赏。

后来的一切我都不再知晓，也没有人再和我提起她，她消失在茫茫人海之中，杳无音讯，我也不想知道，但愿她过得好。

妈妈因为弟弟的事儿，早早也去了，在这个世界上，我没有了任何至亲，我感到无比的孤独，她说得对，我应该多去医院看看李晓红，我每次都带着极大心理压力去看晓红。所以我不愿意去，但是这是我该赎的罪，就必须勇于面对和承担。

我惊诧，快10年过去了，在这样的环境里，她的美丽一如以前，只不过像是睡去。

我握着她的手说：“是不是我太命硬，克死了一个又一个，害你也躺在这里，真的对不起。”

我闭上眼睛，眼泪忽然滑过，滴在她的手上，我没想到我还会哭，再见到如此生动的脸，想起我们在一起的每一件事，包括第一次她忍住疼痛问我的那句话：“你爱我吗？”

我对她说：“我那个时候是爱你的，只是我不知道。我太轻视我的爱了。后来是深深的内疚，我现在觉得，我还是爱你的，在所有人都离开我的时候，你就这样躺着，等待我。”

我不知道是不是错觉，我的手被轻轻地拉了一下。

不是错觉，是真的被拉了一下，而且她的脸部开始抽搐。我喊来了医生。

在48小时之后，她睁开了双眼，虽然眼神空泛地懵懂地看着这个世界。晓红的母亲和弟弟欣喜若狂，医生说这个是医学的奇迹，但不知道她醒来之后会恢复成什么样子。语言和行动能力不知道能否恢复。

她还没办法说话，我握着她的手说：“不管你变成什么样子，我都会娶你，从今往后，我只有你一个女人，我爱你。”

我知道她一定是听懂了，所以才会流眼泪。

我知道上天一定还是肯给我赎罪的机会。但我说爱她的时候，似乎也没有感觉自己在撒谎，也许在我经历了那么多之后，我终于知道了什么是爱。

就像有一个离开我的姑娘告诉我的，总有一天，你会相信，这世界上有真的美好，值得你去守护。

多么言情的一句话，但我终于相信，我也哭了。我要谢谢那个姑娘。

我握着李晓红的手，忽然感觉自己不再孤独。

因为爱，所以不孤独。

因为怕孤独，所以我们要努力去爱。

图书在版编目（CIP）数据

姐们儿，你真牛 / 李静超著. -- 北京：中国广播电视出版社，2014.4

ISBN 978-7-5043-7080-8

Ⅰ. ①姐… Ⅱ. ①李… Ⅲ. ①长篇小说－中国－当代 Ⅳ. ① I247.5

中国版本图书馆 CIP 数据核字（2013）第 304521 号

姐们儿，你真牛

李静超　著

责任编辑　宋蕾佳
装帧设计　亚里斯
责任校对　张莲芳

出版发行　中国广播电视出版社
电　　话　010-86093580 010-86093583
社　　址　北京市西城区真武庙二条 9 号
邮　　编　100045
网　　址　www.crtp.com.cn
电子信箱　crtp8@sina.com

经　　销　全国各地新华书店
印　　刷　河北高碑店市德裕顺印刷有限责任公司

开　　本　710 毫米 × 1000 毫米 1/16
字　　数　360（千）字
印　　张　18.75
版　　次　2014 年 4 月第 1 版　2014 年 4 月第 1 次印刷

书　　号　ISBN 978-7-5043-7080-8
定　　价　34.80 元